外交官笔下的一带一路

上册

主编 周晓沛 范中汇

作家出版社

前 言

《外交官笔下的“一带一路”》一书此时出版再适时不过了！

因为，当下世界比以往任何时候都更加需要这种理念，需要这种实践！

还因为,2023年是“一带一路”倡议提出十周年。用外交官的亲身经历回顾一下该倡议的历程，具有特别的意义。

新时代，习近平总书记提出了“构建人类命运共同体”“一带一路”全球发展倡议、全球安全倡议等新的国际关系理念和合作倡议；随着百年未有之大变局的加速演进，随着这个世界变得日益不安宁不安全，中国倡议的道义光辉和现实需要日益凸显。

这些理念和倡议指出了国与国相处的正确之道，代表着绝大多数国家和人民要和平不要战争、要发展不要动荡、要合作不要对抗、要进步不要倒退的普世愿望，占据着国际关系的道义制高点，反映了人类进步的共同利益。

理念是需要人去实践的，活跃在180多个国家的中国外交官正是中国理念的一线践行者。

本书通过中国外交官多年（对他们中的许多人来说是一生）在不同地域、不同时间的亲闻、亲见、亲历、亲为，为我们讲述了一个个鲜活、生动、真实的“一带一路”故事。

虽然这都是些过去的故事，然而，他们是真正的中国故事，中国外交的故事，一个个可爱、可敬的中国人的故事。这些故事，折射出中国外交的艰辛旅程、奋斗旅程、辉煌旅程，折射出无数中国外交官为“一带一路”倡议的默默耕耘和执着贡献，折射出他们对共建“一带一路”国家人民和文化尊重、尊敬的宽阔胸怀。

中国神话中，“精卫填海”讲述了一只鸟，日复一日，衔石填海的神话故事，这种精神数千年来激励了一代又一代华夏儿女。这本书里，我们看到的何尝不是无数只“鸟”，为了人类相亲相爱，奋力衔石，构筑“一带一路”友谊与合作大业的真实故事！

从这些故事中，我们还可以感受到外交官们对祖国的无限热爱和忠诚，为中国外交事业的忘我奉献和牺牲。

在外交官的职业生涯中，多少人夫妻长期分居两国；多少人第一次见到自己的孩子时，孩子已经蹒跚学步；多少人忠孝不能两全，父母病重去世都不能见上最后一面；多少外交官的孩子从小就失去家庭的圆满，看到别的孩子上学有父母接送、生活有父母陪伴、节日有父母怀抱可依偎，幼小的心灵充满了无数的问号和伤感。然而，职责使命使他们置国家于小家之上，无怨无悔，忠诚奉献！

随着祖国的发展和强大，我国外交官的工作条件已经极大改善。然而，他们这种对国家、对事业的忠诚和奉献牺牲精神是永远值得褒奖和弘扬的。

一个强盛的中国需要具有这样精神品格的外交官，一个美好的世界需要这样一批为了和平和合作自我奉献的外交官！

本书分上、下两册，上册的作者大多为驻各国使领馆的大使，下册的作者大多为驻各国使领馆的文化参赞。文化是一个民族生存与发展的深层力量。文化承载着一个民族的生活方式，一个民族的思维方式，一个民族的价值观念，一个民族的美学取向，一个民族的喜怒哀乐，一个民族的道德形态，一个民族的知识体系……文化历来是不同国家和民族间友好交往、增进了解和友谊的重要桥梁。正如鲁迅先生在《呐喊》捷克语译本序言中所说："人类最好是彼此不隔膜，相关心。然而最平正的道路，却只有用文艺来沟通。"

作为外交官，向驻在国人民介绍中华民族优秀文化，同时虚心了解和学习别人的文化，架起不同人民间文化与理解沟通的桥梁，是他们的本职工作。在这本书里，我们既可以欣赏到他们笔下世界文化百花园的姹紫嫣红，更能看到中国外交官虚怀若谷、谦逊好学、开放包容的精神风貌。这是我们中华民族应该永远传承的。

2023年3月，习近平总书记向世界发出了全球文明倡议：我们要共同倡导尊重世界文明多样性，坚持文明平等、互鉴、对话、包容；我们要共同倡导弘扬全人类共同价值，和平、发展、公平、正义、民主、自由是各国人民的共同追求；我们要共同倡导重视文明传承和创新，充分挖掘各国历史文化的时代价值；我们要共同倡导加强国际人文交流合作，促进各国人民相知相亲，共同推动人类文明发展进步。

这本书讲述的正是为了实践这种全球文明倡议而奋力拼搏的中国外交官的真实故事！

丁伟

2023年春于北京

目 录

我同法兰西结下不解之缘

蔡方柏

1956年，我因偶然机会考取北京外国语学院，并选择了法语专业，从而与法兰西结下了不解之缘。

我先后在中国驻法国使馆工作了24年，其间任大使8年。从建馆先遣组普通职员到特命全权大使，迈过外交官级别的每一个台阶。这些经历使我目睹了半个世纪以来法国的发展轨迹、政局变化和中法关系的峰回路转。尤感幸运的是，有机会以不同身份同法兰西第五共和国6位总统进行过零距离接触或特殊交往，与他们结下了深厚的友谊，至今令我难以忘怀。

两种不同文化的碰撞

20世纪60年代中期，我在驻法使馆担任首任大使黄镇将军的秘书兼翻译。当时使馆人手少，只要有空，什么事情都得干。1966年新年前夕，使馆按惯例分别给法国领导人家里赠送中国茅台酒等新年礼物。法国文化部部长、著名作家安德烈·马尔罗是戴高乐政府中的重量级人物，他在20年代来过中国，写过有关中国的书《人类之命运》，对中国比较了解和友好。因此，黄大使特别交代我亲自将新年礼品送到马尔罗部长的家中。

是日，雪后放晴，巴黎主要街道上张灯结彩，仍然沉浸在圣诞节的喜庆之中。我乘车很快到了马尔罗部长的住所。他家住在一栋公寓楼的3层。我按门铃后，一位身材略显肥胖、年岁50开外的妇女面带微笑为我开门。看来，她就是部长夫人。我说明是中国驻法大使黄镇将军给马尔罗部长先生送来新年礼物，请她收下。她很高兴地收下礼物，且要我转达对黄镇大使的谢意，接着她将礼品拿进屋内，并要我在门口等她一会儿。大约1分钟后，她拿来10法郎塞到我手上，说：“这是给你的。”我一面摇手谢绝，一面转身下楼，并说：“再见，夫人。”此时，她的微笑突然消失，有点生气地大声说：“怎么，你嫌钱少了吗？”我顿时感悟到发生了误会。我立即驻足，又转过身来说：“夫人，请您不要误解我的意思。在我们中国没有收小费的习惯，再说我是黄镇大使的秘书，是受大使的委托给部长先生送礼品来的，这是我的职责，即使您给我再多的法郎，我也不能收下，请夫人谅解。”听了我的解释后，她哈哈大笑起来：“原来是这样，那就请秘书先生进来喝杯咖啡再走吧！”她边说，边请我到客厅里。由于盛情难却，我就随她进到客厅里。客厅不大，但布置得古色古香，既幽雅又整洁，颇有文化沙龙的风格。不一会儿，女主人端上一杯热气腾腾的咖啡。当我赞扬她煮的咖啡味道纯正香浓时，她笑容可掬地说：“我丈夫经常对我说，中国是一个历史悠久的礼仪之邦，今天所发生的事情充分证明了这一点。”喝完咖啡，我再次感谢她的热情款待后，就告别了女主人。

我返回使馆报告这个小插曲时，黄镇大使既风趣又严肃地说：“这就是两国文化差异之处哟，只有多做增信释疑的工作，才能把事情办好。”

继承夫志续友谊

蓬皮杜总统夫人婚前叫克洛德·卡乌尔小姐，曾就读于巴黎法学院。她曾是网球能手、游泳健将。其父是位名医，当过圣约瑟夫医院院长，其母留学英国，可以说是大家闺秀。克洛德·蓬皮杜同其丈夫一样博学多才，很有见识，崇尚中国文明。

1973年9月蓬皮杜总统访华时，蓬夫人本来是要陪同来访的。但是到了8月10日，法国外交部礼宾司告知，总统夫人因身体不好不能乘坐飞机，故不随总统访华。蓬皮杜总统谢世后，她继承丈夫的遗志，继续致力于发展中法两国的友好关系。应中国人民外交学会的邀请，她先后于1985年和1992年两次正式访华，曾与万里、康克清等领导人会晤，并以克洛德·蓬皮杜基金会会长名义同宋庆龄基金会建立了关系。她怀着极大兴趣，在北京、西安、上海、苏州、杭州、重庆、桂林、广州参观访问，并游览了长江三峡。在《心潮》一书中，她写下了如下美好回忆：

“自我发现中国以来，日本的魅力有所消减。我觉得中国对日本的影响很大。我曾以为属于日本文化的不少独特的东西，原来都源于中国。中国本身就是一个天地，幅员似一个大洲。从万里长城或六千阵亡武士（指秦俑）到扬子江，人们不禁为其所展现的一切之广大留下了强烈印象，不仅惊叹其疆土辽阔，而且更惊叹其历史的分量与辉煌。特别令人吃惊的是，约四千年来，中国人民始终保持着高度的一致性和连续性。正如中国人所说的，从组成国家文明与受到启迪的文化、习俗、文字——中国人称之为方块字中，可以感受到这种一致性和连续性。尽管屡遭外来入侵或历经不同政治更替，这一历史似乎从未间断，也未被否定。自然联想到中国人民兴建紫禁城那样何等对称和谐的宫殿与庙宇等所表现出的勇气、顽强意志和艺术创造力。表面上看来，反常的是，国家统一与长久之威力并不妨碍地域辽阔和人口众多——目前已有十二亿人——所带来的多样性，也不束缚中国人的想象力和发明创造。应中国人民政府的邀请，我已赴华进行了两次难忘的访问。我受到几乎是西方国家元首般的接待，以对1973年我丈夫作为总统访华的怀念。他是戴高乐将军承认中国后正式访华的第一位法国元首。我发现中国人民对这次国事访问记忆犹新，心里实为感动。我访华归来的众多印象中，值得一提的是发现北京京城真大，上海人群熙攘但又安宁，沿长江神奇的三峡顺流而下，在桂林游漓江，可谓梦幻一般……

“一天，听中国驻法国大使（指本文作者）说道：‘您在我们国家真是家喻户晓了。’想想吧，得十二亿

作者夫妇和克洛德·蓬皮杜夫人合影

人的心，我何等开心！我觉得，在很多方面，中国人与法国人十分相近，尤其性格活泼，爱开玩笑，喜欢生活。但或许是信仰的缘故，中国人比法国人显得‘严肃’。佛教教他们要文雅，有同情心。儒学和道教反复教育他们在任何情况下要自我克制。我希望这些品德和优点能在青年一代身上传下去，因为这是令人推崇的文明的本质，值得其他民族引以为鉴。”

我全文引用她对中国的上述美好回忆是要说明，她的中国情结不只是中国高规格接待了她丈夫而产生的感激之情，更重要的是出于她本人对博大精深的中华文化和中国优秀伦理道德深刻洞察的结果。

克洛德·蓬皮杜夫人第一次访华时，我作为外交部西欧司副司长陪她参加过有关访问活动。1990年我出使法国后，与蓬夫人及其家人保持密切的交往。她第二次访华时，我作为中国驻法大使与中国人民外交学会一起为其访华作了周详的安排，所以她说在中国受到了近乎对国家元首的礼宾规格接待。

最令我感动的是蓬夫人在中法关系出现困难时，总是设法推动两国关系正常化。她虽已是耄耋之年，但仍在尽力促进中法友谊，关注中国的发展和进步。她还鼓励其儿孙相继访华，推进两国在科技、文化等方面的交流。蓬夫人为中法友好做出了突出的贡献，不愧为中国人民尊敬的老朋友。

法国葡萄酒文化

法国葡萄酒享誉全球。法国也是人均消费葡萄酒最多的国家。葡萄酒主要产区是基隆德－夏朗特盆地以及朗格多克－鲁西荣大区等地，其中波尔多市所在地的基隆德省是法国高档葡萄酒主产区。烈性葡萄酒科涅克酒（在我国被称为白兰地酒）产量超过100万百升，该酒产于中西部科涅克地区，故得此名，为40度的烈性酒。香槟酒产量为200万百升，主产区在马恩省，占全国产量的70%。地处该省的香槟地区位于巴黎以北140公里处。该地区冬天不太冷，夏天较热，雨量适中，周边茂密的森林对调节气温起着重要作用，当地石灰质土壤、充满阳光的山坡造就了葡萄生长的良好环境。我曾去参观该葡萄园，据主人告知，只有在香槟地区所划定的葡萄园里生产的葡萄所酿的酒才能称为香槟酒，否则只能称为汽酒。我曾于90年代初，代表国内有关部门正式通知法国香槟酒生产者联合会，为尊重法国香槟酒的商标权，中方不再使用香槟酒商标。法方表示非常满意。从此，我国只生产各种汽酒，不再有国产香槟酒了。

法国酒文化源远流长。早在中世纪，葡萄酒就为天主教的僧侣和皇家贵族所喜欢，成为宗教聚会和君王欢宴的必需品。一些僧侣还掌握酿酒技术。后来葡萄酒逐步传到民间，百姓招待客人，欢度节日时也广为饮用。

我在法国任职期间曾多次参观过波尔多等地的酒厂或酒庄。葡萄都种植在大面积的沙砾土地上。地表松软，但深层坚硬。在波尔多的一个酒窖里，主人让我看到了葡萄树根的穿透能力。地面上的一株葡萄树穿过几米厚的坚实沙砾层，把根引到酒窖里去了。到了葡萄的收获季节，酒庄主人会雇用许多季节工用手或机器采摘下来后运到酿酒车间，红葡萄酿成红葡萄酒，白葡萄酿造白葡萄酒和香槟酒。不同颜色的葡萄装入不同捣碎机，被捣成汁，然后发酵，最后装入橡木大桶，贮存一定时间后装入酒瓶内。特别是香槟酒需要两次装瓶。第一次装瓶后酒在瓶中进行第二期发酵，如有必要，用几年的陈酒勾兑，以增加浓度。装瓶三个月后，逐步将瓶倒置半年或更多时间，目的是让沉淀物集中到瓶颈，将瓶颈的沉淀物加以速冻，拔出瓶塞，让沉淀物喷出，再加少量陈年香槟溶解的糖浆，重新加塞，贴上商标即可上市出售。一般认为红葡萄酒、香槟酒、科涅克酒从酿造到出售需要3—5年时间。好的葡萄酒主要看产区和年份。产区划分是根据水质、地质条件而定的。此外，年份对酒的质量有重大影响。好的年份是有充足的阳光、适量的雨水和较晚的降霜期，这有利于生长出酿成好酒的葡萄。酿酒的葡萄个小，既酸又涩，不能食用。大家公认最好的红葡萄酒是1928年的波尔多酒，1945年和1955年的波尔多红酒也是好酒。最好的科涅克酒是1929年和1947年酿造的。80年代最好的香槟酒是1989年酿造的。我参观香槟酒厂时，主人专门打开了一瓶1949年的香槟酒，以表示庆祝中华人民共和国成立；参观葡萄酒厂时，主人打开一瓶我出生那年的红葡萄酒，以表示欢迎中国驻法大使来酒厂参观。虽然不是最好的年份产的酒，但是酒质柔和，香味浓郁，是真正的陈年佳酿。

一般法国家庭在地下室设有酒窖，但必须保持70%湿度和十二三摄氏度左右的恒温。酒瓶必须躺倒放在酒架上，让木塞子浸泡在酒中变大，酒便不会挥发。较好的红葡萄酒、科涅克酒存放时间越长越好，但白葡萄酒和香槟酒不宜存放过久。

我曾于90年代中被波尔多一家酒业行会授予骑士荣誉称号。授予仪式相当隆重，我们都身着古装，有关人士发表讲话，赞扬该地葡萄美酒的悠久历史和文化内涵及其对身体的好处。仪式后，举行盛大的品酒宴会。一餐饭吃下来，每位客人需品尝30多种不同品牌的红白葡萄酒。实际上每种酒只能尝一点儿，其余的半杯酒就倒进放在桌上的大桶里去了。在我看

20世纪90年代，一家波尔多葡萄酒行会授予作者（坐者）骑士称号。仪式结束后，作者题词留念

来，这既是一种友好表示，也是一次带有浓厚商业气息的公关行动，其目的在于出售更多法国葡萄酒。

如何鉴别法国葡萄酒的质量是一门学问，在法国有品酒专家从事这种职业。据许多法国朋友介绍，一般认为，判断一种葡萄酒的好坏，主要看色、香、味三种指标。所谓色，就是用眼观看，要颜色光泽，不混浊。在灯光下，陈年红酒呈现橘红色；所谓香，就是持杯晃一晃，用鼻闻，好酒可嗅到不同品牌酒的浓郁香味；所谓味，就是完成上述两个动作后，将酒喝一口，让酒在口腔来回滚动几下，如入口醇润，回味绵长，总体感觉柔和就算好酒。综合上述三个因素，就可对某种酒的质量作出评判。当然，不是所有法国人都有这样高的品酒能力，但是大多数法国人有这个习惯。我出席众多宴会时，主人当着客人开启瓶塞并都煞有介事地品尝第一口酒，当认为是好酒时才往客人杯子里斟酒。在少数情况下，主人说品尝的酒不能喝，饭馆就得马上换一瓶。

法国人不劝酒。除了宴会结尾致祝酒词，请大家喝酒外，一般不再劝酒，而个人根据各自能力自便。法国人有一套独特的饮酒方法，这是法国酒文化的一大特色，逐渐为世人接受。宴会前喝开胃酒，如马蒂尼、威士忌、各种勾兑好的鸡尾酒或各种果汁。吃饭时，上海鲜、鱼类菜肴时喝白葡萄酒，上牛羊、鸡鸭等肉类菜肴时喝红葡萄酒。还有一种简便的办法，吃海鲜、鱼类和各种肉类菜肴，只喝一种酒，即玫瑰红葡萄酒。在吃甜食前，主人致祝酒词时喝香槟酒。喝香槟酒是很有讲究的，先要把酒放在有冰块的桶子内冰镇，到喝时解开瓶盖上的钢丝，将酒瓶略为斜倒，用手摇动瓶塞，酒气会自动冲出木塞，发出嘭的震耳声音，此时宾主鼓掌，表示祝贺开瓶成功，并说明这是一瓶好酒，同时也烘托出主人待客的隆重气氛和宾主的高兴心情。到喝咖啡时喝烈性科涅克酒，在饭后饮用有活血、助消化的功能。喝这种酒的方式很特别，有专门的酒杯，杯口小，杯身圆得像小鼓，一次只倒小半杯，喝时用两手掌心握杯，把杯中的酒温热再加以摇晃，达到酒香四溢的目的。当你饮用时，由于杯口小，先闻到酒香，然后再慢慢地浅饮，使你感受到享用美酒的快感。虽然已到向主人告别之时，但却有流连忘返之感。

法国生产许多不同品牌的科涅克酒，如人头马、拿破仑、轩尼诗。国人经常把陈年科涅克酒称为“XO”酒。据说，“XO”的意思是EXTRA OID，即特别的陈年老酒。这当然是陈年好酒，但据我所知，更好的科涅克酒是“路易十三”，在法国市场上的标价高达三四千法郎一瓶，国内卖到上万元一瓶。

法国在席间还有一种饮酒方式，即从头至尾只喝香槟酒，据说是隆重招待贵客的一种做法。我在法国任职期间遇到过一两次，大都出现在大公司举行的宴会上。

法国人大多喜欢喝红葡萄酒。据说它的好处是红葡萄皮上有许多氨基酸成分，由于法国人喝红酒多，患心脏病的人相对较少。当法国人请你去餐馆吃饭时，主人点什么酒既可以看出他的社会地位、文化素养和富裕程度，也可感受到主人接待客人的热情程度。

蔡方柏，1936年生于湖北咸宁市。外交学院兼职教授。

毕业于北京外国语学院，留学于瑞士日内瓦大学。曾任外交部西欧司司长，中国驻法国使馆政务参赞、公使衔参赞，驻瑞士、法国大使。获法国总统希拉克授予法国荣誉军团大将军级勋章。

曾任外交部政策咨询委员、中国前外交官联谊会会长、外交笔会会长等职。第九届全国人大代表、全国人大外事委员会副主任。

著有《从戴高乐到萨科齐》《我同法国六位总统的零距离接触》《穷小山国缘何成世界首富——瑞士国家竞争力密码》等书。

爱琴海随笔

甄建国

若惊

1999年12月初冬的一天上午，蓝天下的北京沐浴在晨光中。我骑着自行车来到办公室，看到桌上放着一张纸条，上面写着要我马上去主管领导处谈工作。到了那里，他开门见山说，我将被派往希腊工作，要我马上开始交接工作，并在两个月内赴任。当时，我感到十分意外，没有半点儿思想准备。我曾在北欧国家留学，并长期在这一地区工作。此外，我从未到过希腊，也不懂当地语言，对它缺乏深入的了解。但是作为一名从事外事工作30多年的老兵，服从安排是我们的传统。于是我没有犹豫，表示一定努力学习和工作，不辱使命。

我对希腊的了解还是在中学学习时获知的。在语文课中读过几则伊索寓言，在数学课上学过“毕达哥拉斯定律”，在物理课上学过阿基米德“浮力定律”，希腊是一个文明古国，如此等等。于是我马上开始了准备工作，赶紧到书店买了几本关于希腊国情和神话的书，临时抱佛脚，做些准备。

2000年2月底，过完新世纪的第一个春节后，我便启程前往希腊。我抓紧时间参观了一些主要城市、岛屿和重要文明古迹，与当地政府、人民接触，其中我在两个月内曾五上雅典卫城参观。经过这些走访，我感到，希腊和雅典这一古国和城市的历史太过悠久、灿烂和深奥，希腊人民创造奇迹的智慧和能力令人震撼，他们那大无畏的英雄主义和爱国主义事迹和传统，连同圣托里尼和萨莫斯岛那梦幻般的阳光、大海、沙滩等一干美景，无不远远超过了我的想象，并留下难以忘怀的印象。当你游走在美岛、秀山、丽水、暖阳中，深入探寻那悠久的历史和古迹，与热情奔放的希腊朋友品茗茶、叙友情，就能感受到这一美丽的国度、人民及其梦幻般的大自然给我们带来的心灵上的享受。

溯源

希腊是一个什么样的国家呢？它位于巴尔干半岛的南部，地处地中海东部，三面环海，面积13万平方公里，其中15%为岛屿，人口1000多万。它是欧洲日照时间较长的国家之一，地缘和大气环流使希腊的海域拥有地中海最干净的蓝色的海水和美丽的海滩。希腊的岛屿像是一片片秋叶，漂浮在爱情之海（爱琴海）上，被人们推崇为世界上最具浪漫情韵的地方。

谈到希腊历史，与其说是一个国家的历史，更不如说是一个民

雅典卫城主体建筑帕特农神庙雄姿

族的历史。大约在1万年前，希腊人就活动在地中海东部地区。东起现在的土耳其西部沿海地区，北到黑海海岸，西至意大利和西班牙，南到非洲北部沿海地区，都留下了希腊人在史前活动的足迹。人类历史上最早的长篇史诗“荷马史诗”对此也曾多作描述。古希腊经历了克里特、迈锡尼和公元前5世纪左右的古典文明三个时期。公元前4世纪初的亚历山大大帝东征并建立了横跨欧非亚大陆的帝国。他所到之处都要建卫城，最东面的一座就建在目前阿富汗的坎大哈。也许是高高的喀喇昆仑雪山阻止了他东征的步伐。从公元前2世纪中叶起，希腊先后被罗马、拜占庭和奥斯曼帝国占领。1821年希腊人民发动了争取民族独立起义，并在1828年取得了独立。

笔者站在倒塌的世界古七大奇迹之一的宙斯神庙巨柱前留影。在巨大的石柱前，人是多么的渺小

古奥林匹克村的赫拉神庙。历届奥运会的圣火都要在这座神庙的石柱前点燃

埃皮达夫洛斯古剧场全景。该剧场有近2500年的历史，可容纳1.4万人，至今仍在使用，其音响效果惊人，无需任何音响设备，全场观众可清楚地听到演员的对话与歌声

震撼

地处欧洲和亚洲大陆连接部的希腊也是东西方文化的交汇地带，两河流域文化对希腊文明的早期发展，特别是对希腊克里特文明和爱琴海文明的发展产生了巨大的影响。最早的古希腊文字是在腓尼基文字的基础上发展起来的，它后来几乎也成为所有西方文字发展的基石。事实表明，希腊文明是在欧亚非和东西方文明交流中产生和发展的，而公元前5、6世纪则是其黄金时代，同时也是人类文明发展的高峰之一。希腊对人类在政治、社会、哲学、自然科学和文化等诸多领域的发展做出了不可磨灭的贡献。

在希腊，走到任何一个风格各异的城镇，登上一个大小不同的岛屿，都可以听到它在希腊神话中的神奇经历和故事，看到一些能够见证文明发展的古迹。希腊第一个可考证的克里特文明时期出现在公元前3000年前。米诺斯王朝的宫殿是一个在历史上首次出现的多层建筑，里面有一整套独立的供排水系统；这里还有一些美妙的壁画，它们活灵活现地展示了当时人们出海捕渔、手工艺品和陶器制作，以及体育活动的情景。连在荷兰的国际法院最高法官的座椅也是按这里的王座制作的。在巨石建成的迈锡尼古城和圆顶墓内，你仿佛看到了“荷马史诗”中曾描写的“遍地黄金迈锡尼”的繁荣社会情景，听到了阿伽门依国王率领希腊各路大军征战特洛伊的疆场上战马的嘶鸣声。奥林匹亚古运动场和宙斯神庙、雅典的卫城上的帕特侬神庙等建筑令人目不暇接。在爱琴海东部的萨莫斯岛上，有一座公元前6世纪建造的千米穿山隧道。我曾亲自下去观看，隧道有一人多高，可以并行3人。令人匪夷所思的是，这条

萨莫斯岛上公元前6世纪建造的千米穿山供水隧道

隧道当时是从山的两侧同时开凿的，贯通时的误差仅40厘米，这是何等高超的科技和工程水平！令人感到目瞪口呆的还有公元前4世纪依山就势建成的埃皮达夫洛斯古剧场，它那半环形的看席有45排，可容纳1.4万名观众。它没有任何音响设备，但每一位观众都可以清楚地听到下面圆形舞台中人物的对话。我曾站在舞台中心的石板上投下一枚硬币，其落地的叮咚声可传到剧场的最高一排。每年7月，这里就要上演人类历史上最早出现的古悲剧或喜剧。此剧场距离雅典市150多公里，晚上山里的气温也不高。但这些都不能阻挡酷爱戏剧的希腊人，他们愿花3小时，抱着毛毯乘公交车来到这里看戏到午夜。我曾在2001年一个夏日的夜晚，应邀来此地观看古悲剧，亲身体验了希腊古悲剧给现代人带来的心灵上的冲击。

谈到这里，一定要提到公元前5世纪的雅典，在卫城旁的石墙前，当时典雅的首席执政官伯里克利发表了一篇纪念阵亡将士的演说。他不但在人类历史上首次提出了“民主政体”和“在法律面前人人平等”的论断，还在讲话中提出了“政府为多数人而不是为少数人”的理念。这些都为人类后来的文明发展做出了巨大的贡献。在雅典，人们还可以看到当时选举用的投票机器、古柏拉图学院和亚里士多德学院，如此等等。希腊人民在古代为人类文明的发展做出的贡献，使人感到震撼。

家国情怀

在同希腊友人的交往中，他们经常敞开心扉对我说，在他们眼里，只有中国的历史与希腊同样悠久。中希之间可以无话不谈，但同那些只有二百多年历史的地方，没有什么可深谈的。他们感到自豪的是，自古以来，希腊人民是一个热爱祖国和富有大无畏牺牲精神的民族。这种精神来源于几千年的智慧、传统和美德，也浸透在这个民族的血液中。人们始终记得荷马在他的史诗巨作中曾写道：“祖国是无以伦比和最可爱的。”伟大的哲学家苏格拉底也曾说过：“祖国是一个神圣而高尚的礼物，它比父母和祖先还要伟大。”

马拉松纪念碑

为了自己的信念，苏格拉底宁可牺牲自己的生命，从容喝下毒酒，也拒绝在亲人和学生的救助下逃亡。在这种精神的鼓舞下，希腊人民谱写了许多可歌可泣的英雄壮举。在马拉松，希腊将士以少胜多，战胜了入侵者，菲里庇斯为传达胜利的喜讯，跑步到雅典，并为此献出了宝贵的生命，谱写了一曲永载史册的英雄篇章。在公元前480年，希腊曾在温泉关与入侵的波斯军队进行了一场激烈的战斗。当时，斯巴达城邦的利奥尼迪斯一世国王率领300名斯巴达将士面对数十万敌军，明知必败无疑，却毫不退缩，最终全部血洒疆场，壮烈牺牲。鲁迅先生曾写下《斯巴达之魂》一文，盛赞这种大无畏的民族精神，激励中华儿女奋起反抗外国列强的侵略。在19世纪争取民族独立的斗争中，在希俄斯岛上（Chios），有一个名叫阿纳

克里特文明的迷宫的主体建筑国王大殿和门前宽阔的庭院

瓦图的村庄，300名当地勇士和男女老幼百姓，同敌军进行了殊死战斗，且战且退，最后一起从300米高的悬崖峭壁上跳入山谷，壮烈牺牲。在1866年，克里特岛上的300名勇士在阿尔卡特修道院浴血奋战，抵抗数倍于己的敌军，最后引爆弹药库，与数百名敌人同归于尽。这一惊天地泣鬼神的壮举，震动了当时的整个欧洲，法国文坛巨匠雨果亲自为此写下了赞美的词句。在1821年，一位名叫阿塔纳西奥斯·迪亚科斯（Athanasios Diakos）的英雄，带领起义军同侵略者进行了不屈不挠的战斗。在温泉关地区的一次战斗中，他不幸被俘，敌人对他施加酷刑，企图要他投降，或改变信仰。但是阿塔纳西奥斯·迪亚科斯面对威逼利诱，宁死不屈。最后敌人残酷地把他开膛破腹，用铁棍将他刺穿，放到火上活活烧死。为了纪念这位年仅35岁的英雄，人们在他牺牲的地方的路旁竖起了一座纪念碑，上面刻着他的彩色图像，他脚蹬战靴，身披民族服装和战袍，右手高举已经折断的战刀，凸显其战死疆场的伟大形象。我曾专程来到纪念碑前，凭吊这位精神不死的英雄。

在第二次世界大战中，希腊人民奋起抵抗法西斯的侵略和占领。在1941年的一个深夜，两位18岁的年轻人，置生死于不顾，攀上悬崖峭壁，取下了卫城旗杆上的法西斯旗，换上了希腊国旗。这一行动极大地振奋了人民的斗志。我曾慕名拜访其中一位当年的“小英雄”，聆听这位已年近九旬的英雄格莱佐斯讲述当时的英勇事迹。他还向我讲述了他17岁的弟弟因参加抗击法西斯的斗争而惨遭杀害的情景，并展示了其弟赴刑场前在一顶帽子的帽衬上写给妈妈的诀别信：

小英雄格莱佐斯的弟弟的诀别书

“亲爱的妈妈，亲吻您，问候您。今天我将走向刑场，为希腊而牺牲!”听到这里，我心里万分感动，眼睛里的泪水差点流下来。就是这种大无畏的爱国和英雄精神，激励着希腊人民，使之成为一个民族生存和发展的灵魂。

山水奇观

到了希腊，参观历史古迹是必不可少的。大家知道希腊是一个闻名遐迩的旅游天堂，各国游客慕名而来，享受这里的阳光、海滩和美岛。但很少有人知道，人们在希腊可以亲身体验在欧洲其他国家罕见的地质奇观。

天下美岛——圣托里尼岛。人们都说，希腊的岛屿都非常美丽，唯有圣托里尼岛与众不同。它是希腊最神秘、最奇妙和最具特色的美岛，拥有地中海难得一见的自然风光。圣托里尼岛最高处为海拔200多米，最低处距海平面只有几十米。岛上的岩石有的是深红色，有的则发出青铜色甚至深沉的暗紫色。如果你乘游艇来到圣托里尼岛，就可以看到那高达百米的咖啡色的峭壁岩石，犹如从明镜般的海平面上陡然升起，它的顶部是一座座白色的房屋，宛如给美岛披上一条白纱，好似希腊众神生活的云中仙阁。

圣托里尼岛的海滩别具特色，这里有白色沙滩，

希腊的“桂林奇峰”——曼代奥拉群山之一奇景

也有黑色沙滩，更有别处难觅的红色沙滩。公元前15世纪，圣托里尼岛发生了巨大地震，摧毁了当地和克里特岛上的文明。世界上不少地质学家认为，柏拉图描述的沉入海底的亚特兰蒂斯文明就是圣托里尼岛一带。

欧洲最长的峡谷——萨马利亚大峡谷。萨马利亚大峡谷是克里特岛上的一大自然奇观，也是欧洲最长的峡谷。峡谷位于岛的西部，南北走向，长18公里。进入峡谷如同进入另一世界，曲折的栈道十分险要、陡峭，在两公里内落差高达1000米；有的地段丛林覆盖；这里也有"一线天"的地质景观，两侧高山之间只有3米宽的夹缝，它的名字叫"铁关"，确是"一夫当关，万夫莫开"的险地。这里已成为游客和探险家的乐园。1962年，这里成为希腊的国家公园。

欧洲最美丽的溶洞——伏里哈达溶洞。该洞位于伯罗奔尼撒半岛南部的拉科尼亚半岛（Lakonia）的迪洛斯海湾，形成于几十万年前。其独特之处是由海水和淡水混合形成的溶洞。洞内的水面要低于海平面。溶洞的总面积为3.34万平方米，长达14公里，目前已开发并对游客开放的面积5000平方米，长1500米。我曾乘船游览此洞。洞内的平均气温为16—20摄氏度，水温为12摄氏度。洞内的钟乳石形状奇特，红、黄、白、紫，色彩缤纷。有的像巨树参天，有的像象鼻入水，也有的像莲叶漂在水面，还有的像士兵列队迎宾，有些石则在水下71米处。有的圆形洞顶布满万点繁星，与熠熠的水光交相辉映，有的洞厅富丽堂皇，有的洞厅小巧玲珑，真可谓一桨一景，美不胜收。

罕见的火山奇观——尼瑟洛斯岛（Nisyros）。该岛位于爱琴海东部，坐落在一条地震带上，是一个名副其实的未完全熄灭的火山岛。要零距离体验火山口内的奇观非尼瑟洛斯岛莫属。人们可以从坐落在火山口旁的尼基亚小村鸟瞰火山口：高耸的岩浆形成的山峰、形状各异的大小火山口，还有那蜿蜒曲折的山路，尽收眼底。岛中央的火山口是一座半活的火山。它最早的一次爆发是在2.4万年以前，形成了一个直径3公里、欧洲最大的火山口。火山口内有5个被称为岩穹的小火山口。其中，最深、最大的是斯特凡诺斯活火山口，直径为300米，深25米。人们可以沿着陡坡上的小路下到火山口底。这里有高温喷泉、沸腾的泥浆和从地壳下喷出的高达98摄氏度的气体。地面的温度相当高，可以使橡胶鞋底熔化。这里有罕见的硫黄晶体，凡到此地的游客都争相拾捡，以作留念。此番体验世上绝无仅有。

希腊的“桂林奇峰”—— 曼代奥拉群山（Meteora）。此群山位于希腊中部，共有24座如刀削般的陡峭沙岩山峰。它们平地突起、光滑出奇、陡峭险峻。其名字“曼代奥拉”在希腊文中是“飞翔的石头”的意思。它们确像一块块天外来石，直插在一片广阔的平原上。真可谓中国的桂林山峰在希腊再现。在这些矗立的巨石上建有一些东正教修道院，共24座。1922年，人们为其中的6座开凿了上山石梯。此后这里的香火便兴旺起来，并对外开放。其中圣卢萨诺修道院建在一座山峰的顶上，景色最为奇特壮观。人们难以想象修建这些修道院是何等艰巨！曼代奥拉奇特的山峰地貌、罕见的修道院群及其独特的历史和传统，使大量考古学家和游客都慕名来此山游览、参观、访问和从事研究工作。闻名遐迩的“007”谍战电影中就有一部是在这里地形最险要的修道院拍摄的。

爱情之海

希腊是欧美人士度假和旅游最常去的国家之一，也是青年人推崇为最富浪漫情趣的地方，人们可以在这里追寻永恒爱情的感知。

圣托里尼岛的独特风光已成为新婚夫妇度蜜月的最佳胜地。在宝石蓝色的大海、蔚蓝色的天空和白云的映衬下，棕褐色数百米高的悬崖峭壁令人感叹不已，白、红、黑的彩色海滩使人备感惊

克里特岛上的阿尔卡特修道院的弹药库。300名起义勇士引爆弹药与敌人同归于尽的地方

喜，雪白色的建筑、蓝色的教堂圆顶和古铜色的吊钟，还有小城中曲径通幽的街道令人神往，在该岛北边的小村观赏落日更是令人心旷神怡。我曾向100对新婚燕尔的中国青年男女介绍此岛的美景与特色，他们来到这里度过了一段蜜月的美好时光，并留下一生难忘的婚纱倩影。

希腊还有其他许多令历史名人钟爱并象征永恒爱情的岛屿。2000多年前的埃及艳后克莱奥帕特拉和罗马帝国的安东尼选择了另一个美岛度过了他们的蜜月，即萨莫斯岛。这里不仅有旖旎的风光，还有天后赫拉在古希腊的最重要的神庙。赫拉神庙的规模可与古七大奇迹之一的宙斯神庙相媲美。这个岛是古代著名的哲学家和数学家毕达格拉斯的故乡，岛上有公元前6世纪修建的古穿山隧道，岛上的首府毕达格里翁整个古城被联合国教科文组织列为人类文化遗产。此外，人们在这里还可品尝特供教皇的蜜酒和获巴黎大赛金奖的红酒。

希腊神话中，引发著名的特洛伊战争的斯巴达国王倾国倾城的美女王后海伦与帕利斯王子私奔后，俩人选择了斯巴达南部港城吉梯欧（Gytheio）附近的一个名叫克拉奈的小岛度过了最初的美好时光。在当代，英国王妃戴安娜在离开人世前在依德拉岛（Ydra）度过了最后一段美好时光。

永恒的爱情海峡——阿默尔海峡

距科孚城31公里处有一座历史悠久的茜达里古镇，其美丽的沙滩和奇形怪状的溶洞、暗河是两大旅游胜景。最著名的是悬崖环绕的海湾出口——阿默尔海峡。蓝天、白云、湛蓝的海水，还有那白色的峭壁，景色之美，令人叹为观止。神话传说称，两位情侣如能游过阿默尔海峡，他们之间的爱情将永世不变。

忠贞不渝的爱情象征——依塔卡岛（Ithaca）

依塔卡岛是一个在历史上久亨盛名的岛屿。“荷马史诗”曾提到这个岛上的英雄人物——依塔卡的国王奥德修斯。史诗第二部分《奥德赛》中描述了奥德修斯从特洛伊返回依塔卡家乡路途上的磨难经历。他离乡背井，征战特洛伊十几载，他的美丽无比的夫人对他的爱却坚贞不渝。在漫长的等待时间里，她以超人的智慧赶走了众多企图逼婚的达官贵人的威胁、利诱和追求。最终与奥德修斯团圆。这一美丽的爱情神话连同岛上的美景已成为众多画家创作的题材。

英国诗人拜伦的感人的爱情故事。拜伦是一位英国的贵族勋爵，在1809年首次访问希腊时，爱上了当地主人的女儿，并为此写下《雅典的少女》和《哈罗德少爷》等著名诗作。1823年，为了爱情和支持希腊人民，他毅然舍弃了优裕的贵族生活，变卖了全部家产用于购买武器和弹药，再次来到希腊，加入了希腊独立战争的行列。拜伦坚信，笔比刀枪更重要。在1824年复活节，他还没有抵达战斗前线，便被流弹击伤后牺牲，献出了年轻的生命。希腊人十分敬仰拜伦，在雅典和其他城市都有他的雕像，许多孩子和街道也以他的名字命名。雅典国家历史博物馆有一间专门陈列着拜伦当年使用过的羽毛笔、刀等用具的展

乘小艇游览欧洲最美溶洞伏里哈达溶洞

室。可以说，希腊的岛屿都是一些充满阳光的浪漫美岛，希腊的爱琴海也成了名副其实的爱情之海。

热情好客的希腊人

中国与希腊于1972年6月5日正式建交。但两国之间的交往却源远流长。早在公元1世纪前后，中国与罗马帝国曾互派通商使团。这些使团无论是经陆路，还是走海路，希腊都是必经之路。此外，希腊人至今仍感到骄傲的是，他们在中世纪就引进了中国的养蚕和丝织技术。他们告诉笔者，当时一些希腊修道士把蚕茧藏在手杖中，把它们带到了希腊，并在后来一度发展成相当发达的丝织业。

希腊人认为，中希人民都是勤劳智慧的民族，作为东西方文明的重要代表，两国都创作了辉煌的文明成果。两国在历史上有着相似的经历，人民都十分珍爱独立和自由，并相互尊重，使中希关系得到了巨大发展。过去30年，希腊曾四次协助中国海外撤侨行动。希腊人热情好客的传统远近闻名。对待朋友，他们可以敞开心扉，邀请你到他们的家里或家乡村镇，不但要在家中设丰盛的希腊家宴迎客，而且还要带你挨家挨户走访村中邻居。在金秋的收获季节，他们可以从数百公里之遥的家乡，驱车把丰收的硕果送到你家。希腊人重友情，并不以财富多少来待人接物。笔者曾在斯巴达市中心广场一家不大的餐馆经历了一桩感触深切的事情。当我问店主人餐厅的特色时，他指了指墙上的几行字说，这就是我们的特色，大意是：无钱就餐，请进；有钱付钱就餐，欢迎；有钱不付钱，勿进。在希腊，特别是在小城市、农村和山区，这样的待客理念至今还相当普遍。

甄建国，1945年生于河北唐县。北京外国语大学客座教授，西安外国语大学教授。
留学于丹麦哥本哈根大学。曾任外交部西欧司副司长，中国驻瑞典大使馆政务参赞，中国驻希腊、丹麦大使。
曾任全国人大外事委员会工作顾问、中国国际友人研究会副会长、上海世博会中国政府副总代表、北京市人民对外友好协会第七届理事会理事等职。

中国与欧洲

——丝绸之路话古今

孙海潮

丝绸之路把中国和欧洲连接在一起

“丝绸之路”，一个多么动人而又动听的美妙名称；“丝绸之路”，一个既让人产生美好回忆，更让人产生美好向往的美妙名称。

1979年，甘肃省歌舞团创作的大型歌舞剧《丝路花雨》赴巴黎演出，场场爆满，引起强烈轰动。我当时在中国驻法国使馆工作，曾参与接待，并在国内报刊撰文介绍盛况。随后在全球范围内上演的电视连续剧《马可·波罗》，更在世界范围内掀起经久不衰的“丝绸之路热”。

当我们谈起“一带一路”时，欧洲人仍按传统说法称为“丝绸之路”，只是在前面加了一个“新”字，并用复数表示。自古到今，丝绸之路都是中国与欧洲之间最重要的联系通道。今天，中欧之间已形成海上丝绸之路、陆上丝绸之路、空中丝绸之路、铁轨上的丝绸之路等多个交往通道，为人们所津津乐道。

丝绸之路是通商交易之路，是文明互通和人员交流融合之路，也是东风西渐和西风东渐之路，更是和平与发展之路。欧洲是政治经济军事文化科技金融人文发达之地。来自遥远中国的丝绸、瓷器、茶叶、香料等商品曾一度改变了欧洲上层社会的生活方式，并且成为炫耀身份和财富的重要象征。恺撒大帝(西汉时期)曾穿着中国丝绸长袍观看演出，华美的长袍引起全场轰动。中国文化经由丝绸之路传到欧洲，产生过巨大影响。汉学在欧洲始终是显学和贵学，汉学家是极受尊崇的高级人文学者。谈起中国和丝绸之路，欧洲人无不谈兴大发，对古代中国的敬佩和向往之情溢于言表。欧洲人认为，中国既是神秘的远方故土，更是物种丰饶黄金铺地的国度。

《马可·波罗游记》的出版，使欧洲人对中央帝国的迷恋进一步加深，更有人认为那纯粹是一派胡言，因为那个国家太令人惊艳太令人难以置信了。有史学家称，哥伦布发现新大陆完全是出于偶然。因为他怀揣《圣经》和《马可·波罗游记》，本是要率领船队到中国寻财掠宝的，却鬼使神差地辨错了方向，最后把美洲当成了中国。

欧洲人始终对中国充满了兴趣，对与中国发展关系抱有极大兴趣。英法德意西等国的国家级博物馆里都专设有中国馆，每天都在向游人诉说着古代中国的故事。巴黎著名的吉美博物馆称为东方艺术馆，但展示的主要是来自中国的珍品，展示和解说丝绸之路风物。

法国前总统希拉克对中国传统文化情有独钟，对中国青铜艺术的了解和研究已达专家级水平。我曾在《人民日报》发表《希拉克情迷中国文化》一文，介绍希拉克总统喜爱和研究中国文化的有关情况。

巴黎雨果故居几间屋子的墙壁上都挂满了中国古瓷和工艺品，因为雨果和他一生的情人朱丽叶都酷爱中国文化，朱丽叶尤爱中国瓷器。当英法联军火烧圆明园的消息传到欧洲后，雨果怒不可遏，谴责一个叫法兰西和一个叫英吉利的两个强盗，打着维多利亚女王和拿破仑皇帝双重旗号远征中国，对圆明园放火洗劫，必将受到历史制裁。

2003—2005年，中国与法国相互举办“文化年”，开我国与友好国家举办文化年先河。文化年期间，法国的“中国热”及中国的“法国热”持续升温，对促进两国人民的相互了解和友谊起到巨大作用。2004年1月24日，有着“世界第一大道”美誉的巴黎香榭丽舍大街有史以来首次披上了中国春节的盛装。作为中国在法文化年的重头戏之一，近万名中华儿女组成的彩装游行方队依次沿街而行，通过凯旋门，尽情展示中国的悠久文化和风俗。武术方队、京剧方队、旗袍方队、舞蹈方队、彩车方队、儿童方队、56个民族服饰方队相继亮相，中国丝绸流光溢彩，巴黎成为精美绝伦的中国丝绸的海洋。来自世界各地的75万人出席了这场中国丝绸盛宴，大饱眼福。当晚，法国电力公司通过280束红色光柱把埃菲尔铁塔照耀得遍体通红，使这座“钢铁少女”披上了“中国红”，宛若穿上了红色的中式大红丝绸旗袍。凯旋门和埃菲尔铁塔分别为昨日法国和今日法国的象征，现在又分别为庆祝中法关系的发展而改变自身的装扮，唱主角的都是中国的丝绸。

中法文化年期间，枫丹白露皇宫的中国瓷器馆每天都要接待大量游人，法国瓷都利摩日瓷器博物馆汇集了全法各大博物馆的中国古代名瓷，与法国名瓷一起举办联展，在全欧引起轰动。我以使馆代表身份出席联展开幕式并讲话。巴黎郊区的塞夫尔瓷器博物馆收藏了大量中国古瓷，在两国文化年之际专门从景德镇定制了两个高达数米的大花瓶，分置在大门两旁，十分壮观。在凡尔赛皇宫举办的中国清代皇袍展，向法国和欧洲观众展现了中国登峰造极的丝绸制衣技术，访客无不叹为观止。

丝绸和瓷器为增进中法两国人民的友谊，继续做着特有的贡献。

“一带一路”倡议为中欧关系注入新活力

改革开放以来，欧洲一直是我国资金和技术的重要来源地。中欧政治关系虽有起伏，但经贸投资和服务业交往及发展从未止步。中欧贸易额2003年首次突破1000亿美元，是1978年的40余倍。2020年和2021年，中国连续两年超过美国，跃升为欧盟的最大贸易伙伴。在新冠肺炎疫情对全球经贸造成较大影响的情况下，中欧贸易仍然逆势增长。2021年，欧盟27国与中国货物进出口额达8281亿美元，较2020年增长34%。

在欧盟的中国留学人员超过28万人，在华留学的欧盟学生学者超过4.5万人，中国在欧盟设立了122所孔子学院，欧盟24种官方语言已经全部走进中国高校，现在平均每天约有1.6万人和70多个航班穿梭于中欧两地。

建设欧亚大陆桥，一直是我们的奋斗目标。杭州G20峰会会标也以桥为基本理念，寓连接沟通交往会合之意。21世纪的丝路从火车头开始，满载着中国的商品和中国人民的友谊一路向西，很快将扩大到道路、油气管道和其他基础设施建设。中欧班列已连接中国56个城市和欧洲15国的46个城市，成为双向流通的重要通道，经济辐射力与日俱增。法德英等国企业同中方企业在第三方市场的合作方兴未艾。欧洲媒体指出，“铁轨上的丝绸之路潜力巨大”。

国家主席习近平在访欧过程中倡议把中欧关系纳入“一带一路”建设，提议“在亚欧大陆架起一座友谊和合作之桥”，引起强烈反响。中国提出成立亚投行倡议后，西欧大国经过认真研究，先后做出了积极表态。2015年3月12日，英国率先申请成为亚投行创始国，成为第一个申请加入亚投行的西方发达经济体。随后几天内，德、法、意、卢、奥、西、葡、丹、瑞典等国相继申请加入亚投行。非欧盟成员的挪威和瑞士也申请加入，现已有14个西欧国家成为该行创始成员国。西欧国家从未如此一致地支持和加入中国发起的一项国际行动，也是向中国政府投出的信任票，其中的意义不言自明。

亚投行的主要任务是互联互通，“一带一路”的指导思想也是推动共建国家的互联互通。地处欧亚大陆两端的中国和欧洲，都有着悠久的历史和光辉灿烂的地缘文明。作为世界地缘政治结构两大支柱的中国和欧盟，没有根本的利害冲突，却有着强烈合作和交往的需求。“一带一路”成为当今世界最受欢迎的公共产品和最大规模的国际合作平台。西欧是发达经济体最为集中的地方，是“一带一路”建设的重要伙伴和利益攸关方。历史上把中欧连接起来的丝绸纽带，将在新的历史条件下焕发出新的活力。

丝绸之路经济带，东牵亚太经济圈，西系发达的欧洲经济圈，是世界上最长、最具发展潜力的经济大走廊。中国经济以10%的年递增率持续30年之久，是人类经济史上从未有过的奇迹，现已成为世界第二大经济体，国际货币基金组织称中国为世界经济增长的年贡献率达39%。欧盟自2008年美国次贷危机后爆发主权债务危机至今，经济一直处于低迷状态，对中国的市场和投资寄予极大希望。时移势易，中欧美“经济大三角”中已是三分天下。西欧国家都把发展对华实质关系置于对外关系的重要位置，在对华经贸关系中获利颇丰。中国游客的消费能力深受欧方惊叹和欢迎，已成为提高西欧经济和就业的一个重要因素。每年百多万中国人登上埃菲尔铁塔的盛大场景，法国人说起来无不竖起大拇指。

2013年11月，第十六次中国欧盟领导人会晤在北京举行，双方签署《中欧合作2020战略规划》，确定了中欧在和平与安全、繁荣、可持续发展、人文交流等领域加强合作的共同目标，实现中欧发展战略对接，促进中欧全面战略伙伴关系深入发展。双方宣布启动中欧投资协议谈判，积极探讨开展自贸区可行性研究，力争2020年贸易额达1万亿美元，同时密切人文交流，加强对国际和地区事务的沟通协调。《规划》为深化中欧合作描绘了蓝图，为构建中欧和平、增长、改革、文明四大伙伴关系提供了重要基础和支撑。2016年4月，《中欧合作2020战略规划》首次评估会议在北京举行。双方一致认为，两年多来，《规划》落实有力，成果显著，对促进中欧发展战略对接和全方位合作发挥了重要作用。双方决定继续加强政治对话，深挖合作潜力，进一步拓展经贸投资、互联互通、数字经济、科技创新、绿色发展、人文交流、G20及全球治理等重点领域合作，争取中欧发展战略对接尽快取得早期收获，促进中国与欧盟及成员国关系更快更好地协调发展，并为中欧双方人民带来更多福祉。

2019年1月初，“一带一路”巴黎论坛第二届会议成功举办。法国前总理拉法兰在研讨会上表示，“一带一路”是多边主义的新发展。法国和欧洲应该更加平衡地看待自己的东西两端。法国企业应更积极地进入中国市场。当今世界各种矛盾突出，欧洲应当采取一种合作的战略，通过最大化的合作来回击单边主义，比如，法国应在“一带一路”框架下发起共同的行动倡议，并且推出能与各方战略兼容的合作项目。中方与会代表强调，面对全球经济下行压力加大和单边主义、保护主义阴云密布的严峻形势，中欧合作，积极共商共建共享“一带一路”，必将是我们共同的理智选择。

2019年4月下旬，第二届“一带一路”国际合作高峰论坛在北京举行，取得百余项重大成果。奥地利、塞浦路斯、捷克、希腊、匈牙利、意大利、葡萄牙等欧盟国家领导人来华出席峰会，白俄罗斯、塞尔维亚、瑞士三个非欧盟国家领导人，以及法德西英及欧盟领导人委托的高级代表团与会。德国时任欧盟轮值主席国，德国经济部部长阿尔特迈尔表示，他受默克尔总理委托，宣布欧盟大国希望通过集体形式，签署“一带一路”合作备忘录。欧盟对“一带一路”已经展示了“很高的团结度”，以此展示共同立场。“欧盟内的几个大国已经内部同意，我们不想以双边合作的形式签署‘一带一路’合作备忘录。但以集体形式，欧洲经济区和中国有必要签订类似的协议。”期望“一带一路”倡议可以继续在自由贸易、多边主义、可持续性等问题上发展。

中欧“一带一路”合作前景广阔

“一带一路”是化理论为行动，变梦想为现实的重大国际合作倡议，是促进全球经济复苏的中国方案，增进不同文明互学互鉴的中国智慧，推动全球治理体系变革的中国担当。

“一带一路”内涵是非常丰富的。中方希望通过在经济、贸易、投资、基础设施以及人文多个层面的合作和沟通，推动国际金融、服务、投融资业务的平衡和公平发展，同时让国际社会更好地分享中国发展的机遇，也为自己创造更好的发展环境。“一带一路”秉承和弘扬和平合作、开放包容、互学互鉴、互利共赢的丝路精神，与欧盟的理念有相通之处。

2014年，欧盟出台了总额3150亿欧元的《欧洲投资计划》，拟通过在战略和交通基础设施、能源、教育研发、中小企业、环境可持续性项目等领域的投资，推进欧盟经济增长并创造约130万个就业机会。欧盟同时还提出了泛欧交通网络发展规划。欧盟的发展思路与“一带一路”倡议存在诸多契合点，也与《中欧合作2020战略规划》重合，为中欧实现战略对接和共同发展提供了新的重要机遇。实际上，中欧新的战略对接业已展开，正在取得积极成果。

中欧现已基本形成相互尊重、平等相待、共同维护双方关系大局的共识，基本找到了通过对话协商妥善处理分歧的有效途径。G20杭州峰会期间，习近平主席分别与德法英意西等西欧国家领导人举行双边会晤，都对未来关系的发展充满了信心和期待。

法国总统马克龙2018年年初对中国进行首次国事访问，选择古代丝绸之路的起点西安为访华首站，宣布法国将积极参与“一带一路”倡议，并力争在其中发挥作用。法国议会还通过了支持政府参与“一带一路”倡议的决议案。2019年，马克龙把中国经济和科技重镇上海作为对华国事访问的第一站，强调把对华经贸技术合作不断推向高潮，使之成为中法全面战略关系的重要推动力量。

古代航运大国荷兰作为亚欧海运航线、中欧货运铁路的起点和终点之一，是“一带一路”海陆交会之处。历史上，始自中国的陆上和海上两条丝绸之路，跨越万水千山，最终在荷兰交会。荷兰在“一带一路”建设中的地理优势突出，欧洲第一大港鹿特丹港有四分之一的货物都来自中国。近半数中国赴欧深水货运航线首站停靠鹿特丹港。航空方面，北京、上海、广州等城市先后开通与阿姆斯特丹机场的直航航线。两国间已开通多趟中欧班列线路，包括南京、成都等至荷兰蒂尔堡、鹿特丹等城市班列。

2014年和2015年，习近平主席和威廉－亚历山大国王成功实现两国元首历史性互访，明确中荷“开放务实的全面合作伙伴关系”新定位，为中荷关系发展作出新的战略指引。2017年4月，大熊猫“武雯”和“星雅”带着中国人民的深情厚谊，乘坐荷兰航空公司专机飞抵阿姆斯特丹，受到“国王般的”欢迎。近年来，荷兰成为最受中国游客欢迎的欧洲旅行目的地之一。万余名中国留学生在荷求学，海牙中国文化中心、多所孔子学院和孔子课堂先后在荷开设，两国人民间的相互了解和友谊正不断加深。

中国和希腊同为对人类发展做出重大贡献的文明古国，始终相互尊重更相互赞赏。中国的丝绸和瓷器、茶叶对希腊民众的生活方式与社会习俗产生的影响，至今仍为人们所津津乐道。2017年4月，中希共同倡议的文明古国论坛在雅典举行，埃及、伊朗、伊拉克、意大利、印度、墨西哥、秘鲁、玻利维亚8个国家的部长与高级别官员与会。来自世界10个文明古国的代表共同探讨人类原创型文明给当代社会的启示，推动古老文化传统焕发出新的时代活力，实现了10大文明古国“跨越千年的历史性握手”，在亚、非、欧、拉四大洲引起巨大轰动。2018年7月，第二届文明古国论坛移师玻利维亚首都拉巴斯，主题为“千年文化在当代”。与会部长们一致认为，当今世界面临诸多挑战，文明古国论坛可以给予古老文明新的价值，并从中寻找解决当今世界问题的路径。应坚持“天人合一”“和谐发展”的理念，通过对话建立多极化、多元化的新世界秩序。国家发展首先要实现身份认同、尊重一脉相承的古代智慧，这将为发展提供长远动力。2019年11月，第三届文明古国论坛开幕式在北京故宫举行，古老文明孕育着现代性，要推进各国传统文化的创造性转化和创新性发展，推动文化成为时代变迁、社会变革的先导。习近平主席有关“要尊重世界文明多样性，以文明交流超越文明隔阂、文明互鉴超越文明冲突、文明共存超越文明优越”的思想，与文明古国论坛的宗旨完全契合。当今世界，构建人类命运共同体是大势所趋。在这个长期的历史过程中，文化交流与合作必将发挥独特作用。

进入新时期以来，两国在希腊重要海港比雷埃夫斯的合作，不只对两国关系产生极大的推动作用，也为世界所瞩目。希腊提出成为欧盟与中国之间很好的对话桥梁，通过铁路、高速公路等设施将比雷埃夫斯港（比港）与中欧、巴尔干半岛地区连接起来，使其成为物流和运输枢纽。中远海运公司对比港的投资是“巨大的成功”，取得了经济与社会效益的“双显著”成果。

奥地利是我国在欧洲的重要合作伙伴，中奥两国建交40多年来，各领域合作不断深化。时任奥地利总理库尔茨在2017年上任之初，便将“一带一路”倡议写入政府执政协议。面对媒体，库尔茨强调，“一带一路”框架下，运输、能源、电信、智能城市和可再生能源、农村发展、金融服务和电子商务等领域的合作非常具有吸引力。2018年，880万人口的奥地利，接待的中国游客高达100万人次。

2018年4月，奥地利总统亚历山大·范德贝伦应邀对中国进行国事访问，并出席博鳌亚洲论坛2018年年会。奥地利总理库尔茨在得知消息后表示，他虽与总统分居两个党派，政治理念不同，但在发展对华关系问题上没有分歧，将率领内阁成员与总统联袂访华。国家元首和政府首脑同期访问同一个国家，为奥地利历史上首次，在国际交往史上也非常罕见。奥地利外交部部长、数字化和经济部部长等4位重量级内阁成员陪访，代表团共约250人，其中经济界人士约170人。访问过程中，中奥双方在会晤中正式签署《关于未来就共建“一带一路”倡议开展合作的联合声明》，支持两国企业就“一带一路”框架下的具体项目进行交流并展开合作，实现互利共赢，这为此次与中国正式签署第三方市场合作协议打下了坚实基础。4月28日，在两国领导人见证下，中奥正式签署《关于开展第三方市场合作的谅解备忘录》。

追溯第三方合作市场的发展历史，法国是最早的“领跑者”。

2015年，中国和法国政府发表了《关于第三方市场合作的联合声明》，这是中国与发达国家签署的第一份关于第三方市场合作的文件。几年来，以国家发展和改革委员会为代表的中方，与法方积极推动双方企业开展第三方市场合作并不断取得实际成效。双方设立了第三方市场合作基金，并在2019年3月习近平主席访法期间，签署了第三轮第三方市场合作示范项目清单。2018年9月，国家发展改革委与意大利经济发展部签署了《关于开展第三方市场合作的谅解备忘录》。

中国还与西班牙、荷兰、比利时、日本、韩国、新加坡、澳大利亚等10多个国家建立了第三方市场合作机制，推动双方企业在亚洲、非洲、拉美等地区开展基础设施、能源、环保、制造业、金融等领域合作，实现互利共赢。

中国与塞尔维亚和匈牙利两个中东欧国家的关系，已经成为中国与中小国家友好合作的典范，两国也因之成为“一带一路”建设中欧洲的重要支点。中方参与建设的匈塞铁路和塞尔维亚斯梅代雷沃钢铁厂项目，有力地促进了当地经济发展，增进了中国与两国的友谊。新冠肺炎疫情发生后，中国向两国捐赠大量疫苗。塞尔维亚总统武契奇到机场迎接中国疫苗，亲吻中国国旗时当场流泪的情景令世人动容。

“一带一路”倡议提出以来，有力地促进了亚欧大陆的互联互通，融合了亚欧两大市场。为双方增长带来动力，极大增加了沿线国家经济发展和就业，有助于解决贫困，铲除战乱、恐怖主义、极端势力和非法移民等问题滋生的根源。也是积极倡导绿色低碳发展理念，切实践行多边主义，落实气候变化巴黎协定和实现联合国

2030年可持续发展议程的重要载体。

一些欧洲国家政府和舆论也对“一带一路”提出了质疑。针对这些疑问，中国有针对性地做欧洲国家和舆论工作。

中华民族从来没有称王称霸穷兵黩武的文化历史基因。从自身遭遇中，我们深知欺凌得不到合作，霸权带不来发展。中国坚定不移地走和平发展道路，是根据时代发展潮流和自身根本利益作出的战略抉择。在全球化的今天，各国命运紧密相连，任何国家都不可能再走赢者通吃的老路，西方的理念和做法无法解读中国的历史和现实，国强必霸的陈旧逻辑，更不可能适用于爱好和平、寻求共同发展的中国。

中国支持欧洲建设的立场始终如一，特别是在2008年欧债危机最严重的时刻，中国在蒙受严重损失的情况下，购买欧元区国家债券，帮助部分风雨飘摇的欧洲国家得到了喘息。中东欧国家出于发展需要积极参与“一带一路”合作，中国没有理由拒绝，更不认为这种公开、透明、友好互利的合作会导致欧盟的分裂。

中国真诚希望通过加深了解和沟通，逐步减少和消除偏见、猜测和误解，使中欧开展“一带一路”合作具有更加坚实的互信基础。中国真诚希望通过“一带一路”发展与西欧互利共赢的经贸投资和金融合作关系。中国真诚希望西欧正确认识中国发展带来的是重大机遇而非挑战，摈弃偏见，排除干扰，使双方关系步入健康稳定发展的轨道。

孙海潮，陕西韩城人。中国国际问题研究基金会欧洲中心主任、外交笔会副会长、海南大学“一带一路”研究院兼职教授、国际问题研究基金会《国际问题纵论文集》副主编。

毕业于西安外国语大学（前西安外院）。先后在外交部西欧司、中央外办和中国驻法国（先后两次共12年）、摩洛哥、瑞士和中非共和国大使馆工作。曾任中央外办参赞、中国驻法国大使馆公使衔参赞、中国驻中非大使。

著有《瑞士银行秘密交易——纳粹黄金案始末》《外交官眼中的法国》《发生在非洲心脏的原生态故事——一位大使的亲身经历》，主编“一带一路”“我们和你们”丛书《中国和摩洛哥的故事》，参与编写《邓小平外交思想学习纲要》，合译《密特朗执政十年》《政治厩房》等书。在不同媒体发表国际问题评论数百篇，在《欧洲时报》发表专栏国际时评百多篇。

珍视友谊和呼唤理性的人

李惠娣

20世纪80年代初，我重返我国驻波兰大使馆，在研究室工作，侧重研究波兰经济问题，并兼管两国社会科学界的交往。由于工作关系，我认识了时任波兰科学院院士、经济研究所所长帕耶斯特卡教授。1992年年初，我再次前往波兰。虽然波兰发生了剧烈变化，改朝换代，但我在经济学界的朋友相知相识，依然如故，他们关注中国经济发展和改革开放的兴趣与时俱增，胜过当年，特别是虚怀若谷的帕耶斯特卡教授，更是如此。

相识相知

帕耶斯特卡教授是波兰经济学界的佼佼者。在人民波兰时期，他不仅在理论上进行不断的探索，而且有丰富的实践经验。他曾长期担任国家计委副主任，对计划经济的利弊，知之甚深。从70年代中期开始，他成为罗马俱乐部成员和联合国计划和发展委员会成员，对国际经济形势的走向和经济理论的优劣，颇有了解和见地。他著述甚丰，每次与他会见，我常常向他请教波兰经济问题，他有问必答，滔滔不绝，并时常赠我以新出版的著作。他渴望了解中国，应他的要求，我也常常收集一些《北京周报》发表的有关中国改革开放和经济理论的文章送给他参阅。

随着交往的增多，我同我的先生成为帕耶斯特卡一家的朋友。帕耶斯特卡有时邀请我们去他家做客。他热情、豪爽，极具波兰人传统的好客精神。第一次去他家时，他怕我们拘束，不断地笑容满面地说着波兰的谚语，“客人到了家，就是上帝到了家”。他的夫人温文尔雅，招待我们十分周到。

帕耶斯特卡教授的家位于华沙著名的瓦金基公园（中国人称之为“肖邦公园”）南侧，距总统府不过数百步之遥。这是战后新建的一幢高层公寓楼，一些知名人士在此居住，波兰统一工人党最后一任第一书记拉科夫斯基同帕耶斯特卡毗邻而居。这幢楼外形无甚特色，但内部房间宽敞明亮。一踏进帕耶斯特卡的家门，立即会听到嘀嘀嗒嗒的清脆悦耳的声音，使人感到有点奇妙。定睛一看，俨然走进了“钟表博物馆”。地上、墙上、壁炉上、书架上，处处都是钟表，高大者比人还高，袖珍者小巧玲珑，它们不分大小方圆，都在争分夺秒地走动，发出各自特有的声响，组成了一个富有立体声感的美妙音响。帕耶斯特卡好像琢磨了我们的心思，他一边笑，一边让座，一边谈起他的爱好。他说，“多年来喜欢收藏钟表，现在究竟收藏了多少座钟多少只表，也记不清楚了”。“能坐在书桌旁，倾听时间的脚步声，是一种难以名状的乐趣和感受”。他沉思片刻，语音深沉而有力地说，“因为，这是催人奋进的声音啊！”我感到他的话富有哲理，他收藏钟表，与其说是收藏玩物，莫如说是自我鞭策。古今中外的学者，谁人不感到时不我待呢！

友好的交流

有一次帕耶斯特卡教授告诉我，邓小平说的“黑猫白猫”很有意思，在波兰一些人中也广为流传。他提出波兰经济协会组团访华问题，他本人同波兰一些学者一样，也很想到中国看一看中国的改革开放。

我向于洪亮大使汇报了有关情况。由于众所周知的原因，中波两国关系还处于乍暖还寒时节，人员来往不多，经济学家之间只有个别交往，两国经济学家组织机构之间尚无对口合作的交流渠道。如何促成双方的交往和交流，还需要时间，还得费些心思。于洪亮大使要我积极努力，办成和办好这件事。于是使馆向外交部写了请示报告。

当时，波兰经济界思想活跃，波兰政府虽然提出经济体制改革的纲领和政策思想，但实际运作过程中问题颇多；我国从事改革开放已经积累了多年的经验，引起各方的瞩目，中波两国经济界的学者都有考察和了解对方的愿望。在这种情况下，使馆的请示报告受到国内有关方面的重视，并得到积极的回应。国内决定以经团联的名义，派遣中国经济学家访波，邀请波兰经济协会派团访华，进行学术交流。当我根据国内指示向波兰经济协会传递信息和转交邀请信时，在场的一位教授非常高兴，轻声地说，“坚冰已经打破”。

1984年11月，我国经团联先行派出代表团访问波兰。波兰经济协会的领导层，尤其是帕耶斯特卡尽地主之谊，为了在有限的时间里让中国同行更好地了解波兰，他们绞尽脑汁，为我国经济学家安排了一个内容充实的访问日程。他们也请我随同代表团参加会见和座谈，参观工厂、农村和高等院校，参观波兰最先进的煤矿，下竖井，走坑道。这些活动使我得到了一次很好的机会，结识了一些著名的经济学家和企业家，增进了我对波兰经济形势和波兰经济学界各种理论和学说的了解，进一步密切了我同波兰经济协会的交往和朋友间的友好与合作。由于我同他们中许多人，先后在华沙计划和统计学院就读，彼此之间视为学友和知己。

1985年5月，帕耶斯特卡率波兰经济学家代表团访华，团员中有他的好友、波兰经济协会秘书长根特科夫斯基先生。我前往机场为他们送行，他们的高兴劲儿溢于言表。他们返回华沙后，新上任的王荩卿大使宴请全团，席间，他们个个兴高采烈，都说“收获不小”。他们一再赞扬“主人热情友好，接待安排周到”，强调“亲眼看到中国的发展和问题，留下的印象十分深刻”。此后不久，一位教授给我写信说，访华后他更加关注中国的发展，系统地收集中国改革的资料，在科学院伏罗次瓦夫分院等学术单位作了多次报告，受到听众的热烈欢迎。帕耶斯特卡教授还多次同我交谈访华观感，他认为，在改革计划经济的弊端时，“中波两国面临的问题十分相似，如何解决计划和市场的关系，中国正在根据国情进行创造性的探索”。他还讲了他对计划和市场的见解，他强调“在对计划经济体制进行改革时，既要强调‘市场这只无形的手’的作用，也要运用宏观调控的手段”。这在当时是颇有见地的论断。

友谊的见证

在同帕耶斯特卡教授的交往中，我们时时刻刻都感到他是一位珍惜友谊的人。1987年7月，我们奉调回国。我前往波兰经济协会向朋友们辞行拜会。帕耶斯特卡对近几年来中波经济学家增强来往，说了许多称赞我的话，并出人意料地向我授予协会的一枚金质荣誉奖章和由协会主席萨道夫斯基签署的证书。他解释说，“假若没有中国大使馆和你的努力，中波两国经济学家交往的发展不可能如此之快”。我感谢他们的好意，并表示个人只是起了一点点穿针引线的作用，而这是我的职责。人员往来的不断增加，实际上是中波两国当时都有改善关系的愿望，是两国友好合作政策互动的结果，是双方共同努力的结果。我认为，在这枚奖章中，深深地蕴藏着帕耶斯特卡等波兰朋友对中波友好合作的珍视和期望，它应该属于所有为中波友好合作操过心和尽过力的人。

几天后，我们登上华沙—北京国际列车。根特科夫斯基先生受帕耶斯特卡的委托，代表波兰经济协会赶到车站送行。他送给我一束十分别致的鲜花。这是一束经过花农专门培植的玫瑰，花朵小巧玲珑，只有硬币大小，长得十分娇嫩。根特科夫斯基说，车厢内空间狭小，他特选的这束花，可以插在小花瓶里，放在小茶几上，让这束友好之花伴随我们，从华沙直至北京。

1992年，帕耶斯特卡知道我的先生被任命为驻波大使，我们又重返波兰工作，他很高兴。虽然他已疾病缠身，但仍争分夺秒地笔耕不止，并努力做些促进中波相互了解和友好的实事。他建议波兰经济协会组织以研讨中国改革开放为主题的报告会，邀请大使、参赞介绍中国经济发展和中国改革开放的理论与实践。每当波兰经济协会举行代表大会和大型研讨会时，他都特地嘱托协会的新任秘书长给我发请柬，邀请我参加，并送来会议材料。这为我提供了同新老朋友交流思想的宽广的空间，和深入了解剧变后波兰经济面貌以及体制转轨的经验与教训的机会。

万里索药

1993年春，帕耶斯特卡教授病重住院。我同大使到医院探望。他正在同病魔苦斗，病症尚未确诊。看得出他在强忍着疼痛，但言谈中仍然表现出一种特有的乐观精神，他不愿因自己的病痛而引起朋友的忧心。这是他处世做人的高尚品德的一个侧面。他从床头柜里取出他的新著《论世界和波兰问题》，并在扉页上题词，赠送给我们。看着他写字的神情和缓缓移动的笔端，我们的心情有些沉重和不安。他似乎有所觉察，笑着说，“待病愈出院后，我还要到你们使馆去，送上即将出版的新书。”

几天后，他的好友根特科夫斯基来使馆找我，想寻找一些有利于帕耶斯特卡康复的营养品，我想到了当时风靡国内的蜂皇精口服液，根特科夫斯基认为可以试试。于是我们通过正在国内休假的同志，在北京采购了蜂皇精口服液，并以最快的速度带到华沙，送到帕耶斯特卡病榻之前。帕耶斯特卡很激动。尽管蜂皇精口服液并非对症之良药，但却给他带来了精神上的安慰。

不久之后，我随同彦顺回国述职和休假，根特科夫斯基又通过波兰驻华使馆给我发来一份传真，告诉我说，医生已确诊帕耶斯特卡患了黑色素癌，要我采购一些药品和补品。这个消息无异是晴天霹雳，我立即向一位长期从事肿瘤研究的教授讨取良方。这位教授以实相告，他的话字字令人震惊和痛楚。又数日，再次接到华沙发来的传真，告诉说，帕耶斯特卡的儿子将因公来京，买药之事由他亲自办理。我内心深处始终感到遗憾的是，帕耶斯特卡的朋友有心为他万里索药，但帕耶斯特卡的朋友却无力为他找到对症的良方，我们返回华沙时只能给他带去一些补品。

圣诞之夜

1993年12月圣诞节前夕，我接到帕耶斯特卡的电话，他轻声地说，再过两天是圣诞之夜，医生允许他临时出院，他代表全家邀请我们到他家里一道过节。他说，“圣诞之夜是亲人相聚和相互祝福的时刻，你们的亲人不在华沙，我们全家视你们如亲人，欢迎你们，等候你们。”他的声音中流露出一片关心朋友的真诚感情。

这是朋友的邀请，拒之不恭。这是老人的邀请，拒之不敬。我们怎能让他扫兴呢！

12月24日夜晚，我们两人拿着大束鲜花来到帕耶斯特卡家。他家里是一派节日的祥和气氛，他那宽敞的客厅挤满了大人和孩子，好像变得狭小了。他向我们介绍他的儿子和媳妇、女儿和女婿，还有天真活泼的第三代。我们告诉他，他的儿子彼得（在波兰科委主管波中科技合作）在华沙和北京之间，往来穿梭，引线搭桥，已是知名人士，更是使馆的常客。彼得听着我们的夸奖，高兴得大笑起来，大家也欢笑不止，我们也融入这个友好与欢乐的大家庭中。

环顾客厅，所有的钟表都在奋进，嘀嗒嘀嗒的声音，像乐队敲打的节奏，壁炉旁摆放着一棵高大的圣诞树，引人注目的彩灯闪烁着，像跳舞的星星。在圣诞树下，外孙女忙来忙去，更显出人丁兴旺的家庭景象和浓浓的节日气氛。

大人们自然而然地分成两堆，女士们下厨为大家准备一年一度的圣诞美餐，男士们陪着我们侃大山。看得出，帕耶斯特卡教授十分高兴，言语中带有几分激动。他给我们介绍圣诞节的风俗习惯，说他要给我们看看波兰人过节的全过程。

谈笑间，圣诞晚餐开始了。教授夫人请大家进入餐厅就座。只见在餐桌一头，摆放着一套餐具，空留着一张座椅，教授告诉我们，这是为圣诞夜无家可归的不速之客预留的座位，不管什么人，只要他入室祝福，均可就座进餐。这是圣诞夜的重要习俗，表明人与人之间的友好、同情和互爱，也表明主人家的好客精神。鱼，是圣诞晚餐的主菜。我们看了看，桌上有鱼汤、腌青鱼、鳕鱼冻、烧鲤鱼，此外还有白菜炖蘑菇等波兰传统菜。当午夜钟声敲响时，帕耶斯特卡率先站起，同夫人拥抱，大家也纷纷起身，拥抱，祝福。他示意大家取出圣诞小薄饼，掰成小片和亲人共同分享。

餐后，男女老少在圣诞乐曲声中，随意地坐在圣诞树周围，由一家之长帕耶斯特卡和长孙女卡霞为大家赠送圣诞礼物。大家无不怀着一颗好奇心，等待着，企盼着…… 教授先讲了几句祝福的话，然后卡霞从圣诞树下拿起一个个包装精美的礼物，再由教授高声唱名，把礼物分赠给每个人。接到礼物的人都当众打开包装，向大家展示，并表示自己的高兴、幸运和谢意。在圣诞树下，有我们事先为教授夫妇准备好的两件中国工艺品，也有他们为我们准备好的礼物。我们收下了他们赠给的礼物，两件波兰工艺品，一件是送给我的，是富有波兰民族特色的用麦秸编的娃娃，轻巧可爱，一件是送给彦顺的，是内花玻璃彩球，拿在手里沉甸甸的。

帕耶斯特卡以病重之躯，回到家中主持圣诞之夜。从始至终，精神饱满，面无倦容。他从亲情和友情中，吸取了力量。他把巨大的病痛埋在自己的心底，而把无限的欢乐奉献给亲朋。他的一言一行都为节日增添了乐趣、和谐和温馨。当我们同他告辞时，夜空中的繁星已悄然淡去。

我们曾多次在波兰友人家过圣诞节，但这次最令我感动。因为这次聚会，是一位身患绝症的长者精心安排的，其中倾注了他对中国、对中国朋友的始终不渝的深厚情谊。一周后我们收到了帕耶斯特卡女婿寄来的圣诞之夜拍摄的相片，想不到这竟然成为永恒的纪念了。

不朽的心声

圣诞之夜的聚会仿佛还没有过去，在企盼春光来临的日子里，却传来了我们不愿相信又不能不信的噩耗：1994年3月7日，死神夺走了帕耶斯特卡教授的宝贵生命。

举行葬礼之日，大使和我因公务前往外省。我们怀着沉重的心情，委托大使馆科技参赞黄清化先生代表大使和使馆出席葬礼，敬献花圈。作为帕耶斯特卡的朋友，我们因不能把鲜花亲手抛撒在他的墓穴而深感遗憾。

我们返回华沙后立即前往帕耶斯特卡家。教授夫人眼含热泪，紧紧抓着我的双手说，“他不在了，心里空荡荡的。”我们在帕耶斯特卡的遗像前献花和默哀。帕耶斯特卡夫人的伤心感染着我，我的眼角也湿润了。顷刻间，思绪万千，教授的形象在眼前浮现，教授的语言在耳边萦绕，教授的文章在心底翻开。

帕耶斯特卡教授是中国的朋友，他站在关心世界发展和人类命运的高度上关心中国的发展变化。他以经济学家深厚的造诣和敏锐的眼光，不断地观察和研究中国的改革开放。他赞扬中国敢于在理论上创新，敢于在实践中走自己的道路。他认为，中国正在进行伟大的探索，中国改革开放的成功必将对其他国家、对世界历史进程产生不可估量的影响。他多次热切地企盼和祝愿中国的成功。

帕耶斯特卡教授是一位爱国主义者，他关心波兰的改制，关心波兰人民的命运和前途。他在自己最后几年的潜心研究中，针对时弊，一针见血地指出，民主不能照搬，民主需要建没，民主需要执政者具有治国的智慧。他十分强调，不能简单地认为一旦进行自由选举和引进发达国家的民主机制就万事大吉了。对于波兰来说，唯一的结论是，在执着地追求民主的时候，必须关心各种政策的人道主义方向，这就是要消灭失业，要有受教育的同等权利，要有最低限度的医疗保障。他告诫执政者，在改制过程中要警惕新的教条主义的危害，要具备治国的实用主义的理性。他在自己的经济学著述中，用诗人一样的语言，向他的同胞发出了振聋发聩的呼声：

如果只有在人道主义的泥土中

民主才能发芽成长，
那么政策中没有人道主义方向
民主怎能发光闪亮？

如果在我波兰
理性会大放光芒，
那么我的波兰
必将灿烂辉煌！

李惠娣，1934年生，浙江定海人。
曾就读于复旦大学，留学于波兰华沙外贸学院。曾任中国驻波兰大使馆政务参赞。
合译有：兰格著《政治经济学》、明兹著《社会主义政治经济学问题》、普塔辛斯基著《哥穆尔卡沉浮记》等书。

甘做“一带一路”建设中的一块铺路石

佟宪国

我1974年大学毕业。1981年硕士研究生毕业。1984年进入外交部开始我的外交生涯，至2014年退休，屈指算来，我在外交部的工作经历共有30年之久，整整一代人的时间。这30年的时间里，无论在国内工作，还是在国外常驻，我都没有离开过外交部国际司的业务。

那么外交部国际司林林总总千头万绪的业务归纳起来又是什么呢？在我看来不外是中文的“和平”与“发展”这四个汉字，或者用英文来说就是两个“D”字母，即Disarmament（裁军）和Development(发展)。

我进入外交部时，中国已经走上了改革开放的道路。中国改革开放的总设计师邓小平同志于1985年3月4日提出，和平与发展是当代世界的两大问题，并认为这个时代是中国求和平谋发展的千载难逢的机遇。我们可爱的祖国自1840年起，因积贫积弱，武备松弛，科技落后，便连年遭受外敌入侵和内乱困扰。内忧外患更加剧了中华文明的衰败。这种颓势直至1949年新中国成立才得以迅速地逆转。中国共产党领导下的新中国为自己赢得了一个较长时期的和平发展的外部环境。抓住这个千载难逢的好时机，巩固我们所处的良好外部环境，大力促进我国的经济发展，争取在较短的时间内在我国实现“四个现代化”，就是我入部时外交部国际司的头等要务。

新中国的第一任外长周恩来曾对我们外交人员有过一个严格要求和精准定位，即新中国的外交人员是“文装解放军”。我们的战场在国际舞台上。我们的武器不是枪炮而是笔墨唇舌。我们用以维护世界和平的手段，是裁军谈判、核不扩散条约、禁止使用地雷、化学和生物武器等一系列国际公约和国际法。我们用以促进我国经济和社会快速发展的主要工具，便是积极创造条件加入世界三大经济支柱：国际货币基金（IMF）、世界银行(WB)、关税和贸易总协定(GATT)（即今天的世界贸易组织WTO），以及参加各种专业领域的国际合作机制和区域合作机制，如我们今天耳熟能详的联合国粮农组织、世界卫生组织、国际电信联盟、国际劳工组织、世界知识产权组织、亚太经合组织、上海合作组织等等。

我在参加这些国际组织和国际会议的活动中不仅要代表中国维护我们国家的合法权益，多做成员国之间增信释疑的工作，促进意识形态各不相同、社会制度千差万别的国家之间的国际合作，而且我还深切感受到了“他山之石，可以攻玉”的真谛。习近平总书记在2013年9月和10月分别提出的建设“丝绸之路经济带”和“21世纪海上丝绸之路”的倡议，正在为世界上越来越多的国家所接受，成为我国和平发展的必由之路。

一、积极推进“泛亚铁路”(Trans-Asian Railway)建设

在我们国内的改革开放和经济建设中流行着这样一种说法，叫作“要致富，先修路”。我们要打开国门走向世界，须先修路架桥。同一道理也适用于国际经济合作。而且铺路架桥，打通物流通道这样的合作，最能体现合作共赢的理念。中国自西汉时代起建立的“丝绸之路”就是证明。搞一个“泛亚铁路”，建设一个贯通欧亚大陆的货运铁路网络的概念，就是在我进入外交部工作的头几年再次被提出来的。

“泛亚铁路”的构想也被称作“钢铁丝绸之路”，最初出现在1960年，当时几个亚洲国家对修建从新加坡到土耳其的贯通铁路进行了可行性研究，当时的计划铁路长度为1.4万公里。从新加坡经孟加拉国、印度、巴基斯坦和伊朗，到达土耳其的伊斯坦布尔，最后延伸至欧洲及非洲。但是越战、一系列地区冲突及冷战的影响，为泛亚铁路计划的实施带来了难以逾越的障碍。从60年代后，泛亚铁路计划逐渐沉寂了下来。

20世纪80—90年代，特别是冷战结束后，随着南亚、东南亚地区局势逐渐稳定、高加索地区和中亚新兴国家的兴起以及越来越多的国家开始发展市场经济，泛亚铁路再次被提上议事日程。

在韩国人金学洙出任联合国亚太经社会执行秘书期间，他甚至还设想穿越三八线军事分界线把南北朝鲜的现有铁路网连接起来，

通过中国汇入“泛亚铁路”。

1995年12月的东盟第五届首脑会议上，时任马来西亚总理的马哈蒂尔提出修建一条超越湄公河流域范围，从马来半岛南端的新加坡，经马来西亚、泰国、越南、缅甸、柬埔寨到中国昆明的“泛亚铁路”倡议。该倡议立即得到了东盟首脑和中国政府的认同。

2006年4月，经过多年的筹备和调研后，在印尼举行的亚太经济社会委员会第62届大会上，《泛亚铁路政府间协定》获得通过，半年后的11月10日，泛亚铁路涉及的28个国家中的18国在协定上正式签字，使之具备了法律效力。至此，筹划了近50年的“钢铁丝绸之路”终于迈出了实质性的第一步。

2010年4月10日，亚洲18个国家的代表在韩国釜山正式签署《亚洲铁路网政府间协定》，筹划了多年的泛亚铁路网计划最终得以落实。按照协定的规划，4条“钢铁丝绸之路”构成的黄金走廊就可以把欧亚两大洲连为一体。泛亚铁路网中的铁路设施大多已经存在，大多数国家会保有原路轨而不另建新轨。泛亚铁路的形成，东南亚各国还可以通过昆明进入中国西部地区，并连通第二亚欧大陆桥。这是一座连接亚、欧、非三大洲的最大的“桥梁”和通道；是一条沟通太平洋、印度洋、大西洋的最为壮观的大陆桥。

构建欧亚大陆桥的蓝图早就绘制出来了。但就把蓝图变成现实的执行力而言，还是我们中国最强。从我们中国几个主要的商品集散中心始发的中欧班列近年来取得突破性进展。2020年我国开行的中欧班列共计1.24万列，发送货物113.5万标箱，同比分别增长50%和56%，开行西部陆海新通道班列3600列，发送货物19万标箱，同比分别增长73%和80%。我国2021年头8个月通过西、中、东二条通道分别开行的中欧班列就达5125列、1766列、3139列，同比分别增长37%、15%和35%。

有人质疑说，铁路运输成本是海运的6倍多。为什么中国还要花那么大的代价去发展中欧班列？比如，一个标准集装箱运到欧洲，铁路运费是5万多美元，而海运费用只要7500多美元。我们为什么要花那么大的代价去推进中欧班列？新冠肺炎疫情暴发，海上运输因之严重受阻的实际情况，为人们解开了心头的疑团。2021年，中俄班列全年开行首次突破1万列，达到了1.24万列，同比增长56%。三条中欧班列路线为欧洲运送了无数的防疫物资，不仅救了我们自己，也拯救了整个欧亚大陆。到去年年底，中欧全面投资协定已经签订。我国已在重庆、长沙、武汉、郑州、义乌、哈尔滨等城市开行中欧班列，打开了除法国和德国以外的欧洲国家的窗口。目前连日本和韩国的一些商户都开始利用这条通道，把一些急件空运到我国开通中欧班列的这些城市，然后转运至欧洲。要知道铁路运输付费虽然高昂，但它的时效性却是海运所无法比拟的。日韩以前海运无法完成的紧急订单，只能选择空运，而空运的价格则是海运的95倍，绝大部分的商品根本承受不了这个代价。还有，海运虽然便宜，但欧洲很多国家是内陆国，比如匈牙利、瑞士、捷克、白俄罗斯等。它们没有海港。

二、湄公河流域开发计划

湄公河是一条国际河流，它的上游在我国境内，叫作澜沧江。它的中下游穿越了缅甸、老挝、泰国、柬埔寨和越南5个东南亚国家。国际河流可以是一条友谊的纽带，把流域内的各国人民友好地连接起来，互利互惠，共同发展。国际河流也可以成为引发流域内各国人民矛盾和对立的导火索。

为了使湄公河流域国家共同开发和利用湄公河资源，联合国亚太经社会于1957年发起成立了一个国际组织“湄公河下游调查协调委员会”。1995年4月，泰国、老挝、柬埔寨和越南四国在泰国清莱签署《湄公河流域发展合作协定》，决定成立湄公河委员会（以下简称湄委会），重点工作聚焦在湄公河流域的综合开发利用、水资源保护、防灾减灾、航运安全等领域。

中国是湄公河上游国家。显而易见，没有中国的积极参与和合作，湄公河流域的综合开发利用是无从谈起的。本着合作共赢、互利互惠、共同开发利用湄公河资源的目的，中国和缅甸于1996年成为湄委会的对话伙伴。中国实行改革开放比较早，发展速度远快于湄公河流域其他国家。受域外其他一些别有用心的国家的挑唆，湄公河流域其他一些国家对我国在上游修水库、建水电站等开发工程存有很深的芥蒂。当年的湄委会对话会，中方的很大一部分精力都用在了做增信释疑的工作上面。中方用翔实的数据和水文资源向湄公河流域其他相关方证明，中方在上游修筑水坝蓄水发电，只会给下游各国带来好处，而不会给下游国家带来灾害和水患。因为科学的水电开发，会带来农业灌溉、渔业养殖、优化生态环境、洪水控制和航运等方面的综合经济和社会效益。

为了帮助下游国家开发水电，发展农业灌溉，防灾减灾，洪水控制，中国自2003年起每年向湄委会无偿提供澜沧江汛期水文数据。中国还与湄委会及成员国开展了广泛的经验交流、技术培训、实地考察等活动。2010年、2014年、2018年，中国作为对话伙伴，分别由外交部副部长宋涛（时任）、水利部部长陈雷（时任）、水利部部长鄂竟平（时任）率团参加第一至第三届湄委会峰会。2016年上半年，湄公河下游流域遭遇严重旱灾，中国在自身同样受灾的情况下，对下游采取应急补水，有效缓解了下游旱情，受到了湄委会和下游国家的广泛赞誉。

为了使湄公河中、老、缅、泰河段（柬埔寨至越南的河段因有瀑布等天然障碍，无法通航）变成能够开展内河航运的河段，中国从中央到地方，上下努力，在湄公河老挝和缅甸河段施行炸礁工程，清除行船障碍。中老缅泰四国政府代表于2000年4月20日在缅甸大其力签订《澜沧江—湄公河商船通航协定》。2001年6月26日，四国商船正式通航典礼在中国云南景洪举行。

湄公河流域的国际合作还由经济领域自然而然地扩展到了社会领域。为了帮助泰老缅政府铲除“金三角”地区的毒品犯罪痼疾，中国政府帮助“金三角”周边地区的居民发展替代农业，挖掉罂粟，种植其他农作物。2011年10月31日，中老缅泰四国联合建立了湄公河流域执法安全合作机制。在该机制下，四国开展情报信息交流、联合巡逻执法、联合整治治安突出问题、联合打击跨国犯罪，并于2012年4月25日将2011年10月5日发生的“湄公河10·5大案”首犯、缅甸籍武力贩毒集团头目糯康等缉拿归案并绳之以法。

三、把屠呦呦发现的抗疟疾特效药推介给世界卫生组织

“一带一路”倡议自提出以来不断拓展合作区域和领域，尝试与探索新的合作模式，使之得以丰富和完善。但其初衷与原则却始终如一，即“一带一路”是开放、包容的倡议，而非排他性、封闭性的中国“小圈子”。当今世界是一个开放的世界。中国认为开放才能发现机遇，抓住机遇，才能实现我们的民族复兴目标。“一带一路”倡议就是要把世界的机遇转变为中国的机遇，把中国的机遇转变为世界的机遇。

屠呦呦是中国中医科学院首席科学家。她于2015年因发现青蒿素而获得诺贝尔生理学或医学奖，成为全世界家喻户晓的杰出人物。然而屠呦呦寻找抗疟疾药物的研究工作早在1969年就开始了。她领导课题组从系统收集整理历代中医医籍、本草、民间方药入手，在收集2000余中医古方的基础上，编写了640种药物为主的《抗疟单验方集》，对其中的200多种中药开展实验研究，历经380多次失败，利用现代医学方法进行分析研究，不断改进提取方法，终于在1971年成功发现青蒿草药中的抗疟药性。1972年，屠呦呦领导的课题组又从青蒿草药的有效部分中分离得到抗疟的有效单体，并将之命名为青蒿素。屠呦呦课题组通过自己的临床实验证明，青蒿素为一种具有高效、速效、低毒优点的新结构类型抗疟药，对各型疟疾特别是抗性疟有特效。1978年，青蒿素抗疟研究课题获全国科学大会“国家重大科技成果奖”。1979年，青蒿素研究成果获国家科委授予的国家发明奖二等奖。1984年，青蒿素的

研制成功被中华医学会等评为“建国35年以来20项重大医药科技成果”之一。

青蒿素是治疗疟疾的特效药。这在中国早已是家喻户晓有口皆碑的事实，20世纪90年代在世界上却并不为多少人所知。那个时候，我在中国常驻联合国日内瓦办事处和瑞士其他国家组织代表团工作，负责中国与世界卫生组织的联络事宜。我曾陪同时任中国常驻联合国代表吴建民大使多次会见过时任世界卫生组织总干事中岛宏博士和继任总干事布伦特兰夫人。每次会晤，吴建民大使都会因势利导地向世界卫生组织总干事推介中国的中医中药，尤其是青蒿素这样的成熟特效药物。那个时候，西方医生一提起治疗疟疾，首先想到的便是奎宁。但他们也不得不承认，疟原虫已经对奎宁产生了抗药性。曾经的抗疟特效药，已经逐渐失灵。吴大使向世卫总干事提出疑问，既然疟疾已经对奎宁产生了抗药性，为什么世卫不向世界推荐使用青蒿素？中岛宏博士回答，中药不同于西药，许多方剂是复方，究竟是药中哪一种成分在起作用没有实验数据能够证明。此外，也缺乏西方医学所要求的临床实验数据。吴大使则回复说，中岛博士是日本人，了解中国文化和中医中药。中医中药是伴随中国五千年文明发展起来的，中医中药的临床实验数据是从中国五千年历史，数十亿人次的尝试，以及世世代代中国人的繁衍中得出的。中医中药的疗效应该是有说服力的。更何况青蒿素的萃取方法已经同西药制作方法无异，应能为大多数国家的药政部门所接受。毕竟疗效才是一切药物最有说服力的说明书。

2001年世界卫生组织向世界推荐含青蒿素的复方作为治疗无并发症恶性疟疾的一线用药。中国的抗疟医疗队在非洲国家使用复方青蒿素治疗，治愈率达90%以上，且在已进行防治的非洲国家尚未发现抗药性。疟疾是威胁人类生命的一大顽敌。世卫组织认为，青蒿素联合疗法是目前治疗疟疾最有效的手段，也是抵抗疟疾耐药性效果最好的药物。中国作为抗疟药物青蒿素的发现方及最大生产方，在全球抗击疟疾斗争中发挥了重要作用。根据世界卫生组织统计数据，自2000年起，撒哈拉以南非洲地区约2.4亿人口受益于青蒿素联合疗法，约150万人因该疗法避免了疟疾导致的死亡。

2015年10月5日，诺贝尔生理学或医学奖揭晓，我国科学家屠呦呦摘取该项桂冠。瑞典皇家科学院诺贝尔奖委员会阐明的颁奖理由是：中国药学家屠呦呦发现了治疗疟疾的新药物疗法。

看着屠呦呦走上瑞典斯德哥尔摩音乐厅的诺贝尔奖领奖台，我不禁为中国本土科学家第一次获得诺贝尔科学奖项而骄傲和自豪，为屠呦呦成为世界上第一位获得诺贝尔生理学或医学奖的华人科学家而欢欣鼓舞。

作为一名曾经的中国外交官，我在把世界的机遇转变为中国的机遇，把中国的机遇转变为世界的机遇方面尽过一点绵薄之力。这样的经历让我永远回味无穷！

佟宪国，1954年生。曾就读于辽宁外语专科学院（今大连外国语大学）及中国社会科学院研究生院，留学于瑞士日内瓦高等国际问题研究院(IHE)。

曾驻泰国曼谷联合国亚太经社会秘书处、瑞士日内瓦中国常驻联合国日内瓦及瑞士其他国际组织代表团、新加坡亚太经合组织（APEC）秘书处、瑞士日内瓦中国常驻世界贸易组织代表团工作，任参赞等职。

“诗与剑”的俄罗斯文化

周晓沛

我从小喜欢文学，读过的第一本外国小说就是奥斯特洛夫斯基的《钢铁是怎样炼成的》。至今仍清晰地记得保尔那段闪光的格言：“人最宝贵的是生命，生命对于每个人只有一次。人的一生应当这样度过：当他回首往事的时候，不因虚度年华而悔恨，也不因碌碌无为而羞愧。”可以说，我们这一代人大多是在阅读俄罗斯文学、欣赏俄罗斯歌曲中成长起来的。正因如此，我自然选择学习俄语，从而决定了自己一生的命运，几乎一辈子都与苏联、俄罗斯打交道。

俄罗斯是一个非常独特的民族，有别于世界上任何国家。如何理性解读这个奇葩国度及所谓“战斗民族”？记得法国总统萨科齐访俄时曾提出一连串问题，普京未予直接回答，而是引用19世纪俄国诗人丘特切夫的一段名言“УмомРоссиюнепонять”，意思是俄罗斯“不可理喻”。

俄国是一个“巨无霸”。面积1700多万平方公里，横跨欧亚两洲，东西长约1万公里，分9个时区，西端加里宁格勒人刚上班，东端堪察加半岛居民早已下班回家。祖先是东斯拉夫人，信奉东正教。东正教由基督教分裂而来，以希腊语地区为中心的东派教会信守原教条，以“正宗”自居，故称东正教。俄罗斯人认为，“没有东正教，就没有俄罗斯”。

俄罗斯人酷爱文学，崇拜文学。1880年，在莫斯科市中心为普希金竖立了铜像，这是俄国历史上第一座为诗人建立的纪念碑。100多年来，仅莫斯科市内就有上千座的诗人、作家和其他名人纪念碑。无论你走到俄罗斯的哪个城市，到处可见为文学家建立的纪念碑、纪念牌以及保存完好的故居博物馆。无论到哪位俄罗斯朋友家做客，你都可看到陈列在书房或图书角的各种文学名著。

俄罗斯人对文学的特殊爱好，可能与其独特的民族性格有关。俄罗斯被称为是一个“诗与剑”的民族。东西方文化交融，既有斯拉夫人的豪放、粗犷，又有诗人般的激情、浪漫。用“铁的诗句”向沙皇暴政挑战，歌颂自由民主的两位伟大诗人普希金、莱蒙托夫，都是因为爱情——“捍卫爱与尊严”决斗而结束了年轻的生命。1918年，俄罗斯著名思想家别尔加耶夫在《俄罗斯的命运》中这样写道：德国是欧洲的男人，俄罗斯是欧洲的女人。俄罗斯可能使人神魂颠倒，也可能使人大失所望。这似乎生动勾画了其民族的独特性、矛盾性及多变性。

俄罗斯文化积淀深厚，被喻为是一部“交响乐”。从古罗斯发展到现代俄罗斯的千年历史中，创造了丰富多彩的灿烂文化，诸如罗蒙诺索夫、门捷列夫、柴可夫斯基、列宾等世界级的科学家、艺术大师不胜枚举。19世纪是俄罗斯文化的黄金时代，涌现了普希金、托尔斯泰、陀思妥耶夫斯基、果戈理、契诃夫、屠格涅夫等一大批文学泰斗。高尔基曾这样评论道：托尔斯泰和陀思妥耶夫斯基是两个最伟大的天才，他们以自己天才的力量震撼了全世界。

俄罗斯文学经典名著

不久前在一次“是什么让俄罗斯人如此爱国”的民调中，俄罗斯文学出人意料地在民族自豪感的理由列表中排名第一，而辉煌历史排在第二位。历经时间考验，俄国文学被公认为世界文坛上的璀璨明珠，赢得了世界尊重。《叶甫根尼·奥涅金》《战争与和平》《安娜·卡列尼娜》《罪与罚》《死魂灵》《静静的顿河》《钢铁是怎样炼成的》等经典名著在中国家喻户晓。俄罗斯近现代文学影响了中国几代人，也深刻影响了中国文学创作。

俄罗斯文学普遍格外沉重，就像是“大地、雪原和旷野中的呼喊”，读起来并不轻松，要求读者投入到熔炉中，在精神上进行一番修炼。有人评价称：“一篇陀思妥耶夫斯基小说给你带来的精神震撼，可能远超过看一万个段子得到的肤浅快感。”

俄罗斯人喜爱读书，而且有买书、藏书的习惯。20世纪我在莫斯科工作时，曾好奇地发现，无论在地铁还是公共汽车上总是静悄悄的，人们都在低头看书或阅读当天的报纸。我到俄罗斯朋友家做客，最羡慕的就是他们家中都有书房或图书角，书架上摆满了各种经典图书，包括50卷的《苏联大百科全书》。他们总是书不离手，相互间赠送礼物，往往爱送文学名著或精美画册，认为细细品味经典名著，不仅是艺术享受，而且能升华情操。据统计，俄罗斯的家庭藏书率和国民阅读率居世界前列。“俄罗斯男人的公文包里，总是装着两样东西——酒杯和书；女人的手提袋里，也离不开两样物品——化妆盒和书。”这一说法是对俄罗斯人喜欢阅读的形象概括，可能也是俄民族文化素养较高的一个源泉吧。

记得1995年我国领导人应邀赴莫斯科参加反法西斯战争胜利50周年庆典时，当晚在克里姆林宫大会堂举行的音乐会上朗诵了西蒙诺夫创作的《等着我吧》这首诗：“等着我吧——我会回来的，死神一次次被我击败……只有你和我两个人将会明白——全因为同别人不一样，你善于苦苦地等待。”大厅内掌声雷动，不少人都跟着一起朗诵。音乐会结束后，大使给我打电话，说首长要看《等着我吧》这首诗的原文，让明天早饭前送到。我赶紧把这一任务下达给文化处，可他们感到为难，说中译文能找到，但半夜三更到哪里去找原文呀？我也觉得大海捞针不好找，就说你们可以请求俄罗斯朋友帮忙。没过一会儿，他们就告诉我已找到了，俄罗斯朋友听说中国领导人对西蒙诺夫的诗感兴趣，马上就开着车将他的诗集送来了。

苏联老歌是俄罗斯文化的不朽代表作，也是世界文化艺术宝库的珍品。那些歌词优美、曲调流畅的苏联歌曲，无论思想性还是艺术性方面，都有很高的品位和迷人的魅力。它们不仅让你认识了俄罗斯人性格中热情、奔放和凝重、忧伤的两面，而且得到美的艺术熏陶，伴随我们已有半个多世纪，鼓舞和愉悦了中国几代人。

“深夜花园里，四处静悄悄，树叶儿也不再沙沙响。夜色多么好，令我心神往，在这迷人的晚上……衷心祝福你，好姑娘，但愿从今后你我都不忘，莫斯科郊外的晚上。”这首歌是1956年全苏运动会文献纪录片中的一个插曲，列宁格勒人作曲，原歌名叫《列宁格勒的晚上》，当时反响并不大。1957年莫斯科举行第六届青年联欢节，改名为《莫斯科郊外的晚上》一炮走红，荣获金质奖章。因为歌名更改，作曲家便遭到许多列宁格勒人怒斥，被宣布为“不受欢迎的人”。从此，这首歌曲插上翅膀飞向世界各地，译成各种语言到处传唱，歌曲的内涵也从爱情延伸到对亲友、祖国，对一切美好事物的爱和美好未来的向往。不过，其命运也备受坎坷。随着中苏关系解冻，这首扣人心弦的抒情歌曲才得以浴火重生。李肇星外长讲过这样一件逸事。有一次他往访俄罗斯，拉夫罗夫外长在俄外交别墅花园里举行欢迎晚宴。酒过三巡，俄外长突然宣布：现在有请俄罗斯女功勋演员用中文为我们演唱“中国著名歌曲”——《莫斯科郊外的晚上》。话音刚落，引起哄堂大笑。现如今，这首歌在中国的传唱率远高于在俄罗斯，正因如此，才出现了上述那段幽默。

苏联老歌中，最震撼心灵、激励士气的革命战斗歌曲可能要数创作于二战初期的《神圣的战争》。1941年6月22日，希特勒军队突然入侵苏联。战争爆发的第三天，诗人列别杰夫创作了诗歌《神圣的战争》；次日，苏军红旗歌舞团团长亚历山德罗夫彻夜为之谱曲；26日，在莫斯科火车站，当即将赴前线的士兵正与家人告别的时候，亚历山德罗夫率领歌舞团唱响了这首歌：“起来，巨大的国家，作殊死战斗，要消灭法西斯恶势力，消灭万恶的匪帮！让最高尚的愤怒，像波浪翻滚！进行人民战争，神圣的战争。”年轻战士听完歌后不再忧伤，斗志昂扬地直奔战场。《神圣的战争》被誉为“苏联伟大卫国战争的音乐纪念碑”，斯大林称之为“战火中激励将士的精神食粮”，并赞扬亚历山德罗夫红旗歌舞团在战争时期所发挥的作用“顶上几个师的战斗力”。红旗歌舞团曾先后9次访华演出，是传播两国人民友谊的亲历者见证者。1952年11月，该歌舞团在中南海怀仁堂为毛泽东、周恩来等领导人表演了精彩节目。而且，这是唯一受到中国四代领导人亲切接见和称赞的外国艺术团。

时光流逝，但这些曾伴随我们青春岁月的苏联老歌，没有被人们忘记，更没有被时代摒弃。这种独一无二的文化现象及社会思潮耐人寻味。我想，恐怕不仅仅是因为这些歌曲经久不衰的艺术魅

俄罗斯亚历山大红旗歌舞团

力和厚重的文化品位，也不仅仅是对过往时代的追忆沉思，更多的是对崇高理想、未来美好生活的向往和追求。

俄罗斯人爱喝酒，而且是“海量”。公元10世纪，基辅罗斯的弗拉基米尔大公说：“喝酒是罗斯人的天生嗜好，没有这种乐趣，就无法生存。”伏特加意为“生命之水”，是俄罗斯民族的血液。伏特加用谷物或马铃薯为原料，经过蒸馏制成高浓度的酒精，再用蒸馏水勾兑，并经过活性炭过滤，不甜、不苦、不涩，喝下后有如火焰在胸腔燃烧的感觉。俄罗斯是伏特加的故乡，发明化学元素周期表的门捷列夫为“伏特加之父”。他不仅贡献了伏特加的标准配方，甚至连伏特加的名字也是他起的。经过反复科学实验，他发现最理想的酒精度数是40度，这对人体最为适宜。无论是东欧，还是美国出产的伏特加，均为标准的40度。俄罗斯人对外国人常说的一句口头禅，就是“不喝伏特加，等于没有来过俄罗斯”。据记载，卫国战争期间，为提高战斗力，斯大林批准每天给前线野战部队每人派发伏特加100克，后又把打胜仗的定量增为200克。有历史学家称，他们是“靠伏特加和喀秋莎打赢了战争”。现在，俄罗斯人均饮酒量也居全球第一。政府颁布过禁酒令，但“几度禁酒几度醉”。漫长而寒冷的冬季，不仅使他们嗜酒成性，也磨炼了其特有的韧性。

俄罗斯人喜欢吃黑面包，认为这是比白面包更有营养的“离不开的食物”，不常吃还容易生病。有人却曾误认为俄罗斯人穷得只好靠吃黑面包生活。黑面包历史悠久，早在9世纪就已经在古罗斯普及开来，并成为俄罗斯最重要的主食。黑面包是由特殊的原料和方法烤制而成，具有独特的营养价值。其主要原料是荞麦、燕麦和小麦，吃起来略微带点酸味，但多嚼一会儿就觉得有一股淡淡的甜味。在种类众多的黑面包中，“鲍罗金诺”堪称极品。据传，1812年俄罗斯人抗击拿破仑入侵期间，年轻的俄罗斯将军图奇科夫在莫斯科郊区鲍罗金诺英勇牺牲，他的妻子悲痛不已，便进入莫斯科市郊的一个女修道院，以烤面包纪念亡夫。在那里，她见许多受伤的战士吃饭没有胃口，于是就把一些开胃健脾的香草籽放进面粉揉好，发酵三天三夜后烤出的面包颜色黑黄、奇香扑鼻，既富有营养，又易于消化。从此“鲍罗金诺”黑面包名扬四海。俄罗斯首任总统叶利钦，曾将一箱“鲍罗金诺”黑面包作为国礼送给我国领导人。我每次去俄罗斯出差，总要买几个黑面包带回，送亲朋好友颇受欢迎。

俄罗斯人喜欢甜食，尤其酷爱冰激凌。在俄国，沙皇宫廷的达官贵人特别爱吃冰激凌。据记载，1862年卡捷琳娜二世正是用品尝冰激凌，把彼得二世诱骗进宫，随后即发生了宫廷政变。从前，冰激凌在俄国是家庭手工业制造，在莱蒙托夫的作品中就这样描写过。1917年十月革命后，从美国引进机器生产冰激凌。俄罗斯盛产牛奶，冰激凌不仅含奶量大，吃起来美味可口，而且价格便宜。每年不论春夏秋冬，不论是在大街上还是公园里，你都可以看到有人在吃冰激凌，这已成为他们的个性。丘吉尔曾惊奇地说，一个人们在零下20摄氏度还在街上吃冰激凌的国家是不可战胜的。

2016年普京总统赴杭州参加G20峰会时，特意给我国领导人送上整整一箱俄罗斯冰激凌作为礼物。“冰激凌外交”不仅成为一段佳话，更是推动这份国礼成为“网红”。我们在莫斯科工作过的老人都爱吃俄罗斯冰激凌，它以货真价实著称，我们习惯地按俄语发音将冰激凌叫作“麻老鼠”。但冰激凌属于特殊食品，要进入中国市场面临很多门槛。据了解，在普京亲自做广告后，大批中国订单飞向俄罗斯，俄方厂家也纷纷将目光投向消费需求庞大的中国市场。如今俄罗斯冰激凌已出现在中国多地保税区的进口直营店和超市冷柜里，有的还特别贴出“俄罗斯国礼 —— 冰激凌”的小广告。令我感兴趣的是，在新冠肺炎疫情期间，俄新社莫斯科发过这样

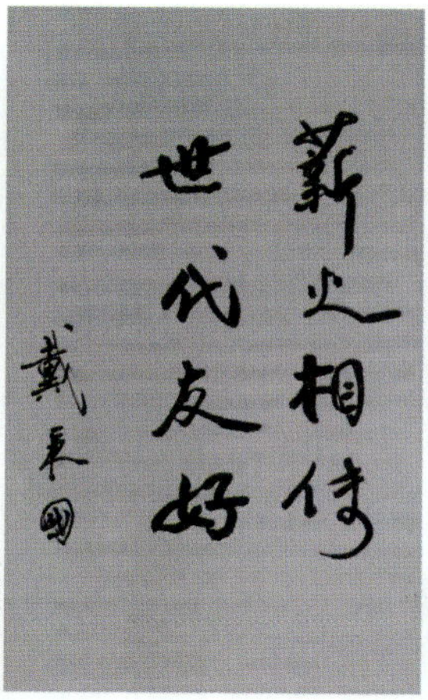

一条消息：“尽管遭遇疫情，但俄罗斯冰激凌产量持续增长。同时，中国出现了越来越多喜欢俄罗斯冰激凌的人，对华出口也在增长。”

俄罗斯人豪爽，重感情。我在苏联工作时中苏关系不好，但老百姓家里依旧珍藏着50年代中国留学生送给他们的钢笔、毛巾、老照片以及明信片。记得有一次去北极摩尔曼斯克出差，在咖啡馆里碰见一位中年俄罗斯人，聊了一会儿天，知道我们是中国人后就马上请去家里做客，打开冰箱，拿出鱼子酱和伏特加盛情招待。后来他到莫斯科出差，还给我打电话，邀请到老阿尔巴特街一起喝咖啡叙旧。有一位前任离馆时介绍的外地朋友，每次来莫斯科都要请我去外高加索餐厅品尝风味烤肉，结账时怎么说也不让你埋单。

至于我们两国普通外交官在几十年风雨同舟中建立起来的个人友谊，不论国家关系好坏，都历久弥坚。尤其难能可贵的是，当双边关系中遇到什么障碍或困难时，双方都能相互理解信任，携手促进缓和，力求推动合作。在中苏边界谈判、中苏关系正常化、建立中俄战略协作伙伴关系等方面，双方外交官都做出了应有的贡献。

2021 年 12 月双方老朋友理事会代表在俄罗斯大使馆会晤，共商新年度交流规划

我们退休后仍不忘初心，联手倡议成立中俄老朋友俱乐部、老朋友理事会，传承世代友好理念，为新时代中俄关系传递正能量。双方各有十多位老大使成员，包括俄罗斯驻华大使和我们的老部长都参加了。老朋友们定期聚会畅谈，继续以建言献策、研讨讲座、时评发声、著书立说等各种方式，致力于两国民间友好交流。双方合作编撰的“一带一路”丛书第一册《我们和你们：中国和俄罗斯的故事》中、俄文版先后三次修订再版，由两国外长作序推荐，被誉为中俄关系的“教科书”。针对西方媒体刻意“妖魔化”俄罗斯，我们结合40多年外交生涯中的亲历亲闻，撰写《怎样看独特的俄罗斯》等系列文章，并转发公众号、微信朋友圈，受到好评点赞。

今年，为庆祝中俄友好、和平与发展委员会成立25周年，中俄老朋友理事会和央视总台俄语部联合拍摄制作了《友谊与智慧——老朋友传承世代友好的故事》纪录片（中、俄文版）。该片以中俄双方十多位亲历者访谈及老照片、原场景、耳熟能详的俄罗斯经典音乐等图文音像交融并茂的形式，从一个侧面生动反映近半个世纪来两国关系的发展变化轨迹，宣示薪火相传、世代友好的珍贵和平理念。

“人生最美夕阳红，何须惆怅近黄昏？”我们这些老外交官作为数十年来中俄关系发展的见证者、参与者和推动者，都曾是饱览国际风云的“朝阳”，如今依旧用落日的“余晖”为两国民心相通做些力所能及的事儿，为新时代中俄全面战略协作伙伴关系深入发展添砖加瓦。

周晓沛，浙江乐清人。外交部外交政策咨询委员，中俄友好、和平与发展委员会老朋友理事会中方主席，外交笔会副会长，外交学院兼职教授。

毕业于北京大学，并到北京外国语学院进修。曾任外交部欧亚司司长，中国驻俄罗斯使馆公使（衔参赞），中国驻乌克兰、波兰、哈萨克斯坦大使。

著有《中苏中俄关系亲历记》《大使札记——外交官是怎样炼成的》《别样风雨情缘》。主编“一带一路”“我们和你们”丛书《中国和俄罗斯的故事》《中国和哈萨克斯坦的故事》《中国和乌兹别克斯坦的故事》《中国和波兰的故事》和《世代友好——纪念中俄建交70周年文集》《筚路蓝缕——新中国外交风云录》等书。

中白工业园巡礼

王宪举

“巨石”含友情

从白俄罗斯首都明斯克国际机场办完出关手续，沿着一条宽阔的公路驱车10分钟，就来到位于明斯克州斯莫列维奇区的中白工业园。

在园区入口处矗立着一块巨大的深灰色石头，上面用金色的英文写着“GREAT STONE Industrial Park”（巨石工业园）。“巨石”四周是草坪和鲜花组成的花坛，后面耸立着中华人民共和国国旗和白俄罗斯共和国国旗，以及数十面已经在工业园登记注册的各国大公司的旗帜，猎猎飘扬，似乎在欢迎来自四面八方的客人。

中白工业园称为“巨石”工业园，是因为卢卡申科总统说过，中白工业园是中白两国友好合作的巨石。它的规划总面积为91.5平方公里，按照规划开发

中白“巨石”工业园的标志。胡政 摄

期30年，分三期建设，预计吸引超过200家高新技术企业入驻，就业人口12万人，最终形成结构布局合理、产业协调发展、科技含量高、社会经济效益明显的综合性开发区。建设方针是“政府引导、企业主体、市场原则、科学规划、分步实施”。入驻企业享受“十免十减半”优惠政策，土地租期99年。就是说，企业自注册之日起，10年内免缴利润税、不动产税和土地税。在第二个10年，入驻企业缴纳50%的利润税、不动产税和土地税，部分商品免除进口关税与增值税，免除外籍员工强制保险。如此优惠的政策是白俄罗斯在总结此前二十多年经济特区建设经验教训基础上制定的，旨在吸引高科技项目和外国投资，建造引领白俄罗斯经济发展和推动对外首先是与中国经济科技合作的大平台，促进白俄罗斯国内经济迅速和持续增长。

这么大规模的工业园，在全世界也是名列前茅！“巨石”工业园的名称不仅反映了人们对它寄予的殷切期望，而且饱含中白两国人民的深厚情谊。

“工业园第一楼”

进入园区，一座红墙尖顶的建筑映入眼帘，上面用中文、白俄罗斯文和英文写着“华商商务中心”，园区职工们自豪地称它为“工业园第一楼”。

2015年12月11日，中白工业园第一个入园企业项目——招商局中白商贸物流园一期工程在寒冬到来之前开工了。一期工程总投资1.5亿美元，建设包括仓储中心、物流交易展示中心、商务中心三大工程在内总建筑面积10万平方米。仅用了53天，基础工程全部完工，而“华商商务中心”从开工到封顶仅用了103天，成为名副其实的“第一楼”，在白俄罗斯创造了“中国速度”。

一花引得百花开。从2016年春开始，一批建设工程相继开工。工业园仓储中心、员工公寓、科技成果转化中心、马兹潍柴发动机厂等项目，就像雨后春笋般地在中白工业园开花结果。整个一期工程2017年6月完工，包括3.5平方公里起步区的“七通一平”（电通、道路通、排水通、燃气通、给水通、热力通、电信通、场地平整）。到了2020年5月，园区已建成6万多平方米标准厂房、110千伏的电站、污水处理、消防站等配套设施。整个工业园区热火朝天，生机勃勃。这为招商引资创造了良好的环境和必要条件，至2020年5月，中白工业园注册企业68家，协

华商商务中心大楼。胡政摄

议投资总额超12亿美元。其中，中资项目35个，白俄罗斯独资项目10个，来自美国、奥地利、立陶宛、德国、瑞士、俄罗斯的项目17个。电子和通信、制药、精细化工、生物技术、机械制造、新材料、综合物流、电子商务、大数据储存与处理等产业不仅弥补了白俄罗斯的空白，而且为对外合作创造了有利条件。

在风景秀丽的田野和翠绿丛林相间的土地上建设一个宏大的工业园，就好像在一张阔大无比的白纸上绘画，可以绘出最美的图卷，创造中白工业和科技合作快速发展的奇迹。

总统为一位中国公民颁发“感谢状”

在2019年的最后一天，12月31日晚上，白俄罗斯通讯社播发的一条消息让正在举行迎新晚会的招商局在白员工兴奋不已：白俄罗斯共和国总统卢卡申科发布总统令，以“感谢状”对即将离任退休回国的中白工业园首席执行官、招商局集团前副总裁、招商局驻中亚及波罗的海地区代表处首席代表胡政表彰嘉奖。几天后，在中白工业园新闻发布厅隆重举行仪式，中国驻白俄罗斯大使、商务参赞等出席仪式，白俄罗斯总统办公厅副主任、中白两国政府间合作委员会白方主席斯诺普科夫向胡政颁发总统签署的感谢状、奖章及纪念品。纪念品是一块镶嵌着白俄罗斯国徽的手表，也许是用它来表示对中白工业园5年创业时光的纪念。新华社驻白俄罗斯记者为此采写了专稿《获白俄罗总统感谢状的首位外国公民》。

胡政担任中白工业园首席执行官并非偶然。在中白工业园开发股份有限公司注册资本中，中方四家股东——国机集团、深圳招商局集团、中工国际和哈尔滨投资集团占60%多，白方占30%多，德国不到1%。中白工业园实行三级管理，即工业园政府间协调委员会、工业园管委会、工业园区开发股份有

斯诺普科夫向胡政颁发总统“感谢状”。钟阳 摄

限公司。这在相当程度上参照了苏州工业园模式和蛇口工业区经验。中白工业园区开发股份有限公司成立后，园区土地开发与经营、基础设施建设、物业管理、招商引资、咨询服务等工作全面展开，千头万绪，迫切需要物色一位经验丰富、管理和协调能力很强的首席执行官。2015年，具有蛇口工业区开发经验的招商局集团入股中白工业园，招商局派出时任集团副总经理的胡政带领团

队来到中白工业园一线，开始了中白工业园的开发创业。2016年3月中白工业园董事会聘请已经60岁的胡政为工业园开发公司首席执行官。胡政长期领导产业园区开发运营，有着丰富的园区开发实际管理经验，20多年前就担任蛇口工业区党委书记、第一副总经理，之后又兼任招商局漳州开发区管委会主任、开发公司董事长。2015年2月受集团委托率领专项调研小组来明斯克考察中白工业园项目。从此以后，胡政工作经历的最后5年就是在白俄罗斯度过的，他把全部身心都扑在了中白工业园创业上。

2015年年初，中白工业园还是一

中白工业园亮起来了！胡政 摄

张白纸，没有电、没有水、没有路、没有一栋建筑，一切从零开始。2015年8月，在中白工业园入口处赫然矗立起一块很大、十分醒目的用中文和俄文书写的大标语牌——“时间就是金钱，效率就是生命”。这是当年改革开放之初，蛇口工业区提出的响亮口号，得到中国改革开放设计师邓小平的充分肯定，成为时代的理念。胡政和他带领的一线团队把它带到中白工业园，要用中国深圳改革创新的进取精神建设“一带一路”，打造丝绸之路经济带上的标志性项目。

中白两国工程技术人员和工人们团结一心，勤奋劳动，每个工程都提前完成：6500平方米的华商商务中心大楼103天就封顶，3600吨钢结构的安装只用了113天；马兹潍柴动力厂9个月建成投产；整个一期工程提前验收……胡政说：“没有拼搏进取，就不会有今天的园区。”

胡政经常说，中白工业园项目“使命光荣，责任重大，任务艰巨，机会难得”。工业园的中方团队应坚持“六个始终不忘”：始终不忘肩上的重任，践行“一带一路”；始终不忘肩负探索职责，拓展集团海外；始终不忘艰苦奋斗，保持拼搏进取；始终不忘团结合作，发挥团队力量；始终不忘远在异乡，维护国家尊严；始终不忘身在组织，遵规守纪。

胡政强调，中国团队必须时刻牢记“八个增强”，即增强政治意识、责任意识、合作意识、应变能力、纪律意识、团结意识、坚忍意识和素质意识。在搞好内部团结的同时，尽最大努力与白俄罗斯人打成一片，尊重他们，关心他们，与他们同甘共苦。

在推进中白工业园创业的同时，中国的团队还非常重视搞好工业园与附近村庄的关系。工业园核心区明斯克大道西边的小牛村，是原地保留在园区的村落。2016年7月小牛村遭遇巨大的风灾，狂风折断树木、掀掉房盖、摧毁家园。以招商局慈善基金会的名义在灾害发生的第一时间送去10万美元，帮助恢复家园。

小牛村里一条宽5米、长1200米的土路贯穿村子南北，村民的房子就坐落在路的两旁。每逢下雨，路的坑洼处就积满雨水，泥泞难行。2017年5月6日，胡政率领商贸物流园全体员工和几辆摊铺机、压路机、运料车，来到小牛村平整道路，铺设沥青。经过一天义务劳动，昔日的泥路变成一条平坦而漂亮的柏油路。村里的人赞不绝口：“中国人是好朋友！”“招商局是好企业！”

胡政的卓越才华和辛勤付出受到白俄罗斯方面的充分肯定和高度评价。2017年他荣获“白俄罗斯年度经济人物奖”。现在白俄罗斯总统又以“感谢状”形式，表彰他“为发展中华人民共和国与白俄罗斯共和国之间的合作、为‘巨石’中白工业园的建设和园区投资项目的实施做出了贡献”。在中白工业园举行的颁发仪式上，总统办公厅副主任、中白政府间合作委员会白方主席斯诺普科夫代表总统给胡政颁发“感谢状”。他说，这“再次证明了白中友谊的重要性和中白工业园的重要示范意义”。胡政则表示：“我们在从事一项伟大而光荣的事业，这份荣誉属于大家。”

中欧班列的重要枢纽

看着中欧班列中白工业园铁路场站工地建设的景象，不禁被其先进的设计理念和有条不紊的作业节奏所吸引。

自2011年3月19日首列中欧班列（重庆至杜伊斯堡）开行以来，成都、西安、郑州、武汉、苏州、广州等50多个城市陆续开行了去往欧洲多个城市的集装箱班列。至2022年1月底，中欧班列累计开行5万多列，运送货物455万标箱，货值2400亿美元。正如中国国铁集团负责人所说，“中欧班列运输速度快、性价比高、安全可靠、绿色环保等优势充分发挥，已通达欧洲23个国家180个城市，为保障国际产业链供应链稳定、推动共建‘一带一路’高质量发展做出了积极贡献”。

白俄罗斯地处俄罗斯和波兰之间，是从俄罗斯到西欧国家最短的交通线。从明斯克向东700公里到莫斯科，向西550公里到华沙、1060公里到柏林，向南580公里到基辅，向北160公里到达维尔纽斯。作为欧亚大动脉，中欧班列到欧洲90%的货运量都要经过白俄罗斯。2021年中欧班列开行1.24万列，发送113.5万标箱。其中在白俄罗斯的业务处理量是55万标箱，同比增长1.6倍；在中白工业园处理的中欧班列货运量接近4万个标箱，同比增长近1倍。

中白工业园拥有这样有利的区位优势，令许多国家羡慕不已。2020年9月深圳招商局、德国杜伊斯堡港、白俄罗斯铁路局和瑞士联运商公司联袂出资3000万欧元，成立欧亚铁路公司，在中白工业园注册。2021年，在离明斯克机场不远处，连接中欧班列铁路线和中白工业园的一条支线及其货站破土动工。一年多来，虽然项目在一定程度上受到新冠肺炎疫情和西方制裁的负面影响，但工程仍不断推进。一俟建成，中欧班列直达工业园，不仅将为入园企业减少物流成本，而且将缓解中欧班列的运输瓶颈。

在结束中白工业园巡礼之际，我的耳边仿佛响起胡政先生及其团队集体创作的歌曲《一条丝路向远方》：“一条丝路穿越大漠向远方，中欧班列装满希望。我在明斯克描绘新的蓝图，驼铃演奏新的交响。时光编织千年丝路的故事，胸中拥抱新的梦想…… 一条丝路穿越大漠向远方，驼铃伴着黎明与夕阳。伴我一起走吧漫漫丝路啊，我的执着和理想在远方。伴我一起走吧我的兄

2018年6月21日，自石家庄发车的中欧班列抵达明斯克的科列亚季奇货运站。新华社记者魏忠杰 摄

弟啊，我的执着和理想在远方。”

王宪举，1954年生于浙江宁波慈溪。国务院发展研究中心欧亚所研究员，中国人民大学－圣彼得堡国立大学俄罗斯研究中心副主任，外交笔会理事。

就读于北京第二外国语学院。曾任新华社驻莫斯科记者，中青报和光明日报驻莫斯科首席记者，国务院发展研究中心欧亚社会发展研究所副所长，中国驻白俄罗斯使馆参赞。曾获国务院新闻办公室主办的“中国国际新闻奖”、俄罗斯“最佳新闻记者暨莫斯科市长奖”。

著有《俄罗斯》《我在莫斯科当外国记协主席》《俄罗斯人性格探秘》，主编《中国人看白俄罗斯》《我们和你们——中国和白俄罗斯的故事》《中国外交官看白俄罗斯》《白俄罗斯名人传记》等书，参与的译作有《白俄罗斯简史》《白俄罗斯驻中国大使回忆录》《普京家族》等。

花儿为什么这样红

傅全章

一说到塔吉克斯坦，耳畔瞬间响起《花儿为什么这样红》的优美歌声，令人感情激荡不已。这部《冰山上的来客》电影中的主题曲，就取自与塔国紧邻的我国新疆塔什库尔干塔吉克自治县的民歌。20世纪末，我出任中国驻塔吉克斯坦共和国大使，一进入该国首都杜尚别，就听到电台播放塔吉克斯坦音乐，与《花》歌中的曲调何其相似，顿时感到中塔两国文化如此贴近，两国人民的亲情如此源远流长，这使我一踏上这块既古老又年轻的土地就深深爱上了这独具特色的美丽国度。

塔吉克斯坦是中亚五国中最小的国家，面积只有14.31万平方公里。人口约900万，86个民族，塔吉克族占人口的70.5%，穆斯林占人口的90%以上。在中亚五国中，四国操突厥语，唯独塔吉克斯坦操波斯语。在波斯语中，塔吉克是“皇冠”的意思。在中国与中亚共建"丝绸之路经济带"的大潮中，塔吉克斯坦则是"丝路"的节点。乘这股强劲东风，塔吉克斯坦将打破千百年来与世隔绝的封闭状态，融入地区乃至世界经济一体化大潮，让这顶"丝路皇冠"放射出新时代的夺目光辉。

历史光荣与现代苦难

塔吉克斯坦具有悠久的历史，曾是中亚地区乃至世界文明的中心之一。在长达2000多年的历史长河中，先后摆脱波斯、希腊、大夏、大月氏和突厥的统治与蹂躏之后，于公元9世纪始建辉煌百年属于塔吉克人的萨曼王朝。这一王朝拥有中亚广袤的地理疆域，经济繁荣，科技与文化昌盛，塔吉克族的形成并立于世界民族之林正是在这一鼎盛时期。此时涌现出一批世界级的科学家、文学家和诗人。中国驻塔吉克斯坦大使馆就坐落在以世界级诗人鲁达基命名的大街上。

1991年随着苏联解体获得独立的塔吉克斯坦共和国就庄严宣告自己就是萨曼王朝的忠实继承者。1999年塔吉克斯坦人民就在首都中心广场竖立了一座高25米头戴皇冠的塔吉克人始祖索莫尼雕像，以纪念萨曼王朝建国1100周年。这高耸的圣物般的纪

塔吉克人始祖索莫尼雕像

念碑成为杜尚别市标志性建筑，同时成为塔吉克人的精神家园，也是每个涉足塔吉克斯坦土地的海外游客心仪和参观游览的胜地。

如今，当人们徜徉在一片祥和宁静的广场，目睹熙熙攘攘欢歌笑语的人流，可曾想到苏联一朝解体带给这个昔日加盟共和国多么深重的苦难。塔吉克斯坦是中亚乃至整个独联体中唯一爆发血腥内战的国家。这是两种政治力量的政权之争，也是国家未来发展道路之争。坚持建立世俗政权的执政当局与坚持政教合一的伊斯兰复兴党领导的联合武装反对派，进行了长达5年导致6万多人丧生和百万人沦为难民的战争，生灵涂炭，国家满目疮痍，使本就经济基础薄弱，生活贫困的人民陷入了更加苦难的深渊。多亏联合国及国际社会的不懈努力才消弭了这一国际热点，政府与武装反对派走上了民族和解之路，这是凤凰涅槃浴火重生的民族复兴之路。举国人民庆贺新生，团结一致建立新国家，矢志再现昔日历史的辉煌。

“高山之国”与“水电兴邦”

塔吉克斯坦找到了一条适合本国国情的复兴之路。根据本国丰富水资源优势，政府制订了“水电兴国战略”。塔国水资源在中亚独领风骚，占到本地区60%以上，在独联体国家中仅屈居俄罗斯之后占第二位。水资源人均拥有量居世界前列。而水则是来自连绵的高山冰川。塔吉克斯坦有“高山之国”的美誉，境内97%的国土是高山和高原，其中超过一半地区在海拔3000米以上，逾4000米的山峰18座，逾6000米的山峰9座，今之索莫尼峰(也曾是苏联境内的最高峰，时名“共产主义峰”)更高达7495米。高山地区多冰川，总面积达9000平方公里以上，为境内大江大河与星罗棋布的湖泊提供了丰沛水源。全境三大水系分别属于阿姆河、泽拉夫尚河和锡尔河。水力资源总蕴藏量在6400万千瓦以上，居世界第八位，迄今仅开发利用10%。该国在大河的干流及支流修建有30多座大、中、小型水电站，其中努列克水电站坝高300多米，装机容量达300万千瓦，为当时中亚五国之最。

1999年夏，我在当地官员陪同下泛舟水库并参观大坝和机房。水电站建成于20世纪60年代末期，但水电机组历经30多年仍运行良好。直到新世纪的今天仍是塔电力行业的主力军，这令塔吉克人备感自豪。电是发展工农业的命脉。正是有努列克水电站充足的电力，才配套建设苏联时期中亚大型铝厂，该企业至今仍是塔支柱产业，铝锭及其制品销往西欧多国及中国，成为塔国出口拳头产品。

廉价的水电助推塔矿业的发展。塔国吸引包括中国在内的外资开采并加工金矿、钨矿及铅锌矿等，在中亚也独具特色。塔铀矿藏量丰富，当年苏联爆炸的第一颗原子弹，不仅铀矿原料取自塔吉克斯坦，而且核爆炸高浓缩铀也是在塔一座小城建厂加工的(笔者曾乘车路过这座小城)，这成为塔吉克斯坦人的历史荣光。

廉价水电还是发展灌溉农业的保证。塔国经济最抢眼的是“二白”，除了上面说的铝产品外，再就是棉花。种植棉花需要水的浇灌，充沛的水加上充足的阳光，生产出的优质长绒棉和加工的纱绽以及成衣成为国际市场畅销商品，因而棉花种植成为塔吉克斯坦另一支柱产业。

塔吉克斯坦正做足水的文章，与中国开展农业合作，引进中国先进种植技术，发展灌溉农业，实现一年两熟，以弥补山多地少耕地不足的缺陷，争取尽快扭转粮食需要部分进口的被动局面，以保证国家粮食安全。

为此，塔国决定进一步推进“水电兴国”战略，将1975年开工，苏联解体后停工的“罗贡水电站”恢复重建，其坝高335米，装机容量为360万千瓦，功能明显超过运行中的努列克水电站，将是具有灌溉、发电和防洪综合效益的大型水利枢纽。建成后除满足本国经济发展用电需要外，还将向中亚邻国输电，使塔吉克斯坦未来经济插上腾飞翅膀。

“丝路”明珠与中塔历史情缘

我国经典史书《史记》记载，早在西汉时期，汉武帝派遣张骞出使西域就到了大宛国，塔吉克斯坦北部的索格特州正是当年大宛国的一部分。从中国长安出发，满载丝绸和瓷器的商旅驼队穿过甘肃河西走廊，经新疆一路向西到达索格特州首府胡占德市(古称苦盏)的最大驿站，长途跋涉的驼队正是在这里宿营休整，因而这儿成了著名的“丝路”节点。

1999年夏天，我怀思古“丝路”之幽情访问胡占德市，当地政府官员陪同我参观了史上中国商旅驼队驻足的驿站，保存2000余年饲养骆驼和马匹的石质槽臼依然完好。听着主人绘声绘色的讲解，我耳畔似乎响起了清脆的驼铃声声，眼前浮现人喊马嘶的盛况，令我激动不已。

胡占德市是塔工业中心，特别是纺织业中的丝织业遐迩闻名，这就要求大力发展养蚕业。养蚕就得种桑为蚕宝宝提供充足的食粮。如今，塔国从北到南公路两旁广植桑树，一排排整齐而枝繁叶茂的桑树像一队队哨兵守护着家园，诉说着悠悠岁月里中国的蚕种及桑苗随着“丝路”驼队来到这片热土的历史故事。

真是“好雨知时节”，桑树吐芽适逢塔春天雨季来临，鲜嫩欲滴清香馥郁的桑叶成为蚕宝宝的最爱。一把嫩叶撒上去，只听得贪吃的蚕宝宝发出一片窸窸窣窣的声音，不仅吃得飞快，而且吃得十分艺术，转瞬间一片桑叶就被啃得只剩纤细的筋丝。美美的桑叶保证了收获的蚕茧个大肥厚，保障了蚕丝的产量和质量，从而使塔国的丝织业长盛不衰。

说到丝织品，这只是统称。其实，丝织品是分级的：绫罗绸缎锦，梯次升高。锦是丝织品中的王者，故有“衣锦荣归”之说。丝绸质地居中，也最为普及。塔国的丝绸不重素雅重艳丽，配上民族图案更加锦上添花，缝制成款式纷呈的女装，为各个年龄段的女士所青睐。塔吉克女子先天就带有美女基因，姑娘们个个天生丽质，身材高挑，细眉大眼，瓜子脸形，雪玉般的肌肤与齐腰的亮丽发辫，配上色彩斑斓的披肩和彩虹般的罗裙，伴随着时而高亢时而激越的民族乐曲，像陀螺仪般沿地旋转起舞，令人如痴如醉。塔吉克斯坦是古代传说中的“女儿国”，这是对塔吉克女子貌美绝伦的点赞。

中塔友好赓续新篇章

如果说丝绸之路历史故事见证了中塔两国友谊源远流长，那么，今天两国共建“丝绸之路经济带”则是谱写新时代两国友谊新篇章。而谱写新篇章的最大优势在于塔全民构筑了一条对华格外友好的独特风景线。

如今，中塔友好已成塔朝野及全民共识。塔是多党制国家，但无论执政党还是在野党都一致赞同并致力发展对华友好关系；塔也是新闻自由国度，但媒体几乎没有关于中国的负面报道。中国是最早承认塔吉克斯坦独立的国家之一，坚定支持塔维护国家主权和领土完整，坚决支持塔民族和解与和平建国的进程，为塔国战后重建提供了多批次援助。塔支持中国维护核心利益从来都是立场鲜明，态度坚决。这使每一个身处塔国的中国人时刻都感受到友谊的温暖。

塔国实现民族和解之初，原对立双方仍时有摩擦，偶尔市区还传来零星枪声。在塔的外国人都对当地安全形势十分担心。某国在塔吉克斯坦驻扎有201装甲师，本可确保其侨民和旅塔人员人身安全，可他们的孩子上当地幼儿园得由驻塔部队派装甲车护送，成为首都杜尚别市一道特殊的风景线。还有一位驻塔大使拜会我时得事先派人打前站了解一路安全形势并同我馆接上头后，才另开吉普车由两名海军陆战队军人护送抵达，那阵势简直就是如临大敌。形成鲜明对比的是，中国人在塔可放松多了，虽也注意安全，但决不担心有对我敌对的塔人来袭。我参加所有外事活动包括拜会使团同行，从来只带使馆一名工作人员，也从未感觉不安全。这表明中国睦邻、善邻和惠邻政策之成功世所罕匹。我在塔亲历的一个故事更是绝好的印证。

有次，我带领几个同事访问塔北部索格特州。同事们打前站开车先行，只留我独自乘飞机前往。同机的一位塔方年轻女士得知我的身份和出访目的地后，惊讶地问我为何没带贴身保镖。我微微一笑说，全塔吉克人对中国人都极其友好，保镖无用武之地。她点头笑得那么灿烂，只见她略加沉吟后，便招手两位年轻小伙子跟两位乘客换位坐在我身旁。这份暖意融融的友好情谊，来得这么突然，又是这么真切，令我十分感动。她对中国大使安全的关心表达的是塔吉克人民对中国人民的美好情谊，这是“国之交在于民相亲”的生动体现。这感人的一幕令我至今难以忘怀。

岁月流逝，中塔友谊却历久弥坚。2002年5月16—19日塔吉克斯坦总统拉赫蒙访华，两国签署了《关于中塔国界的补充协定》以及附图，彻底解决了历史遗留的边界问题，为两国边界和平安宁及两国关系的稳定发展提供了法律保证。2013年和2014年两国元首互访，把两国关系提升到战略伙伴高度。2017年8月30日塔吉克斯坦总统拉赫蒙对中国进行为期4天的访问，中塔双方决定建立全面战略伙伴关系。2023年5月，塔吉克斯坦总统对华进行国事访问，两国元首共同宣布构建世代友好，休戚与共，互利共赢的命运共同体。双方正是以上述系列外交成果为基础，推进全面务实合作。

近些年，双方在经贸领域特别是在基础设施建设方面的合作取得重大进展。中国是塔重要投资和高新技术来源国。中国提供的特高压输变电技术帮助塔建成了几项分别为220千伏、500千伏和550千伏的输变电工程，解决了首都杜尚别和一些山区的输电难题，使得塔吉克斯坦电力设施落后状况发生了根本变化。特别是中国派出工程技术队帮助塔建设“沙赫里斯坦”隧道，历时6年于2012年10月竣工的这项重大工程具有十分重要的政治和经济意

全长5253米的沙赫里斯坦隧道

义。塔整个国土被天山西段山脉拦腰隔断，硬生生分割成北部和南部。差不多每年有半年时间南北交通被大雪封山阻断，只得借道邻国乌兹别克斯坦才能从南方到达经济重心北方。因此，凿通大山开辟一条南北大道提上国家首要建设日程。中塔两国工程技术人员发扬移山倒海精神，解决了一道道技术难题，终于建成全长5253米的“沙赫里斯坦”隧道重大工程，结束了南北交通受阻的局面，实现了塔吉克斯坦人民世世代代的夙愿。这不仅为该国振兴经济、复兴昔日辉煌发挥了无可比拟的作用，而且对保证国防安全、维护国家统一具有十分重大的意义。“沙赫里斯坦”是当时中亚最长隧道，也是中国在海外建设的单体最长隧道。它也是塔吉克斯坦连接乌兹别克斯坦最便捷的陆上交通要道，将为实现中亚道路互联互通、推进“丝路”建设做出宝贵的贡献。它将作为中塔友谊的一座丰碑永载史册，这朵中塔友谊之花会越开越红，永不凋谢。

傅全章，1939年生于湖北仙桃市。现受聘于中国国际问题研究基金会、国务院发展研究中心欧亚社会发展研究所。
毕业于北京外国语学院。曾任外交部欧亚司司领导成员。先后在中国驻苏联、俄罗斯大使馆工作，任参赞等职，曾任中国驻塔吉克斯坦共和国大使。曾任中国中亚友协副会长。
参与编写钱其琛《外交十记》，任钱其琛主编的《世界外交大辞典》编委。著有国际问题论文20多篇。

海上丝绸之路源远流长

黄桂芳

2013年10月，我国提出共同建设“丝绸之路经济带”“21世纪海上丝绸之路”倡议。如今，“一带一路”倡议已受到世界100多个国家的高度关注和积极响应。这一倡议是古代丝绸之路的传承与升华，为携手打造开启友好合作平台，为各国和平发展提供新动力，是新时代构建人类命运共同体的伟大实践。

古代中国与菲律宾等东南亚（俗称“南洋”）各国的交通贸易和文化交流就建起海上通道，即“海上丝绸之路”（别名“海上香料之路”“海上陶瓷之路”），推动当时沿海各国的共同发展。它开创于秦汉，繁盛于隋唐，鼎盛于宋元，由盛至衰于明清。明朝时期，郑和（又称三宝太监）自1405年起至1433年“七下西洋”，这是我国航海史上彪炳史册的大事件，菲律宾苏禄东王率庞大队伍历尽艰辛成功访华，留下了中国与东南亚各国人民友好交往的历史佳话。

我生长在福建，求学在北京，去过南京、扬州、杭州、泉州和福州等地，后来常驻菲律宾，去过印度尼西亚、马来西亚、新加坡、斯里兰卡、印度、埃及和肯尼亚等国，对古代海上丝绸之路时期的郑和下西洋和菲律宾苏禄东王使华多有所闻，还查阅过有关史料，同当地官员和侨胞交谈，以及后来前往德州瞻仰苏禄王陵，深有感悟。现记叙下来，愿与读者诸君共享。

海上丝绸之路的历史沿革

2000多年前，张骞出使西域完成了举世瞩目的“凿空之旅”，开辟了陆上丝绸之路，打开了中西交流的大门。与此同时，汉武帝派出的使团与商船开辟海上丝绸之路，分为东海航线和南海航线两条线路。从此，中国走向了大洋，走向了世界。

海上丝绸之路是古代中国与外国交通贸易和文化交往的海上通道，该路主要以南海为中心，从中国东南部的海港扬帆起航，起点主要是广州和泉州，一条连接中国 — 东南亚 — 印度洋的海上丝绸之路逐步形成。这条航线兴于唐宋，盛于明初。所以又称南海丝绸之路，是当时世界上最长的远洋航线。唐代的“广州通海夷道”是中国海上丝绸之路的最早叫法。我国的生丝、茶叶、陶瓷等货物输往海外，外国的胡椒、象牙、沉香等物品运进我国，实现互通贸易，友好交流。

明朝时期郑和下西洋标志着海上丝绸之路发展到了极盛时期。南海丝路从中国经南海诸岛和中南半岛，穿越印度洋进入红海，抵达东非，途经100多个国家和地区，为中国与外国贸易往来和文化交流的主要通道，并推动了沿线各国的共同发展。

郑和下西洋开创海上丝路新时代

郑和（1371—1433），明朝航海家、外交家。本姓马，昆阳（今云南省昆明市晋宁县）人，回族，初名三宝。明太祖时入宫为宦官，又称三宝太监。

“福船”

1385年，随军入北平，在燕王朱棣官邸效力。1403年（明永乐元年），升为内官监太监。1404年，明成祖赐姓郑，从此称郑和。史称郑和“丰躯伟貌，博辩机敏”，“长于智略，知兵习战”。郑和笃信伊斯兰教，也尊崇佛教。明成祖对郑和十分宠信，郑和遂成为下西洋领队的首选。从1405年（明永乐三年）至1433年（明宣德八年），郑和率62艘船只组成的船队和2.8万人组成的使团先后7次下西洋，乘坐“宝船”（即福建沿海采用水密隔舱技术建造的精致“福船”）。旗舰长44丈，宽18丈，为当时之最。船队从南京出发，在江苏太仓的刘家港（现浏河镇）集结，至福建福州长乐太平港驻泊伺风开洋。

我在福州游览时听闻一则“郑和井”的故事，很是感人。说的是：闽江口粗芦岛（福斗岛）上至今有一口井叫“郑和井”，花岗岩井台上赫然刻着“永乐三年上官郑和”一行文字。说的是明永乐三年（1405年）至宣德八年（1433年）郑和下西洋开展对外贸易和友好交往中的一段真实故事。郑和水师从连江辖区的五虎门扬帆起航前，都要举行祭海仪式，选在粗芦岛设坛。水师两万多名将士临时驻泊岛上，饮水出现短缺，郑和遂率兵士挖掘一口淡水井，解决了岛上军民饮用水困难。后来，每当粗芦岛上居民饮用当年郑和开挖的那口井水时，无不饮水思源，称这口井为“郑和井”。

郑和下西洋前3次行至东南亚和南亚一带，最远到古里国（今印度西南科泽科德一带），第四、五、六次在福建泉州地区招募水手，组织朝贡的产品，然后从刺桐港出海，到占城、爪哇，横渡印度洋，远至阿拉伯半岛及红海、东非沿岸诸国，直至如今的索马里和肯尼亚海岸。第七次仍横跨印度洋，最远到达天方国（今沙特阿拉伯麦加）。

郑和下西洋的使命是显明朝声威，“示中国富强”，“宣德化而柔远人”，与诸国“甘享天下之福”。郑和使团的活动内容是宣诏、赏赐、贸易以及办理其他有关外交事务。郑和七下西洋，提高了明朝的国际威望，开阔了中国人的眼界，促进了中外物产交流，发展了航海技术，开辟了南洋和印度洋的多条航线，对国际贸易和世界航海事业做出了重大贡献。郑和使团增进了亚非各国对中国的了解，扩大了明朝与海外诸国的交往。4个国王亲自访明，30多个海外国家与明建立了联系，有些国家与明朝保持了长期来往。值得一提的是：为纪念郑和下西洋之壮举，中国政府将西沙群岛的两组岛屿命名为“永乐群岛”和“宣德群岛”。郑和下西洋较欧洲人全球性海上扩张活动开启了所谓“大航海时代”早一个世纪，这一壮举对后世产生了巨大影响。在东南亚、南亚等郑和到过的地方，至今仍留有三宝庙、三宝港、三宝山、三宝亭等纪念性场所。有关郑和的事迹仍为当地人和华侨传颂不已。至于菲律宾侨胞称，靠近苏禄群岛的三宝颜市以郑和命名，迄无留下任何纪念物。

我常驻菲律宾期间，听当地华侨、华人谈起郑和下西洋其水师过南海时曾到过如今的吕宋岛水域尤其是棉兰老以西苏禄群岛。曾4次随郑和出洋的翻译费信著书《星槎胜览》中提到的三岛国和苏禄即可为证。有历史学家考证，三岛国即为菲律宾群岛。他提到三岛国，集成事序。他说：“其处与琉球大崎山之东鼎峙，有垒石层峦，民倚边而居。田瘠少收，以网鱼于海，织布为业。俗尚朴质。男生拳发，妇女椎髻，单布披之为衣，不解裁缝。凡男子得附舶至中，然罄其资，身归本处，乡人称为能事，尊之有德，父兄皆赞焉。煮海为盐，酿蔗浆为酒。地产黄腊、木棉布。货用金银、磁器、铁块之属。”他还写五言诗曰：“幽然三岛国，花木茂常春。气质尤宜朴，裳衣不解纫。游归名赞德，贺礼酒频倾。采吟荒峤外，得句自逡巡。”费信在其书为“苏禄国集序”写道：“居东海之洋，石奇堡障，山涂田瘠，种植稀薄。民下捕鱼虾生啖，螺蛤煮食。男女断发，头缠皂缦，腰围水印花布。俗尚鄙陋。煮海为盐，酿蔗为酒。织竹布，采珍珠，色白绝品。珠有径寸者，已值七八百锭，中者二三百锭。永乐十六年（应为十五年 —— 笔者注），其酋长感慕圣恩，乃挈妻携子涉海来朝，进献巨珠一颗，重七两五钱，罕古莫能有也。皇上大悦，加劳厚赐金印冠带归国。地产珍珠、降香、黄腊、玳瑁、竹布。货用金银、八都剌布、青珠、磁器、铁铫之属。”费信诗吟：“苏禄分东海，居民几万家。丸烹围水布，生啖爱鱼虾。径寸珠圆洁，行舟路去赊。献珍胡玉阙，厚赐被光华。”

我还听说，郑和到南洋时曾3次派员礼访苏禄王国，其中有明确记载的是：郑和的军师白本头曾奉派经爪哇前去苏禄，同当时的国王交往甚欢，结下友谊。病逝后，首府霍洛为他建祠庙，内有汉字楹联。至今白本头祠庙和石墓犹在。

苏禄东王访华搭起中菲友好彩桥

在中菲密切交往的悠久历史上，明朝永乐、宣德年间中国同菲律宾南部的酋长国古麻朗和苏禄的互访，留下了令人称颂的友谊佳话。

菲律宾南部棉兰老岛当时有个古麻朗国（又作古麻剌、古麻里、麻剌）。明朝永乐十五年（公元1417年），明成祖派遣太监张谦出使该国。1420年，古麻朗国王斡剌义亦敦奔率王后及陪臣随张谦访华。明成祖赐予印诰、冠带、仪仗、鞍马及文绮、金织袭衣。次年归国途中，古麻朗国王病逝于福州，明成祖即遣礼部主事杨善协办丧事，赐谥“康靖”，葬于闽县。明成祖封斡剌义亦敦奔之子剌苾继承王位。1424年，剌苾遣使至明，贡方物，明仁宗赐使者钞币。

无巧不成书的是：就在1417年农历七月，菲律宾棉兰老地区西部信奉伊斯兰教的苏禄酋长国（又作苏鲁、苏罗、苏洛、苏陆等）东王巴都葛叭答剌（菲律宾人称巴杜卡·巴塔拉），在郑和航海和中国文化的感召下慕风向化，亲携西王麻哈剌叱葛剌麻丁、峒王叭都葛巴剌卜和眷属、臣僚一行340余人的友好使团，横跨碧波浩瀚的南海，踏破惊涛骇浪，不远万里前往中国大明。他们一行经渤泥、满剌加，再往北沿中南半岛海岸而行，经真腊、占城等地，再折往中国的广州、泉州登岸，稍作休整后，然后走水路至浦口，沿京杭大运河，经扬州、徐州、济州、临清、德州、沧州、天津、通州等地，于八月初到达北京。明成祖（永乐皇帝）朱棣对苏禄东王一行历尽艰辛前来中国极为感动，在故宫奉天殿举行了盛大的会见仪式和国宴，盛情款待这些来自南洋的贵宾们并封赏、赠以厚礼。明帝见东王“恭顺特达，聪明温厚”，以宾礼隆重接待三王。东王感激不尽，请受章服。三王携带了本国的许多珍奇特产，向明帝“进金缕表文，献珍珠、宝石、玳瑁诸物”。苏禄东王和西王、峒王携手登临长城，极目燕山，感慨万分。苏禄东王还同永乐皇帝商讨修身、齐家、治国、平天下的国策。东王及其随从在北京愉快逗留27天后，于当年农历九月取道山东回国。归途中，苏禄东王不幸身患风寒不治，于九月十三日病逝德州。明成祖闻此噩耗悲痛不已，下令礼部郎中陈士启带着祭文赶往德州，慰问苏禄东王的家属，并为东王按明朝亲王的规格举行隆重葬礼。明成祖追封东王谥号“恭定”，派高官祭奠并亲撰碑文。苏禄贵宾们对中方的隆重接待和丧事安排感激不尽。东王的长子都麻含回国继承王位，王妃葛木宁和次子安都鲁、三子温哈剌及侍从等10余人留在中国守陵。为安排好苏禄东王德州后裔的生活，永乐皇帝特命礼部官员查例赐恤，除陵庙地基以外，还赐祭田238亩，永不纳税，守墓人员都享受俸禄。为尊重苏禄东王后裔信奉伊斯兰教习俗，明朝政府还专门从济南府历城县拨来夏、马、陈三姓回民，与他们一起守墓，免除各种苛捐杂税和差役。苏禄东王后裔可以同夏、马、陈三姓通婚，但后裔之间系近亲，不许通婚。据历史记载，1731年（雍正九年），苏禄国王苏老丹访华，到德州瞻拜祖墓。东王第八代后裔温崇凯、安汝奇提出入籍要求，获得清朝政府准许。从此，他们及其后代均成了中国的公民。605年来，留下来守墓的王妃、王子的子子孙孙在德州繁衍生息。据说，现在，中国境外和旅居海外祖籍德州、信奉伊斯兰教的安、温两姓便是当年苏禄东王的后裔，至今留在德州

苏禄国王墓

进入陵园的牌楼

御碑楼

北营村的安、温两姓近300人，传至22代后裔。苏禄东王后裔为主体形成的守陵村落已完全融入中华民族大家庭中。这座陵园，含王墓、御碑楼、牌坊、正殿、神道、祾恩殿、东西配殿以及东南隅的王妃墓、王子墓和西南隅清真寺等，历经几代重建基本上保存完好。新中国成立以来，山东省、德州市对“故苏禄国恭定王墓”这座不同寻常的外国国王寝陵多次修缮。这座中国境内唯一的一座保存完整并有后裔守墓的外国国王的陵墓，1988年1月被国务院列为“全国重点文物保护单位”，获评“山东省爱国主义教育基地”“中国华侨国际文化交流基地”。陵园院中所立的“苏禄国王纪念碑”，是由东王后裔苏丹王、菲律宾实现黎刹信念协会和菲律宾国家历史协会联合修建的。30多年来，不少菲律宾贵宾包括一些政要、几任驻华使节、苏禄省官员及菲律宾游客都慕名前往瞻仰苏禄王陵。1999年，菲律宾苏丹王（苏禄东王第16代传人）到德州拜祭其祖先，并参加了德州“9·9”经贸洽谈会。2005年6月，适逢中菲建交30周年，德州安、温家族的主要成员17代孙安金田、18代孙安砚春、温海军等应邀前往菲律宾进行寻根之旅，受到了苏禄王室成员和菲律宾政府、人民的热情接待。

2017年6月，苏禄东王18代孙安立柱、19代孙女安静和孙温芳等，应邀访菲，参加庆祝菲中建交42周年暨纪念苏禄东王访华600周年系列活动。同年

7月初，海上丝绸之路中国（德州）— 菲律宾商机对接会在马尼拉举行，来自德州的100多家企业代表出席，以谋求同菲方在广阔空间开展合作，让两国源远流长的友谊焕发新的生机。

改革开放以来，随着我国经济的发展、城市化进程的加速，有部分苏禄东王后裔离开北营村到全国各地发展。目前苏禄东王后裔近4000人足迹遍布祖国大江南北。他们与当地居民逐渐融合，体现着中华民族文化的包容性，也在中菲友好交流的历史长卷中点缀了精彩的一笔。

2018年5月8日，为纪念苏禄王访华601周年，由3艘巴朗盖古法木船组成的菲律宾探险船队，基本上以风力驱动穿越海洋，靠太阳和星星导航。他们一行26人航行700多海里重走苏禄王当年航线，4月底从菲律宾出发，途经厦门停泊歇息（笔者夫妇有幸在厦门和平码头见到这3艘船），后继续北上，5月8日抵达德州，船员们向苏禄王墓献花致意！此番活动意义非凡，为中菲两国在“海丝”框架下深化合作交流做出了贡献。

这一系列活动后，笔者曾请安静谈其感想。她说：中菲苏禄王后裔济济一堂，共话亲情。相约传承先祖传统，共同担当中菲文化交流的友好使者。这些互访，进一步加深了中国与菲律宾及德州与菲律宾苏禄省的友好往来。在新的历史时期，德州同菲律宾借助于血脉亲情开始了更加广泛的交往。笔者2017年9月13日曾在北京见到参加“纪念苏禄王访华六百周年”活动的苏禄公主杰赛尔·基拉姆，请她谈谈她多次到中国德州的体会，她用英语说：“还是中国亲人们说得好，亲戚越走越亲，我每次到德州来就是走亲戚。”真是“国之交，贵相知；民之交，贵相亲”呐！

如今苏禄东王使华的历史，在中国和菲律宾早已传为佳话。苏禄东王及其后裔不仅成为中菲友好关系的历史见证，而且成为促进两国人民增进了解、加深友谊的纽带。

黄桂芳，1939年生于福建厦门。外交笔会顾问，中国国际友人研究会咨询委员，中国国际问题研究基金会研究员。
就读于外交学院。曾任中国驻菲律宾、新西兰兼库克群岛、津巴布韦大使。两度出任中国礼仪大使。
著有《东方海上明珠——菲律宾》一书，合译《天地万物之始》等。

浅草深情

王泰平

中日邦交正常化50周年来临之际，不禁念起一段往事：2006年1月3日，在浓郁的节日气氛中，我应中岛宏、嶋仓民生、关诚、平公明4位日本老朋友的盛情邀请，同去东京著名民俗街浅草，作一日游。

11时许，来到约会地点浅草寺雷门前。雷门是浅草寺的山门，正式的名称是“风雷神门”，门的左右两边矗立着风神和雷神。悬挂着大红灯笼的雷门是浅草的标志，日本人认为大红灯笼意为天地光明，是美好祝愿，约情侣、友人同游浅草寺，大多在这里聚齐。

未等日程正式开始，童颜鹤发的嶋仓大兄就亲切地开始为我做向导了。他说，浅草已有1400多年的历史。但雷门一带在1923年的关东大地震和1945年的美军空袭中曾两度被毁，目前的雷门是由松下公司的创始人松下幸之助于1956年捐资重建的。

世界著名的东京民俗街上的浅草寺雷门

时值新年佳节，又是阳光明媚，暖日融融，那里早已人山人海，热闹非凡。同来的中岛大兄眼望着人头攒动的光景，游兴极浓。他告诉我，今天的游人至少比一般的节假日多三倍。

我置身其中，情不自禁地想到老北京的天桥。据说，当年的天桥曾是世界上最繁华的民俗街，远非浅草可比，可惜后来因社会变动式微了，不知随着中华文化的复兴，老天桥是否会打造成世界闻名、传统京味儿十足的商娱街区，重现昔日的风致，成为北京人、外地人、国外来客都必去的“磁石街”。

五位老友中，关诚年纪最小。他自称已年过半百，但看上去顶多刚到不惑之年，堪称我们的小老弟。据说逛浅草是他的主意。问他为何约大家到这里，他说，他很喜欢这儿的氛围，平时回家的路上，常到这里喝一盅，对这里的每条街巷都很熟悉。又

浅草寺和五重塔

说，六本木那里是洋玩意儿多，而要看日本的传统文化，就要到浅草来。这里是日本文化传统的胜迹，外国游客必到之地，更是日本人新年的好去处。

关诚作为我们的向导，一路在前，引领我们走进大名鼎鼎的“仲见世”。这个“仲见世”是由雷门通向浅草寺宝藏门及正殿的一条参道，是从江户时代开始繁华起来的日本最古老的一条商业街，全长250米，狭窄的街道两侧，密密麻麻地排列着上百家出售各种传统小商品的摊位，熙攘的人潮加上五花八门的商品，形成一道大大不同于其他寺庙的独特风景线，人们来到这里，可逛街与拜神进香，一举两得。

穿过这条街，尽头就是浅草寺本堂。浅草寺的规模并不大，大概只有上海城隍庙的十分之一。相传古时候，有兄弟三人，靠打鱼为生，一次下海，网起了一尊佛像，用布一擦，金光闪闪，兄弟三人就把它供在家中，天天参拜，结果他们打鱼年年丰收，邻居们知道了，也来参拜，邻居们打鱼也年年丰收。后经地方长官鉴定，确定这尊佛像是大慈大悲的观音像，于是建起了这座庙宇，供奉观音像。

据说大殿上大慈大悲的观音，会倾听人们的每一个愿望，让你都能如愿以偿。但新年参拜浅草寺可不同往常，在摩肩接踵的人群中，如不下决心硬挤上前去，根本就甭想看到观音的尊容。我几度试着冲上去讨个吉利，但每每都被强大的人流顶了回来。无奈，只好高高地举起手，把赛钱抛到前方。

此番动作虽不雅观，但我相信观音菩萨是不会见怪的。时值新年佳节，初来朝拜者如潮涌，观音照顾不到每一个人，有的参拜者也不好意思都去打扰菩萨，就像有钱人家办喜事，前来赶礼的远近客人大都上前道贺，而有的客人并不争着上前一样。

其实，我并不奢望菩萨偏爱赐福，让我大富大贵，但求新的一年里无病无灾。观音菩萨之类，信则有，信则灵，对一个无神论者来说，参神拜庙只不过是乘兴而来，凑凑热闹而已。

之后，我们这一伙人又回过头去瞻仰五重塔，周游商业街，在拥挤的人流中走走停停，流连环顾，仿佛时光倒流，领略了江户时代的东京风貌。一路上，幸好有大家的关照，我才没有走失。

过午，我们在关老弟的引领下，来到一家名叫

浅草一条商业街 —— 仲见世

“今半”的历史悠久的“寿喜烧”老店。满面春风的女老板看到顾客临门，马上迎上前来，随即引领我们穿过前堂，走进后院，安排我们在一个古色古香的和式雅室坐下。

浅草著名“寿喜烧”料理店——今半本馆

此室闹中取静，身居其中，宛如远离尘世，真想不到喧闹的市井中竟有如此宝地，实在难得。

关老弟说，到浅草来，在最大众化的小饭馆里进餐，更可以领略江户时代的风情，但想到是请王先生，还是在这家专用日本最高级的松阪牛肉的“寿喜烧”老店订了餐。我闻之十分感动，又有些许不安。感动的是，这些老友自掏腰包，请我品尝这么高档又最具代表性的日餐；不安的是，我和他们的交往还没有达到可以不拘礼节的地步。这证明我做得不够，必须作自我批评。

大家刚盘腿围坐在“榻榻米”上，关老弟就放开嗓门对大家说：“各位，今天让我们几个兄弟举杯畅饮，一醉方休吧！”关老弟招呼大家先喝鲜啤酒，接着又请女招待端来上乘的清酒。

听到关老弟“畅饮”的号召，我不禁觉得今天是“插翅难逃”，非喝到“最高境界”不可了。因为他的号召让我想到明朝屠本畯的“饮者八德”之说，一下子明白“畅饮”的定格了。

那位为人旷达、自称“憨先生”的屠本畯说，在临池、看书、撰文之际，为触发灵感，启迪心志，一杯在手，怡然自得，文思潮涌，这是独酌；灯下晚餐，肴鲜酒美，天寒欲雪，与素心人浅斟慢酌，兴尽而止，这是浅酌；三五酒侣徜徉明山秀水之间，坐卧吟唱，花前月下，其乐陶陶，这是雅酌；酒逢知己，互倾肝胆，豪情万丈，相见恨晚，酒到杯干，兴尽方休，这是豪饮；酒能遣忧，也能遣愁，悲欢离合，七情六欲，随兴而来，任兴而饮，不计后果，不醉不归，这是狂饮；棋逢对手，不断干杯，推杯换盏，最后连瓶一倾而下，这是驴饮；愤恨仇怨，积郁阻胸，但求一醉，以解愁烦，这是痛饮；寿庆喜宴，猜拳行令，英雄摆阵，不醉也醉，这叫畅饮。

于是，我们边开怀畅饮，边摆起龙门阵来。关诚老弟三杯下肚，渐入佳境，朝着我说道：“中国人见惯了名刹宝寺，在你眼里，浅草寺可能只是一座很一般的寺庙，然而，这可是东京都内最古老的寺庙啊！它创建于公元628年，是专门供奉观音菩萨的寺院，德川家康大将军将其指定为江户幕府的祈祷之地，是当时市井文化的中心所在。”

接着，他又说：“从德川幕府到明治时期，以浅草寺为中心的‘浅草公园’，庙宇牌坊规模宏大，市井百图妙趣横生，类似于你们老北京的天桥。所以，在东京人的心目中，浅草，永远是庶民的乐园。”

坐在一旁的嶋仓民生大兄听到关诚这番话，以学者的口吻说话了。他说：“日本是个崇尚佛教的国家，在京都、奈良等古风洋溢的城市都现存大量寺庙，佛教在日本人的心中有着很大的影响，而日本的佛教又是在盛唐时期，一批批派往中国的留学僧把中国的佛教精华传播到日本，应该说，日本佛教与中国的古代文明是一脉相承的。”

接着，嶋仓兄问我是否去过日本的古都奈良。他说：“日本学者认为，奈良是古代丝绸之路的东端，其有力的佐证是位于奈良东大寺北侧的正仓院院藏的文物，它说明奈良当年不仅接受了唐都长安的文化，而且深受西域文化的影响。院藏的文物达数万件，如8世纪中叶波斯造的‘金铜八曲长杯’，上面镶嵌骑着双峰骆驼弹琵琶的乐人‘螺钿紫檀五弦琵琶’，来自罗马、地中海的透明玻璃器皿，圣武上皇用过的物件，华丽的纺织品断片，等等，说明故都奈良的确是‘丝绸之路的终点站’。”

就这样，我们兴致勃勃地叙谈着往事，不经意间话题超越时空，旋回30多年以前。从中日备忘录贸易达成协议，谈到在北京和东京互设机构，谈到各自在北京和东京生活、工作的经历和体验，谈到中日邦交正常化。令我感到，唯有我们这些老朋友相聚，才会有说不完道不尽的共同语言。

说起这4位老朋友，他们都有浓郁的中国情结，提起中国，他们的眼睛甚至会顿时发亮。这毫不足怪，因为他们都在中国常驻过，在日本国内，也是从事与中国有关的工作。

左起：关诚、平公明、王泰平、嶋仓民生、中岛宏

拿嶋仓兄来说吧。他是个“文人型官僚”，一位赫赫有名的大秀才，曾当过农林省大臣官房企画官。为研究中国问题，借调到日本的亚洲经济研究所。20世纪60年代末，从亚洲经济研究所到北京履新，在备忘录贸易北京事务所奉职。归国后，回到亚洲经济研究所，又调到日中经济协会任调查课长。退休后，又到与中国渊源很深的爱知大学担任教授。

平兄也曾在备忘录贸易北京事务所工作过。因这层关系，我一直对他们几位怀有一份格外的亲切感。只是因为他们在北京工作期间，我在东京常驻，邦交正常化后，我到中国驻日使馆工作一段时间就回国了，而他们却回到日本。听说平兄多年来一直在日本贸易振兴会工作。阴差阳错的，几十年来，除了在公众场合见过外，从未与他们在一起谈过心。这次见面，可谓久别重逢，有了一次在一起叙旧的机会，真是遂了我的心愿。

中岛兄是他们4位中我接触最多的一位。因为我们曾是记者同行。他1969年曾在香港任共同社支局长，1970年在北京支局工作一段时间后回国，1972—1975年和1980—1984年又作为共同社支局长，两度在北京常驻。30多年来，我们一直保持着联系，直到这次我到日中友好会馆任职，他还在我们当年常去的日本记者俱乐部请我吃过饭。此举使我感到，他很留恋逝去的记者时代，也很重视在那个时代建立起来的友谊。

这三位兄长的共同点是，他们都是在中日邦交正常化之前参与日中关系工作并常驻北京的，为邦交正常化的实现尽心竭力，做出了历史性的贡献，堪称周恩来总理所说的战后中日关系的“掘井人”。

难能可贵的是，虽说当时的工作环境和条件都很艰苦，但是大家都有一个共同的信念：日中友好！他们心中都有一个共同的奋斗目标：早日实现邦交正常化！1972年的邦交正常化的实现，的确有他们一份功劳，后人是不应忘记的。

不仅如此，邦交正常化之后，他们仍在不同的岗位上，为中日关系的发展继续努力，直到今天，仍继续关注着日中关系的风云变幻，并不时发表真知灼见，真可谓“苍龙日暮还行雨，老树春深更著花”。

长江后浪推前浪，世上新人胜旧人。关老弟是“老日中”中的后起之秀。他曾数度常驻北京，现在是日中经济协会的部长，为日中关系尤其是日中经济关系的发展，做了许许多多不为人知的实事好事。跟他一接触，你就会感到他像一盆火，是一个热情洋溢的人，一个对他所从事的事业非常投入而肯于献身的人。

酒酣耳热之际，关老弟宣布下一个节目，叫大家陪伴我去那间闻名遐迩的木马馆，欣赏日本特有的民间曲艺——浪曲。据说浪曲起源于近代的大阪地方，采用关西语言，节奏欢快，多演绎历史故事和民间传说。因大阪古称“难波”或“浪花”，浪曲由此得名，又称“浪花节”。

如果说日式单口相声“落语”和日式说书“讲谈”是说的艺术，那浪曲就是说唱艺术。它由三味弦琴伴奏，一个人又说又唱，称得上是一个人的歌剧，类似中国的说唱团表演的传统曲艺节目——鼓书。

“浪曲”这个名字，我还是1972年田中首相访华时才知道的。

浅草历史悠久的曲艺馆——木马馆

当时，周恩来总理考虑到田中首相系新潟县出身，曾特意安排军乐队在欢迎宴会上演奏过他家乡的《佐渡节》，此“节”因此在从事日本工作的中国人中不再生疏。但我从未去剧场听过。关老弟精心安排这个节目，正是求之不得。

我们走进木马馆剧场，并列坐到最前排，接连欣赏了天中轩三代子、玉川桃太郎和东家三乐的精彩表演。三者接踵登台，演技各有千秋，演出的曲目也自然各异。共同点是，当故事达到高潮时，就会听到三味弦“锵、锵、锵”的伴奏声，浪曲师随之高声歌唱，霎时间，舞台上翻江倒海，电闪雷鸣。高潮过后，只见他们眉飞色舞，柔声细语，唱腔则犹如行云流水，大珠小珠落玉盘。每当表演结束时，掌声经久不息。

中岛兄告诉我，与浪曲的鼎盛时期相比，表演者和浪曲迷的年龄都不断增高，公演次数正在急剧减少。他还说，日本当下最著名的浪曲大师叫京山福太郎，他是昭和时代的大名人、已故京山幸枝若的儿子。今天这三个人也都是浪曲的大牌明星，若非新年佳节，不大可能一起登台共演。

我闻此言，更感三生有幸。虽说只听懂了只言片语，不免有坐山观洋景之慨，但已经很心满意足了。试问，有几个外国人能全听得懂相声大师侯宝林、奉调大鼓和曲艺曲剧表演艺术家魏喜奎以及京韵大鼓表演艺术家骆玉笙等那些语言大师们说唱的段子，领会其中的奥妙呢！

走出木马馆，夜幕笼罩，华灯初上，游人仍不见少。大家余兴未尽，又邀我喝咖啡。在那里，我们不约而同地谈起当前的日中关系，触及不少敏感问题。我意外地发现，彼此的想法有不少相同或相近之处。这令我顿然感到国与国之间相互了解的极端重要性。我想，如果中日两国的人都能像我们这几个老朋友这样相互了解对方的国家，两国间存在的问题，或许就不那么难解决了。

记得我在为领导人草拟一篇讲话稿时曾经写道：“国之交，贵相知；民之交，贵相亲。”现在，我自己对这种说法更深信不疑了。

与这几位老朋友聚会，我从他们身上学到不少有益的东西，也受到鞭策。我想，我今后应该更加努力，在中日两国之间多做些增加相互了解的事。我深信，我这几位老朋友也会这样做的。因为我们都有一个共同的心愿：中日两国人民世世代代友好下去！

王泰平，辽宁省丹东人。中国国际问题研究基金会高级研究员、中日友好协会理事。

就读于外交学院，后于北京外国语大学毕业。曾任《世界知识》杂志副主编、《世界博览》杂志主编。后任外交部政策规划司副司长、驻日使馆政务参赞、驻札幌总领事、驻福冈总领事、驻大阪总领事（大使衔）、财团法人日中友好会馆中国代表理事、中日友好21世纪委员会中方副秘书长、中日韩经济发展协会会长、中日关系史学会副会长等职。

主编《中华人民共和国外交史》(第二卷、第三卷)《新中国外交50年》《邓小平外交思想论文集》《老外交官回忆周恩来》等著作，著有《田中角荣》《大河奔流》《东京初旅——我的记者生涯》《风月同天——话说中日关系》《中日建交前后在东京》《中日恢复邦交日记》《中日关系的光和影》等书，译作有岸信介著《20世纪的领袖们》、伊藤昌哉著《自民党战国史》等。

汉教志愿者在泰国

张九桓

新世纪以来，一群志愿者将自己美丽的青春奉献给国际汉语教育事业。他们以花样年华、火红理想、勇敢执着的步履奏响美妙的人生交响曲，让青春在创造历史中大放光彩。

泰国是我国第一个派出国际汉语教师志愿者的国家。最初那几年，我恰好担任中国驻泰国大使。年轻志愿者们在汉语教学、促进中泰友好和锻炼自我中演绎的许多生动故事，令我难以忘怀。

“大珠小珠落玉盘”

普吉岛。海浪拍打着沙滩，椰树在微风中沙沙作响。

在普吉女子中学的一间教室里，一堂汉语课正在进行。

“今天我们的汉语课是：普吉岛。”志愿者老师孙佳边说边板书“普吉岛”（Pǔ jí Dǎo），学生们跟着老师念“普吉岛”。

“普吉岛是同学们的家乡，是个美丽的地方。”孙佳老师说，“‘家乡’‘美丽的地方’，我们在前面的课里学过了，同学们还记得吗？”

“记得！”同学们响亮地回答。

“很好！”孙佳微笑着点点头，“因为美丽，所以很多人喜欢来这里旅游。”说着，板书“旅游”（lǚyóu）并让学生跟着念3遍。

孙佳接着说，“普吉岛有很多景点，”板书“景点”（jǐng diǎn），景点就是好看的地方。如果老师是第一次来普吉岛，同学们会带老师去看什么景点呢？”

“巴东海滩！”学生们异口同声。

“好！老师喜欢巴东海滩。”说着，在黑板上写“海滩”（hǎi tān），又领念3遍。

“除了看景点，同学们还会领老师去哪里呢？”孙佳用询问的眼光扫过每一个学生。

“购物！”一个学生试探着说。“对，购物！”同学们七嘴八舌地喊起来。

“好，购物！”孙佳表示赞同，然后板书“购物”（gòuwù）。

师生互动，课堂气氛十分活跃。不知不觉课时过半。

只听孙佳老师高声宣布：“现在我们全班分成4个小组，由小组长带领把刚才学过的生词复读几遍，有的同学可能记住了，有的同学可能还没有完全记住，不要紧，大家互相提示，争取在课堂上把它们记下来。”

各小组讨论热烈，诵读声此起彼伏。

10分钟后，小组讨论结束。孙佳老师在每个小组抽查一位学生回答几个问题，结果令人满意。她充分肯定了学生的领悟能力，一个劲儿地表示“真棒！”“好极了！”“加油！”。学生们深受鼓舞，个个喜形于色。

最后，孙佳清了一下嗓子，有板有眼地总结道：“同学们！今天我们学了5个生词：普吉岛、旅游、景点、海滩和购物。大家基本上掌握了，课后再复习巩固一下，下一节课上新课之前老师要检查的。此外，老师再教大家两个句子：我的家乡是普吉岛。普吉岛是个美丽的地方。大家跟着我念两遍。”听得出来，稚嫩的童音中带着自豪感。孙佳接着说：“这两个句子不是课文的内容，大家可记可不记。”“我们记得住，我们喜欢！”同学们喊道。孙老师笑了，显然，她是欲擒故纵呢。“好，今天的课就上到这里，同学们再见！”孙佳最后说道。同学们起立齐声道：“老——师——再——见！”

一节40多分钟的课程，从头到尾始终使用汉语，抑扬顿挫，环环相扣，一气呵成。好似“大珠小珠落玉盘”般的琵琶曲，又像雨打芭蕉湿润一片青绿。作为旁听者，我觉得简直是一种享受。在教室后面听课的还有我们使馆主管教育的一等秘书庞利、学校校长和当地两位侨领，大家没听够似的慢慢站起，都伸出大拇指，夸赞孙佳老师的课上得好。

庞利先我到驻泰使馆工作。她在与泰国教育部官员接触中，了解到泰方计划在中小学增加中文课程，但遇到缺乏师资的困难，探询中方可否派教师协助。使馆指定庞利具体办理此事，建议国内对泰方要求给予积极考虑。国内对此很重视，从2003年开始以派出志愿者的方式向泰方提供师资帮助。第一年23名，此后逐年增加。志愿者们年轻、有朝气、肯学习，勇于接受各种挑战，经过一段时间锻炼，已经胜任工作。孙佳是他们当中的一位优秀代表。

因势利导，化铁为钢

在泰北边陲小城清莱，我们饶有兴味地听取一个“维尼熊”的故事。

汉教志愿者刘燕，从云南师范大学毕业后来到清莱团结中学任教。她发现这里学生表现欲很强，你问一个问题，不管他是否完全了解都会抢着回答。课堂严肃不足，活泼有余，常常处于一种闹哄哄的状态。

有一次，刘燕为初三班上课，讲解一组新句子。就在她板书的时候，课室一下子哄地闹腾起来。她转身一看，一个学生正拿着一个很大的维尼熊公仔向大家炫耀，吸引了全班的注意力。刘燕有点生气，恨不得过去一把夺过维尼熊厉声喝道，让你家长明天来领取！但她很快忍住了，冷静一想，倘若如此必与学生闹僵，这一节课恐怕就砸了。何不换一种方式？她脸上的乌云迅即散去，轻轻走过去把维尼熊公仔拿了过来。课堂顿时安静，几十双眼睛都看着她。只见她面带微笑，愉快地说：“这个维尼熊真可爱，老师也想抱一下呢！”学生们松了一口气。“我们一起做个游戏吧！”刘燕接着说，“每个同学都可以抱一下维尼熊，但抱着维尼熊的时候要说出一句学过的汉语句子，再将维尼熊传给下一个同学。如果哪个同学说不出来句子就要被罚唱一首歌。大家说这样好不好?”“好!”同学们热烈响应。游戏热闹而有序地玩了起来，课堂的主导权回到了刘燕手里。

“停!”刘燕高声说道,“刚才在游戏中同学们复习了学过的句子，很好！现在我们一起来学习几个新句子。”然后指着已经写在黑板上的一组新句子，先讲解，后领念，又让两个掌握较好的学生示范朗读，还抽查了几个学生。

“好，看来大家已基本掌握今天新学的句子。现在我们继续刚才的游戏，不过这次抱到维尼熊的同学要说出今天学习的新句子，好不好?”“好!”同学们兴趣盎然。刚刚学习的新句子在维尼熊的传递中被学生们自觉地诵读一遍又一遍，直至朗朗上口。就这样，刘燕因势利导，将一堂眼看就要“翻船”的课程引到了彼岸。

我们参观了这所学校。校方对刘燕的教学赞不绝口。校长说，中国汉教志愿者给他们带来一股新风，促进了他们的教学工作。

刘燕遇到的情况并非绝无仅有。

在沙敦府的一所学校，志愿者何禾遇到一个有“恶魔”绰号的班级，学生在课堂上打架、踢足球，无“恶”不作。凡到这班上课的老师没有不头疼的。何禾到这个班上课以后，硬是用宽容、微笑和爱心感化和降服了“恶魔”，成为最受这个班欢迎的老师。

在曼谷普智学校，志愿者季静对班上调皮捣蛋的学生既严厉又特别关心，摸清他们的爱好，把握他们的情绪，一把钥匙开一把锁，成功地把捣蛋鬼变成“学习尖兵”。

在博他伦府班库哈沙湾学校，志愿者黄喆玉发现她任课的每班都有一两个“孩子王”，既调皮又聪明，其他孩子一般都顺着不敢招惹。黄喆玉对这些“孩子王”给予格外关注，多做正面引导，封为老师的“小助手”，让他们在协助维持课堂秩序上发挥了积极作用。

刘燕等从自己的教学实践中悟出一个道理：不少学生好比石头包裹的璞玉，成器与否全在雕琢。我们的汉教志愿者以他们的爱心、耐心和责任心，从事着琢玉成器、化铁为钢的工作。

万紫千红春满园

苏雯从华侨大学毕业后，作为汉教志愿者任教于清莱明来中学。第一个任期结束后应邀留任。回顾近一年的教学实践，她有一个重要的体会，就是教学应该面对全体学生，不能忽视任何一个人。她说《古今贤文》里的一句话“一花独放不是春，万紫千红春满园”道出了她的感悟。

苏雯说，一般说来，一个班里会有三种学生，一是学习成绩优秀，表现突出，这是少数；二是学习成绩一般，做事随大流，这是多数；三是学习成绩滞后，甚至性格孤僻，不合群，这是少数。前一种人抓人眼球容易受到重视。后两种人特别是第三种人容易被忽视。苏雯起初就不知不觉落入这个套路。班上有几个人善于理解和呼应老师的讲解，积极回答老师的提问，引导课程进展，她误以为这就是班级的水平。期中考试结果出来后令她吃了一惊，原来她教授的内容只有少数人掌握，多数人并未完全弄懂。她为此作了深刻反省，从下半学期开始改变做法，将她的教学面向中间多数，根据这部分学生的领悟能力确定课程进度。同时鼓励先进的少数，让他们发挥引领作用。着力帮扶后进，不让这部分人掉队。她将这思路贯穿到课堂的讲解、提问、作业、考试各个环节。同时针对上、中、下学生具体情况，通过个别谈心、家访等方式做了许多深入细致的工作。全班学生的积极性这才被普遍调动起来，出现一个生动活泼的局面。期终考试成绩出现整体跃升，皆大欢喜。

苏雯是一个勤于思考的人。她说，志愿者老师要履行三重身份：老师、朋友和“母亲”。传道、授业、解惑，教书育人，这是教师的本分，但所谓“师道尊严”不可取，老师应放下架子，师生之间保持零距离，成为可以交心的朋友。她和许多在中学任教的志愿者一样比学生大不了几岁，但在感情上常常把自己的学生当作孩子，希望他们中每一个人都能学好，都有出息，这种感情如同“母爱”。

像苏雯这样用心、用情去对待自己的工作，在我们的志愿者中非常普遍。他们用春天般的温暖滋润学生的心田，为的是迎来汉教事业的整个春天。

“纸上得来终觉浅”

年轻的汉教志愿者们有着相似的经历，他们都是从家门走进学校门，大学毕业后未及进入社会就跨出国门。尚无社会阅历，犹如一张白纸。他们遇到许多预想不到的困难和烦恼，也得到前所未有的锻炼和提高。

“地处热带的泰国虫子太多，而且奇形怪状，见所未见，闻所未闻。”在甘烹碧府空坤中学任教的志愿者谢文婷说。一天夜里，她刚刚熄灯就寝，就听到在一片蛐蛐鸣唱中夹带一种奇怪的叫声“嘟——嘟——嘟咯”，有点儿像鸟叫，颇为悦耳。她想，这大概是一只玲珑可爱的布谷鸟。第二天早上她刚醒来又听见“嘟——嘟——嘟咯”的叫声，循声望去，才发现发出这声音的竟然是一只趴在门上的大蜥蜴。后来知道，泰国人就管它叫“嘟咯”。这只“嘟咯”有半只手臂长，天蓝色的皮肤上布满红色斑点，三角形的脑袋上有两只圆鼓鼓的大眼睛，怪吓人的！旁边还有两只小“嘟咯”，原来这间小木屋本来就是它们一家的栖息地。好在“嘟咯”不咬人，那就“和平共处”吧。

又有一天，谢文婷在卫生间洗头，眼睛的余光瞄到排水口有个三角形的脑袋伸了进来，初以为又是一只“嘟咯”，可是它的嘴巴怎么还吐舌头呢？进来的身体也越来越长，哎呀，不好，是一条蛇！她的小腿一下就软了，要是被这东西咬着可不得了！她本能地舀起一瓢水泼过去。管用吗？可是情急间也想不出别的办法。只见它缩回去一下，转眼间又爬了进来。这次她使劲将更多的水连续不断地泼过去，最后终于把它赶走了。打开窗户一看，这条蛇有1米来长，手腕粗细，全身赤红，爬行中举着头，吐着舌芯子，渐渐远去。谢文婷松了口气，很为自己的沉着应对而庆幸。

谢文婷还发现一种似虱非虱的小虫子。这种虫子喜欢寄生在人的头发里，而且繁衍迅速，一只母虫一夜间就能生下几十只儿女。有时她会突然感到恍如有成百上千只这样的虫子在头发里“荡秋千”，于是便赶紧洗头，痛痛快快来一次大扫除。谢文婷不无幽默地说，大蜥蜴可以共处，蛇可以赶走，这种寄生在头发里的小虫必须彻底清除，万万不能带回国内让它谬种流传。人们称赞她外表文质彬彬内心却如此强大！她说：“我的勇敢是从紧张中磨炼出来的。”

“孤独是我初抵泰国遇到的最大烦恼。”在洛坤高中任教的志愿者赵中华说，当接她的车子开到周围只有森林和田野的学校时，她难过得直想哭。周末如果要出门，需要步行一刻钟才能看到公路，在那里还要等候四五十分钟才有可能搭上进城的车。她不会讲泰文，当地人又听不懂英文，于是连吃饭都遇到困难。学生给她搞了个餐谱卡片，她拿着卡片到村里一家小餐馆，每天点一种菜，每周轮一遍。村上的人对她的到来很欢迎，见面总投以微笑，这使她感到温暖。晚上她的学生有事没事总要来敲门，只为了向她道声晚安。慢慢地她再也不感到孤独，全身心投入汉教并取得可喜的成绩。

“天气太热，起初真有点受不了。”志愿者白群芳说，在曼谷一走下飞机，热浪扑面而来，简直要把人熏倒。车子在公路上像乌龟一样爬行，交通堵塞太厉害了！从机场到她任教的学校也就100多公里，却走了4个小时。泰餐有一种怪味，她起初吃不惯，觉得难以下咽。但一想到志愿者的使命，她便陡增勇气和信心，克服了生活上的种种困难，使工作步入正常轨道。

“泰国雨水太多，空气湿漉漉，身上黏糊糊，起初很不习惯。”志愿者钱腊芳说。尽管如此，由于天气实在太热，还是盼望不时下一场雨。这天，狂风骤起，乌云密布，大雨滂沱。雨后当她沐浴着难得的凉意回到住处时，一下子怔住了！屋子浸在半米深的雨水里，水面上漂浮着拖鞋和脸盆。她二话不说，操起脸盆一下一下地朝外扭水。学生们闻讯也前来帮忙，经过半个多小时的奋战，积水淘干了，大家的衣衫也被汗水湿透了，但大家都觉得很快活。

志愿者王志莲介绍了她在汉教之外与校方和同事打交道的体会。她毕业于天津师范大学，任教于曼谷侨光学校。这是一所天主教会办的国际学校，有来自美国、英国、新西兰等国的多名外籍老师。这些老师一般都比较友好，但也有例外。王志莲主管的教室恰与一位美籍老师主管的教室相邻，每当他教室里的课桌坏了就偷偷搬到她的教室，并顺手搬走一张好课桌。她尽管心里不舒服，但觉得是小事一桩，便容忍了。后来他居然明目张胆地干起这种不光彩的事情。她意识到再不能退让，于是平静而严肃地对他说no。此后这个美国人再不敢造次，反倒特别尊重她。

“纸上得来终觉浅，绝知此事要躬行。”志愿者们笑谈酸甜苦辣，感谢生活的馈赠，为能在异国获得一段历练而感到无比高兴。

出国更觉祖国亲

汉教志愿者黄喆玉从广西民族大学毕业后，和同校的另两位志愿者一起来到泰国南部博他伦府班库哈沙湾学校任教。学校给她们每人安排一个房间，屋里配备电视、冰箱、微波炉，条件很好。当地支持她们大胆开展汉语教学。为了更好地工作，黄喆玉逐渐学会了泰语。正当她感觉一切都那么美好的时候，一件她意想不到的事情发生了。

这天在课堂上，她教两个新词：“中国”和“中国人”，先板书汉语，又在旁边标注泰语。同学们兴趣很高，很快就学会了。她让大家各自在本子上抄写，诵读，自我消化。正当她在课桌间来回走动不时纠错的时候，一个学生悄悄走到黑板旁，拿起擦子抹掉板书的一个字母，泰语的“中国”变成了“穷国”。刹那间，教室里一片喧乱。黄喆玉的心被深深地刺痛了，顾不得什么，眼泪簌簌地往下掉。“为什么要这样改？你觉得中国穷吗？穷吗?!”她对着那个学生反问道。学生被吓坏了，跟着一起哭起来。年级主任闻讯赶来，面对一大一小两个泪人，一时不知怎么办好，只好批评那个学生，并安慰黄喆玉说，学生调皮，没有其他意思。黄喆玉也知道，那个学生是华裔，曾听他说过，他的爷爷告诉过他中国很穷，人们没有饭吃，只能吃树皮，祖辈才被迫漂洋过海来到泰国谋生。可是现在不同了，为什么还这样说呢？

后来，当地一位侨领解答了她的疑问。新中国成立以后，中泰关系中断，泰国限制华文教育30多年，不仅阻碍了汉语学习也影响了华人和当地人对中国发展变化的了解。中泰建交以后双方有了正常往来，随后华文教育也逐渐恢复，但人们对中国的一些误解并未完全消除。她意识到，作为汉教志愿者在教汉语的同时，也有责任介绍中国的真实情况，增进人们对中国的认识。此后，无论课堂、会议、家访等各个场合，只要有可能她就适当插入中国情况的介绍，内容涵盖历史、地理、文化、饮食、衣着、住房、旅游、风俗、家庭等，特别注意讲述新情况、新变化、新面貌、新风尚。每次不求多，一个片断，一些花絮，甚至只言片语，意在积少成多、潜移默化。这无形中也增加了课堂讲解的趣味性，丰富了平时谈话的内容，收到了良好效果。

在各地调研中，我们还发现其他志愿者也有类似的情况和做法，于是一并加以总结和提倡。志愿者们反响热烈，提出不仅要做好汉教工作，还要开展民间外交，以自己优秀的言行为中国形象增光添彩。特别值得一提的是，2008年4月19日，北京奥运火炬在曼谷传递，国际反华势力试图实行破坏，我们的汉教志愿者闻讯后星夜从外地赶来，高举红旗筑成人墙，以巨大声势震慑了一小撮坏分子，对火炬顺利传递提供了有力支持。

感受泰国文化

4月13日是泰国宋干节，也叫泼水节。午后，志愿者王志莲搭上大巴想去曼谷考山街看看热闹。她来泰任教3年，每年宋干节都回国办事，今年说什么也要留下来感受一下泰国人是如何过泼水节的。

一路上但见街巷张灯结彩，人们穿红着绿，喜气洋洋。一辆又一辆小皮卡从旁边驶过，车上放个大水桶，男男女女围坐其侧，不断拿勺舀水朝别的车子或路边行人泼去，一声声尖叫中透着难以言表的快乐。

考山街是公认的泼水节最热闹的地方。一走进街口，她就被拦住，有人要给她脸上涂白粉。这是一种热带树木研磨成的粉末，据说有防晒护肤功能。她本能地躲闪，可是看见所有进入这条街的人都得过这一关，就只好顺从了。掏出小镜子一照，脸部像贴了层面膜，再不是原来的模样。所以也有一个说法，脸上涂了白粉就如同戴上一副假面具，再无高低贵贱老少美丑之分，无须顾忌，不必矜持，尽可自由挥洒了。

她再往前走便陷入水的世界。只觉得水从四面八方袭来，浇在头上、肩上、背上，整个人顷刻变成落汤鸡。人们或持盆互泼或操起水枪对射，像嬉戏又像打仗。她几乎无法自主走路，只好随着人流向前涌动。脸上不时被人涂抹凉凉的白粉，身上不断地浇着从天而降的大水，脚下淌着小溪般的水流，耳畔响着节奏感极强的音乐，眼前则是疯狂扭动着的被水浸透了的腰身。整条街都沸腾了，变成欢乐的海洋。

也不知过了多久，她好不容易挤出人群，站在街边回望正在手舞足蹈的人们，男的、女的、高的、矮的、胖的、瘦的、黑的、白的，无不忘乎所以，个个回到了顽皮的童年时代。想必刚才自己也是如此，不禁莞尔。空气里充满清新的水的味道，若有若无地夹带着一丝丝甜味，她相信快乐的不仅仅是人，还有水！这是她有生以来经历的第一个狂欢节。

我初次在驻泰国使馆工作时也有过类似经历，很能理解王志莲的感受。但也知道，泰国人过泼水节既有年轻人的狂欢无忌，也有传统的规矩和优雅。我曾应邀参加泰国人家庭的泼水仪式。他们一般会准备一盆浸泡着花瓣的清水，称之为“福水”。长辈上座，晚辈依次来到跟前，双手合十行跪拜礼，然后拿一只小勺舀上福水斟在长辈的手掌上，祝愿福寿安康。长辈则用拇指和食指蘸上福水轻轻弹洒在晚辈头额，祝福进步吉祥。此外还有斋僧礼佛、家庭聚会等活动。

泰国人节日很多，宋干节居首，相当于中国春节。泰国地处热带，一年大体上只分为旱季和雨季。泰国又是传统农业国，盛产大米，一年种多季水稻。4月中旬，水稻已收割完毕，要等到5月底雨季来临才开始新季稻的播种，这时正是农闲，又是一年里最为炎热和干旱的时节。所以泰国人选择在这个时候辞旧迎新是有讲究的。在东南亚，不光泰国，缅甸、老挝、柬埔寨也在这个时间过大年，都叫泼水节。

志愿者们对泰国的文化习俗还有许多特别感受。比如，他们无不慨叹泰国寺庙之多，金碧辉煌的佛塔随处可见。身着袈裟的和尚踏着晨光托钵化缘，在街巷、村道上逶迤前行，信男信女早早在家门口等候，虔诚地奉上素食果品，堪称城乡一景。他们惊讶于泰餐奇异，柠檬叶、香茅草等作为作料烧成的汤食怪怪的却又那么诱人。水果种类繁多，最奇特的莫过榴莲，初尝难以接受，有人更是捏着鼻子下咽，却很快又会上瘾，欲罢不能。泰国人做什么事都要“慢慢来”，“天崩当作瓜棚塌”。一位志愿者用“从容散淡”形容泰人性格，得到大家的认同。

志愿者们以开放、包容、借鉴的态度对待泰国文化，融入当地社会，顺利开展工作，也拓宽了视野。

踏着时代节拍前行

2008年的一个午后，我应约前往集拉达王宫拜会诗琳通公主。

我踱步片刻，公主从里屋走出来，手里拿着一册《二十四史》，看得出她是利用午休时间读书呢。公主按了按手中的书对我说：“中华文化博大精深，是人类文明瑰宝。我自1980年开始学习中文，经过二十几年努力，可以说大体掌握了听、说、读、写、译，但丝毫不敢松懈，越学越觉得不知道的东西还很多。”我对公主在中文学习上取得的巨大进步和精益求精的追求表示赞赏。公主对中

2008年，泰国诗琳通公主会见张九桓大使时手持一册《二十四史》说，中国文化博大精深，是世界文化瑰宝。希望中泰双方加强汉语教学合作。

2007年，泰国诗琳通公主参观朱拉隆功大学孔子学院，看望汉语教师志愿者并题词“任重道远”予以勉励。（图中前排左一为诗琳通公主、右三为张九桓大使）

方一直为她派送中文老师和老师的教诲表示感谢。我说，在公主的带动下，近年来泰国的汉教事业取得长足发展。公主多次视察孔子学院、看望汉教志愿者，还题词“任重道远”予以勉励，使他们备受鼓舞。公主高兴地说，汉教志愿者们活泼可爱，勤奋好学，很有奉献精神，泰国人从他们身上看到了中国年轻一代蓬勃向上的精神风貌。他们的到来给泰国的汉教事业注入一股活力。我对公主肯定和支持中国的国际汉教事业和志愿者工作表示感谢。我们在谈了其他一些问题后，公主又回到刚才的话题表示，希望两国进一步加强在汉教方面的合作。

从王宫出来，我的车子沿着湄南河行驶。这时泰国雨季已经结束，水阔天高，鱼跃鸢飞。我心情怡悦。这一年是中国对泰国派出汉教志愿者5周年，为了全面了解这项工作实施的成效，我走访了方方面面，得到许多令人鼓舞的信息。

在一个茶馆里，曾经担任泰国教育部部长的乍都隆先生边啜茶边对我说，中国汉教志愿者项目就像及时雨一样滋润了久旱的泰国汉教之苗。2005年，正是在他的任上，泰国教育部制定了推广汉语教学战略规划，在公立中小学大幅增加汉语课时，提高了汉语地位。次年，中泰双方签署汉教合作框架协议。他表示，相信汉语在国际交流与合作中将越来越扮演重要角色，泰国必须迎头赶上。

泰国教育部副部长瓦拉功在他的办公室与我促膝交谈，一再表示特别欣赏中国汉教志愿者的勇气、毅力和仁爱之心。家长们对志愿者既教书也育人尤其感到满意和放心。瓦拉功还向我出示一份官方文件，指出中国经济的蓬勃发展，使越来越多人对汉语产生浓厚兴趣。汉语热潮已经涌入泰国公立大中小学和职校，打破了之前只有私立学校开设中文课的单一局面。汉语已经成为仅次于英语的第二外语。泰国教育部由此更加看到促进汉语教学的必要性，决定进一步加强与中方的合作，恳请中方提供更大支持。

泰国留学中国大学校友总会的三任领导创会会长陈汉涛、第二任会长刘锦庭和时任会长罗宗正联袂邀我共餐，向我表示，泰国的汉语教学历经磨难，几近凋零。随着中国的崛起和中泰关系改善，发展汉语教学成为泰国上上下下的共识，但苦于师资严重不足，幸得中方派来汉教志愿者，有效破解难题，希望这个做法能得以坚持并做得更好。他们都是出生在泰国的华人，热爱新中国，50年代曾赴华学习，后返泰打拼，事业有成，长期致力于中泰友好，所表达的都是肺腑之言。

座谈会上，汉教志愿者们从亲身经历和感悟中凝结出来的一些话语令人动容：

“汉语国际推广事业适应世界发展的需要，我们为有机会参与而备感光荣。”

“这项工作使我们得以经世界风雨，见国际世面，将为自己的人生道路铺下一块难得的基石。”

“到了国外，更感到祖国可亲、可爱，更为生长在这样的国度感到骄傲和自豪！”

2007年，张九桓大使在中国汉教志愿者抵泰欢迎会上讲话

“越是在国外教授汉语，越感到中华文化的广博和深邃，越增加文化自信！”

“很高兴能以语言为工具为中泰友谊铺路搭桥，愿为中国与泰国乃至世界的相互了解与友好合作贡献自己的绵薄之力。”

国内对泰方的要求和志愿者们的心声很重视。国家汉办领导多次赴泰考察，保持与泰方的密切沟通和合作，更加关心赴泰汉教志愿者并加大派遣力度。2008年，中国向泰国派遣汉教志愿者870名，加上原先留任的134名，在泰汉教志愿者达到1004名。从2003年至2008年5年间，中国先后向泰国派出7批共2270名汉教志愿者，泰国成为中国外派汉教志愿者最多的国家。

2008年，张九桓大使在第7届“汉语桥”世界大学生中文比赛曼谷赛区讲话。

时光荏苒。一晃14年过去。

泰国政府虽几经更迭，但官方和民间一如既往地重视汉语教学。诗琳通公主始终高擎汉语学习大旗站在泰国方阵的最前列。英拉总理曾在总理府举行仪式，欢迎中国抵泰汉教志愿者。巴育总理将汉语教学引进自己的母校泰国陆军军官学校。泰国教育部保持与中国语言交流合作中心持续有效的合作。截至2022年5月，中国累计向泰国派出19批2万多名汉教志愿者，分布在71个府的1000多所大中小学，为泰国中文教学发挥了生力军作用。

泰国各界汉语学习蔚然成风。一批汉语人才脱颖而出。2011年泰国选手李栩源获得“汉语桥”世界中学生中文比赛总冠军。2019年，泰国选手杨金玉获得“汉语桥”世界大学生中文比赛总决赛一等奖。一批掌握了中文的年轻人走进中泰工业园、中泰铁路和东部经济走廊中泰合作项目任职，为“一带一路”建设贡献力量。

从泰国，我们高兴地看到，国际汉教事业正踏着时代节拍稳步前行。一曲中国汉教志愿者的青春之歌昂扬激越，响彻时空。

张九桓，1947年生于广西博白。外交部外交政策咨询委员、中国国际问题研究基金会研究员。

毕业于北京外国语学院。曾任外交部亚洲司司长，中国驻尼泊尔、新加坡、泰国大使。第十一届全国政协委员。

感受"花园国度"的魅力

吴德广

我首任驻"猫城"总领事

古晋称"猫城"，是马来西亚沙捞越州的首府。古晋地大人稀，总面积为508.54平方公里，人口约40万。古晋分北市和南市，南市华人占人口的80%以上。猫城一派热带风光，树木向蓝天展绿羽，绿草如茵，鲜花似锦，空气新鲜，在翠绿葱茏树木掩映中高矮适中的古老和现代建筑物融为一体。街道干净清洁，被马来西亚列为环境最佳的"花园城市"。

在猫城闹市区浮罗岸路口牌楼前竖立着一座猫的塑像，它是这个城市和平、吉祥之象征。在猫的塑像后面，矗立着的一座古色古香的大牌楼，上端横匾镶嵌着四个大字："南海瀛洲"。

沙捞越州是马来西亚最大的一个州，面积为12万多平方公里。沙巴州为马来西亚的第二大州。两州面积共20多万平方公里，占马来西亚总面积的60%。人口共320多万。沙捞越州有26个民族，沙巴州则有30个民族。土著人占两州人口第一，其次是华族，马来族为第三。上述两州被称为东马来西亚，位于加里曼丹岛西北部，历史上属文莱，1888年两地沦为英国保护国。1963年9月加入马来西亚，但根据两州加入马来西亚联邦时签订的20条约，他们在移民、土地、森林等方面保留相对的独立性。

1994年8月3日古晋总领事馆开馆，临时馆址为古晋市古晋支路东段第五巷幸运花园340号。官邸则位于古晋郑和统帅路第二巷的美宝花园。

我首任驻古晋总领事，有机会应邀访问很多地方，观赏到那里得天独厚的自然风光。我对马来西亚的历史、地理、文化、民族、风俗等方面很感兴趣，了解认知，备感亲切。马来西亚旅游资源十分丰富。我喜欢诉说马来西亚旅游天堂，尤其那些亲历亲访之地，谈之如数家珍。

吉隆坡新地标——双子塔

1994年7月14日我经吉隆坡抵古晋履新时，吉隆坡新地标——双子塔正在兴建。1997年落成。1998年8月的一天，我参观了坐落于吉隆坡安邦路的双峰塔。双子塔也称双峰塔、双胞塔。这对连体的双子塔，宛如一双巨大的望远镜，登塔望远，吉隆坡的美丽景色尽收眼底。那天笔者随朋友驱车抵达双子塔脚下时，正是烈日炎炎的中午，阳光强烈，天蓝地绿，棕榈婆娑，崭新的双子塔高高耸入蓝天。

吉隆坡双子塔为吉隆坡国家石油公司所属的佩重纳斯大厦，拥有两座完全相似且高达452米的塔楼。这两座88层塔楼拥有74.32万平方米的办公使用面积，以及购物和娱乐中心，还有一个石油博物馆、一个音乐厅和一个多媒体会议中心。

我在塔旁兴致勃勃地端详这座雄伟的双子塔楼，觉得它很独特，很有创意，最大的特色在于第42层处有一道连接两座塔楼的天桥，笔者从塔脚下仰望天桥，看到一座巨型的人字形支架，支架两脚从各自的大楼旁出，支撑着天桥的中间点。天桥是游人登高望远的观景台，人们称其为“登天门”，在“登天门”远眺，首都吉隆坡容貌清晰可见，美不胜收。

它们是世界上最现代化的摩天大楼之一，是马来西亚伸向蓝天的高度象征。双子塔的落成确是马来西亚人的骄傲。它是在亚洲金融危机最严重的时候完工的。如今双子塔更完美、更引人了。它成为吉隆坡一处名胜，令游人叹为观止。

长屋长情谊更长

人们称沙捞越为“世外桃源”，土著族和华族、马来族一起组成沙捞越州的民族大家庭。

既古老又现代的长屋在古晋郊区处处皆是。风光秀丽，景色迷人，在青山绿水之间坐落着一座座风格迥异的土著房屋。土著人朴素的长屋，聚族而居的生活方式已维持了多个世纪。

土著族的长屋外形大同小异，长屋通常是一座高出地面2米多，由木料或竹子建成的一间挨一间的长列屋子，周围有篱笆环绕。长屋一般长30米以上，居民少则几户，多则近百户。古老的长屋约有150户。长屋棚上住人，棚下饲养家禽牲畜。地面通往棚顶则由一根树干当阶梯，树干上用刀斧砍成踏脚的梯级，他们习惯攀登这种梯级，上下如履平地。

长屋的结构分成三部分。一是晒棚，供晒谷物和其他用途；二是居室，成排的房间和卧室是用木板做墙间隔而成的；长廊是长屋的第三部分，它是长屋用途最广的地方，既是居民开会场所、联谊中心，又是会客地点，一切重要庆典都在长廊举行，长廊木板墙壁上一般都会悬挂着马来西亚国家元首、首相以及沙捞越州元首和首席部长的大照片。

笔者曾参观过三马丹的一座长屋，当我小心翼翼登上长屋长廊，在主人的邀请下，迈进他家的卧室时，感到十分吃惊。因为那卧室相当现代化，有沙发、电风扇、电视机、自来水等，与城市人家的住房没有太多的差别，不同的是，夜里他们是席地而睡的。

长屋设屋长，负责处理长屋婚丧喜庆大事，调解居民各种纠纷。屋长由长屋全体居民推选产生。居民民主推选威信高、经验丰富、资格老者担任屋长，屋长不能世袭，不称职者随时可撤换重选。屋长和其他居民一样自食其力，没有什么特权和报酬。居民过着日出而耕，日落而息的生活。长屋的巫师负责主持各种宗教仪式。

土著人长屋故事多。昔日的故事更为神奇。被称为“天方夜谭”。土著人喜欢在长屋屋梁上悬挂人的头颅骨，并以这些为荣。原来昔日达雅族有猎取人头的习俗，达雅武士猎得人头越多越是

作者吴德广及夫人在沙捞越州土著族丰收节时与一些朋友合影

英雄，受人尊敬。猎人头的习俗后来被政府禁止了，但到了1941年日本侵略军占领了沙捞越后，猎人头的习俗又恢复。抗日胜利后，当地政府又取缔了猎人头的习俗。今天这种习俗已不复存在，但猎人头的故事依然流传。

长屋的居民十分热情好客。欢迎参观者在长屋过夜，体验长屋居民的生活情趣和风俗习惯，尤其是每年收割稻谷之后达雅人都欢度丰收节。政府规定丰收节为每年6月1日和2日。丰收节就像华族庆祝春节一样隆重热闹。节日里不仅达雅族群之间互相祝贺，马来族、华族也纷纷来到长屋和他们共庆节日。1998年丰收节时我和同事应邀出席他们的节日庆典，除出席盛宴外，还观看歌舞演出、选美比赛、斗鸡比赛……长屋居民与来宾共舞至天亮，活动丰富多彩。

如今土著族群已打破与外隔绝的原始生活方式。他们的酋长、屋长除了处理当地事务外，也积极参与国家政务。伊班人、达雅人、毕达友人等被选为国会或是州的议员日益增多，经常出席立法议会。他们重视文化教育，把自己的子女送到古晋或吉隆坡读书，许多土著族还把子女送至华文学校学习，并以此为荣。

沙捞越的文明源远流长，虽然多年来西方的文化深刻地影响着这片土地，但他们还保留着传统的文化和生活习俗，把移风易俗视为时尚。

神山传奇名闻遐迩

沙巴州在马来语中意为“美丽的国土”，有“风下乐土”“人间天堂”之雅称。沙巴前称北婆罗洲，面积7.3万多平方公里，人口近200万，首府是哥打基纳巴卢。哥打是“都市”，基纳巴卢是“神山”，神山是沙巴人的骄傲，它是东南亚最高的山峰。

相传远古之时，一位中国年轻商人来到北婆罗洲，与一位美丽的卡达山族姑娘结为夫妻，婚后过着幸福的生活。后来这位中国商人回故里，临别前，许诺爱妻日后团圆。但他回去后，音信渺茫，日复一日，年复一年，美丽的姑娘站在高山上，远望北方，盼星星，盼月亮，不见夫君归来，最后她登上神山之顶峰，眺望南中国海上南来的帆影，终于绝望变成石头，永远守望在高山之巅，故称“望夫山”或“中国寡妇山”。

1995年4月我首次访问沙巴州，拜会州元首。行程匆匆，第一印象是：哥打基纳巴卢首府大街小巷的商店及住宅大都书写华文的名称，加之那里人们热情好客，人情淳朴，漫步于这个城市的大街小巷，备感亲切。另一次我在朋友的热情邀请下驱车前往神山游览时，从近处看神山，风景秀丽迷人，石怪峰秀，洞壑幽奇。神山气候宜人，山上常年气温为8 — 20摄氏度。可惜当天车开至半山腰，天气骤变，云雾弥漫，阴雨连绵，我们只好半途而归。

神山森林资源丰富，广袤的森林就像无边无际、郁郁苍苍的绿色海洋，大自然美景吸引着络绎不绝的游客。神山公园曾荣获联合国教科文组织世界遗产委员会颁布的“世界自然遗址”雅号。那里气候宜人，是一个避暑胜地。

神山辽阔连绵黛绿的山峦富有诗请画意。青山翠谷风光令人心旷神怡。在层次分明连绵突起的群山中，平均超过海拔3600米的山峰不少于12座。那些山峰石怪峰秀，巍峨雄伟，秀丽迷人。当晴空无云时，它像一位巨人宁静地躺在连绵的山野上；当袅袅的云朵缠绕岩峰时，它仿佛像一位卡达山姑娘，羞答答地罩上一层层薄薄的面纱，神秘秀丽；在烈日下，它的峰峦又似熊熊的火焰燃烧直冲云霄。它时而显得雄伟，时而显得温柔，时而显得炽烈。

神山有“动植物王国”之称。在神山公园的展馆中我目睹了那些奇花异草。在这个大植物园里，植物的类群齐全，诸如藻类、菌类、地衣、苔藓、蕨类以及种子植物，尤其是热带雨林植物种类繁多，万紫千红。猪笼草是一种珍稀植物，叶子呈瓶状，形似一个笼子，顶端小布袋般的笼筒壁滑而深，一旦小昆虫掉进笼筒里，这种草就能分泌出一种有香味的液体，慢慢消化被诱捕的小动物。植物生态随着神山的高度和土质的不同而奇妙地发生变化。胡姬花最为引人注目，它雍容华贵，亭亭玉立，千姿百态，清丽高雅。这里有世界上最大的花朵——莱佛士花，大的花直径1米左右。神山公园也是动物之家，树鼠、昆虫等比比皆是，鸟类繁多，“斗龙哥”、画眉等随处可见。夜间，那里是身段长达25厘米的竹节虫的世界。

2003年11月5日，我随北京马来西亚归国华侨联谊会访问团访问哥打基纳巴卢，有机会再次赴神山。专程陪同我们游神山的马来西亚沙巴州华北同乡会主席张景程先生一家，不时在旁为我们讲述“望夫山”不了情的故事。故事动听神奇，不时赢得掌声。事实上张先生一家的“神山不了情”的故事也十分精彩。张先生的祖先，同当年华北同乡107户人家，90多年前从中国天津港漂洋过海移居至沙巴州神山脚下，开荒拓地，安家落户，如今他们的子孙已是第6代的华人了。张先生的妻子就是一位漂亮的卡达山姑娘。在神山脚下华人与土著族姑娘通婚者众多，世代繁衍。如今他们都有一个团圆幸福之家。

2003年11月2日晚，我随北京马来西亚归国华侨联谊会主席何访拨先生率领的访问团应邀出席马来西亚沙巴华北同乡总会“庆祝祖先北上南下至婆罗洲90周年”庆典活动。当晚庆典在沙巴布吉巴登皇子大剧院隆重举行，千余人出席。会场布置及主席讲话、来宾致辞以及文艺节目都突出旅居神山山脚华北子孙不忘祖的主题。我记得当晚主席台两侧的大荧幕上，不时再现华文诗句：“饮水思源未忘祖，华北儿孙庆祖先，北上南下九十年，劳苦功高庆今朝，光宗耀祖世代传。”庆典主席甲必丹张景程先生在会上自豪地宣布：马来西亚沙巴华北同乡总会将编写一部108户族谱史册。为此特邀请家族的两位老寿星主持族谱史册编纂启动的亮灯仪式。说后，理事们便小心翼翼地抬扶着两位坐着轮椅的老寿星上台。男寿星刘树林，104岁；女寿星卢转运，91岁。他俩都是108户第一代华人，他们两位寿星上台本身见证华北祖先移居神山脚下可歌可泣的历史。

华人如何漂洋过海来到神山脚下？张先生告诉我们，1913年11月1日在当时英属的沙巴查达幕娘公司招聘下，经当时中英两国政府认同，签订了12条合约，中国华北地区108户人家，从天津港登船，漂洋过海来到神山脚下开地拓荒，安家落户。他们艰苦创业，繁衍生息，与当地土著族群一道艰苦奋斗，过着安居乐业的生活。

很有趣，在沙巴期间，2003年11月4日晚上我巧遇一位土著族青年与一位华族姑娘结婚的喜事。我随访问团又一次应邀来到布吉巴登皇子大剧院，出席一对青年的婚礼。当我们抵达时，全场起立，掌声雷动。团长和我们夫妇被安排在主桌上，其他团员也在前排标明“中国亲戚席”入座。“中国亲戚席”5个汉字，让每位团员感到十分亲切，真是中马两国人民一家亲！

很荣幸，在沙巴访问期间，沙巴州政府首席部长拿督莫萨阿曼和沙巴州政府旅游、文化及环境部部长拿督章家杰分别会见我们。

章部长亲自在送给中国客人的《沙巴巡礼》画册上用中文题词：“海内存知己，天涯若比邻。”

走访吉隆坡和马六甲追寻郑和踪迹

我记得走马上任刚到吉隆坡时，便前往位于湖滨公园的国立博物馆参观。在琳琅满目的展品中，郑和访问马六甲的文献及明代青花瓷器格外引人注目。此后我有机会随团南下至马六甲，仔细参观马六甲博物馆，在栩栩如生的郑和塑像和组画以及收藏的明代瓷器前，驻足良久。这些展品，详尽记载着历史上马六甲与中国的密切关系。

1405年7月，明朝的航海家郑和率领舰队和众多的海员，从江苏起航，顺着东北季风沿海南下，他先后历时30年，到达南洋和东非30多个国家，是中国早期下南洋的友好使者之一。

明朝时期满剌加王国与中国友好，贸易关系有很大发展。1405年明成祖封马六甲王国苏丹拜里米苏拉（马来语Parameswara）为满剌加国王，并赠予诏书和诰印。传说1459年中国皇帝将汉丽宝公主许配给马六甲国王，郑和统帅和公主及随从500余人来到马六甲，被当时的苏丹安顿住在三宝山上。在约一个世纪里马六甲3任国王及其子孙多次访问中国，显示马六甲王国与中国友好往来密切。

位于市区的郑和庙，古色古香。此庙原名“宝山亭”，于1795年为当地一华人首领所建，用以纪念郑和统帅访问马六甲。庙内祭坛上原有一尊郑和统帅塑像，已失窃多年，现有一帧彩色放大照片，供人膜拜。我在郑和统帅像前，思绪万千。作为炎黄子孙，能够在异域他乡感受一个民族的血脉，自豪万分。当我们离开郑和庙，前往三宝山时，郑和庙正沐浴在骄阳中。

三宝山是当年郑和以及随行人员驻扎之处。郑和带领的队伍有部分人定居下来，与当地巫族通婚，繁衍生息，代代相传。他们的后裔在当地被称为“娘惹”，直到今天还保留着华人的传统习俗和生活礼仪。三宝山是马来西亚最古老的一个园地，占地43公顷左右，那里有大约12500座华人先辈的坟墓，四周草树青青，与其说它是墓地，不如说它是一座公园，它见证了华裔先辈来到马六甲的拓荒史以及华巫两族友好亲密的关系。

三宝山山麓有两口“三宝井”，远近闻名。相传郑和出使马六甲时，这里曾为郑和人马栖息之地，当时他们在山的周围挖掘了十多口井，如今尚存两口。人们又称之为“汉丽宝井”，井水清甜，据说即使在干旱季节，那两口井也从未枯干。

在马来西亚，关于郑和的传说经久不衰。我到古晋不久，朋友告我一个民间传说：当时郑和率随行人员登岸时见到一株很高大的树，树上果实累累，郑和当即令人采摘了一个，摘下来的果实虽然气味难闻，但食之可口。过了一些时日，随从者因喜爱这种异国果子的奇异鲜美，甚至忘记了故国的野菜的滋味。郑和见状，便将果子取名为“榴莲”，取“流连忘返”之意。

在马来西亚旅行，我常常目睹当地土著人把一种从中国传入的陶瓮器视为传家宝，他们用其中的一种瓮来盛水或腌渍咸菜，有的甚至用作婚配饰物及殓葬的葬具，这种瓮瓮身围绕着一条龙饰。当地人说，那些古老的出土陶瓷器，就是郑和开辟的海上丝路带到南洋的。

郑和这位友好使者所到之地，留下不少故事美谈，他去世后人们把他当作神灵奉拜，立祠建庙。因而在马来西亚有多处三宝庙。据《沙捞越河畔的华人神庙》一书记载，古晋有两座供奉三宝大人的神庙，一座位于古晋郊区的山都望附近的西邻洋，另一座是石角下梯头的义文宫。义文宫历史悠久，据记载，沙捞越在1850年建庙，建筑物包括神庙都是用当地木料和亚答叶建造的，而当年建造义文宫遗留之红砖、屋瓦却是从中国运来的。红砖陶瓦是历史的见证物。三宝庙于1992年夏重建落成，新的三宝庙是一座中国格式的神殿。郑和既是华人供奉之神，又是巫族崇拜之偶像。

古晋郑和统帅路第二巷的美宝花园，是我的住处。为何这里称郑和统帅路？事出有因。据记载，1992年6月14日，一条以“郑和”为名的道路在古晋正式启用。这条双行大道共耗资230多万马币，1988年开始动工兴建，1990年完成。这条大道是由沙捞越州政府首席部长丹斯里拿督巴丁宜・哈志・阿都泰益布命名的。剪彩时由沙捞越州政府副首席部长丹斯里黄顺开先生主持。他说，郑和七度下西洋曾于1409年来到当时属于文莱苏丹国的沙捞越地方，以获得饮水和食物供应，并从事友好活动。

这条宽广的双行道，从市区大石路两哩半小交通岛起直通至美宝花园，这条大道像历史名城马六甲的三宝庙、三宝井、三宝山一样，见证着历史，诉说着马来西亚与中国历史上的密切友好关系。

当年我任驻古晋总领事，几乎天天经过郑和统帅路，我为寻找郑和的踪迹，来往不倦，感到高兴和荣幸。

海上丝绸之路重要节点国家

马来西亚地理位置十分优越，文化多元，风景多姿，文化底蕴浓厚。那里既有时尚的现代都市，也有古色古香的自然风韵。花园国度诗情画意，海岛秀丽瑰奇，还有那和谐的风俗民情，它确是东南亚旅游热门之地。

郑和下西洋已有600多年的历史。它是15世纪初叶世界航海史上的空前壮举。马来西亚是海上丝绸之路重要节点国家，其战略意义深远。

郑和的和平友好理念和敢为天下先的开拓精神，是他留给中华民族的宝贵遗产，也是全世界爱好和平人民的宝贵精神财富。从古代航海“天下大同”到如今推建人类命运共同体，“郑和精神”受到赞扬，值得历史借鉴。

中马两国建交以来各领域友好合作关系稳步推进，关系处于历史最好时期。值得庆幸的是，中资企业进入马基础设施建设市场已有多年，一批耳熟能详的大型基建项目均由中国企业参与或承建。例如，中国水电建设集团承建的巴贡水电站等。中国企业对马投资涉及范围较广。“丝绸之路经济带”和“21世纪海上丝绸之路”合作构想，是中国进一步推进与“一带一路”沿线有关国家和地区区域经济合作的新举措。中国希望将中华民族伟大复兴的中国梦与“亚太梦”“世界梦”进行对接和融合，为全世界的经济增长和全人类的共同福祉做出重要贡献。

我在古晋度过4年多的美好时光，它留给我美好的回忆和宝贵的友情。1998年8月25日我们夫妇举行离任告别招待会，很多朋友冒雨出席。招待会上我致辞感谢州政府和朋友的协助和支持，我以“海内存知己，天涯若比邻”的古话期望友谊地久天长。次日我们夫妇依依不舍地离开古晋经吉隆坡回国，结束了在猫城当总领事的日子。

吴德广，1938年生于广东潮州。外交笔会顾问。
毕业于外交学院。曾任外交部礼宾司司领导成员。中国首任驻马来西亚古晋总领事。
曾任外交笔会副会长兼秘书长。主编有《礼宾——鲜为人知的外交故事》等著作，著有《世界各国国旗》《最新各国国旗国徽》《从礼宾官到总领事》《花园国度——马来西亚》《犀鸟情思》《礼宾官背后的外交风云》《礼宾轶事》等书。

难忘的伊拉克岁月

杨洪林

文明古国

伊拉克位于亚洲西部，自然资源富集，是世界重要石油生产大国，在中东地区有重要影响。伊拉克于1958年与中国建交，是最早与中国建交的阿拉伯国家之一，是“一带一路”沿线的重要国家，中伊合作领域广阔。

说起伊拉克，人们耳熟能详，伊拉克是世界文明古国，历史上被称为美索不达米亚，历史悠久，有7000年的文明史，是人类文明的主要发源地之一。曾诞生过世界上最早的成文法典《汉谟拉比法典》，发明了世界上最古老的文字——楔形文字，有被称为世界古代七大奇迹之一的“空中花园”和古巴比伦遗址，还有流芳百世的《一千零一夜》的动人故事。

著名的幼发拉底河和底格里斯河流域形成了世界

上最早的城市、文字和文明，是人类文明尤其是早期人类文明的重要发祥地，具有悠久历史和灿烂文化，是饮誉世界的两河流域文明的摇篮，孕育了璀璨的赫梯文明、亚述文明、苏美尔文明和巴比伦文明，曾与古代中华文明、埃及文明和印度文明比肩齐辉。

伊拉克还盛产世界闻名的椰枣，有360多个品种，我国从20世纪60年代起就进口伊拉克椰枣，俗称伊拉克蜜枣。椰枣营养丰富，老少皆宜。石油时代之前，伊拉克人乃至阿拉伯人离家外出做生意，一般都是骑着骆驼，带上一袋干椰枣，饿了就挤些驼奶喝，再吃一些椰枣填饱肚子。因此包括伊拉克人在内的阿拉伯人都对椰枣和骆驼情有独钟，有着难以割舍的情怀。

从20世纪80年代起，伊拉克发生了许多震惊中外的大事，比如伊拉克因边界、宗教、地区争雄等问题与伊朗打了8年的两伊战争，造成伊拉克和伊朗近百万人伤亡，灾难深重，损失惨重。1990年8月2日，伊拉克悍然入侵科威特引发了第一次海湾战争，联合国对伊拉克进行了最严厉的制裁，伊拉克人民苦不堪言。2003年美国发动伊拉克战争，推翻了萨达姆，使伊拉克的基础设施遭到了毁灭性破坏，经济凋敝，政局动荡，枪击、爆炸、劫持人质和教派仇杀事件频频发生，生灵涂炭，民不聊生。

故地重游

我曾两次在伊拉克工作。第一次是1999年，是萨达姆执政后期，任驻伊拉克使馆参赞、副馆长，协助大使工作，与伊拉克高层交往发展中伊关系，目睹了“石油换食品”，巴格达闹“汽油荒”，国家电力奇缺，百姓发电忙等等怪象，触目惊心，感慨万分。第二次，是萨达姆被推翻后，我出任战后中国首任驻伊拉克大使，经历了许多事情，至今刻骨铭心。

战后首任　置身危局

2004年，我奉命出任战后中国首任驻伊拉克大使。当时伊拉克政局动荡，环境险恶。美国为摧毁伊拉克主要军事和政治设施，在首都巴格达及周围地区投下大量贫铀弹。贫铀弹中含有的放射性物质不仅破坏人体免疫和消化系统，还对巴格达及周边的环境造成了灾难性后果，伊拉克人癌症患者居高不下，美国和英国士兵也染上了“海湾综合征”。基础设施遭到了严重破坏，巴格达夏季高温达50多摄氏度，炎热酷暑，8个月需要使用空调，但每天供电不足5小时，断水断电是家常便饭。

原中国驻伊拉克使馆在战争中遭到严重毁坏，无法使用，使馆只好在巴格达曼苏尔饭店租下十几间客房作为临时办公生活用房，饭店设备简陋，空间狭窄。饭店距美军司令部和伊拉克过渡政府所在地“绿区”不远，曾几次遭到反美武装炮弹误击，所幸没有造成人员伤亡。

美军明确拒绝为驻伊拉克外交使团提供安全保障。考虑到伊拉克特殊的战乱环境并参照其他主要国家的做法，国内决定安排警卫人员，保卫驻伊拉克使馆和馆员的安全。

递交国书 安排从简

2003年6月，我还在巴林当大使的时候就接到国内通知，任命我为战后新任驻伊拉克大使，10月份奉命离任回国，因为伊拉克被美军占领，没有政府，全国一片混乱，无法递交国书，没有马上赴任。

2004年6月，伊拉克临时政府成立。9月，伊拉克新任驻华大使、塔拉巴尼总统的连襟伊斯梅尔博士抵京履新。国内决定我10月赴任。伊拉克外交部事先告知使馆，因战乱不能派官员到机场迎接大使，请予谅解。在巴格达机场迎接我和夫人陈珍美参赞的警卫人员帮我们戴上头盔，穿上防弹背心，护卫我们乘车前往使馆驻地。

使馆驻地距机场约25公里，沿途美军设立的检查站比比皆是，1米多高的水泥墩和两米多高的水泥防爆墙随处可见，美军巡逻车风驰电掣，美军武装直升机低空飞行，马达声震耳欲聋。远处和近处枪炮声、爆炸声此起彼伏，“在枪炮声中入睡，在爆炸声中惊醒”是馆员的生活常态。

曼苏尔饭店因距美军设立的“绿区”较近，3次遭到反美武装炮弹误击，所幸的是没有造成人员伤亡。每次出行，都要戴上头盔，穿上防弹衣，乘防弹车，警卫人员荷枪实弹随卫，外出途中经常会碰到枪战和爆炸事件，数次与死神擦肩而过。

伊方很快安排我向外交部长兹巴里递交了国书副本，接着又安排我向总统递交国书，仪式非常简单，没有礼宾车接送，也不检阅仪仗队。警卫送我到戒备森严的“绿区”出入口，再换乘伊方一辆旧奔驰车，天气炎热，空调坏了，把车窗全部打开，还是挡不住热浪袭人。

“绿区”位于巴格达中心，是美军在巴格达设立的安全区，占地约10多平方公里，包括原总统府共和国宫、共和国卫队营地、复兴党高官住宅区、高级干部子弟学校、会议宫以及拉希德五星级酒店，银行、商店、餐馆、医院等设施。伊拉克政府、美英联军总部，美、英、法等向伊拉克派军队国家的使馆都建在“绿区”里面。

“绿区”被层层铁丝网、高高的水泥墙和层层沙包围得严严实实，出入口停有坦克和装甲车，美军荷枪实弹把守。“绿区”里面的各个路口也停有坦克和装甲车。车子七拐八拐来到总统府，稍事休息，向过渡政府总统亚维尔递交了国书后，我与总统就中伊关系进行了友好交谈。同一天递交国书的还有法国驻伊拉克大使。

在伊拉克期间，我亲历了两次国民议会选举，首次国民议会选举，什叶派精神领袖西斯坦尼号召什叶派教民踊跃投票，盛况空前，占伊拉克人口多数的什叶派一举赢得大选，成为伊拉克最重要的政治力量，掌控着国家要害部门。伊拉克政府几次更迭，部长频繁更换，需要持续不懈地做工作。在与亚维尔总统和塔拉巴尼总统以及两届政府高官的多层次交往中，我们坚持晓之以理，动之以情，加强沟通，促进友谊，深化相互了解，促进了双边关系的平稳过渡和稳步发展。

维护我重大利益

国内给使馆的主要任务：一是实现中伊关系平稳过渡，并推动其稳步发展，避免敌对势力搅局。这是最重要的政治任务，业已圆满完成。二是维护我国重大经济利益。战前，中国公司在伊拉克承建了一些工程项目，如电站、石油和通信项目。执政的什叶派领导人战前在伊朗或西方流亡多年，基本与我方没有接触，对我方缺乏了解。他们对前政府所签的协议一概不承认。维权难度之大，困难重重，要针对不同对象反复深入地做工作，说服他们承认和我国签的协议仍然有效，最终通过耐心细致地重点做主管部门政府高官的工作，加深了伊方对我方了解，促进了双方互利合作，维护了我公司重大经济利益。

石油合作

战前萨达姆政府为了换取我方对取消对伊拉克制裁的支持，与中石油签署艾哈代布油田产品分成协议，条件优惠，开采的石油按比例分成。但中国是联合国安理会常任理事国，对联合国决议，包括限制石油投资的决议，有义务执行，不能违反联合国决议跟伊拉克搞石油开发。所以，协议签署后没有得到执行。

经过反复艰苦细致地多方面多层次地做伊拉克高层工作，特别是几任石油部长的工作，国内也加大与伊拉克合作力度，包括在国内帮助培训伊拉克石油工程技术人员，帮助伊拉克分析油田资料，最终说服伊拉克政府从两国关系大局出发，承认了艾哈代布协议。但伊方认为，战后的情况与战前有天壤之别，坚持把分成协议改为技术服务协议。经权衡利弊，并着眼于长远合作，中石油最后接受了伊方技术分成协议。艾哈代布油田是中石油在伊拉克获得的第一个石油合作项目，经济效益总体不错。双方务实合作的顺利开展，赢得伊方信任，推动了中伊石油合作深入发展。

电力合作

战前哈尔滨电气公司、上海电气公司和东方电气公司等在伊拉克承建了电站项目，但有的未竣工。战后伊拉克电力奇缺，急需建设电站，但受制于资金匮乏。为解决资金短缺问题，伊方要求中方融资建设，谈判过程大费周折。

通信合作

为推动华为、中兴在伊拉克拿到更多通信项目，我会见伊拉克通信部部长时安排让他们代表陪见，通过与高层直接沟通，加深对中企的了解，拓展合作，为解决伊拉克通信难的问题发挥了重要作用。

营救人质　惊心巴格达

2005年1月18日，8名中国公民在伊拉克遭劫持。作为时任中国驻伊拉克大使，我亲自组织并参与了营救人质的行动。今日重忆此事，仍感惊心动魄。

我们是从电视新闻中获悉8名中国公民被劫持的。8名同胞的生命安危牵动着我和使馆每一位同志的心，这个消息使我们感到震

前往“绿区”会见联合国特使

惊，并且心急如焚。劫持组织是什么人？他们为什么要劫持中国人？在何地劫持的？如何与劫持组织取得联系？这些问题困扰着使馆的每一个人。

我马上启动了使馆应急机制，做了三件事：一是将此事报告中国外交部，同时向伊拉克外交部和内政部等部门通报情况，请求提供紧急帮助；二是尽快核实这8个人的身份；三是召开使馆党委会议，组成营救班子，动员全馆人员，克服困难，全方位、多层次地展开营救工作，争取被劫持的同胞早日平安获释。

当时营救8名同胞的最大困难是安全无保障，不能自由地外出活动，所以我只好打电话跟外界联系。虽然巴格达那时已经有了无线通信，但规模小，网络繁忙，打十个电话有九个不通。再加上当时正值伊斯兰教“宰牲节”长假，一些伊拉克宗教界的头面人物都前往麦加朝觐，找人就更加困难。

我吁请各界朋友出手相助，也紧急动用了一切外交和民间资源。在出任驻伊拉克大使之前，我有过在巴格达工作的经历，曾任我驻伊拉克使馆参赞和副馆长，这段工作经历为我在巴格达积累了重要的人脉关系。当我出任大使时，大部分老朋友还在，他们的鼎力相助让我刻骨铭心。

我先后找了伊拉克负责安全事务的副总理巴尔哈姆·萨利赫（伊拉克现总统）的秘书、外长办公室主任、内政部以及逊尼派长老会秘书长等民间组织的主要负责人，特别是以前深交的一些老朋友，他们都表示愿意提供帮助。随后，各方面的消息源源不断地传到使馆，基本情况是：劫持组织要求中国政府在48小时内讲清中国对伊拉克政策和这8个人来伊拉克的目的，否则将杀害人质。

因为无法知晓劫持组织在什么地方、如何与他们取得联系，为了让他们及时听到使馆的声音，回复他们的关切，我决定通过新闻媒体向劫持组织隔空喊话。我们联系到影响较大、收视率较高的阿拉比亚电视台、伊拉克电视台以及当地报纸，由我出面接受采访，宣读使馆营救声明；同时还联系了阿拉比亚电视台总部和路透社驻伊拉克分社，请他们帮助刊登使馆营救声明。我们还设法与伊拉克逊尼派长老会秘书长取得联系，于19日一早派人送去使馆营救声明。当天，一直忙活到晚上11点多，才吃了点东西。

之后，8名同胞的身份得到核实，他们是福建平潭人，在巴格达找不到工作，准备走陆路经约旦回国过年，但在伊拉克—约旦高速公路途中被劫持。

国内外媒体在得知中国人质被劫持的消息后非常重视，他们也不管时差，电话不断。当时主要由我夫人、政务参赞陈珍美负责与媒体沟通。她在外交部新闻司工作了十多年，在新闻发布处、外国记者管理处、新闻分析处当过处长和新闻司政工参赞，后来又在中国驻英国、巴林使馆当过政务参赞，积累了与外国人打交道的丰富经验。她一天要回答几百个问题，忙得夜里都睡不成觉。

当时，伊拉克过渡政府虽然已经成立了，但还不能有效控制全国局势，对巴格达以外的区域更是鞭长莫及。在这种情况下，营救工作主要还是得依靠伊拉克各界朋友，包括官方、民间和伊拉克逊尼派穆斯林长老会等。

伊拉克逊尼派穆斯林长老会是由伊拉克逊尼派有声望的著名学者和有影响力的长老组成，对逊尼派武装具有较强的号召力和影响力。战后，伊拉克逊尼派遭到残酷打击和压制，纷纷起来反抗，甚至通过武力，争取和维护合法权利。而逊尼派穆斯林长老会对这些逊尼派组织具有较强的号召力和影响力，所以我们把工作的重点放在逊尼派长老会身上，说服其对劫持组织施加影响，尽快放人。逊尼派穆斯林长老会也很帮忙，他们在19日发表声明，呼吁在“宰牲节”期间释放一切被劫持人员。

19—20日，我连续两天四次接受阿拉比亚电视台和伊拉克电视台采访，宣读使馆营救声明。我在声明中晓之以理，动之以情，重申了中国对伊拉克问题所持的公正立场，强调中伊两国人民的传统友谊。我特别强调“宰牲节”是阿拉伯和伊拉克人民的传统节日，春节也是中国人全家团聚的传统佳节，希望伊拉克各界朋友们出手相助，营救我被劫持人员，使他们早日回国与家人团聚。

20日，外交部亚非司司长翟隽也通过半岛电视台驻京记者阐明中国立场，呼吁劫持组织尽快放人。

声明播出后，48小时期限很快就过去了，但8名同胞依然生死未卜。劫持组织也没有做出任何回应，既没有说放人，也没有说要杀害人质。他们和8名同胞似乎突然人间蒸发了，这让我们的神经更加紧绷，焦急万分。

人质事件牵动了上至中央下至百姓的心。20日，北京时间凌晨三四点钟，时任外交部长李肇星打电话给我表示慰问，同时传达了中央领导同志关于全力营救的指示，并对下一步的营救工作做了重要指示和部署。为了加强使馆的营救力量，外交部还决定派亚非司司长翟隽率三人工作组来巴格达。

外交部长助理吕国增通知我，为了加强使馆的营救力量，外交部决定派亚非司司长翟隽率3人工作组来巴格达协助救人。

劫持组织同意释放人质

在大家的共同努力下，事情终于出现了转机。21日，劫持组织公布了第二盘录像带，要求中国政府禁止中国公民来伊拉克，要求在伊拉克的中国人立即离开。劫持组织的信息使我看到了希望，我再次利用媒体做劫持组织的工作，重申：中国政府和中国驻伊拉克使馆已经多次提醒中国公民目前不要来伊拉克；8名被绑架的中国人都是普通公民，他们想在中国春节前赶回家过年，与家人团聚，春节对中国人来说是家庭团聚的重要节日，就像穆斯林的“宰牲节”一样。

打电话给负责安全事务的副总理萨利赫请求帮助营救我8名被挟持人质

我再次呼吁尽快释放我被劫持人员。

当日晚，伊拉克前内政部长的弟弟打电话告诉我，劫持组织看到了使馆的两次营救声明，营救声明解决了他们的关切，考虑到伊中友好，他们准备放人，放人的具体时间和地点会有人与使馆联系。路透社驻伊拉克分社的朋友也让我们注意收看22日中午阿拉比亚电视台的新闻。

22日，阿拉比亚电视台在《午间新闻》中播放了8名被劫持人员获释的消息和录像。劫持组织在声明中说，他们之所以决定释放这8名人质，是因为中国政府作出了善意的表示，包括禁止中国公民来伊拉克。他们同时强调，人质在被扣押期间没有受到任何伤害，他们也没有索取任何赎金。但录像并没有提及到什么地方去接人。伊拉克逊尼派武装组织之所以劫持中国人质，是因为他们怀疑这8个人是在为美国人干活儿。

我们为同胞获释感到兴奋，但仍焦急不安，等待对方通知接人的消息。一位自称是使馆朋友的人受劫持组织委托，打电话告诉使馆，让大使在当天下午1点钟到距巴格达150多公里的一个地方去接人，但没有说细节，只说保持联系。

22日，外交部亚非司司长翟隽率领3人工作小组抵达约旦首都安曼。23日一大早，我去巴格达机场接他们。

使馆一直和打电话的伊拉克朋友保持着联系。朋友说的接人地点在费卢杰，属安巴尔省，是逊尼派穆斯林居住的地方，反美武装异常活跃，非常危险，也是劫持人质事件多发的地区，沿途必经之路经常发生爆炸、袭击、枪战和绑架事件。

这个地方我们人生地不熟，但我知道我有好友的亲戚在费卢杰，我于是恳求他帮助核实一下接人地点。好友立马告诉我，那个地方非常危险，安全已经失控，连一个警察都没有。他劝我千万不要去，否则会有生命危险；如果非要去，必须通知伊拉克外交部，派警察保护才行。

好友的善意令我感动，但劫持组织明确告诉使馆，接人的事不能通知伊拉克政府，更不能带伊拉克警察，否则他们将杀害人质。

我和翟隽刚从机场回到使馆，我们顾不得喘口气，便认真研究了使馆从各个方面获悉的信息。我们认为使馆迄今所获得的这些信息还是比较可靠的，人质所在地离巴格达约150公里，如果他们把人送到巴格达，沿途要经过美军的重重哨卡，劫持组织和被劫持人员的安全都无法保证，所以他们才把送还人质的地点选在这里。

冒险接回8名同胞

为了营救8名同胞，我认为值得去冒险。我决定带孟锐三秘，翟隽带王镝处长，4名警卫同行。警卫深感这次任务责任重大，为保险起见，除了平时外出随卫必带的冲锋枪、手枪外，他们还特意带上了班用轻机枪，而且冲锋枪和机枪都是双弹夹。我告诫警卫没有我的命令谁也不许开枪。

这时已是中午，我们顾不上吃口饭，穿上防弹背心，戴好头盔，坐上使馆的两辆吉普车，就静悄悄地出发了。出发前我做了最坏的打算。我把全馆同志召集在饭店走廊里宣布：我不在使馆期间，由陈珍美参赞负责使馆工作，留在使馆的人员等我们的消息，并安排好8名同胞的食宿、回国机票等事宜。我还特别强调，为了安全和排除不必要的干扰，使馆任何人不得向任何外人透露我们的行踪。离别之时大家的心情非常悲壮，因为谁都无法预料结果会怎样。

车快要驶出巴格达的时候，我接到了好友的电话。他告诉我，接人地点已核实，但没有看到中国人。这时我悬着的一颗心好像踏实了一点儿。沿途不时遇到美军巡逻队，远处不时传来枪声，我们沉着应对。

当我们抵达接人地点的时候，看到到处都是荷枪实弹的武装人员，高高的房顶的四角也都有武装人员警戒把守。逊尼派长老会的代表和给使馆打电话的朋友接待了我们，但我们走进房间时并没有看到8名同胞，心里不免有些忐忑不安。

为了加强沟通，消除误解，我和翟隽与长老会的代表友好地交谈了近两个小时，我详细介绍了中国对伊拉克问题的原则立场、中伊两国人民的传统友谊和两国业已存在的友好合作关系，希望友好的伊拉克人民早日过上和平、有尊严的生活。我还介绍了8名同胞的情况和他们来伊拉克的目的，强调他们与任何外国公司无关，希望他们能尽快获释，平安回国与家人团聚。谈话气氛融洽友好。

在对话期间，我们看到数批当地武装人员进进出出，他们在观察我和警卫的动静。我告诫警卫沉着应对。

逊尼派长老会代表再三表示，伊拉克与中国友好，他们只打击美国的合作者，不管是伊拉克人还是外国人。他还特别强调他们没有虐待8名中国人，也不会索要任何赎金。他还要求我和翟隽重述他的这两句话，并拍了照，录了音。

下午3点多，一辆蓝色的小面包车把8名同胞从大漠深处送了过来。8名同胞见到我们非常激动，热泪盈眶，与我们紧紧拥抱，连声感谢使馆的救命之恩。

我和翟隽和逊尼派长老会代表告别后，带着8名同胞和他们的部分行李迅速离开，踏上了返回使馆的路程。由于伊拉克无线通信信号经常被美军屏蔽，我们一出巴格达就与使馆失去了联系，快到巴格达市区时，电话有了信号，我马上向吕国增部长助理汇报了接人情况。

使馆电话终于接通了，我只说了一句：“货已经装上，正在回家的路上。”这是事前双方约定的暗号，主要是担心无线通话被美

我和逊尼派长老会秘书长的合影

国监听，引起不必要的麻烦。

当晚，我和翟隽向8名被营救同胞转达了中央领导和外交部领导对他们的慰问，他们感动得热泪盈眶。接着安排8名同胞在使馆洗了热水澡，吃了一顿香喷喷的晚饭，并和国内的亲人通了话。

送同胞回国四闯“死亡之路”

接下来的工作是如何安全地将8名同胞送回国，这一点儿也不比营救工作容易。

回国交通不便

因为伊拉克即将举行战后首次多党议会选举，各种暴力事件频发，伊拉克过渡政府宣布将全部关闭陆路口岸，只保留伊拉克一约旦航线，只允许伊拉克和约旦航空公司的航班进出巴格达，并且巴格达机场将于1月28—30日关闭，在这种情况下，必须在28日前将8名同胞安全送出。当时正值“宰牲节”长假，外国人都想离开伊拉克，机票非常紧张，经使馆多方努力，才搞到了24日下午的机票。

去机场的路不安全

从巴格达市中心向西只有一条通往巴格达国际机场的高速公路，全长约25公里，被美军称为“死亡之路”，这段路经常发生爆炸、袭击事件，成为美军重兵把守之地。路旁高高的椰枣树也被美军砍光。两米多高的水泥防爆墙和1米高的水泥墩把这条路分隔成好几段，每隔一段就有一个检查站。荷枪实弹的美军严格检查过往车辆和人员。美、英驻伊拉克使馆人员从来不乘车走这条路，他们都是坐直升机往返于机场和在“绿区”的使馆驻地。司机驾车在这条路上行驶时必须注意美军巡逻队和检查站发出的警示，任何人不听从指挥都会遭到美军枪击。

登机难

在巴格达机场，飞机未到不办登机手续，其实办了手续也白办，因为机场方面不能保证飞机能准时安全着陆。24日当天，飞机在巴格达上空两次试图着陆，但都没有成功，盘旋几圈后，又折返约旦，航班最后被取消。事后得知，机场周围发生了激烈的枪战，机场被关闭。我们只好改签25日的机票，这就意味着我们要再次勇闯这条“死亡之路”。不过这次因为走得早，路上人少车稀，很早就到达巴格达机场，8名同胞顺利登机。翟隽工作组3人乘同一架航班回国。

出境手续费了不少周折

因为这8个人属于非法入境，非法居留，非法打工，出境手续难办。为使他们顺利出关，使馆提前做伊拉克外交部工作，又给巴格达机场边检出了使馆照会，所以机场各部门才一路绿灯。飞机起飞后，大家悬着的心才终于落下。

这次营救工作的圆满成功，再次凸显了驻外使领馆交友工作的重要性。增进与驻在国官方和民间的相互了解，加深友谊，推动双边关系持续健康发展，需要深入了解驻在国情况，广交和深交各界朋友，特别是握有权力的朋友，只有这样，遇有突发事件，平时深交的朋友就会提供有效帮助。

为表彰驻伊拉克使馆冒险解救8名同胞，外交部授予驻伊拉克使馆集体一等功。

杨洪林，1951年生，祖籍河北。外交部国际问题研究基金会高级研究员、中国外交史学会成员、外交笔会副会长兼秘书长。

毕业于北京外国语学院，后留学于埃及开罗大学。先后就职于中国驻苏丹、科威特、埃及、伊拉克、巴林、伊拉克、沙特大使馆，曾任中国驻巴林、伊拉克、沙特阿拉伯大使。获沙特国王阿卜杜拉授予沙特开国国王阿卜杜勒·阿齐兹·沙特一级勋章。2005年任驻伊拉克大使期间和2010年任驻沙特大使期间，外交部分别授予驻伊拉克使馆和驻沙特使馆集体一等功。

著有《亲历与见证》《从伊拉克战火中走来》《沙特情怀》等书。

阿联酋风土习俗

刘宝莱

人们的印象中，阿联酋往往同沙漠、风暴、酷热、干旱连在一起，而鲜有人想到该国临海、绿洲、油库、要道、繁华……20世纪90年代，笔者曾任我国驻阿联酋大使，增进了对该国的了解。进入21世纪，阿联酋发展迅速，今非昔比，值得国人关注。

阿拉伯联合酋长国（简称阿联酋）面积83600平方公里，人口约1017万人。它地处亚洲西南部阿拉伯半岛东部，北濒波斯湾，南和西同沙特阿拉伯交界，东和东北与阿曼苏丹国接壤，西北与卡塔尔毗邻。夏天湿热（5—10月），气温高达45摄氏度以上，冬季（11月—翌年4月）干燥少雨，偶有沙暴，最低气温达5摄氏度左右。我在任期间（1991—1995年），艾茵市最低气温降至2摄氏度左右。阿联酋由7个酋长国组成，它们是阿布扎比、迪拜、沙迦、哈伊马角、阿治曼、富查伊拉和乌姆盖万，其中最大的是阿布扎比，面积73060平方公里，占全国面积的85.4%；迪拜次之，3900平方公里，约占7%；沙迦2600平方公里，约占3.1%；哈伊马角1700平方公里，约占2%；富查伊拉1200平方公里，约占1.6%；乌姆盖万780平方公里，约占0.9%；阿治曼260平方公里，约占0.3%。

阿联酋有着悠久的历史，在久远的上古时代，该地区属于阿拉伯半岛的一部分，曾列入阿曼版图，经历了世界古文明的石器、青铜器和铁器等时期。据考证，公元前8000年至公元前6000年，该地区已有人类居住。从公元前2500年至公元前2000年，当地人已开始发展农牧业。为保护农业、水源和自身安全，阿布扎比的古镇乌姆纳尔岛上的居民们筑起土城堡，从而开始了乌姆纳尔农耕、定居的文明时期。在以后的岁月至公元前300年，该地区同波斯和两河流域的文明同步发展。

由于当时阿联酋地区气候湿润，适于农牧业发展，且系海上商道，居民都掌握着较高的造船和航海技能，因此成为列强的必争之地。从公元前300年至公元632年的近千年时间里，阿联酋地区先后被波斯人、希腊人、马其顿人、古罗马人占领。公元632年，伊斯兰教创始人穆罕默德归真。当年，艾布·伯克尔哈里发统一了阿拉伯半岛。因此，该地区是继也门之后最早信奉伊斯兰教的地区。随着阿拉伯帝国的形成和日益强大，作为东西方交通要道的阿联酋地区，战略地位日显重要。对此，帝国非常重视，地区出现相对稳定时期。直到1258年，阿拉伯帝国灭亡。其间，中国造纸术、丝绸、芦荟油，印度的香料、宝石，东非的象牙、龙脑和奴隶，都是当时海湾地区的主要流通商品。

从1507年至1971年，该地区遭到了葡萄牙、荷兰、法国和英国殖民者的相继入侵。当地居民为反对外国侵略者进行了不屈不挠的英勇斗争。1892年，英国同海湾各酋长国签署了有关专有权协定，规定英政府负责各酋长国的对外事务，但不拥有对任何一个酋长国的主权。至此，该地区沦为英国的保护国。二战后，英国继续控制海湾各酋长国，并享有治外法权。

当历史车轮驶入20世纪60年代的时候，亚非拉民族解放运动风起云涌，许多国家民众揭竿而起，反对殖民主义统治，取得了民族独立和解放。英国政府被迫从海外收缩，削减军费开支，以解决国内经济危机。1968年1月17日，英政府宣布将于年底结束与海湾诸酋长国签订的《永久休战条约》和有关协议。面对这一新形势，海湾各酋长国必须作出决策。一向主张团结联合，建立联邦国家的阿布扎比酋长国酋长扎耶德，抓住这一千载难逢的机会，采取主动，于同年2月，同迪拜酋长拉希德·马克图姆达成了两酋长国建立联邦的协议。不久，扎耶德又促成了9个酋长国（包括卡塔尔和巴林）召开联席会议，商讨摆脱英国保护国地位，实现独立和建立联邦事宜，并决定成立联邦最高委员会。1969年10月，联邦最高委员会举行第二次会议，选举扎耶德为联邦总统，拉希德为副总统，任期两年。由于卡塔尔和巴林决定单独立国，故阿布扎比等7个酋长国决定成立“阿拉伯联合酋长国”（当时哈伊马角未加入，1972年2月10日宣布加入）。1971年12月2日，阿联酋宣布独立，其联邦临时宪法生效。联邦最高委员会由酋长们组成，选举扎耶德和拉希德分别为阿联酋总统和副总统，任期5年，选举迪拜王储马克图姆为联邦政府总理。2004年，扎耶德总统去世，他的长子谢赫·哈利法·本·扎伊德·阿勒纳哈扬殿下任总统。副总统为谢赫·穆罕默德·本·拉希德·阿勒马克图姆殿下，并兼任总理、迪拜酋长。2022年5月13日，哈利法总统去世；5月14日，他同父异母的弟弟谢赫·穆罕默德·本·扎耶德·阿勒纳哈扬殿下当选为阿联酋新总统。

阿联酋成立后，奉行平衡、多元外交政策，加强同发展中国家，特别是阿拉伯和海湾国家关系；在密切同美、英等西方国家关系的同时，积极发展同俄罗斯、欧洲国家及中国、日本、韩国等亚洲国家关系，主张和平解决中东问题，支持巴勒斯坦正义事业，反对国际恐怖主义。2021年8月，阿联酋同以色列实现关系正常化，9月同以色列建交。对内尊重各酋长的自主权，加强相互协调与合作，推动相互帮助，共同发展。进入21世纪，阿联酋外交更为活跃，已同193个国家建立外交关系。它对友好国家采取对话和理解政策，遵守联合国宪章、国际条约和睦邻友好协定，尊重国家主权和领土完整，坚持以和平方式解决国际争端，绝不干涉他国内政。

阿联酋经济发展迅速，是世界新经济体之一，成为世界第二大阿拉伯经济体，并成功地实现了经济复苏。阿联酋政府积极致力于开放政策，在发展石化工业的同时，注重发展多元化经济，使得制造、服务、贸易、旅游、农业等行业有了长足发展，其银行金融业在世界上处于领先地位。阿国内生产总值从1971年的14.9亿美元增至2022年的4466亿美元；人均国内生产总值约4.77万美元；进出口贸易5990亿美元，其中出口2615亿美元，进口3375亿美元，跻身世界二十大出口国。目前，阿非石油产业占经济总量的比例已达到70%，这得益于其旅游和外贸的大量投资，推动了经济的大幅增长。阿联酋共有32家银行，755家分支机构，其中含24家国有银行及下属674家分支机构；外国银行及其他金融机构100余家。根据世界银行的报告，阿联酋在世界上国家中排名靠前；在效率和创新方面也位居前列；基础设施及机构市场方面分别排名更是占有优势。鉴此，阿联酋的经济发展前景广阔，正吸引着越来越多的各国企业家和巨贾前往投资、经商。

阿联酋有以貌取人的习惯，故前往经商、打工、从业者很注意个人的仪表。新生代很讲究，上班前，必沐浴，甚至熏檀香，然后，穿戴笔挺的白大袍和白头巾，头上压一黑箍，脚蹬皮鞋或赤脚穿一双皮拖鞋。如晚上有活动，必回家再沐浴更衣，决不会穿着褶皱的衣服出门。当地人见面，多有亲切拥抱、相互贴面的习惯。他们决不能让对方闻到自己身上有异味。这既是礼貌，又是尊严。一次，同当地朋友聊天，谈起仪表。他说，仪表是一个人的门面，这里往往以貌取人。大家都很讲究，你不注意，也难入流。他说，一天晚上，他参加朋友聚会，因公务繁忙，未及回家沐浴更衣，便直接去了。结果，他发现，朋友们都着装整齐，而他本人则相形见绌，深为尴尬，特别是在女士面前，有点无地自容。他还说，假如让他的上司发现，或许将影响其前程。由此表明，仪表对当地人来说，不是件小事。生活条件大大改善的阿联酋人正在规范自己，他们也常修边幅，给人以积极向上的精神面貌。外籍从业人员白领，均西装革履。尽管当地气候炎热，但仍衣冠楚楚。否则，他们将失去工作。

关于工作女性，当地女穆斯林，一般内着长裙，外罩叫“萨布”的黑长袍，头戴黑头巾，脚穿皮拖鞋，将头发、手臂、大腿都包起来，不得外露。她们化淡妆，仅描眉、画眼、涂口红，用淡香水。外籍工作女性，多穿两件套的工作服，也有些女性穆斯林，同当地妇女一样，着黑长袍、戴黑头巾。

有些宴请是当地上流社会的重要社交活动，应邀出席者都注意着装。赴宴前，尽量抽空沐浴，修边幅，换上洗净的衣袜。对于女士更应如此，但有两点值得注意，一不要化浓妆和用浓香水，二不要穿太高的高跟鞋，以防上楼梯，不小心滑倒。当地人多穿白大袍，鲜有着西装。活动前，他们都沐浴、更衣，甚至熏香，他们从你身旁经过，会有一缕淡淡的檀香向你飘来。女士除沐浴、做头发外，还要化淡妆、喷香水，内着长裙，外罩黑大袍，同时，手臂上戴些金银手饰。

阿联酋人男女关系严肃。男士不能盯着看女士，也不能在女士面前大笑或开大的玩笑。如同女士聊天，要适当拉开距离；如送上名片，对方未给，不必勉强，更不能索要；不能主动要求同对方单独照相，这不仅会遭到对方的拒绝，而且还有挑逗对方之嫌。中国女士对当地男士，也应谈吐适中，热情有度，显得温柔高雅，神圣不可侵犯。在上述场合，要避免同男士对眼神，以防遭对方纠缠。

当地人有送礼的习俗。他们喜欢中国的丝绸、头巾、台布、双面绣、景泰蓝等手工艺品。送礼要看对象，不能一概而论。对于阿联酋上层权贵、政要、社会名流、商界大亨、巨贾等要送重礼，以示对其尊重。中国团组访阿，需在这方面下些功夫。最好选些当地市场没有，国内市场价格相对便宜的工艺品。1991年10月29日，笔者到任拜会阿联酋哈伊马角酋长国酋长萨格尔。会见结束后，笔者送他一个唐三彩的大骆驼。他高兴地一边看，一边摸，对中国早在千余年前的唐朝就有如此精美的三彩大加赞赏。他说，中国是文明古国，早有发明创造，真是了不起。笔者诙谐地说，海湾的骆驼都是单峰驼，骆驼里仅能装上石油，而笔者送他的中国骆驼是双峰驼，一峰可装石油，另一峰可装水。水是生命之源，对于阿联酋来说，更为珍贵。听后，他笑得合不拢嘴，便拍着笔者的肩说，大使阁下，您讲话真幽默！

当地人看重对礼品的包装，即使礼品有盒子，也要用彩纸包装、用不粘胶轻轻粘贴，并用彩带捆扎，打上蝴蝶结。送礼时，要双手送给对方，面带笑容，两眼平视对方，以示诚意。如大的礼品，不便搬动，可由其下属搬上，请主人过目。对一般客人，送些纪念品即可。此外，对方也有还礼的习惯。一般情况下，对方会立即还礼，或改日再转送客人。他们认为，这是对客人的一片心意，他们也讲“千里送鹅毛，礼轻人义重”。不过，现在，人们更加务实。如中国团组，向阿方老板送礼过轻，恐难以谈成项目。因为他会感到你瞧不起他，故不愿同你共事。

阿联酋人也送花。对喜庆活动、节日、婚礼，多送花篮；对前往医院探视病人，送花篮或花束均可。还有些时候，客人因故不能出席宴会，便派专人送一花篮，并附上名片。主人便知，他不能出席……

随着经济的不断发展，阿联酋人受教育程度有了进一步提高，故表现温文尔雅，彬彬有礼，谈吐举止文明，更注重礼仪。

刘宝莱，山东章丘人。中国国际问题研究基金会高级研究员，外交笔会副会长。

就读于北京外国语学院，留学于摩洛哥穆罕默德五世大学拉巴特人文学院。曾任外交部亚非司副司长，外事管理司司长，中国驻阿联酋、约旦大使；中国人民外交学会秘书长、副会长，外交部老外交官诗社副社长。
主编《破解中东乱象》《共和国外交往事（1、2两集）》、“我们和你们”丛书《中国和约旦的故事》等著作，著有《出使中东》、“中国驻中东大使话中东”丛书《约旦》，诗集《锦绣世界》《持节行吟集》《雅志诗词选集》等。

迷人多彩的沙漠风情

罗兴武 董竹

约旦哈希姆王国是一个沙漠面积占全国总面积80%以上的国家，曾是古代丝绸之路上的重要驿站。她历史悠久，文化灿烂，风光迷人，风情多彩，人文荟萃，极具魅力，吸引着世界各地的人们。

一、地球的肚脐：死海

人们知道，世界上最高的地方是珠穆朗玛峰，被称为“世界屋脊”，世界上最低的地方就是死海，被称为“地球的肚脐”。死海虽为海，但实际上是一个内陆咸水湖。它北起苏维马，南至萨菲，南北长82公里，东西宽5—16公里，面积1049平方公里。死海水平面低于海平面400米左右，最深处达409米，比我国新疆的吐鲁番盆地还要低250米。死海东岸有半岛突入海中，将其分为两部分，南部面积为260平方公里，北部面积为780多平方公里。死海水源主要来自约旦河和周围的4条山谷。由于该地区气候变化无常，每年降雨量不均，加上约旦河沿岸国家用水和每年海水蒸发量不等等因素，一般水平面年均在-392至-398米之间。

我们驱车从海拔900多米的安曼市出发，向西沿着崎岖的山路辗转而下，经过约1小时行至55公里处，就到了死海的岸边。在距死海很近的途中，有一块石碑，上面写着“海平面”（SEALEVEL）的标志，一般游客均要在这里留影。此地还有一块牌子，标明去耶路撒冷的方向和最近的地方。

传说远古时期，这里是一片陆地。村里的男人有一种恶习，先知鲁特规劝他们改邪归正，但他们就是不听，仍我行我素，拒不悔改。上帝决定惩罚他们，便暗中启示鲁特，让他在某一天携带家眷离开村庄，并告诫他们离开后，不管身后发生什么重大事情都不要回头看。鲁特按照规定的时间携家人离开了村庄。他们没走多远，鲁特的妻子出于好奇，便偷偷回头看了一眼。就在这一瞬间，大事不妙，好端端的一个村庄突然塌陷了，呈现在她身后的是一片汪洋大海，这就是死海。因为她违背了上帝的告诫，立即变成了石人，伫立在死海东岸的山头上，回头日夜眺望着死海，历经风风雨雨和时代变迁，饱尝人间的苦辣酸甜。当人们谈起死海的时候，还有这样一种说法：死海是大地心窝里的一汪泪水。

根据地质学家研究，死海原来同地中海相连，大约在2500万年前，由于大陆漂移运动，地壳变迁，断层陷落而同地中海分离，形成了一个内陆咸水湖。地质学者认为，死海周围的岩石已有5亿年的历史。死海形成后，由于该地区气候变化，海水大量蒸发，从而使海水含盐度越来越高，高达23%—25%，最高达33%，是一般海水含盐量的4倍。死海是世界上含盐度最高的天然水体，没有任何植物和生物能在这样高的盐度和缺氧的水中生存。辽阔的湖面上没有鸟飞过，湖水与岸边交界的大片鹅卵石滩上是厚厚的一层盐霜，看不到任何生命的影子。据说，来自约旦河的鱼虾，遇上不可避免的潮汐，便会在死海被活活齁死，这就是名副其实的死亡之海。

死海，对于水生浮游动植物来说，虽然有“死”的恐怖，但它对整个人类来说，却有其他大海和大洋所没有的宽容，那就是“死不了的海”“死海不死。”人们在死海游泳，由于浮力巨大，就像木块浮在水上一样，即使不会游泳的人也不会下沉溺水。人们仰卧在水面上就像躺在柔软的床上一样，可以悠然自得地看画报、杂志，或闭目养神，或戴上墨镜，仰望苍穹，享受着每一束迎面扑来的阳光，憧憬着美好的未来。

凡到约旦的客人，我们都提醒他们随身携带一两瓶淡水，若有不慎，海水进入眼中，这时淡水就派上了用场。死海的海滩不是沙滩，而是含有大量对人体有益的矿物质的黑色海泥，不少游客慕名而来，就是为了将海泥涂满全身，获得意想不到的效果。死海岸边设有多处淡水淋浴，上岸冲洗后皮肤十分爽滑，你会找到与海豚一样的感觉。然后躺在太阳伞下的躺椅上休息，喝上一杯冷饮或咖啡，顿感十分惬意。

死海的宽容和仁慈是亘古具有的。相传公元2世纪，罗马统帅狄杜进军耶路撒冷，大获全胜，他来到死海岸边，下令处决俘虏。俘虏被投入大海，但没有沉到水中淹死，而是漂浮水面并被波浪送回岸边。狄杜勃然大怒，再次下令将俘虏投入死海，而俘虏依然安然无恙。狄杜大惊失色，以为俘虏受神的庇护而屡淹不死，只好下令将他们全部释放，这就是“死海不死”。这个故事为死海揭去了残酷、冰冷的面纱，它并不是令人畏惧的死亡之海，而是救人性命的“死不了的海”。

死海海水湛蓝清澈，像一块巨大的蓝宝石镶嵌在地球之上，风吹海面，宁静的湖水波光粼粼，轻轻荡漾。

除景色撩人外，死海还有许多宝藏。约旦朋友说，死海里有150多种矿物质。据科学家估计，死海所含硫化物、钾盐、纳、镁、氯、溴等矿物质400多亿吨，是发展化学工业的极好原料。其中不少矿物质可用来治疗皮肤病、关节炎等多种慢性疾病，死海黑泥更具有独特疗效，已被世界上多家医药化妆品公司制成系列品牌：浴盐、盐皂、泥皂、奶液、浴液、防晒霜、洗头液、保湿霜、日霜、晚霜、手霜、脚霜、眼霜、黑泥面膜、黑泥体膜、美容保湿膜、死海精油等等。死海的盐不同于一般大海的盐，用它提炼成的产品，呈多种颜色的大颗粒状，晶莹剔透，在寒冷的冬季，打上一盆热水，放上几粒盐，用来泡脚，顿感周身温暖，活血化瘀，修角质、去死皮，等于做了最好的足疗。死海一碧万顷，波澜不惊，年平均水温23.19摄氏度，是理想的游泳场所。由于地理位置独特，死海还是天然的“氧吧”，空气中高于平常数倍的溴氧元素和更多的氧离子，可以让人镇静安神。这是大自然赐予人类的恩惠，让人们在此尽情休闲！

二、沙漠奇观：月亮谷

月亮谷是约旦境内最大和最壮丽的沙漠奇观。它幅员辽阔，风景奇特，是旅游者和探险者的胜地。这里是第一次世界大战期间，费萨尔·侯赛因王子与T.E.劳伦斯为反抗奥斯曼土耳其人的统治而进行阿拉伯革命的根据地；这里是大卫·里恩于1962年执导的《阿拉伯的劳伦斯》的外景和许多场景的拍摄地；这里沙漠浩瀚，有着4000年历史的岩石壁画，向人们展示了该地区曾拥有过的独特文明。

月亮谷不再是荒凉、单调和寂寞的代名词，而是生机盎然，充满活力，它可让徒步旅行者享受其隐秘、祥和与宁静；这里的悬崖峭壁和高达1750米的拉姆山峰，可为大自然爱好者提供富有挑战性的探险、攀岩和登山乐趣。世界各地的游客慕名而来，亲身体验月亮谷的魅力。许多欧洲的游客，特别是德国和法国的探险者，往往要深入谷地20公里甚至更远处，野地扎营，住上两三天，以完成这难忘的旅程。

我们曾多次来过月亮谷，并有幸随外交使团活动，在这里度过了一个美好而难忘的夜晚，亲眼目睹和体验了这一沙漠奇观。在这茫茫的大沙漠里，一般汽车不能驶入，否则会陷入沙中不能自拔。我们选乘四轮驱动越野车进入月亮谷，就像乘船一样，起伏跌宕，仿佛置身沙漠的海洋，其风光好似我国桂林的阳朔。千年风化的沙山，形态各异，让你有万般的遐想。放眼望去，辽阔的大沙漠，呈现出五颜六色，有粉红色、紫红色、紫色、白色、黄色、蓝绿色和褐色，犹如阿联酋的“七彩沙”，斑斓夺目，十分诱人。站在自然形成的35米高的石头桥上，整个谷地风景尽收眼底。风吹时，越野车在沙漠的海洋里奔跑，掀起一阵阵“浪花”，此起彼伏；三五成群的骆驼顶风而行，悠扬的驼铃声由远而近，将你的疲惫一扫而光。沙漠里生长着稀疏矮小的灌木，它们在风中摇曳，顽强地抵挡着这沙海中的涟漪。这些灌木十分耐寒抗旱，极具生命力，只要有一点儿水，那似乎干枯的树枝，就会重新焕发出勃勃生机。

这里的山石地貌也十分奇特，有的形似蘑菇、彩云，有的看似城堡、谷仓，千姿百态，似静似动。但不论像什么，都让你惊叹这大自然的巧夺天工。这里最神奇的还有会变颜色的沙石，随着日光的变化，沙石呈现出不同的颜色。当朝霞升起的时候，沙石披上浅红色的外衣，宛若出水芙蓉；中午时分，沙石呈现洋红色，犹如披上盖头的美丽新娘；当夕阳西下时，沙石又换上了褐色的礼服，好似一位端庄温雅的公主。

夜幕降临时，我们住进了营地的绿色帐篷，点上蜡烛，生起篝火，大家围座在一起，吃着刚从地窖里烤出的全羊肉，喝着清凉可口的矿泉水和芳香四溢的咖啡，听着埃及歌星乌姆·卡尔苏姆的名曲，欣赏着黎巴嫩姑娘所跳的婀娜多姿的“东方舞”，真是难得的人生享受。晚餐后，一群青年人余兴未尽，又弹起了吉他，敲起了阿拉伯鼓，跳起了欢乐的双人舞和集体舞。他们不分国籍，忘记了肤色，用音乐和肢体的语言沟通，和谐相处，犹如生活在一个友好的大家庭。入夜，这里万籁俱寂，连一根针掉在地上，都能听到它的声音。湛蓝的苍穹，挂着鹅黄色的月亮，月光洒在身上，身心感到分外愉悦和轻松。月亮谷的月亮就是这样与众不同，就是这样令人陶醉和神往，月亮谷酷似月球上的地貌，然而我们感到在月亮谷看月亮才是最美丽、最动人的。

来到月亮谷，不去看日出，会使你感到终身遗憾。如要看日出，得要凌晨4点多出发，当你来到沙漠深处高地时，你会看到：远处一点红，从东方地平线上缓缓升起，越来越大，越来越浓，宛如一个大火球，把月亮谷照亮，使这里的山、石、沙变得绚丽多彩。早晨的月亮谷，就像被水洗过的一样干净，碧蓝的天空中，挂着形似彩虹状的白云和朝霞。而天空下，岩石和沙漠绵延起伏，伸向远方。游人骑着骆驼在这里漫步，没有环境的污染，远离喧嚣的闹市，这是真正的大自然，是原生态的大自然。

三、神秘路标：沙漠群堡

在约旦东部一望无垠的沙漠和戈壁中，有一片古老神秘的城堡，它们形态不同，颜色各异，建筑奇特，风格诱人。在这茫茫沙漠中，你将去何方，城堡将告诉你要去的目的地，这就是沙漠中的神秘路标——沙漠群堡。

从安曼阿丽娅国际机场高速公路向南，再转向东北的阿兹拉克，你的视野没有遮挡，心胸无比开阔，仿佛进入了无人之境，如诗如梦。此时，一座又一座的城堡，梦幻般地陡然展现在你的眼前。这些城堡是在公元661—750年阿拉伯帝国强盛时期的伍麦叶王朝时代修建的。伍麦叶王朝的势力曾达到中国的大唐帝国（公元618—907年）边界和西班牙南部的安达鲁西亚。这一时期，阿拉伯帝国用《古兰经》与“剑”占领了大片领地。它们繁荣而鼎盛，哈里法、埃米尔建造了几十座豪华的宫殿和行宫。这些宫殿，有的是当时的行政首府，有的是出于发展边远地区的目的和供哈利法、埃米尔狩猎、度假使用的。

约旦当时正是伍麦叶王朝的一个行政区，在约旦东部一大片荒凉的不毛之地上，建造了许多城堡，它们被称为沙漠群堡。这些群堡集中代表了伊斯兰的文化艺术，体现了阿拉伯的建筑风格，起到了当时繁荣约旦边远地区的作用。在它们的周围，农村、畜牧业得到了很好的发展。这些群堡也是商业驼队的必经之地以及每年到麦加朝觐的穆斯林的暂息处和落脚点。

这些沙漠群堡中，最著名的城堡有奥马尔宫，它被列为世界文化遗产，素有“小朝觐宫”之称。它是一座沙色石头宫殿，建于伍麦叶王朝第六代哈利法沃利德·本·马利克时代的公元705—715年。宫殿外墙整齐简洁，但不失庄严，3个圆形堡顶的顶端两边，各开着长条形的天窗，看上去好似倒放着的巨大邮筒。在主体结构之下，是一座座半圆形的小堡顶形建筑。北面有一个圆形塔楼，是作为观察和警戒用的。右侧有一个直径为1米的水井，深40米，其水源来自巴塔姆谷地。井边有一个木制的扬水车，将井水抽入旁边的蓄水池，通过两条水道流入宫中，一条缓缓流入浴池，而另一条则湍湍流入喷泉。

此宫的主要建筑分三部分：客厅、浴池和供水房。游客经大门通过走廊进入客厅，与之内外辉映的是圆拱顶大厅。在大厅的东北角有一个喷泉，其地面和侧墙使用大理石铺就。客厅的两个房间的地面用色彩鲜艳的马赛克图案加以装点。

在墙壁上，由上至下罗列着类似我国敦煌的壁画，色彩鲜明，灿烂生动，保存完好。它集东西方艺术之经典，采卢浮宫绘画之众长，是阿拉伯民族发达文明的象征。其中最令人瞩目的一幅画，是当时世界主要6个国家的帝王，即罗马、中国、埃塞俄比亚皇帝和法国、德国、土耳其国王。中国皇帝形象生动，两边站着中国侍女，头戴碧簪，打着蒲扇，美丽逼真。另一幅画描述阿拉伯人围猎以及做户外运动的情景。圆形的屋顶上，有4个开阔的天窗，顶上画有人物和动物，长者和少年，是一幅和谐亮丽的自然景观。在大厅的尽头连接堡顶的正面墙壁上，有一幅绝妙的壁画，它将拱形的顶端描画为茂密的椰枣林，巨大的藤蔓把拱形堡顶连接起来，人们在藤蔓下勤勉地劳作和自由地生活着。两侧连接顶端的墙壁上，有一排排整齐有序的方形壁画，画有羚羊、狮子、老虎、鸵鸟、鹳等形态各异的飞禽走兽。3幅画连在一起的骆驼画，描绘骆驼站、卧、行3种不同的姿势，细腻而真实。

浴室是由3个房间组成，有热水浴和冷水浴。圆顶的纳凉室里，有高30厘米、宽22厘米的石凳。最撩人心扉的一幅杰作是浴室房顶上色彩斑斓的壁画，它像一幅巨大的圆镜，映射出人们沐浴的景象。正因为奥马尔宫有值得人们细细品味和观赏的壁画以及具有浓厚的古代阿拉伯文化特点，1998年被联合国教科文组织列入“世界文化遗产”名录。

穆斯塔宫是送给德国皇帝的精致礼物。它是一座乳白色的建筑，由沃里德·本·耶兹德建于公元743年。整个宫殿面积很大，呈四方形，四周墙长144米。宫殿的前半部有25个警戒塔，警戒塔之间距离相等。其庭院较大，院中有一个长方形水池，池中的水专供宫殿使用和浇灌庭院中的花木。

穆斯塔宫分为三部分：南边一部分包括三孔拱形大门，长方形大理石铺就长方形走廊一直通向小天井。走廊的两侧环绕着汉白玉为底座的红木围栏。走廊的石壁虽因潮湿腐蚀，风化脱落，但仍坚硬结实，历尽沧桑，依然完美。走廊的两侧是房间和大厅，东边的大厅是穆斯林祷告用的，可同时容纳数百人。中间部分是一个天井，虽不宽但很狭长，因无建筑遮挡而视野开阔。北面部分是大客厅和住房，内有家庭套间、单人间和双人间，格局合理，使用便捷，排列有序。宫殿所有顶部都是拱形呈半圆式。远远望去，似宇宙的星体，和谐而美丽。墙和顶部都是用土坯砖和石头建成，房屋和大厅为古老的底格里斯河、幼发拉底河——两河流域的建筑风格。

当时，穆斯塔宫的设计宏伟，耗工巨大，但令人遗憾的是，建设还未完工，沃里德·本·耶兹德就被杀害了，工程不得不停工。穆斯塔宫的正面墙上，精心凿刻的石雕上，雕刻着各种花卉、树木、人物等图案，这是千百个能工巧匠用他们的智慧和心血制作成的一座最精美的石雕，它是穆斯塔宫的镇宫之宝，穆斯塔宫也因此而闻名天下。令人惋惜的是，这座石雕的全身于20世纪初运往柏林，由阿卜杜·哈米德苏丹作为国礼送给了德国皇帝哥勒尤姆二世。我们现在只能看到它的基座，但其雕刻仍然是那么的精美绝伦。

哈拉纳宫被称为沙漠中的“魔方”，是在伍麦叶王朝时期，由沃里德·阿卜杜·马利克建于公元710年，是用羊奶和当地的泥土混合砌成的，呈奶黄色。哈拉纳在阿拉伯语中是“突然停下”的意思，在无边无际的沙漠旷野中，人们渴望有一个落脚的地方来补充体能，更渴望有一处驿站遮风避日。当你行进在安曼以东65

公里、通往阿兹拉克公路的左侧，便会看见这座沙漠古堡——哈拉纳宫。人们在沙漠中行走，突然出现这样的古堡，自然会停下来……不仅要走进里面，而且要住上一夜，感受一下泥土的清新和奶的芳香。这是一座四方形的两层建筑，规整有序，被人们称为沙漠中的“魔方”。

哈拉纳宫每边长35米，中间有一个大院子，似露天广场。整座宫殿有61个房间，房间的每一个窗户都是朝着庭院，为天井式建筑。整体建筑没有露台，门窗一体，上面为拱形，下面为长方形，通风豁亮。每个房间的墙上，设有小方块形的通风口。因古堡建筑形式完全是一个防御性的堡垒，故在战时可当作箭孔使用。宫殿的唯一出口开在南墙上，其两侧是1/4的圆形塔。进入大门的走廊两侧，是拱形屋顶的无窗采光大厅。走廊通往露天的院子，其底层四周的房间是奴仆们的住房。哈拉纳古堡二层的房间和大厅是拱形屋顶。半圆拱集中压在相连的柱子上。大厅的顶部是用石膏雕刻成的各种花卉图案，十分独特，它吸纳了古代波斯的建筑风格和文化内涵。从院子的东南角到西南角穿过拱形的窗式门廊，沿石梯拾级而上，可达7米高的飞檐，这里是“魔方”的顶端。“魔方”的四角有4个圆形的塔楼。在“魔方”上散步，如同飞檐走壁。院中有一个很大的蓄水池，用于储存从屋顶流下的雨水，在这严重缺水的沙漠中它是无比宝贵的甘露，是人们赖以生存的源泉。

哈拉纳宫虽经风雨剥蚀，斑驳陆离，伤痕累累，但至今仍牢牢稳坐在沙漠之上，古朴而敦实，仍是沙漠游客突发奇想的梦幻天堂。

阿兹拉克宫是沙漠中的黑色瑰宝，深邃宜人，神秘莫测。当你行走在一片荒漠中时，你不会想到眼前单一的黄色世界会变成黑色，旷野和道路是黑色的，身边的石头也都是黑色的，它们引领着你进入一个奇特的城堡，这就是阿兹拉克宫——沙漠中黑色的瑰宝。T.E.劳伦斯，也就是著名的“阿拉伯劳伦斯”，在阿拉伯起义期间，把阿兹拉克城堡作为抵抗土耳其人的军事基地。因此，阿兹拉克宫在第一次世界大战期间，名声大振。

在阿拉伯历史上，阿兹拉克是一片沙漠绿洲。阿兹拉克在阿拉伯语中是“蓝色”的意思。它从古到今，都是阿拉伯半岛沙特、伊拉克及叙利亚、约旦的商业贸易往来的交会处，是萨拉罕河谷的门户。由于那里泉水丰富，湖水清澈，草肥水美，终年常绿，因此在几千年前的石器时代就有人在那里繁衍生息，这也使得它在商业和军事上都具有极其重要的战略地位。

阿兹拉克宫是用黑色火成岩建成，围墙和地面、城堡和塔楼全是一片黑色。你站在这个黑色世界中，仰望苍穹，蓝天白云，对比这鲜明世界，更显博大开阔。阿兹拉克宫最初由纳巴特人修建，直到罗马时期后期仍在使用。黑色城堡式的石头宫殿，长80米，宽72米。在围墙中建有一座三层黑色塔楼。两墙中间是一座最大塔楼，形似我国长城上的烽火台，设有箭孔，是首领居住和指挥的地方。塔楼北侧有一个大房间，房间的石门是由一块巨大的整体火成岩凿刻而成，重达3吨。一眼望去，黑而巨大的石门不可能将它打开。其令人难以想象的巧妙之处，在于利用门轴推动石门开闭，它凝结了古代设计师的才智。这个石门是阿兹拉克宫的唯一入口。进入石门后，经过通道，呈现在眼前的是一片开阔的黑色场地，上面散落着拳头般大小的黑色石头，脚踏黑色滚石，犹如轮滑，十分惬意。场地的正前方，是一个用黑石垒成的长方形平顶清真寺，是伍麦叶王期时期修建的。清真寺虽为平顶，由于是黑石，仍不失威严和圣洁。在叙利亚南部的戈兰高地附近形成的火成岩与阿兹拉克地区的火成岩一模一样。因此，阿兹拉克宫的建筑形式与叙利亚南部地区的建筑形式相同，其封顶都是用长条的黑石压在两侧墙壁或拱柱上。它的房间和大厅，均用长方形黑色石头砌成。迄今，我们仍能找到当年的垒石。阿兹拉克宫内有几处用拉丁文、希腊文雕刻的地方，它们都提到了希腊两个皇帝的名字。文字刻于公元3世纪末4世纪初。同时在这一地区也曾发现了罗马时代的石界碑以及阿兹拉克宫内刻有罗马时期的人名。有些建筑上凿刻的阿拉伯文记载是公元1236—1237年。它在萨拉丁·阿尤比时期进行了修复，并在以后的时代不断地扩建。

阿兹拉克宫围墙外的石门入口，矗立着约旦国旗，旁边有一块石碑，记载并见证了阿兹拉克宫的悠久历史。阿兹拉克宫有一个御花园，在黑色石头之间，长着绿绿的草，开着红红的花，环绕着这座黑色的宫殿，为其增添了妩媚和新奇。令人难以置信的是，在这片黑色的旷野附近便是面积达1200平方公里的绿洲，是约旦最大的自然保护区。因为阿兹拉克位于半干燥气候的约旦东部沙漠中央，有这样一大片湿地保护区，形成了独特的湿地绿洲、沼泽地和泥滩。每年都有种类繁多的候鸟，在往返非洲和亚洲的辛苦迁徙中到此休憩。它们中的一些鸟类留恋着这安逸、美丽、奇特的景色而留在这里，繁殖后代，过冬并安家落户。对于阿兹拉克绿洲和阿兹拉克宫殿来说，它是一块风水宝地，人们不知道这块宝地下还有多少瑰宝。

沙漠中的神秘路标——沙漠群堡，因建筑在赤日炎炎、黄沙弥漫的沙漠之中，对于远道的人们来说，是指引你方向的神秘路标，是你身心疲惫时的休息客栈，是沙漠航行的中途岛。约旦沙漠中的群堡，最能代表伊斯兰早期的建筑风格，体现着东西方文化艺术的融合，雕凿着璀璨，隐藏着神秘，保存着遗迹，是沙漠中最好的人类历史博物馆。

四、沙漠中的热饮：薄荷茶

当你观赏约旦众多的名胜古迹、沙漠奇观和“地球肚脐”美景的时候，饮品和茶将始终伴随着你。它们中最令你印象深刻的是约旦茶中极品，“NaNaShai”热饮薄荷茶。

“NaNa”在阿拉伯语中意为薄荷，而“Shai”即茶。在约旦的城市街头巷尾、商店和旅游胜地、星级饭店和平常百姓家，都会看到一种热气腾腾的饮品，那就是享誉阿拉伯世界及非洲的薄荷茶。当你应邀到朋友家做客时，你会看到：烫金的小托盘上，在晶莹透明、烫金边的玻璃小茶盅里盛着红茶，上面漂浮着一片绿色的薄荷叶，你饮用一口后，会顿时感到清凉甜蜜，胜过任何的琼浆玉液。

薄荷是世界上最为流行的香料之一，在约旦人家的房前屋后、庭院的角落，都被种上这种鲜嫩翠绿的叶子。如果不是喝茶，你也许不太在意它的作用，一旦饮上它，你一定爱不释口，真可谓“意蕴内涵得三味，叶嘉飘香存典籍”。鲜薄荷叶除可用于制作糕点外，还可用作调味的香料。约旦家庭主妇在做面条时，都会撒上一把捣碎的鲜薄荷叶，类似中国的香菜；还有把自家种的薄荷叶用盐水浸泡一下，在阳光下晒干后存入茶叶筒中，像茶一样，保存完好。

约旦是酷爱饮茶的国度，人们喜欢用红茶制作薄荷茶。方法是先往已放入茶叶的茶壶中冲入少量的沸水，然后马上将水倒掉。一旁的茶炉上坐着盛满滚沸开水的大锡壶。此时，主人把洗好的茶叶放在另一个小锡壶里，放上几勺白糖，再揪上一把新鲜的薄荷叶，一起兑上大壶中的滚水，放到小炉子上用文火烹煮。等到茶壶内的茶汤颜色变成浓黑时，将茶叶滤去，就可以饮用了。煮茶的方式多种多样，也有不同的名称。茶水刚刚煮开即可饮用的茶称清茶；用文火慢慢煮成的茶称醇茶；用沸水煮成的颜色黑的茶称浓茶；浓茶中加入一半开水的茶称淡茶；加入大量绵白糖的浓茶称蜜茶；加入少量白砂糖的茶称香茶。当人们喝浓茶时，主人在上茶时会端上一盒特制的白糖粉。喝茶时先舔一口，使嘴里有甜味，再呷一口苦茶。如此反复，每喝一口都要舔一口糖粉；还有的并不先舔糖粉，而是将糖盒放在面前，一边喝苦茶，一边看着糖，心里和意境上有甜的滋味，以冲淡口中的苦味儿，好似望梅止渴。热情的主人不会让你的杯子空着，如果你不想喝了，便将茶杯拿在手里转动并向两旁摇晃，以示不要了；否则，他会马上给你加满，一杯接一杯，不停地让你喝。约旦朋友说："喝热薄荷茶是古老的祖辈励精图治，潜心研究出来的一种生活方式，它真正符合大自然的规律和地域环境。阿拉伯人从事游牧业，吃牛羊肉和牛羊乳，故特别重视茶的消食除腻作用。穆斯林戒酒，茶便成了最好的替代品。茶里加上薄荷，则使沙漠给人们的干热变为清凉。所以薄荷茶在阿拉伯人中间长盛不衰，千古袭用。"

会品茗的人都知道"水为茶之母，壶为茶之父"。薄荷茶壶之精致也让人赞美不已，它们是用手工打造，或铜质或锡制，都锃亮辉煌，光彩夺目，具有极高的欣赏价值和艺术品位，“壶添品茗情趣，茶增艺术价值”。如同中国的文房四宝一样，一套亮丽的品茶盛器，让斗室生辉。不仅提高了茶的色、香、味，而且陶冶了人们高雅的情操，是文化和艺术的享受。

五、约旦国肴：曼萨夫

在约旦，曼萨夫被称为国肴，上自国王下至黎民，均用它款待客人；结婚生子、节日庆典，餐桌上亦少不了它。对约旦人来说，曼萨夫是对古老的贝都因游牧民族传统的最好传承，亦是国泰民安、民族融合的象征。

曼萨夫这道美味佳肴制作工艺十分考究。它选料精细，先将精选的羊肉洗净后切成大块，用盐、胡椒腌制一段时间，然后抹上橄榄油，与洋葱、大蒜一起烤至棕色；再将香叶、月桂叶、黑胡椒、茴香、豆蔻、姜黄等香料加入沸水锅中同羊肉一起炖数小时；然后捞出羊肉调好味待用，可微辣，也可咖喱味，更多的人喜欢原汁原味；将精制长粒香米用锅中的羊肉汁浸泡两小时，煮熟后加入藏红花，既可增加营养又色泽诱人；将米饭直接或用新鲜的羊油炒一下后盛入铺有薄饼的托盘中，撒上炒熟的松仁、杏仁等配料，再放上调好味的羊肉就可以上桌了。

曼萨夫的传统吃法是左手背在身后，用洗干净的右手捏一小团带肉的米饭，蘸着浓稠的酱Jammed（音译“贾米德”）一起吃。米饭清香松软，羊肉肥而不膻，回味无穷。刚出锅的曼萨夫冒着热气，容易烫手，不习惯手抓饭的朋友也可用餐具从大盘中取出适量美食放入小盘中食用。

不要小看Jammed，它可是曼萨夫美味的精华，由山羊酸奶团制成。春季是羊奶最多的季节，贝都因人会将羊奶制成干奶酪、酸奶或奶油等以便长期保存及携带。制作Jammed时通常先将山羊奶煮开，发酵后包裹在奶酪布中过滤；如果每天加些盐，可制成更浓稠的酸奶；水分蒸发后，做成球状待其干燥。在阳光下晒干的“球”会变成黄色，在阴凉处晾干的仍是白色；干透后的“球”十分坚硬，又称“石块奶酪”，放在常温下的封闭盒子中可保存数月。使用时，可在头天晚上取出适量泡在水中，溶解后使用。制作曼萨夫时可将一部分Jammed同羊肉一起煮，剩下的制成奶油Jammed酱汁，亦可清汤煮肉。

热情好客的约旦人总是将曼萨夫作为款待客人的首选，节日、庆典、婚礼、宴请时，都会亲自制作或从饭店订购曼萨夫，甚至在国宴上也常见到它。家庭主妇们经常聚在一起切磋曼萨夫的制作技艺和经验。在约旦人看来，亲朋好友一起分享同一份美食，充分体现了团结和睦的友好氛围。

曼萨夫不仅是约旦的国菜，在巴勒斯坦、叙利亚、沙特等阿拉伯国家也十分受欢迎，还入乡随俗涌现出不少地方版，有的讲究肉质，有的注重配料，有的探寻酸奶的制作，可谓异彩纷呈，因地制宜，食不厌精，脍不厌细，从而使曼萨夫不仅是阿拉伯世界的美食，也是世界各国人民喜爱的佳肴。它是弘扬阿拉伯文化的良好载体，也是对古老贝都因游牧民族传统的最好传承。

六、璀璨迷人的传统手工艺品

约旦是世界上著名的旅游胜地。当你结束旅程时，想给自己的亲朋好友买些手工艺品作为纪念，在约旦购买，是绝对不会让你失望的。

约旦的传统手工艺品琳琅满目，璀璨迷人，但令人眼花缭乱的还是那手工针织刺绣品。它五颜六色，鲜艳夺目，主要有粉红、暗红、栗色、紫色，还有橙色、黄色和绿色。约旦姑娘，特别是农村姑娘，从小就学刺绣，一双双灵巧的手，绣出各式各样的美丽动人的图案，有的是树木花草、飞禽走兽，有的是山川大海、风帆波涛，形象生动，栩栩如生。女孩子这手绝活儿，深深吸引着约旦的帅哥儿们。许多新娘还亲自给自己绣嫁妆，她们绣出了十字绣服饰，带金银线装饰的土耳其长袍、坐垫、靠垫、枕头、帐篷、挂包、香囊和咖啡袋。自20世纪70年代以来，不少有魄力的女性，大胆创新，在传统的工艺中融入时尚元素，将约旦、巴勒斯坦刺绣与色彩鲜艳的中东纺织品相结合，绣出了精致典雅的外衣和极富现代感的衬衫、内衣以及许多剪裁合身的背心，还绣出了有各种花纹的被子、手袋和夹克等。这些精美的刺绣品，深受游客青睐。

约旦人还就地取材，利用当地的棕榈叶，手工编成形状各异、大小不同的篮子和盘子。手提的篮子通常用来装蔬菜、水果和食品，带盖的篮子可用来装换洗的衣服。盘子可盛食物、椰枣和甜点，既美观大方、干净环保，又实惠耐用。同时，还用羊毛和骆驼毛编织马达巴地毯、睡袋、马鞍袋和食品袋等。这些传统编织品色彩绚丽，有深红色、绿色、橙色、白色、黑色、靛青色、芥末色等，令你目不暇接，眼花缭乱。

约旦的各种手工铜器和手工金银饰品也闻名遐迩。用手工敲打出来的带有各种花纹图案的铜盘、铜壶、铜杯、萨拉丁油灯和阿拉伯水烟壶等，颇具特色，十分诱人，往往成为旅游者的收藏品。许多金项链、金戒指、金耳环、金耳坠、金手镯等首饰，有18K、22K的，也有24K纯金的，做工精细，按重量计价，比其他国家和地区价格便宜。在安曼有50多家金银首饰店，你可在黄金市场一条街上，找到你要买的心爱之物。约旦还有许多诱人的珠宝。你要知道，在那些璀璨迷人的珠宝中，通常银色的珠子跟玻璃球及半宝石串在一起，可当作护身符；蓝色玻璃制成的眼形环，带在身上或挂在室内，能保平安和辟邪；产自亚喀巴的绿色孔雀石或绿色玛瑙能增进健康，延年益寿；咖啡色的玛瑙有驱邪功能；而白色的玛瑙能博得丈夫永久的恩爱。

约旦各种手工玻璃制品，也使旅游者赏心悦目。它造型简洁、色彩斑斓，有杯、盘、碗、碟、瓶等多种形状的器皿以及希伯伦玻璃灯具和水烟袋等。在佩特拉、亚喀巴和安曼老城，有这样一种特别的传统玻璃手工艺品，那就是玻璃沙瓶。你可看到一盆盆器皿里装有七彩色的细腻沙子，在它的一旁放着扁、圆、菱形和广口形的大小不等的玻璃瓶，当你在纸上写上赞美祝福的话、来访日期、自己的姓名等，无论是中文还是外文，递给工匠师，大约20分钟后，你面前的沙瓶里就呈现出一幅精美的用七彩沙罗列的立体画，类似我国的内画瓶，着实迷人。蓝色的沙子是大海，红色的是阳光，白色的是沙漠，棕色的是骆驼，绿色的是椰枣树和棕榈树，紫色的是晚霞，黄色的是戈壁，在这精美的立体画里，有你的名字、值得纪念的日期和赞美的语言。沙瓶工匠会让你看一看，是否满意。当你微笑点头示意赞同时，他会用水石膏将瓶口牢牢地封上。在你结束旅游时，把这不寻常的纪念品放入你家中的百宝格和展示柜时，这璀璨迷人的沙瓶工艺品，会使你油然生起一种异样的情怀，深深地印在你的脑海里，伴你终身。

我们有幸在约旦工作数年，愿以多年的用心积累，将约旦迷人多彩的沙漠风情，奉献给亲爱的读者和喜爱阿拉伯古老文明的朋友们，甄别世界，再现前缘，回顾历史，了解奇观，共同体验和分享“一带一路”沿线国家璀璨文化的盛宴。

罗兴武，1946生，四川仪陇县人。中国国际问题研究基金会研究员。
就读于北京第二外国语学院，后赴伊拉克留学。曾任中国驻阿联酋大使馆参赞，中国驻利比亚、约旦大使。
在《人民日报》《北京青年报》《四川日报》《西亚 非洲》《世界知识》《阿拉伯世界》等报刊发表文章约100篇。与夫人合著《沙漠中的博物馆——约旦》一书，合著有“万国博览丛书”和《永远的怀念》《紧急护侨》《我们和你们：中国和约旦的故事》《国际问题研究报告和国际纵论文集2018—2021》等，参与编审审定《“一带一路”国别概览·约旦》一书。

董竹，毕业于外交学院。
曾在外交部驻香港公署，中国驻菲律宾、利比亚、约旦等大使馆工作。
任《国际政治百科》(《当代世界大事纵览》等书编委成员，参与《文学百科大辞典》《近代国际关系史辞典》的撰写并任编委成员，与丈夫罗兴武（原驻约旦大使）合著《沙漠中的博物馆——约旦》一书。

非洲兄弟的友好情谊

陆苗耕

20世纪90年代，我曾先后两次到南非工作，达6年之久，同南非人民广泛接触，特别是与著名领袖曼德拉所领导的“南非非洲人国民大会”（简称非国大）人士往来密切。在他们身上闪耀着对中国的友好情谊以及淳朴、真诚等宝贵品质。我在这里向大家介绍几位非国大人士身上呈现的优秀品质和高尚风范。我深信，“一带一路”将会广泛促进世界各国人民民心的进一步沟通和交流，文明互鉴将更加深入人心，人民之间的友谊之花将更加绚烂绽放！

斯托菲尔：朴实、坦诚、谦逊

2000年我正在南非开普敦担任总领事，7月中旬接到国内有关部门下达的一项紧急任务，通告9月下旬中国人民对外友好协会将在北京举行国际友城会

南非东开普省省长斯托菲尔与陆苗耕合影

议，各大洲均有代表出席，要求我总领馆尽快与东开普省省长斯托菲尔联系，邀请他率团与会，并作为非洲地区代表在闭幕式上发言。还告，邀请函已于当年4月由浙江省外事办公室发出，希望斯托菲尔省长出席北京国际友城会议后即赴浙江省访问，正式签署两省缔结友好合作协议，但国内尚未收到东开普省的答复。要求我馆尽快了解情况，并做好促成工作。

我接到通知后十分高兴，这是我领区开馆以来首次邀请省长级高官往访，势必会有力推动该省与我国有关省的友好合作。我馆表示一定努力设法完成此项紧迫任务。东开普省省府比绍离总领馆所在地开普敦市有1200公里之远，按惯例，总领馆可以打个电话去催问一下，或总领事出面致函重申一下。但我认为这样做，工作力度不够，沟通不深，有可能此事等于抓而不紧而“黄”了。我想，还是以“三顾茅庐”的请贤办法，采取当面邀请的方式，可能会收到良好效果。于是我不顾手头工作繁忙，也不管路途之遥，决心长途驱车当面说项。经联系，对方表示7月25日下午1点半，省长在办公室会见总领事，我听了很高兴。

24日一清早，我偕夫人陈婉梅，并率两名同事，长途驱车前往东开普省，黄昏时驶抵距省府60公里东南方向的东伦敦市，下榻假日旅馆。翌日上午，再次与对方敲定约见时间，对方说没有变化。25日下午1时，我们比预定的时间提前30分钟进入省府大院，工作人员把我们引领到接待室等候。1个小时后，还没有任何约见消息。又等了1个小时，接待室还是异常寂静，冷板凳已坐了两小时。过了一会儿，工作人员带我们上了一层楼，终于来到了省长办公室的门前，那里有几把椅子，请我们坐下。我心中窃喜，这下可好了，终于盼到顶门坐等，估计几分钟就可以见面了。谁知时间一分钟一分钟地逝去，快一个小时过去了，还是悄然无声，真让人迷惘、失望。我心里十分窝火，昨天千里迢迢风尘仆仆赶来，今日又早早抵达省府大院，没想到全耗在一个“等”字上了。特别是晚上我还有与东伦敦华人约定的一场活动，但事已至此，还有什么办法呢？

我终于打破长时间的沉闷，向对方的工作人员说：“省长阁下是否在外地出差，不知何时回来？”对方说：“他在本楼开会，没有说取消约见，只是希望你们再等候。”我不便再追问了，心想已经坐等了3个多小时，还不知道什么时候见面。这在外交礼仪上是少有的，今天终于让我尝到“三顾茅庐”的苦涩滋味了。考虑到省长以往对我们一直十分友好，多次千里迢迢来开普敦参加我馆的重要活动，我压住心中的不悦，硬着头皮等下去。大约4点30分时，走廊另一端楼梯口处终于响起一阵急匆匆的脚步声。我的眼睛豁然一亮，仿佛在茫茫大海上终于觅见了闪光的航标，兴奋地站起来迎了上去，但见黑黝黝脸庞、胖乎乎身材的斯托菲尔省长气喘吁吁地向我热情招手，快步跑来，一到近身，即伸出一双强有力的臂膀热烈地拥抱我：“实在对不起，总领事先生，让你久等了！”每一个字饱含着歉意吐出。他那冷不防的热情举动，顷刻消解了我心中的火气与不快。看来他推迟约见，一定是迫不得已呵！他用左手紧紧地拉着我的右手，两人肩并肩地跨入他的办公室，我的心里充满了温暖。

我们一一落座后，省长进一步解释说：“得知总领事长途驱车而来，我再忙也要见面。秘书曾向我建议是否更改一下约见时间。我想，还是不打乱总领事的日程为好。”接着他郑重地说，“今天我在主持本省非国大的重要会议，商讨人事等方面的事情，没想到会议一拖再拖，实在脱不开身，真是太对不起老朋友了！”他不假任何托词，全盘托出，如此磊落坦诚，反而让我感到过意不去。我接着说：“省长阁下那么忙，我还来打扰，你完全有理由改期见面。实际上你把推迟的约见提前实现了，帮了我的忙。我对此表示衷心感谢。”然后，我把约见他的内容阐述一遍。他边听边认真地记下。当我提及前段时间浙江省发来的邀请信是否收到时，他若有所思地想了一下，抱歉地说：“对不起，实在对不起，由于事情多，我把这事忘了，信还搁在抽屉里，多亏你提醒呀！”说罢，即把信从抽屉里找出来，并仔细地阅读。他如此恳切地当着客人的面承认自己的疏漏，没有半点掩饰，令我十分感动，非洲朋友多么朴实无华。省长沉思了一会儿，认真地说：“感谢中方对我的盛情邀请和信任，我愿代表非洲地区在会上发言，将尽力安排好省里的事情，届时赴华。我还要感谢中方周到的安排，邀请我夫人同行。”谈话中，他热情赞扬我国科教兴国战略，希望赴浙江省多了解一些文化教育发展的情况。我说：“浙江省不仅是我国的经济强省，还是文化教育大省，出了许多科学家和文化名人。预祝省长阁下前去访问取得圆满成功。”斯托菲尔省长专注地听着，眼睛里放出喜悦和兴奋之光。临别时，我向他赠送了我国的茅台酒和长城葡萄酒，并说明，按照中方礼仪，省长赴华前，我馆要为代表团饯行，考虑到双方相距太远，我们不便前来送行，留下中国名酒，请代表团届时品尝。他感谢中方的热情和盛意，高兴地收下了赠酒，并再次表示歉意：“今天让总领事一行回东开普太晚了吧。”我情不自禁地伸出双臂向他拥抱作别。

9月下旬，斯托菲尔省长偕夫人，并带3名官员和助手，兴致勃勃地乘机飞往北京，出席中国人民对外友好协会主办的友好城市国际会议。他在闭幕式上作了热情讲话，特别赞扬了邓小平外交思想。强调南方国家需要紧密团结，加强磋商与合作；同时需要与富有的北方国家进行会谈。他大声呼吁发达国家为了人类的平等发展、繁荣与和平，应积极进行这种对话。他的讲话受到了与会者热烈的鼓掌。会议结束后，他率团访问了浙江省，并与浙江省领导正式签署了东开普省与浙江省缔结省际友好合作关系的协议。他还饶有兴趣地参观了杭州工业园区和学校，圆满地完成了中国之行。

据国内同志后来告诉我，斯托菲尔省长在北京友城国际会议闭幕式上讲话结束时，认真地说，“我特别感谢中国驻开普敦总领事，他确保了东开普省参与北京的这一重要活动”。我不在场，他竟然如此不忘记提起我，又一次袒露其率真的朴实情怀。

恩佐：勤奋、朴素、风趣

阿尔弗雷德·恩佐是南非非国大的一位元老，1994年5月任新南非政府第一任外长，他是中国人民的老朋友。1986年，他曾访华。新南非成立以来，他多次对我国进行访问，为中南建交做出了重要贡献，亲自签署了两国建交公报，并出席我大使馆开馆仪式。1999年6月引退后，继续为增进中南友谊而努力。

恩佐平易、朴素、务实的品格博得人们广泛赞

南非外长恩佐与陆苗耕合影

扬。旅居南非来自大陆的华人俞大夫，不止一次地向我称赞恩佐。俞大夫在一次招待会上结识了恩佐外长。恩佐对中国传统医学很感兴趣，就直率地提出希望到俞处就诊，并表示因工作忙难以预约，恐怕要搞“突然袭击”。俞大夫表示随时欢迎他光临。俞大夫告诉我，恩佐外长确实是个大忙人，常常利用工作空隙时间，冷不防地打电话提出前来就诊。每次他总是轻车简从，除司机外别无他人。恩佐外长毕竟70多岁了，长期辛勤工作，患有多种慢性疾病，俞大夫建议他最好休养一段时间。但他总是说，新南非百废待兴，外事工作尤为繁忙，实在难以抽时间考虑自己的身体。俞大夫说，恩佐多次就诊是利用从国外出访归来，见缝插针进行的。他一出机场先与俞大夫通电话，然后不顾旅途劳顿，直奔诊所，一边躺着接受治疗，一边用手机向曼德拉总统汇报访问情况。

我与恩佐外长多次接触，亲身感受其人格特点。1996年3月，恩佐外长执行南非政府一项重要使命，赴北京与我国磋商两国建交事宜。这是新南非政府首次派出内阁部长访华。我们到机场送行。见到我们，恩佐外长疾步前来握着我的手，非常愉快地说：“大约10年前我访问了贵国，此次又有机会目睹北京的新貌了。”艰苦斗争的岁月，在他非常富有非洲人特点的黝黑脸庞上刻下了一道道深深的皱纹，一双炯炯有神的眼睛透着睿智与真诚。关于此次访华任务，他坦诚地告诉我们，将全力以赴完成新政府交办的使命，同中方充分地交换意见。他表示，本人将积极推动两国关系向前发展，并持乐观态度。到北京后，他就投入了3天的紧张工作，根本无暇顾及其他。回来时我们到机场迎接，他见到我们就兴奋地说，中国政府热情友好极了，江主席、李总理都接见了我，双方谈得很好，我将尽快向上汇报。

我到开普敦总领馆赴任后不久，1998年12月20日，恩佐外长应邀来总领馆做客。此时已值圣诞节期间，按当地习俗，人们都与家人亲友欢聚，公务和对外活动被停止。此次恩佐外长是破例到外国使团做客。他穿着一身夏日休闲服，上身是红蓝颜色斑驳相间的轻柔衬衫，显得十分轻松洒脱，同我一边握手，一边高兴地说：

“老朋友又见面了，我这一路上交通顺畅。”中午，我们设宴款待，感谢他百忙中光临总领馆。我们边吃边聊。他认真地说：“我在家里不是家长，因为我不掌勺，所以小辈与母亲特别亲近。”我插话，中国有句俗语，“（孩子）宁肯跟要饭的妈，不愿随做官的爸”。他点头称是，紧接着风趣地说，他“擅长”的是“刷锅洗碗”，和小辈们一起干活，觉得很愉快。这话一下子把大家逗乐了，没想到堂堂外长与家人小辈们相处竟如此富有人情味。恩佐外长吃东西也很随便，没有什么不吃的食品，只要菜一上桌，总是美美地品尝，不住地称好，还非常幽默地说，夫人虽在家掌勺，但吃不上这么美味的中餐。他尤其喜欢我们做的麻婆豆腐。宴请在欢乐的气氛中进行了两个多小时。结束时，恩佐外长高兴地与我们一一握手告别。

西苏鲁：感恩、重谊、友好

1993年春天，我初次踏上南非国土，工作内容繁杂，加上人生地不熟，困难甚多，但非国大人士对我们十分热情，给予不少支持和帮助。当年，我们与中国人民的老朋友、时任非国大副主席沃尔特·西苏鲁接触较多。

西苏鲁的地位和声望仅次于曼德拉。他是最早让青年曼德拉走进非国大组织的引路人。当时西苏鲁老人已届耄耋之年，步履蹒跚，但他多次兴致勃勃地从60公里外的非国大总部所在地约翰内斯堡市赶来，参加位于比勒陀利亚市的我研究中心举办的重要活动。

我们到非国大总部去拜会，他总是热情接待。老人满头银发，

南非非国大元老西苏鲁与陆苗耕合影

精神矍铄，饱经风霜的脸上露着慈祥的笑容，显得可亲可敬。见到我们，他总是亲切地缓慢地笑着说：“中国同志，你们好！”有时还会讲中文“你好”欢迎我们。他曾多次提到，他本人在青年时期（20世纪50年代）对中国考察访问过一段时间，结识了一些中国朋友，留下了美好的记忆，至今萦绕于怀，并提到了当时负责接待安排的吴学谦等老同志，怀念之情溢于言表。他多次希望有机会重访中国，会晤老朋友，看看今日中国的新面貌。开始时，我们以为他只是一般的怀旧情绪流露，后来理解到，他确实希望圆他30多年的故地重游之梦。

于是，我们同国内有关部门商量，国内做出了积极回应。全国友协表示欢迎西苏鲁老人偕夫人于1993年9月底至10月初访华。当我们把此消息告诉西苏鲁本人时，他高兴极了。我到机场送行，亲自将机票交到他手里。他高兴地握住我的手，久久不放，不断地道谢，并感慨地说："你们帮我实现了心中一大愿望，我永远不会忘记你们！"西苏鲁夫妇在北京受到了我国高规格的接待，作为最尊贵的来宾之一，出席了盛大的国庆招待会。

全国政协副主席吴学谦夫妇专门设宴款待西苏鲁夫妇，曾经是"青丝之交"的两位老人畅叙了时隔30多年的友情，这是多么感人的情景啊！老人回国后，在同我们的接触中，总是说，中国太好了，变得越来越美丽了。他积极支持新南非与中国早日建交，多次诚恳地向我们表示，请中方放心，他将努力推动两国建交，希望我们耐心等待，他正在积极工作。我们每次看到他，都深深体会到人间的真情最可贵，50年代的新中国在非洲人民的心目中具有多大的磁力，患难时建立的友谊随着时间流逝更显得闪闪发光！

陆苗耕，上海奉贤人。就读于复旦大学及外交学院。

曾任中国驻开普敦总领事、中非友协理事和顾问、中国国际问题研究基金会研究员。

曾撰写中非友好关系、非洲、南非、曼德拉等方面文章150余篇，刊于全国20多家重要报刊。著有《彩虹之国——南非》《曼德拉》，主编《同心若金——中非友好关系的辉煌历程》《影响历史进程的非洲领袖》《中国大使讲非洲故事》等书。

非洲和平发展的一颗明珠

廉正保

纳米比亚是非洲最晚获得民族独立的国家之一，1990年3月21日宣布独立。纳米比亚独立第二天，中国承认纳米比亚，并与纳建立了外交关系。

1996年6月，我出任中国驻纳米比亚大使，在纳工作近3年，纳米比亚对中国的友好情谊、丰富的自然资源、举世无双的奇特景观、人民的善良淳朴勤劳勇敢，给我留下了非常深刻和难忘的印象，至今记忆犹新。纳米比亚被誉为“非洲和平发展的一颗明珠”。

一、全天候的朋友

纳米比亚地处非洲西南部，面临大西洋，原称西南非洲，幅员辽阔，矿产资源丰富，地广人稀，曾先后被葡萄牙、荷兰、英国和德国等西方殖民者占领、掠夺、奴役达数百年。从20世纪50年代末开始，纳米比亚人民在西南非洲人民组织（简称“人组党”）领导下开展了争取民族独立的武装斗争，经过艰苦奋战，最终取得胜利。纳米比亚民族独立斗争，得到了中国政府和人民无私的、强有力的支持和帮助。中国向他们提供了道义和物质援助，为他们培训高素质的优秀人员。中国和纳米比亚结成了深厚的战斗友谊。

纳开国总统努乔马曾深情地对我说：中国是纳米比亚全天候的朋友。这种关系在纳米比亚争取独立的斗争中就已形成。努乔马是中国人民的老朋友、好朋友，曾数十次访华，已年过九旬。努乔马曾表示，中国是他的“第二故乡”。

努乔马也是我的朋友。有一次，努乔马邀请我乘坐他的专机陪同他到纳米比亚南部奥兰治河视察。中国在那里援建了一个输水管道工程项目。他指着一大片土地对我说：“我把这块40平方公里的土地交给中国来开发，双方建立合资企业，先种植葡萄，出口换取外汇，然后发展葡萄等加工业，还可合作种粮食和开矿。”

努乔马经常拿中国作比较，说中国解决了12亿人口的吃饭问题，而纳米比亚却解决不了170万人的粮食问题，感慨万千。他曾当着我的面对农业部长说：“在你任内如果解决不了粮食问题，别想继续当部长。”为了鼓励发展农业，纳政府采取了一些特殊政策，号召农场主捐献土地，同时政府从农场主手中购买土地，然后分配给无地、少地的农民，或安置退伍老战士。努乔马经常头顶烈日，深入农村，指导农业发展。他说，日后他将退隐故里，躬耕垄亩。

我曾访问过努乔马的家乡，到过他的故居，几间普通的茅草屋，静静地坐落在广漠的田野上，房前屋后种了几棵榕树，周围是一片绿油油的庄稼，种满了小米、高粱。附近没有公路，看不到像样的建筑。不远处有一棵大榕树，当年“人组党”领导经常在榕树下开会，以躲避殖民当局的追捕。

努乔马作为一国之君荣归故里，看望老母，依旧住茅草屋，随从侍卫或搭帐篷于庭院，或栖息于大树下，乡亲父老无不为之动容，奔走募捐，要在当地建一小型宾馆。1997年，纳旅游部长找我，请求中国政府提供援助，在总统家乡建一宾馆，以解决总统随从人员住宿问题。我将他们的要求立即报回国内，国内欣然同意。宾馆于2000年建成，受到当地百姓热烈欢迎。

努乔马在纳群众集会上，经常倡导以中国为楷模：“修水利、求发展、争富强。”努乔马说，中国的经济建设成就使纳米比亚这样的发展中国家看到了光明前景。纳为有中国这样强大的好朋友而自豪。

二、政治稳定，民风淳朴

纳米比亚独立以后，政治一直保持稳定，经济发展平稳，这在非洲国家是少有的。什么原因？主要是纳米比亚独立以后，采取了符合纳米比亚国情的、稳健的政治和经济政策。没有实行大规模的国有化，没有赶走白人，没有没收白人经营的农场。继续让白人管理经济，发挥他们的特长和才能。他们采取赎买方式，把没有充分利用的土地收归国有，分配给无地、少地的黑人或者是解放老战士。他们实行混合的经济体制，私人资本、外资和国有资本为国民经济的主体，强调与私营经济部门建立合作的伙伴关系。制定优惠政策，大力吸引外资进入以出口为导向的制造业、矿产品加工业、旅游业和金融服务业。实行可持续的发展战略，改变以出口原材料为基础的单一经济结构，创造了很多的就业机会。纳米比亚独立以后，有一些年经济增长率曾经达到了4.8%，但是人口也以每年3%的速度在增长。

纳米比亚民风非常淳朴，人民勤劳友善，和蔼可亲。我记得有一次，纳米比亚副总理维特布伊邀请我和其他国家的一些外交官到他的家乡去观赏纳马族分支奥拉姆部落的丰收节，说让我们去体察一下他们的民情。我们到了那里，看到部落的村民在打谷场上搭建了一个简易平台。丰收节仪式庄重、简朴。副总理和部落酋长发表了热情洋溢、带鼓励性的讲话，获得阵阵掌声。台下黑压压地挤满了村民。旁边的鼓乐队不停地敲击着节奏强劲的、典型的非洲特色的民族乐曲。打谷场边支起了几口大锅，村民用大铁铲不停地在锅里面搅拌，忙碌着熬小米粥。还有的人在旁边烤玉米饼或烧烤牛肉、羊肉等等。仪式结束以后，纳米比亚副总理说请大家用餐，喝大锅里面熬出来的小米粥。我们入乡随俗，盛情难却，舀了一小碗小米粥。小米粥里混了不少细沙石，牙齿嚼着咯咯作响，简直难以下咽。但副总理和村民们吃得津津有味。副总理告诉我，这是部落村民最高兴的日子，一直要闹到第二天凌晨才会离开。

我更加难忘的是，有一次我到离首都800多公里的一个地方去考察访问，回来途中我乘坐的面包车熄火了，停在路边，四周一片荒漠，看不到人影，见不到村落，只看到远处有一匹野马在不停地啃草。路过的车也很少，打不通手机，怎么办？我们只好在路边等，大约等了有半个多小时，终于看到有一辆车过来了，在我们的招呼下，走下来一对白人夫妇，问我们需要什么帮助，我们说明了情况，请他们帮忙，能不能到前面的镇上跟修车行讲一下，开一辆拖车过来，把我们的车拖到镇上修理。他们二话未说，表示可以。我们感到吃惊的是，大约一个半小时以后，我们惊奇地发现这对白人夫妇开着自己的车，带了镇上修车行的一辆拖车来了。从这个地方到镇上来回起码要走120公里，我们感激不尽，想要付报酬给他们，他们怎么也不要，最后只收了我们给他们的一点汽油费。后来得知，他们是一对白人农场主，我专门给他们发了一封感谢信。

三、资源丰富

纳米比亚自然资源非常丰富，矿业、渔业、农牧业为纳米比亚三大传统支柱产业，有“战略金属储备库”之称。金属铀资源储量40万吨，占世界储量的10%，位居世界第五。铅储量为100万吨，为非洲第一大铅生产国。锌储量约1180万吨，为非洲第三大锌生产国。钻石的储量占世界储量的5%，且绝大多数是价格昂贵的装饰用钻，产量居世界第六。

谈到钻石，人民都会不约而同地想到南非钻石，其实南非钻石相当一部分来自纳米比亚。

据说150多年以前，有几个欧洲人千辛万苦地从大西洋偷渡到纳米比亚，他们听说纳米比亚有钻石，就想去找钻石。他们在沿海的沙漠地区毫无目标地找了快半年，一无所获，钱花光了，又没吃的，没有喝的，大家都灰心丧气。其中有一个人躺在干涸的河床上面，仰天长叹，真想拔刀自杀。他一翻身突然眼睛一亮，旁边看到几个像玻璃球一样的东西，他拿起来一看，这不就是钻石吗？他欣喜若狂。不声不响地在旁边和周围拼命找，一下子找了满满的一小口袋。他也不跟其他人讲，一个人偷偷地回到欧洲。回去以后就发了，变成了钻石大王。后来他写了一本书，叫《钻石大王》。此书一出，很多人蜂拥来到纳米比亚找钻石。

在纳米比亚海边，不时能看到用英文写的告示牌：“此地有钻石，游人免进。”

钻石实际上是火山爆发以后形成的，几亿年、几千万年以前，纳米比亚和南非边境有火山爆发，这是南非、纳米比亚盛产钻石的原因之一。

开采钻石有两种方式：一是在海上，二是在陆地。海上开采，使用船，用船上的吸管，把海里的泥沙吸到船上，然后经过海水反复冲洗，剩下的泥沙中就有钻石。另外一种方式就是陆地开采。我参观过他们在陆地的钻石加工厂，用大型挖土机把土挖出来，用卡车送到工厂，在工厂通过传送带一层一层筛选，筛选到最后就剩下一些像玻璃球的东西，这就是钻石。最后用直升机送到南非，在南非加工，或者转送到欧洲加工。参观钻石工厂，手续很复杂，也很严格，事先要申请，还要报批，门口进出都要经过X光机检查。

2010年纳米比亚的钻石总产量为147万克拉，销售总额达到50亿纳元，约合32亿美元。

四、旅游胜地，景观奇特

纳米比亚地跨南回归线，阳光充足，气候温和，沙漠、荒原、高地、峡谷，各种地貌，千姿百态，国家生态公园和野生动物园星罗棋布，旅游资源非常丰富。

纳米比亚有4个世界之最。

一是世界上海豹最多的海滩。

从位于纳米比亚沿海中部的海滨城市斯瓦科普蒙德沿海岸线向北行驶约115公里，可以到达纳米比亚的海豹自然保护区。在这一片面积还不到1平方公里的海滩上，却常年聚集着8万到10万头海豹，在繁殖季节可以达到十几万头，甚至更多。这里的海豹数量之多、密度之大，居世界第一。海岸的礁石上面，和海边巨浪中，到处都是一片又一片黑压压的海豹，在不停地蠕动、翻滚。这是海豹的家园，海豹的王国。这片海滩叫克鲁斯角，克鲁斯的英文就是Cross，意思就是“十字架”。据史料记载，葡萄牙航海家迪戈·卡奥在1486年到达此地时，曾经以他的国王的名义在这里立了一副用石头制成的十字架，这个海角因此而得名。

二是世界上寿命最长的草本植物。

从斯瓦科普蒙德驱车往东南方向行驶约100公里，逐渐进入纳米布大沙漠中的千年兰自然保护区。这里的沙漠中连一般低等的植物都很难见到，却奇迹般地生长着许多千年兰。这种植物形似兰

花，十分耐旱，生命力特别强，因而以“长生不老”著称，一般可以活1000年以上，所以中国人就把它意译成“千年兰”。千年兰是纳米比亚的国花，并被选为纳米比亚国徽图案的一部分，象征着纳米比亚人民的江山万年永固。此外，“千年兰”的图案还出现在纳米比亚每天的电视节目中，纳米比亚目前唯一的一架波音747大客机也是以“千年兰”命名的。

三是世界上最大的陨石。

在纳米比亚北部有一个小城叫赫鲁特方丹，离温得和克大概有600公里。在这个小城西边20公里的地方有一个荷巴农场，陈列着世界上最大的荷巴大陨石。这块陨石长2.95米，宽2.84米，厚度在0.75—1.22米之间，重约60吨。据考证，它是目前为止世界上被发现的一块最大、最重的陨石。根据科学家的研究，这块大陨石形成于4.12亿年到1.4亿年前之间。于8万年至3万年以前坠落到地球上。荷巴大陨石被埋在土地中有几万年，一直到1920年它在荷巴农场才被人发现。在征得农场主同意以后，纳米比亚政府于1955年3月15日宣布这块大陨石作为国家遗迹。为保护这块世界

笔者和夫人在世界上最大的陨石前合影

第一大陨石，纳米比亚国家遗迹保护委员会与罗辛南铀矿有限公司合作，于1985年在陨石周边建造了一座圆形的阶梯式看台。1987年农场主又捐出一片土地，在上面建造了一个陨石纪念馆。从此荷巴大陨石对外开放，成了纳米比亚又一处名胜古迹。

四是世界上最大的水晶石。

在斯瓦科普蒙德市有一座十分有名的水晶博物馆，在这个博物馆里面，最吸引人的，是陈列在博物馆底层大厅中的一块巨大的水晶石。这块水晶石不仅是博物馆的镇馆之宝，而且是纳米比亚的国宝。它的颜色黄中带一点淡红，高3米，重达14.1吨，是世界上迄今被发现的最大水晶石。据专家考证，这块水晶石形成于大约5亿年以前，是1985年被发现的。

纳米比亚还有许多奇特景观，其中有不愁看不到动物的天然动物园。在纳米比亚北部有一座面积达2.3万平方公里的埃托沙国家天然公园。埃托沙是“白色大地”的意思。因为它的面积很大，土地都是白色的，因此而得名。它是非洲最大的野生动物园之一，常年聚集着300多种野生动物，有大象、犀牛、狮子、豹子、鬣狗、

世界上最大的水晶石

斑马、长颈鹿、豺狼、狐狸、角马、穿山甲等等以及各种各样的羚羊。其中还有不少珍稀的濒危动物，像黑犀牛、黑羚羊等等。这里的大象也是非洲体型最大的，有的可以高达4米，但是象牙相对比较小。另外园中还有340种鸟类，雨季时，南部非洲数以万计的火烈鸟也到这里来繁殖后代，所以这里也是非洲火烈鸟的重要繁殖基地之一。在埃托沙动物园，游人只要选择在旱季去游览，可以保证你一路上能看到很多很多各种各样的动物。我去过埃托沙野生动物园，而且我们还在动物园里面住了一个晚上。旅馆旁边就有水池，所以一到夜里就有好多动物前来喝水。晚上，在月光下的水塘边品着茶，看着一群群动物前来饮水，别有一番情趣。

纳米比亚人民的优秀品质，丰富的自然资源，无与伦比的奇特景观，标志着纳米比亚蕴藏着深厚的古老文明和灿烂文化，这是人类物质文明的一部分，不仅是纳米比亚宝贵的文化遗产，也是人类的宝贵财富。还需要我们共同去探索、发掘和分享，使她能不断焕发青春，发扬光大。我深信，纳米比亚这颗非洲和平发展的明珠将永远焕发其光彩夺目的光芒。

廉正保，生于江苏无锡市。外交笔会副会长，中国公共外交协会特约研究员。毕业于外交学院。曾任中国驻纽约总领馆、驻休斯顿总领馆副总领事，中国驻纳米比亚大使。
著有《共和国的客人》一书，发表了《感受邓小平的外交风采》《亲历 尼克松访华》《周恩来与柯西金北京机场会谈》等文章。

神秘多彩的酋长国

王四法

喀麦隆有250多个部落和各自的方言，被称为“马赛克”民族。其中，巴蒙部族和巴米雷盖部族是喀麦隆最重要的两个部族，据信，两者间有堂、表亲血缘关系。

喀麦隆保留着较完整的酋长制度，较多的酋长部落。著名的酋长国有：西部大区丰班的巴蒙王国（1994年，王宫被联合国教科文组织列为世界级保护文物），西部大区的巴富桑酋长国、邦琼酋长国，西北大区的巴富特酋长国，北部大区加鲁阿的拉米多王国，极北省的乌吉拉酋长国等。

笔者在出使喀麦隆期间，曾走访了4个称誉世界的酋长国。

2004年年底，应巴蒙国王（也称大酋长）易卜拉欣·姆邦博·恩乔亚及其妹拉比亚图·恩乔雅公主邀请，我们赴首府丰班，出席了王国的“朝圣节”

活动。

首府丰班，寓意“在战败者的废墟上建都”。

传统的“朝圣节”一年一度，是国王的“民主听政会”，先由国王向臣民们汇报往年工作，然后站立着听取臣民推选的临时议员团提问、评议，甚至批评。再由他对臣民们提出的问题作出说明。王国法庭就此作出裁决，用由国王买羊来宰杀的方式以洗刷自己的过错。这便是人们所说的“替罪羊”。

现时的“朝圣节”，与时俱进，每两年举行一次，成为巴蒙人民宣示渴望

巴蒙国王站立听民主评议

和平、民主、团结、对外开放、发展经济、增进合作的新平台。

是日上午，我们出席了国王接受各地酋长及臣民的朝拜及呈献贡品的仪式。国内外宾客就坐在王宫正门前两侧的贵宾席，而国王本人则站立在贵宾席前的中央。朝拜的人群，身着传统服装，排成长长的队伍，手持少量各式各样贡品实物依次递呈到国王手中。整个过程中，号角声与欢呼声交织在一起，此起彼伏。这种喧闹表现出热情、喜庆、奇特，令人震撼。

下午则是臣民们民主评议国王及游行活动。国王的“龙椅”也从王宫搬到了广场。椅子的坐盘是圆形，上面镶满小贝壳，盘边镶满红蓝相间的宝石。椅子后背雕刻成一对龙凤双胞胎，象征吉祥。男的红脸蓝身，只有一块遮羞布；女的黄脸花身，手捧食碗给人施舍。椅前放着搁脚凳，凳面也镶满小贝壳，两端各站立1名手持武器的武士。凳的正面雕刻着5名手搭前者肩的男人。椅子两旁配置了两只硕大的象牙，由两个仆人作为支撑，增添了国王的威严。

国王驾到，举行了上朝仪式，火枪鸣礼，万众欢腾，呼声震耳，热闹非凡。他给随同的母亲和妹妹赐座在他两旁。然后文武百官入场，身着祖上传下来的朝服，有的已千疮百孔，破烂不堪。

国王先报告施政情况，然后国王让人撤掉华盖伞，站立在炎炎烈日下，听取法庭和部落代表的评议、提问、批评，并解答他们提出的问题。会上，人们充分肯定了国王的政绩，但对国王推迟发布其亲人去世消息一事提出异议。法庭评议后判处国王当场买只羊宰杀用以谢罪。

最后是臣民游行，走在最前面的是国王的妃子、亲属们。公主对我们说，她哥哥只有一个夫人，其他的人只不过是由她哥哥负责赡养而已。

盛会结束，宾客们深感震惊，议论纷纷，对巴蒙王国在数百年前就使用如此民主的方式来监督国王，交口称赞，觉得难以置信。

2007年，我们再度访问了巴蒙王国。国王的妹妹拉比亚图公主陪同我们先到“恩达昂库”王宫觐见了国王，并陪同我们参观了国家博物馆。

这座砖木结构的红色王宫于1917年动工，1922年建成。主体建筑分三层，底层是大殿，安放着国王宝座，国王在此接待重要贵宾。1933年，国王驾崩后，第二、三层改为国家博物馆，如今，第二层对外开放。

旧王宫非常简陋，用木柱、竹板、茅草建造。但宫前长廊的柱子上都雕刻着人物造型，艺术价值极高。可惜毁于1913年的一场大火。第十七代国王易卜拉欣·恩乔雅——现任国王易卜拉欣·姆邦博·恩乔亚的爷爷，按驻喀麦隆大西洋海滨城市布埃亚的德国总督豪华的官邸，亲自设计新的王宫，欧式的穹顶，伊斯兰式的门窗，本民族标准的雕饰。他亲自监工，烧制红色和黄色的砖瓦，选伐坚硬的木材。这既能让后代有效地保护王国几百年来遗留下来的大量文物典籍，又能让人民了解历史。

易卜拉欣是巴蒙王国历史上最有作为的国王，留史两大发明。

一是创造了名为“舒蒙”的巴蒙族的文字。他好学深思，认真研究西方文字和阿拉伯文字，在此基础上创造了一种独特的象形文字。1896年约有511个字母，后几经简化，最终减为73个字母和10个数字。他带头使用这套独创的文字系统，并强制推行用于王室文件、司法判决、财政账目、档案通信和学校教育。这是黑非洲人自己创造发明的一种文字，在非洲的文明发展史上具有开创性的意义。

二是创立了巴蒙圣经。巴蒙人原来信奉拜物教，他们坚信，每个部落有神的保护。两部落交战，胜者是因其保护神的强大。19世纪末，伊斯兰教经北方的富拉尼族传入巴蒙地区。国王易卜拉欣·恩乔雅决定信奉伊斯兰教，认为皈依可受到该神灵的庇护。当德国人占领王国后，国王又认为基督教强于伊斯兰教，于是决定改信20世纪初传到这里的基督教。但当他及妃子们一起接受洗礼，要求在他们用的圣水中加入棕榈酒时，遭到了德国传教士的拒绝。同时，还坚持要求他放弃一夫多妻。国王认为这是不能接受的。以后，英国人又取代德国人当上统治者，国王对此进行了反思。英、德两国同信基督教，为什么德国人会败北？于是，他坚信，因为他们有各自的保护神。最终，他就从非洲人的实际生活需要出发，吸收《古兰经》和《圣经》的精华，结合本地长期流传的自然神教，创造了巴蒙人自己的宗教“恩乌埃特·库埃得”（意为“跟随与会晤”教）。他的这一独创，在非洲文明发展史上实属罕见。

他的成就非凡，还同一些工匠一道，研制了一套适用于巴蒙文字的印刷机，印制了大量巴蒙文的典籍。他还精通医药学和地理

巴富桑传统舞蹈

巴富特传统舞蹈

学，亲自动手撰写了一些有价值的科学著作。他总结前人的经验，撰写了《巴蒙的法律和习俗史》，编写了能医治近百种疾病的《医药处方典》。他撰写的一篇就体形、皮肤、发式、眼神、谈吐等标准谈美与爱的论文，让人忍俊不禁。

他的聪明才智和丰功伟绩受到了巴蒙人民的赞颂，却遭到殖民主义者的嫉恨。一战结束后，法国殖民者关闭了恩乔雅国王创办的学校，禁用了他发明的巴蒙文字，捣毁了他创制的印刷机。1930年，他被遣送到雅温得幽禁至1933年屈辱故世。

我们亲眼目睹了历代巴蒙国王使用过的兵器、王冠和衣物，舞蹈面具、动物造型的盛装舞服，反映当时社会生活的手工艺品、战利品、用俘虏下颌骨装饰的酒葫芦，以及巴蒙拼音文字、巴蒙文法律条文、巴蒙圣经等文物。其中不少物品，至今仍在使用。

西部大区除了仍保留的巴蒙王国外，还有多个传统的酋长国，其中就包括巴米雷盖部落的巴富桑酋长国和班琼酋长国。

公元1200年，一支源于姆巴姆（Mbam）山南部的部落迁徙至此，创建了富桑（Foussan）地区。直至1926年，才设立了巴富萨姆市，寓意“界沟宝地”，是巴米雷盖部落（les Bamilékés）最大的酋长国。

现任酋长裴雷于1988年12月登基。他是该酋长国有历史记录的第97任国王。我到任后，他曾多次邀我出席他的活动，都因工作安排不开爽约了。2004年10月，我们途经巴富桑顺便去拜会他，正赶上他不在家，只见了他的妃子和大管家。2006年1月，我夫人经过省长夫人安排拜会了酋长。2007年5月，我拜会了省长后，在县长陪同下去拜会他。他热情地在“神殿”外组织了酋长国显贵们列队欢迎我们的仪式。会见结束后，他不仅全程陪同我们参观，并亲自讲解，让我们受益匪浅。他甚至还邀请我们参观了对外不开放的“神林”“战鼓”。我国的羌族也有类似的神林信仰习俗，羌族每个村寨的山后都有一片神树林，被视为山神之所在。

他亲自陪同我们观看了具有部落特色的传统舞蹈。

最漂亮的酋长国当属巴米雷盖部落的班琼酋长国。曲折的幽径两旁，挺立着硕大的香蕉树，直通具有200年历史的大神殿。以前，这曾是酋长的官邸。大神殿建在高50厘米的泥质地基上，以便排水和防止家禽牲口入室。殿高17米，围墙用竹子编扎而成，竹片刻有几何图形。四周围绕着精致雕刻的木立柱。锥形屋顶是用很厚实的茅草铺成，可不漏一滴雨水。顶部空间用作储存花生和玉米的仓库。现今，殿内分3个过道和1个大会议室，室内铺着代表酋长的狮皮、代表大官员的豹皮。门框上雕刻的蜥蜴则象征小官员们。四周走廊耸立着雕刻立柱，令人耳目一新，还真是漂亮。当然，随着岁月变化，神殿的外装修也有了一些变化。

院落四周是王后、王妃们的住房。随着经济发展，房屋建修也与时俱进。外墙不再用竹片，屋顶不再用茅草而用瓦楞铁皮，房基也高出地面50厘米。房子谈不上漂亮，但还算整齐、干净。据说，

1975年去世的酋长冈卡二世有几十个妻子，近250个孩子。2004年去世的酋长冈卡·恩尼有近60位妻子。我们在院内见到的小王子和小公主却赤露上身，脸上拖着鼻涕，显得贫穷潦倒，让人大跌眼镜。

2005年1月，神殿遭了一场火灾，损失严重。虽报警立案，却迄无结果。社会普遍认为是有人对推举新酋长不满而放火的刑事案件，而媒体则大肆炒作，说是因新酋长继承者的推举程序不对，遭天报应，搞得人心惶惶。2007年5月，我们参观了正在修复中的大殿。修新如旧，看来传统工艺没有失传。我们还参观了院内的酋长国博物馆。

喀麦隆各酋长国的建筑大多以竹片和茅草为原料，当然也有例外。距西北大区首府巴门达12公里处有一个巴富特酋长国，由班图族提咯利支演变而来，已有500多年的历史。这里是喀麦隆唯一有砖瓦结构建筑的酋长国。当然，神殿保留了传统风格，竹围墙和茅草顶。其他房屋则用砖墙和茅草顶或瓦楞铁皮顶相结合。

2007年5月，我们访问了巴富特。我们在皇家广场下了车，受到县长等地方官员及王妃的欢迎。映入眼帘的是一座华丽的观礼台。每年要在广场举行三个重要的仪式：4月的割草节、6月的狩猎节和12月的舞蹈节。正对观礼台，是祭司广场。埋有两根约1米高的祭司石柱。右前方的地上，埋着两段带树杈的木柱，称“王室祖先柱”。在一年一度的舞蹈节上，要用活人做祭品，在部落里选出一男一女，男的绑在一根柱子上，女的绑在另一根柱子上，然后把他们的头割下来放到地上献祭巴福特部落的祖先。从1924年开始，停止了用活人典祭，改用一雄一雌两头动物替代。旁边还有一座木鼓屋，用击鼓方式传递各种信息。

王宫博物馆本是阿巴姆比一世酋长按照德国人提供的图纸建造的宾馆，该宾馆由阿赤里姆比二世酋长（1932—1968年在位）完工。阿赤里姆比二世是现任酋长阿巴姆比二世的父亲。2003年，阿巴姆比二世收到了德国政府、喀麦隆政府和巴富特镇政府的拨款，对宾馆进行了修复并改成博物馆。博物馆共上下两层，王后亲自陪同我们参观。上层陈列着118年前巴富特部落与德国战争期间使用的各种弓箭、长矛、滚木等原始兵器，以及当年对付德国人的陷阱。下层是巴富特部落生活的展厅，陈列着酋长神圣的权杖、惟妙惟肖的面具和寄宿巴富特祖先灵魂的木雕等。

酋长在神圣祠堂门口会见我们，并共同出席欢迎仪式。

在4个酋长国，看到了各具特色的民居、衣饰、语言、传统多样性，印象深刻，难以忘怀。

喀麦隆原始森林里还有一个奇特的俾格米“小人国”。2007年6月，我们在克里比河口登上独木舟，沿着宽阔的河面，溯流而上。穿过两旁的雨林，划向深处。河水潺潺，偶尔还能遇见往返的小舟。登岸后，大家沿着一条小径直进丛林。沿途是一些枝叶交错、藤蔓攀缠的大树，不时还传来声声悦耳的鸟鸣。行走在如此美丽神奇的大自然中，呼吸着大氧吧的清新空气，让人浑身舒坦，心旷神怡。

俾格米民居

当我们到达目的地时，已有几个手持梭镖的俾格米人在路口等候。附近芒果林旁的一块空地上，有几间用树枝和芭蕉叶盖的茅舍。里面有一条长板凳，别无他物。他们以狩猎和捕鱼为生，但也种木薯等农作物。我们互动，跟着他们一起歌舞，汗水涔涔，却心情欢畅，如沐春雨，流连忘返。

不过，今天我们参观的这个小人国并不在喀东部的原始森林里。我们深深感到，他们不再是传统的俾格米人了。因为他们长年累月接待到访者，变得像是旅游景点的演员而已。除食盐、肥皂、火柴等日用品是他们喜欢的礼品，他们也知道索要钱币，去买他们喜欢的东西。但他们会把接受的馈赠集中交给首领，然后按户平分，放在地上，由各户自取。首领最后取走自己家那一份，绝不多占。俾格米人这种原始淳朴、公正公平的精神，是多么值得我们遵循！

现在，在经济相对发达的地方，不少俾格米人已走出丛林，来到城市生活。这让我们看到历史的发展，时代的进步，感受到了联合国提倡俾格米人城市化的深远意义。

无疑，亲身经历酋长会见，领略他们独特的文化传承，令我终身难忘。随着社会进步和经济发展，喀麦隆古老的酋长国与政府建立民心沟通、政策沟通，达成开放、包容、互鉴、共存、合作新关系的历程，也给我留下了深刻的启迪。

王四法，1946年生，上海市人。外交笔会副会长。
曾留学于法国。曾任中国驻中非、喀麦隆大使，上海世博会中国政府副总代表。
参与编写《法汉建筑工程词典》《金色的回忆——新中国首批留法学生的故事》《共和国外交往事2》《老外交官散文选》《纪念周恩来总理诞辰120周年诗文集》等著作，合著画册《中国与非洲合作与共赢》，合译科普读物《地球》（汉－法版）。在《北京青年报》《纵横》《世界知识》等刊物发表多篇文章。

遥远的南回归线上

刘静言

南美归来，带回一串串难忘的记忆，印象最深、特色独具的当数遥远的南回归线上的巴西，它宛如多彩画卷般斑斓绚丽。来到亚马孙那片素有“地球肺叶”之称的热带雨林，你会深深为它的浩瀚震撼，为它向人类提供三分之一的氧气而充满敬意；在世界上最长、流量最大的亚马孙河上泛舟你会激情澎湃，浮想联翩；而走近地球上最宽阔的伊瓜苏大瀑布，体验数里之外即闻其轰鸣，仰望河宽数千米的水流自80米高处飞泻而下的壮丽景观，“疑是银河落九天”的感受又让你自以为身处幻境，难辨天上人间。

来到巴西你才会真正领会什么叫地大物博。国土面积几乎占了南美大陆半壁江山，拥有数不清的地下矿藏，仅其中的富铁矿便足以令世人垂涎。记得参观伊塔比格露天铁矿时我们曾惊讶汽车的行驶速度为何突然变慢，巴西朋友解释说是因为这里铁储藏量太丰

巴西伊瓜苏大瀑布

富，使该地区的地下产生了强大磁力。近年来又不断在巴西发现大油田，令世界惊呼“第二个中东”正在出现……诚然，巴西的财富远不止于冰冷的矿石和能源，还有五光十色的宝石和美丽迷人的蝴蝶，但凡到过巴西的人谁不带回几串光艳夺目的项链和几幅美轮美奂的蝴蝶画留作生活的装点？面对朋友们的惊羡与赞叹，巴西人总会自豪和幽默地说：“知道吗，上帝是巴西人，所以将所有美好的东西都给了巴西！”不错，巴西的确是拥有得天独厚自然资源的上帝宠儿。

巴西人给你的第一印象是友好，性格温和，还有点儿懒散，但不用多久你又会修正自己的看法，喜欢上他们的乐观、浪漫，敬佩他们是敢于站立在时代潮流浪尖上弄潮的勇者！

参观新首都巴西利亚便强烈冲击了我对巴西人的认知，我很快为这个敢于拼搏创新的民族折服。走近巴西利亚你仿佛置身美丽的童话世界：一架巨型“飞机”静卧在碧波荡漾的湖畔，“机头”为总统府、议会、法院，“机身”为政府各部办公楼，“机翼”为商业街和民居。各种造型奇特的白色建筑被碧蓝深邃的天幕环绕与映衬，宛如另一个星球……尤其令人惊叹的是，30年前，这里还是一片渺无人烟的荒原，是巴西政府为推动国家发展决定从繁华发达的南方迁都经济滞后的北部，才有了这惊世骇俗的创举，在荒野上建起了一幢幢带领世界新潮流的现代化建筑，构成一座宏伟的建筑文化博物馆，一座世界上唯一被联合国教科文组织授予“人类共同文化遗产”的新兴都市。而这一时期，正值巴西经济腾飞，其经济奇迹同样令世人震惊，从而使巴西有了“金砖国家”的底色。巴西经济的“火车头”圣保罗是我曾生活过多年的地方，我目睹过它的繁华与变迁，每一刻钟就有一座新楼建成、每半小时就有一幢旧楼被拆除的魔幻速度。老首都里约热内卢则是我见过的最美丽的文化名城。巴西人常说“赚钱在圣保罗，花钱在里约”，勾勒出了两座城市的不同魅力，巴西人的浪漫情怀与创新精神。

走在巴西街头，你会遇到各种肤色的面孔，白色、黑色、棕色、黄色……你也就明白了为什么巴西会有“民族大熔炉”的雅称。巴西人较少种族歧视，彼此和谐共处，从而拥有了一个多种文化争艳、繁花似锦的社会生态环境。

桑巴、足球、烤牛肉正是将欧洲人的优雅、非洲人的豪放和土著居民的传统习俗融为一体，成为巴西人的最爱。一年一度的狂欢节是举国同乐的节日，其规模之大、方式之奇特、服饰之华丽无与伦比，人们踏着桑巴舞曲载歌载舞，历时四天四夜，如痴如醉！每年此时，世界上逾百万游客潮水般涌来，为了一睹全球最壮观的嘉年华。

在巴西，足球是运动，更是一种文化。提及足球，巴西人个个都会神采飞扬，神情振奋，接着便会问你是支持哪个球队的，如果与你谈话时有好几个人在场，那么他们便会争相向你介绍各自支持的球队是何等的优秀，并为此争得面红耳赤，同一家庭可以因为追捧不同球队分成几派，互不相让，于是，你就明白为什么巴西会有20多万个登记在册的足球队，会有100万足球俱乐部会员。同巴西人交谈，你要是对足球一窍不通，说不出几个知名足球队和球星的名字，你会常常陷入尴尬，巴西人会觉得你简直像外星人。要是遇上国际大赛，从城市到乡村，商店歇业，机关停止办公，从总统到平民都围在电视机前观战，球赛的输赢能决定全国人民的情绪，赢了球他们彻夜不眠，欢庆游行，燃放烟花。一次，我们有事外出，正迎面碰上了狂欢庆祝的人群，汽车被困进退不得，挂有外交牌照的“奔驰”车照样被宣泄欢乐的人群用白粉涂鸦得面目全非，这种情况谁也不许生气。巴西人自己说，巴西什么都可以没有，就是不能没有足球。他们还说，在巴西，不会踢足球的人别想竞选总统。这话并非夸张，因为他们是足球王国的巴西人。

记得去巴西工作前，这个遥远陌生的国度曾让我有过些许忐忑和担忧，远在地球另一端，要坐三十几个小时飞机，天涯海角呀！没想到，当我踏上这片土地后，巴西人的热情很快消融了我的顾虑，而他们说得最多的一句话——“欢迎你，这里便是你的家！”让我有了故友重逢的温馨感，开始更多领悟到中巴友谊“源远流长”的内涵。是呀，早在400多年前我们的前人就用一条海上丝绸之路将这两个大国系在了一起。每年，满载丝绸、瓷器、茶叶的中国大帆船都会从中国出发，穿过太平洋的万顷波涛驶向墨西哥的阿卡普尔科港。中国大帆船的抵达总能吸引各地商人云集，将大批中国商品转运至巴西等南美诸国。中国丝绸、瓷器、茶等从此为美洲人所熟悉和深爱，中国与美洲也从此紧密了交流，有了“天涯若比邻”的诗情。时至今日，我们还常常能在一些巴西上层人家看到陈设在客厅里的古老精美的中国瓷器，有的人甚至还能讲出一段与此有关的故事。

一般巴西人跟我们讲得最多的则是关于中国与巴西因茶结缘的佳话，我第一次听到这段茶故事是在首次访问里约热内卢时。巴西朋友老比尔请我们在他家庄园做客，坐在飘散着阵阵咖啡香味的咖啡房里，品着咖啡聊天，话题不觉从咖啡滑到了中国茶上。老比尔说：“巴西人爱喝咖啡也爱喝茶，你们知道为什么巴西人像中国人一样管茶叫“CHA”吗？是中国人教会我们种茶和喝茶的！”“哦？很有意思，讲来听听！”客人好奇，主人便兴致勃勃地讲述起当年葡萄牙摄政王若昂六世因躲避拿破仑入侵葡萄牙而携带皇室成员逃难到巴西，随从他前来的还有众多葡萄牙王公贵族和达官巨贾，他们把欧洲的生活方式和习惯也都带到了新大陆，饮茶便是他们的嗜好之一。而通过海上丝绸之路辗转墨西哥、秘鲁运到巴西的中国茶叶数量有限且价格昂贵，于是这些葡萄牙人萌生了在巴西种植中国茶树的念头。他们通过澳门从中国湖北招募了400多名茶农前来巴西种茶。中国茶农万里迢迢来到这异国他乡，经过千辛万苦，反复尝试，终于在里约热内卢一带成功种植出了茶树，从此，巴西的上层人士喝上了清香纯正的中国茶，连当地的土生白人克里奥约人和混血种穆拉托人也都逐渐养成了饮茶的习惯。巴西人从最初称中国茶为“仙草”，认为是“上帝赐予的神秘礼物”，到学会了种茶，并和中国人一样亲切地呼之为“CHA”。中国茶从此在南回归线上安了家，茶树的种植也从里约热内卢扩大到了圣保罗州，开创了在美洲大陆种茶的先河，更让巴西一跃而成为当时世界上继中国与日本之后的第三大产茶国。巴西出口的茶叶甚至获得过国际高度赞誉，从而为巴西经济赢得了新商机。巴西政府为表彰中国茶农的巨大贡献，特意在里约热内卢郊外风景如画的蒂如卡公园建造了一座“茶亭”以资嘉奖……你们去参观过“茶亭”了吗？还没有？一定要去看看！这“茶亭”经数百年风雨，风采依旧，是这里一处最重

茶亭见证了中国人民和巴西人民的友好历史

要的中国景观！

在这天涯海角，异国他乡，一段与中国相关的往事，一段两国友好的佳话，无不让我们感到分外亲切和激动。我们要老比尔尽快安排我们去参观，老朋友果然雷厉风行，第二天下午，他便亲自驾车陪同我们来到蒂如卡公园。这里虽然离里约市不远，由于是片濒海山岭，满目参天大树遮天蔽日，令人感到十分凉爽和惬意。沿途景色秀丽，不多时我们登上了山岭高处，地势转为平坦。放眼看去，山岭那边露出一片波光粼粼的大海，视野豁然开朗，在天际与大海映衬下，一座气派的中国式六角亭呈现在了眼前。远看去，整座“茶亭”宛如用翠竹建造，青竹的底色，层层竹节，亭顶六角飞翘……近前细看，亭柱、扶手、栏杆，均为模仿青竹用水泥塑造，站立其中，却似有置身竹林的沁凉之感。举目望向大海，正夕阳西坠，落霞的光芒千波万折地反射在水面，色彩斑斓，令人心醉神怡！老比尔滔滔不绝，还在讲中国茶的故事。他说我们应该去当年的茶场看看，那里还保留有中国茶农种下的三株古茶树呢，至今生机盎然。还说，“你们不是住在圣保罗吗，不会不知道市中心有座‘茶桥’吧？对，就是‘七九大街’上那座被绘上了彩虹图案的最大跨街桥，因为当年在那里聚集有众多茶铺，茶商云集”。比尔的话让大家仿佛看到了当年那个沿街茶铺林立，叫卖声不绝于耳的茶市……

海风吹动树叶，像是翠竹摇曳发出的沙沙竹涛声。不知当年那些离乡背井的茶农们，坐在这“竹”亭下，遥望大洋彼岸的家乡，该当是怎样的情怀？……我不禁陷入了沉思，我曾在巴拿马运河之滨，在南美的香蕉园里，在智利的硝原荒漠上，一次次听人讲述早年被贩卖到美洲的华人遭受过的苦难和他们为这些国家发展做出过的贡献。然而，只有在古巴和巴西，让我看到了当地人民对他们贡献的认可与纪念，古巴那座高高耸立的华人功勋纪念碑和巴西这座充满乡愁的“茶亭”，留下了中拉人民悠久友谊的历史见证。.

我忽然觉得年轻的巴西与古老的中国像是一对忘年好友，时光流逝、时代更迭都不曾中断过他们的交往。20世纪中叶来到巴西、享有巴西“大豆大王”美誉的林训民先生的经历可算是又一佐证。林先生是中国浙江人，兼有中国人的吃苦耐劳和精明。他最早从盛产大豆的中国东北将大豆种子带到了巴西，种植成功后得到大力推广。几经品种改良，原只生长在寒冷北方的中国大豆如今在巴西的高原地区，炎热的亚马孙一带大面积繁殖，助力巴西跻身世界大豆主要生产国和最大大豆出口国，产值超越其传统出口农产品咖啡。而更为意味深长的是，今天巴西已成为中国进口大豆的主要来源国，巴西大豆竟也有了回归祖籍地寻亲的奇缘，着实让人感慨。林先生后来还专门邀请我们到巴西南大河州他的家中做客，当时他正在自己的企业里研发各类品味的豆浆饮料，以适应当今巴西民众的爱好和需求。巴西政府当然没有忘记林先生的贡献，两国建交后巴西总统首次访问中国，在他豪华的随访团队中特意安排了两位华裔企业家，其中之一就是“大豆大王”林训民先生。

后来我们离开了巴西，但无论是在其他国家供职，还是退休回国之后，巴西始终留在我们心中，尤其在我国向全世界提出“一带一路”倡议之后，拉丁美洲成为“一带一路”的自然延伸，中国巴西之间友好交往的故事在新时期续写着崭新的篇章。

时光穿插回1986年秋天，我陪同一位中国水利部门领导参观当时的世界第一大水电站——巴西伊泰普水电站。当我站在气势恢宏的大坝上，望着从一排排水闸中喷涌而出势如排山倒海的水浪时，心情无比激动，不知我国何时也能建造一座如此规模的大坝。当时巴西水利部门负责人介绍说，巴西水力发电利用率已达90%以上，伊泰普水电站所发电力除供应全国使用外，多余的都输出邻国。中国专家感慨道，中国水利资源同样丰富，但利用率仅有9%，这方面中国应向巴西学习。此时正值中国筹建长江三峡水力发电站，我国水利部门，从领导到技术专家，一次次飞越大西洋来到巴

气势恢宏的巴西伊泰普水电站

西取经。10年后，我怀着同样激动的心情，登上了国内新峻工的三峡水电站大坝，并得知，中国还将在长江上游再建造几座发电量更大的水力发电站，心中的喜悦与自豪难以言状。

与水力发电工程相匹配的是高压输电网。20世纪80年代，巴西曾是中国电力同行们向往的技术殿堂，伊泰普水电站诞生时，中国尚处于电力技术落后、电力供应短缺的改革开放之初，而巴西已建成世界上最先进的交直流混合电网。巴西同行不仅是我们值得尊敬的朋友，也是我们曾经的老师。今天，中国电网公司已实现“弯道超车”，建成了世界上规模最大、技术最先进的电网，中国的电压等级一路跨越式增长到特高压交流。而巴西，却正遭遇北电南送受阻的瓶颈，即如何将几乎是取之不尽的光明和热能从人迹稀疏的赤道雨林畅通无阻、极少耗损地输送至两三千公里之外人口稠密、经济发达的南回归线一带，中国的超高压电网正好能解开这一难题。经过中国电力工作者9年的耕耘，在幅员辽阔的巴西大地上，自北而南飞架起了两条超高压输电线路，高耸的铁塔，闪烁的银线，记录着中国国家电网公司在广袤的南美大地践行“一带一路”倡议的足迹。

中国和巴西在航天航空方面的合作也堪称南南合作的典范。每当我们从新闻报道中听到中巴联合研制的地球资源卫星被一颗颗送上蓝天时，总会感到无比兴奋。中国、巴西空间技术研究机构之间的合作确实为两国经济发展做出了巨大贡献，也让我们想起当年在圣保罗接待孙家栋、任新民等我国航天界领军人物到访的情景和他们经历过的那些坎坷与艰难。

也许还有很多人并不知道，我们在国内旅行时乘坐的轻型公务飞机和舒适平稳的支线班机，多半为巴西制造或中巴合作生产。这些中型喷气系列飞机不仅活跃于我国东部二三线城市，在新疆、内蒙古等地广人稀的西北部市场上也有着优异的表现，不仅为当地旅客带来了便利，还为“一带一路”建设开辟了便捷

中国和巴西联合研制的第二颗“资源一号”卫星在太原卫星发射中心发射成功

的空中通道。

沿着历史的长河，中国人和巴西人携手走来，诚如巴西人所言，我们是“用兄弟般的、朋友的、充满爱的眼光”看待彼此，正是友谊与信任支持着我们两国间的合作走得更稳更远。

又到夕阳西下时分，我目送太阳从地平线上渐渐隐去，似乎又见南回归线上朝霞正慢慢升腾，巴西人又开始了新的一天，我为他们送去清晨问候，在心里说：亲爱的朋友，加油，更美好的明天属于我们！

刘静言，1937年生，湖南攸县人。中国作家协会会员。
毕业于北京外国语学院。先后在中国驻古巴、智利、阿根廷、巴西、尼加拉瓜、委内瑞拉等国任外交官。
著有长篇小说《丝路 幽兰》《帝国后院》，传记小说《门楚——美洲当代印第安女杰》。与丈夫黄志良（原驻拉美多国大使）合著《出使拉美的岁月》《热烈桑巴——巴西》，共同翻译出版诺贝尔文学奖获得者危地马拉作家阿斯图里亚斯的小说《总统先生》，诺贝尔文学奖得主西班牙作家何塞·塞拉的小说《蜂巢》，古巴获奖小说《志愿女教师》以及西班牙当代作家阿帕里西奥的小说《暮色苍茫》等作品。

“一带一路”将给阿根廷带去辉煌的发展机遇

徐贻聪

2022年2月，在中国庚寅年春节期间，阿根廷总统费尔南德斯风尘仆仆，不辞辛劳，专程跨越千山万水，从南美洲的南端来到北京，对我国进行正式访问，继续商谈加入“一带一路”事宜，并与中国政府签署共建“一带一路”谅解备忘录，确定按照共商、共建、共享原则，共同推进“一带一路”建设，在政策沟通、设施联通、贸易畅通、资金融通、民心相通、第三方市场等领域开展合作，探讨挖掘双方开展合作的新机遇，实现共同发展和共同繁荣。

此前，阿根廷的两届政府都曾经表达过对参与“一带一路”建设的兴趣和意愿，上届政府的总统马克里还曾来京出席过关于“一带一路”的峰会，表明参与这个共谋发展平台并非是一时心血来潮，而是经过长时间思考后带有深谋远虑性质的重大决策。

我曾经于20世纪末在阿根廷工作过几年，走过她的全部24个省，行程超过10万公里，领略过她的山山水水，叹服过她的丰裕和丰盛，憧憬过她的美好未来，也对她的困难与不幸有过感伤和同情。毫无疑问，费尔南德斯总统的来访及取得的丰硕成果，让我兴奋，也让我回忆起许多在这个国家的所见所闻，感受到“一带一路”将会给阿根廷带去实实在在的好处，感受到这个发展平台对构建“人类命运共同体”的重要性，还有它能够带给人类的巨大贡献和福祉。

阿根廷国家很大，有着约280万平方公里的土地面积，在世界各国的面积中占第8位，但人口稀少（仅4000余万），地面和地下资源都十分丰厚，地震、飓风等自然灾害很为罕见，发展条件非常优越。就地面资源而言，阿根廷被世界誉为“粮仓、肉库、酒窖”，人均年产粮食约3吨，平均每人拥有猪牛羊等大牲畜3头，人均每年吃掉的肉类120余公斤，喝掉的葡萄酒超过40公升。由于地面资源已经非常丰富，阿根廷多年来并未下大力气勘探地下资源，但我在2000年参加其一次关于地下资源研讨会时获知，阿根廷拥有世界全部已知矿物的储存，大部分的藏量还都在前十位之列，有些甚至位居前五位之内，就连阿根廷人自己都说“上帝过于偏爱阿根廷”，把世界上的很多好东西都置放在了他们的国家。

中国与阿根廷关系悠久，合作项目颇多，成效也很显著。在历史上，特别是正式建立外交关系以后，两国守望相助，相互理解，取长补短，有过很多动人和激励人心的合作范例，诸如阿根廷曾在中国急需的时候一年供应给了中国近300万吨小麦，帮助中国发展无缝钢管技术，无私地向中国传授心脏搭桥术，供给中国早期需要的重水，等等；中国则是阿根廷大宗日用品、电器及电子产品、通信设施等的长期供应国，还是阿根廷的第二大出口国，两国的贸易额接近200亿美元。中国在阿根廷的投资，特别是在基础建设领域的参与，对阿根廷的发展、就业、交通改善等方面的相互补充，也都非常明显、重要，很受阿根廷人民的欢迎和好评。两国之间还有金融、人文、天体探测等方面的密切合作，同样都引起了国际社会的热切关注、羡慕。如果说，中国和阿根廷在过去的岁月里已经有了骄人的合作记录，在以后的岁月里通过强化在“一带一路”框架下的有理、有机、有效的密切合作，更是共谋发展的必由之路，也必然会产生让人侧目的新成就。

我在阿根廷行走的过程中，从南到北，从西到东，既看到过牛羊比人多和牛群自生、自产、自息的场面，观赏过同种植物在同一地带从播种、开花、结穗、收获环节同时存在的庄稼地，也欣赏过藏有多种矿物、五彩斑斓的山丘、盆地。还有，阿根廷海洋、湖泊、河流众多，水产也应该非常之盛，但由于人们多以牛羊肉为主，极少食用鱼虾，水中生活的动物多能得以安全、平静度日，很少受到干扰。

阿根廷还是个旅游资源丰富、独特的国家。全国从南到北3000多公里，跨越地球的不同段带，拥有多种地形、气候，造就有众多引人入胜的自然景观，雪山、冰川、瀑布，还有难以数说的历史古迹和现代建筑，都非常令人瞩目，让人流连忘返。

从“民心相通”角度看，“一带一路”也有其特殊含义。拉美和加勒比离中国很远，相互了解远远不够，但我一直将他们看作“远亲”，因为双方之间确实存在有许多历史渊源和连带关系，又无历史纠葛和矛盾，理应增加往来，互为补充，加深相互理解。“一带一路”的落实和延伸，完全可以顺应民心，提供可信、可靠的途径，促进双方多角度的了解，增进亲情，辅助合作的加深。在今年两国举办的“中阿友好合作年”进程中出现的颂扬两国人民友谊的众多篇章，非常鲜明地彰显出相互理解的加深和对未来的共同期待。

然而，应该看到，阿根廷确实很富，但也很“穷”，主要是福利思想甚为严重、普遍，致使缺少发展财力、动力和活力。国家背负3000多亿美元的巨额外债，相当于全国一年的生产总值，可以说深陷于债务危机之中，迫使政府难以拿出大笔预算投资建设与发展，构成阿根廷的突出“短板”。阿根廷人还普遍比较浪漫、傲慢，曾一度将自己列入“发达国家”的范围，但不久便又“自觉地”退回到发展中国家的行列，可能是因为认识到本国还存在明显的问题和不足，对自己的认识比较理性了一些。

我还看到，阿根廷虽然交通相对比较发达，各大城市之间都有公路相连，但设施陈旧，毁坏严重，城市之间的陆路交通多不很顺畅，一些早期的铁路还处于停运状态，影响交往，影响发展，亟须改善。据闻，在我离开20多年后，这种状况并无多大改变，有些地方还更有所恶化。

显然，阿根廷需要发展，也有条件发展，其丰富的自然资源、相对完整的经济结构、比较齐全的经济体系，还有比较清晰的法律意识，无疑都将对国家的经济发展提供有力的支撑和保障。

记得，我在阿根廷工作时期尚无“一带一路”的国际合作平台，但我曾经有过关于推动两国多方面合作的设想，也提出过一些具体的建议，其中有些内容与“一带一路”的内容和内涵颇为相似、相近。

这里想顺便谈到的是，我始终认为，拉丁美洲和加勒比地区理应被包含在“一带一路”的范畴之内，是因为既有历史因素，更有现实需要，还是众多拉美和加勒比国家的强烈愿望。2016年年底我曾在写给香港《大公报》的一篇文章中提出将拉美和加勒比也纳入“一带一路”范畴的建议，就是立足于“海上丝绸之路”的历史和一些拉美国家领导人的呼吁。后来看到中央领导同志关于拉美和加勒比应该是“一带一路”不可或缺部分的讲话，确实感到非常兴奋。

事实正在表明，“一带一路”形成的“五通”，还有共同开发的第三方市场，已给包括阿根廷在内的拉美和加勒比国家带来实实在在的发展机遇和好处，也明显地推动着它们与中国合作、共赢关系的蓬勃发展，呈现出方兴未艾的景况和态势。

诚然，国际上有人出于嫉妒和政治偏见，反对和阻挠拉美和加勒比国家接近“一带一路”，也确实产生了某些效应。但是，“一带一路”，方向明确，效果鲜明，不带有任何政治色彩，也不针对任何第三方，必将继续为更多的拉美和加勒比国家接受和欢迎，展开双方的“发展战略对接”，共克时艰，为实现“中拉命运共同体”的目标添砖加瓦，为人类的共同进步加力、发力。

可以预期，得益于“一带一路”，阿根廷必将会有新的、比较快速的发展和变化，使得这个各种资源都非常丰富的国度呈现出新的进步面貌，进一步提高人民生活的质量。

对此，我确实非常乐观，信心满怀。

随想，随笔，乐在其中。

徐贻聪，1938年生于江苏淮安。毕业于北京外国语学院。
曾在中国驻古巴、墨西哥使馆工作，历任中国驻尼加拉瓜使馆政务参赞，中国驻厄瓜多尔、古巴、阿根廷大使，世界知识出版社社长兼总编辑。

“太平洋海上丝绸之路”的东端——阿卡普尔科

沈允熬

阿卡普尔科是墨西哥太平洋沿岸的天然良港，也是海滨旅游休闲胜地，闻名遐迩。那里蓝天白云，山青海碧。金光闪闪的海滩沙细浪静，延绵20公里。一片片椰林随着习习海风摇曳，婀娜多姿，好一派秀丽的热带海湾景色！

阿卡普尔科全年平均气温27.3摄氏度。最冷月份平均26摄氏度，最热月份平均28.5摄氏度，一年四季都可游泳嬉戏和沐浴明媚的阳光。滨海一带，高档旅馆鳞次栉比，建筑风格迥异，相互争奇斗妍。阿卡普尔科有24个海滩，游乐设施一应俱全。游客可下海畅游、潜水，驾摩托艇在海上驰骋，乘滑翔伞在空中翱翔，坐玻璃底游艇观赏海底景色，或者到海洋世界主题公园观看海狮表演。如果你有兴趣，也可去深海区钓鱼。那里盛产剑鱼，每条重达数十公斤，最大的可达100多公斤。阿卡普尔科每年都举行激动人

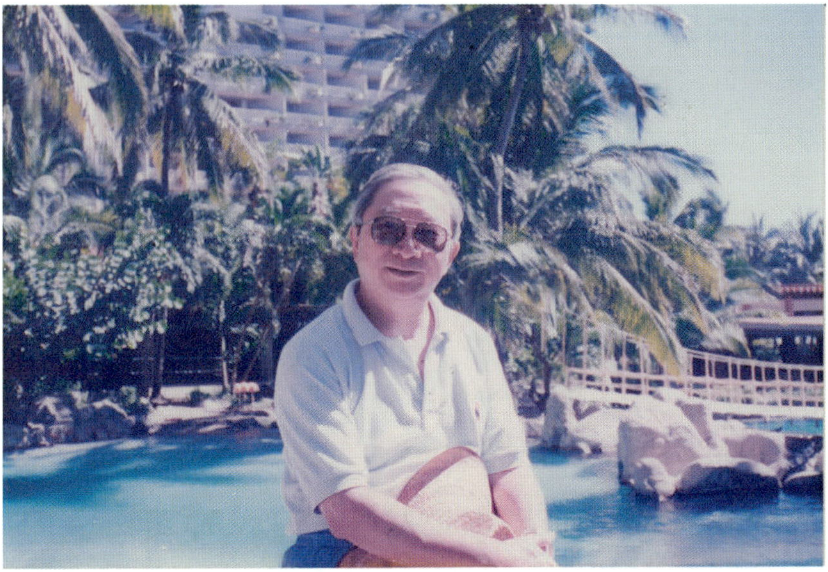

作者摄于阿卡普尔科玛雅宫旅馆

心的钓剑鱼比赛，钓到最大剑鱼的前三名，可获得一笔可观的奖金。

从怪石嶙峋的35米高的悬崖峭壁跳水表演，惊心动魄，堪称世界一绝。在阿卡普尔科海湾西边，有一条名为拉盖伐拉达的峡谷，宽仅五六米至十来米。峡谷的两边是对峙的峭壁，形成U字形矗立。海浪拍打着两侧绝壁涌进，又在峡谷尾端撞壁后回流，发出震耳轰响，气势磅礴。跳水员纵身跳下，像雄鹰一样在空中展翅翱翔，十分壮观。悬崖峭壁跳水每天展示数场，最精彩的是晚场。跳水员们举着火把攀登陡峭的山崖，又举着火把从不同的高度上起跳，犹如置身童话世界，如梦如幻，吸引了国内外无数游客。当地人常说，如没有看过那里的悬崖跳水，就不能说到过阿卡普尔科。

夜幕降临，华灯初上，不夜城更显热闹。街上车水马龙，人头攒动，熙熙攘攘。推广世界各地风味的餐厅宾客盈门，酒吧舞厅不停地播放着富有拉丁风情的音乐，游客们欢声笑语，劲歌热舞，到深夜时分仍意犹未尽。

400多年前，阿卡普尔科是一个名不见经传的小渔村。在印第安人语言里，阿卡普尔科意为“大芦苇之乡”。但斗转星移，时来运转。得益于“太平洋海上丝绸之路”的开辟，这个昔日荒僻的小村逐渐繁荣起来。1599年正式建市前，还只有250户人家。现人口已超过百万，年吸引国内外游客560多万，被誉为“太平洋上的珍珠”。新婚的约翰·F.肯尼迪夫妇选择到阿卡普尔科度蜜月。伊丽莎白·泰勒等不少好莱坞明星在阿卡普尔科拥有别墅。

自16世纪中叶至19世纪初繁荣了两个半世纪的“太平洋海上丝绸之路”，指的是墨西哥与菲律宾之间的那条通商航道。墨西哥与菲律宾之间直线距离8900多海里，相当于1.4万余公里。这是人类历史上开辟的最长航道之一。在哥伦布离世近50年之后，才终于实现了他向西航行以便与亚洲海路通商的夙愿。

从墨西哥通往菲律宾的海上航道，始于1521年。航行在这条航道上的船只几乎在同一个纬度上前行，顺风顺水，3个月左右就能到达。从麦哲伦完成人类首次环球航行之后，人们就知道可以走这么一条航道。而从菲律宾返回墨西哥的航道，则迟至1565年才开通。原因是屡次试航失败，不少船员葬身鱼腹。后来才发现可于

应台胞李健民（左二）之邀，在阿卡普尔科钓鱼，钓得一条重62公斤的剑鱼。右一为大使馆一等秘书鲍鄂生，左一为作者

6—8月间借助西南季风启航北上，至北纬42度附近的北太平洋水域，再顺着由西向东的太平洋“黑潮”海流（La corriente de Kuroshio）穿越浩瀚无垠的太平洋，待驶近北美洲加利福尼亚海岸时再向南航行至阿卡普尔科，全程需时四五个月。故每条船一年平均只能在太平洋上穿越往返一次多一点。

当时墨西哥还不叫墨西哥，而是被称为新西班牙。西班牙远征军1519年入侵墨西哥后，在墨西哥城设立名为“新西班牙”的总督府，统管西班牙在北美和中美洲的全部领地，并以墨西哥为基地，继续向西远征。西班牙占领菲律宾后，将菲律宾划归“新西班牙”管辖，于是想方设法要在菲律宾与墨西哥之间建立一条贸易航道。菲律宾那边的主港是马尼拉，新西班牙太平洋沿岸的主港是阿卡普尔科。往返于菲律宾与新西班牙之间的西班牙商船，被称为“马尼拉大帆船”或“阿卡普尔科大帆船”，随出发港的名称而定。

在那条航线上航行的西班牙帆船，重1700—2000吨，长达40—50余米，可搭载千人左右，是当时世界上制造的最大船只之一。

从马尼拉出发的大帆船满载着东南亚各地的物产，如菲律宾的少量黄金、珍珠、棉花，爪哇和锡兰的胡椒、香料，波斯的地毯，印度的棉布，日本的剑等等。但主要是中国的生丝、丝绸、瓷器、茶叶、棉布、披巾、桌布、珠宝、漆器、象牙雕刻、屏风、扇子、木梳等等，不仅数量多，而且性价比高，名气之大，风靡全球，以至于航行在这条航道上的“马尼拉大帆船”或“阿卡普尔科大帆船”常被称为“中国之船”。

美国学者W.L.舒尔兹在1939年出版的题为《马尼拉大帆船》的专著中这样写道：“中国往往是大帆船贸易货物的主要来源。就新西班牙(墨西哥及其附近的广大地区)的人民来说，大帆船就是中国船，马尼拉就是中国与墨西哥之间的转运站，作为大帆船贸易的最重要商品的中国丝货，都以它为集散地而横渡太平洋。”

如果把“太平洋海上丝绸之路”比作一条彩虹，那么这条彩虹的西端是漳州、广州等闽粤港口和马尼拉，东端是阿卡普尔科。

“中国之船”满载亚洲特产抵达阿卡普尔科后，一部分留在新西班牙各地出售，一部分转运到危地马拉、厄瓜多尔、秘鲁、智利、阿根廷等中南美洲国家，一部分则用骡、马牵引的大轮车拉到墨西哥湾的韦拉克鲁斯港，在那里重新装船运到宗主国西班牙加的斯港。

在源源不断地把亚洲货物运往美洲的同时，“中国之船”也把大量的中国和其他亚洲国家的水手、工匠、仆人等运往美洲。据估计，在“太平洋海上丝绸之路”存在的两个半世纪内，至少有4万—10万亚洲人通过“中国之船”来到美洲，其中不少是华人。

而从阿卡普尔科运往马尼拉的，则是传教士、商人、王室官员、士兵等旅客，以及马、牛、西红柿、辣椒、烟草、蔗糖、玉米、可可豆、羊毛等货物。

新西班牙是当时世界上生产和出口白银最多的地区。在与中国的贸易中，新西班牙有大量逆差，只能用白银支付。据专家学者们研究，新西班牙在与亚洲国家通商期间，每年运往马尼拉的白银在100万—400万比索之间。按保守的估计，新西班牙250年中输往亚洲的银元总量达4亿比索，其中至少有一半或更多流入中国。在当时流入中国的外币中，墨西哥银币（即墨西哥铸造的西班牙银元）流入时间最早。墨西哥银元成色好，铸造精良，规格统一，不易磨损，又便于携带，故最受欢迎，流通时间最长，流通量也最大，逐渐成为中国的重要通货。墨西哥银元在中国市场前后流通了300多年，一度曾占据我国货币流通总量的1/3。墨西哥独立后铸造的银元，因有带鹰的国徽而被中国老百姓称为“鹰洋”。至1911辛亥革命那年，中国市场上约有5亿比索的“鹰洋”在流通。

每条“中国之船”的到达，成为阿卡普尔科的盛大节日。新西班牙总督府专门为此提前发布公告，通知各地周知，做好各项

阿卡普尔科著名的天堂餐厅老板（右二）宴请作者夫妇

准备。“中国之船”进港时，港口要塞鸣放礼炮11响，教堂也敲钟表示欢迎。当地人载歌载舞，举着保护商船的神像，来到码头欢迎“中国之船”平安抵达，祝福买卖兴隆。乘客、船员的家属和来自新西班牙及中南美各地的商贩们聚集在码头等候。当地的人口由4000临时增加到9000，有时甚至增加到1.2万。为“中国之船”的抵达特别举行的集市交易会，规模盛大，持续20天或更长时间。这些集市交易会名声鹊起，

1883年制作的墨西哥“鹰洋”，上面铸刻着“墨西哥共和国”字样

为阿卡普尔科带来了繁荣，也引来了海盗们的袭击。

亚洲和美洲两地两个半世纪的物资和人员交流，对双方的经济、文化和社会生活，包括饮食和风俗习惯，都产生了重要影响。据美国人派克斯所著《墨西哥史》一书描述，当年新西班牙首府墨西哥城，无论男女，都争相穿戴来自中国的丝绸，“每天下午近5点钟，大道上满是贵妇人的马车，穿着来自中国的丝绸……骑士们头戴宽边礼帽，身穿丝绸褂子”。

航行在太平洋海上丝绸之路的“中国之船”，首次实现了亚洲与美洲之间大规模、常态化的贸易联系和人文交流。阿卡普尔科因与亚洲和中国结缘而发迹。作为当年与亚洲通商的美洲主港，阿卡普尔科为自己曾是联系亚洲、美洲、欧洲三大洲物流中心的历史而自豪。这个太平洋东岸港口开埠至今450多年，漫长的时光未能磨灭“中国之船”的影响，

至今仍到处可以感受到它与中国曾经有过的千丝万缕的关系。

阿卡普尔科的民众对遥远的亚洲和当年满载货物而来的“中国之船”怀有一种难以舍弃的眷恋之情。当他们知道你来自中国时，往往会情不自禁地感到惊喜，仿佛熟人似的与你攀谈起来。

守卫阿卡普尔科港口的圣迭戈要塞，原系西班牙殖民当局1616年为防御海盗袭击“中国之船”而修建。原建筑于1776年毁于地震，后于1783年设计重建。这座当年墨西哥太平洋沿岸最重要的五角形军事设施，现已成为阿卡普尔科最大、最重要的历史博物馆。博物馆内设有13个展厅，陈列着大量有关太平洋海上丝绸之路的史料、“中国之船”的模型和当年来自中国的丝绸、刺绣、瓷器、家具、扇子等实物，琳琅满目。文物静默无声，却为阿卡普尔科与中国的历史渊源提供了有力的佐证。

阿卡普尔科市政府将每年11月17日定为该市的“中国之船节”。阿卡普尔科市1985年8月与我国青岛市结为友好城市，是中墨间的第一对友好城市。为纪念两市间建立的友谊，阿卡普尔科市把“中国之船节”博览会所在的那条街命名为“青岛街”。青岛市政府赠送的“飞天琴女”大型雕像，耸立在阿卡普尔科国际会议中心一侧的沿海大道上。青岛举行的国际马拉松赛，也常有来自阿卡普尔科的跑友参加。

我常驻墨西哥5年，曾多次去过阿卡普尔科，有时去拜会当地的州长和市长，有时应邀去参加当地的活动。墨西哥城海拔2240

米，污染相当严重。我们使馆也曾数次利用当地较长的节假日，分期分批组织馆员到阿卡普尔科度假，呼吸海边的负氧离子。每次去阿卡普尔科，都给我们留下美好的记忆。

阿卡普尔科市政府主办的一年一度的“中国之船节”是当地的重要节日，主要邀请亚洲、拉美和欧洲国家的文化艺术团组参加，内容包括文艺演出、展览、讲座、美食推介、放烟火等。通过纪念450多年前美洲与亚洲通商的活动，增进阿卡普尔科与各国的文化艺术交流和相互了解，吸引更多的国内外游客，提高阿卡普尔科的国际知名度。我国几乎每年都有京剧团、杂技团或民族歌舞团等团组参加，我数次应邀出席相关活动。

墨西哥舞蹈家索妮亚·阿梅利奥是世界著名的响板伴舞艺术家。她巧妙地把音乐、舞蹈和响板技艺完美地融为一体，赢得过国内外无数奖励。她也是中国人民的老朋友，曾多次到我国公演。她邀请我们夫妇到她在阿卡普尔科的别墅做客。她家的别墅建在半山腰上，可以鸟瞰阿卡普尔科海湾全景。好客的索尼娅用地道的墨西哥美食款待我们。晚餐后我们一起在阳台上喝咖啡，欣赏阿卡普尔科海湾流光溢彩的夜景，听女主人娓娓讲述她去中国演出受到中国公众热烈欢迎的难忘经历。

阿卡普尔科人将当地的“中国之船节”定在11月17日，因为早年有一艘“中国之船”是在那一天载着丝绸、瓷器等漂洋过海来到阿卡普尔科的。很巧合的是450多年后的2015年，也是在11月17日那一天，又有一条“中国之船”停泊在阿卡普尔科。不同的是，这条“中国之船”不是一般的商船，而是一条现代化大型专业医院船——“和平方舟”号医院船。这条船由我国自行设计制造，

“和平方舟”号的医疗分队在墨西哥阿卡普尔科米拉社区诊疗现场

满载排水量14300吨。它弘扬人道、博爱和奉献的精神，先后访问过多个国家和地区。那时它正在对阿卡普尔科进行为期7天的友好访问。

访问期间，“和平方舟”号医院船与墨方开展了丰富多彩的交流活动，双方医务人员举行了医疗研讨会，并与墨方医院互派人员参观交流。双方人员还在阿卡普尔科体育场进行了足球友谊赛。

与此同时，“和平方舟”号医务人员在医院船主平台和派出医疗分队，与墨方医务人员一起开展社区联合巡诊，提供免费医疗和人道主义服务，共为墨西哥民众和华人华侨提供医疗服务

墨西哥响板舞蹈家索妮亚·阿梅莉奥出席大使馆招待会与作者夫妇合影

4855人次。“和平方舟”号部分医护人员还走进当地孤儿院，开展健康服务和卫生常识指导等活动。当时正值“登革热”流行期，医院船医生带着消毒设施在孤儿院进行消灭蚊虫工作。在孤儿院工作了9年的艾娃女士说，以前也有一些外国机构和组织到访孤儿院，但为这里的孩子提供体检和相关医疗服务，这还是第一次。

“和平方舟”号医院船的到访，受到墨西哥政府和民众的热烈欢迎。阿卡普尔科主要新闻媒体在显要版面，对医院船进行了图文并茂的详细报道。《阿卡普尔科日报》称：“医院船的到访，给当地民众提供了专业、周到的诊疗服务，市民纷纷称赞中国医生的高超技术和责任心，期待医院船下次再来。”

2022年是中墨两国建交50周年。50年来，两国双边友好合作关系不断发展，已升级为全面战略伙伴关系。中墨两国分别是东西半球的文明古国，历史上都遭受过外来侵略掠夺。为争取本国的独立和解放，我们两国人民都进行过长期的英勇斗争。中墨现都是发展中大国，都面临着发展本国经济、改善本国人民生活的共同任务。我们两国都十分珍惜本国得来不易的独立，都执行独立自主和不结盟的对外政策，主张不干涉他国内政，通过和平谈判解决国际争端，积极维护世界和平。这许多共同点构成发展两国友好合作关系的坚实基础。我们两国人民都很珍重两国间历史悠久的友好交往，惺惺相惜，这又为两国关系的不断发展提供了深厚的民意基础。

在中墨两国友好交往的悠悠岁月中，阿卡普尔科一直占有特殊的重要地位。450多年前，阿卡普尔科作为东太平洋的主港，曾为开辟和维系亚洲与美洲间“太平洋海上丝绸之路”做出重要贡献。如今在全新的历史条件下，阿卡普尔科依旧是中国与墨西哥开展多种友好合作交流的桥梁和门户，为中墨两国人民之间传统情谊的深化发展不断谱写着新的美好篇章。

沈允熬，1937年生，浙江慈溪人。中国国际问题研究基金会拉美研究中心研究员。

毕业于外交学院。曾任外交部美大司副司长，中国驻阿根廷、巴西、墨西哥大使，世界知识出版社社长，中国拉丁美洲友好协会副会长。

流光溢彩的哥伦比亚和源远流长的中哥友谊

汤铭新

在我长达40余年的外交生涯中，绝大部分时间是与拉丁美洲打交道。在那里我度过了多姿多彩的工作和生活时光。而其中在哥伦比亚的经历却是从民间外交开始到官方外交的工作，给我留下了难以忘怀的印象。

风光旖旎的南美门户

哥伦比亚位于南美洲的西北部，北临加勒比海，西濒太平洋，是南美唯一一个濒临两大洋的国家。它既是连接中南美洲的桥梁，又是进入南美洲的门户，战略地位重要。

哥伦比亚的国土面积114万多平方公里，在世界各国中列第26位，是拉丁美洲第五大国。踏上哥伦比亚，你首先会被她的旖旎风光所吸引。

全国5个地区的中部是安第斯地区，那里地貌多样，有纵横的山岭，苍翠的草木，飞流直下的瀑布。这个区域气候宜人，人口稠密，是咖啡、可可、鲜花和多种水果的生产和出口基地，还有多处自然保护地和印第安人聚居村。首都波哥大就位于这个地区。它也是历史文化之旅的首选地区；西部是狭长的太平洋地区，为沿海平原，那里丛林密布，气候湿热，雨量充沛，原始生态保护完好。此外还有印第安文化历史遗址和著名的狂欢节日，是生态旅游和考古旅游的好去处；北部地区是开阔的加勒比地区，气候凉爽。那七彩斑斓的大海和温暖柔和的细沙令人陶醉。风格鲜明的城市建筑和多姿多彩的印第安文化和非洲文化让你目不暇接，是吸引人休闲度假的好地方；东南部是亚马孙地区，是人类最大的一个氧气库。全区地势平坦，是全国最大的各印第安部落聚居地，可以为接触了解印第安文化提供好机会。

与航海家哥伦布结缘的国名

哥伦比亚的国名和航海家哥伦布有缘。哥伦布出生于意大利热那亚，是一个羡慕权势、渴求财富，又具有相当才干和天文地理知识的航海家。他读了一位名叫马可·波罗的意大利人根据他13世纪时在中国元朝生活的见闻写作的《马可·波罗游记》后，坚信向西航行必可到达马可·波罗描述的富庶而文明的东方。

于是哥伦布在1492年8月2日，带着西班牙国王致中国皇帝的国书，率领87名水手，驾驶3艘三桅快船，扬帆远航，达成了“新大陆”的发现，触发了欧洲现代文明和美洲土著古老文明的冲突与交汇。

1502年，哥伦布第四次也是最后一次远航美洲，“发现”了包括现今哥伦比亚在内的这块土地，把它称为新格林纳达。1819年，哥伦比亚获得独立，之后经历了与周边国家的组合与解体，最后于1886年为纪念哥伦布，定国名为哥伦比亚共和国。今天，历史遗留下来的不光是与哥伦布结缘的国名，还有一座为纪念哥伦布而建造的雕像。

印第安文化的奇葩，民族融合的摇篮

哥伦比亚具有悠久而深厚的文化历史。从远古时代起，就是印第安人的故乡。其中最具代表性和影响力的是到16世纪在波哥大高原欣欣向荣、令哥伦比亚人为之骄傲、令世界赞叹的奇布查文化。她成为与玛雅文化、阿兹特克文化和印加文化并列的美洲大陆四大印第安文化的一朵奇葩。

和奇布查文化的近距离接触，在抵达哥伦比亚的第一站波哥大时便会发生。记得那是1975年，我第一次造访哥伦比亚。刚下飞机，只见“镀金人机场”几个大字赫然映入眼帘。进入机场大厅后，在琳琅满目的工艺品商店里，又看到了一种叫“穆斯卡黄金筏”的工艺品。端坐船筏正中间的便是“镀金人”，机场的名字就是由它得来。

原来相传古代波哥大地区曾连年大旱，人们求拜天地也无济于事。心急如焚的奇布查族女酋长瓜达维塔决定用金粉涂抹全身，然后跳进湖里，以献身殉国的壮烈之举祈求上苍赐雨济民。果然，顷刻之间雷雨倾盆而泻。在甘露滋润下，大地又恢复了生机。大家兴高采烈，但同时又非常感念这位已升入天国化为女神的女酋长。于是，奇布查人作出了一项规定：今后凡是逢到酋长传位加冕或祭天拜神时，酋长要全身熏香并抹上油脂，再喷洒金粉化为“镀金人”，然后乘坐船筏来到湖中朝拜这位女神。村民们则全身披戴着闪闪发光的金银珠宝供品，献给化为女神的酋长，以求她保佑大地风调雨顺，五谷丰登，吉祥平安。“镀金人”的象征从此世世代代传了下来并成了进入哥伦比亚的标志。

哥伦比亚是一个多民族融合的大家庭。今天的4500多万哥伦比亚人是由四大人类群体，即印第安人、欧洲白人、非洲黑人，以及他们相互联姻产生的混血种人所组成的。虽然种族结构多样，但长期以来哥伦比亚各民族相互尊重，和睦相处。不同人情风俗绽放鲜艳光彩。

哥伦比亚的“狂欢节”

纳里尼奥省的“黑人、白人节”就是这一民族传统的“狂欢节”。它起源于古代生活在那个地区的民间邻里的聚会，反映了当时各族人民在进行了宗教礼拜，祈求五谷丰登之后，上街唱歌跳舞，显示友爱相处、情意融融的情景。“狂欢节”在每年1月5日—7日在省会巴斯托市举行。我在哥伦比亚曾经有过一次“下基层”的亲身经历。

5日那天，大街小巷到处是提着颜料盒的青年。他们拦住过往行人，在脸上涂上黑色颜料把他们变成“黑人”。见我是外国人，他们有些犹豫。在向我解释并征得同意后，在我两边脸颊上各涂一点黑色，以示我参与了当天“黑人节”的活动。一位满脸黑色的姑娘马上走过来要求挽着我的胳膊合影。照片在第二天上了当地的报纸，成为地方一条热门新闻。第二天我又上街。由于已经有了经验，便主动示意那些青年给我涂脸。今天轮到“白人节”，因此他们用白颜料把脸都涂成粉白，转眼我成了地地道道的“白人”。这次效果极佳，我走到哪里，便引来一阵喝彩和热情的掌声。正在热歌狂舞的青年人则拥过来，紧紧地称兄道弟般拥抱我并和我照相，着实让我体验了一回“明星大腕”的风头。最后一天是化装游行，人们穿上各式各样的民族服装，伴随着满载着丰收产品的彩车，沿着城市主要街道，跳起欢乐的舞蹈。这是一次印第安人的宗教信仰文化、西班牙人的民风习俗文化和非洲人的原始古朴文化最好的交融。2002年，联合国教科文组织把它列为“人类非物质文化遗产”。

出乎意料的是节庆最后那天晚上，我被邀请到市郊一个印第安人村落去做客。户主是一位肤色黝黑的农民。他先请我喝上一杯用玉米酿造的“进门酒”，以示欢迎之意。接着他的女儿端上来一盘名叫“亚赫”，类似我国苦菊的生菜。我正纳闷主人的用意时，他笑着说：“这是‘洁净灵魂’的仪式。因为苦菊刚入口咀嚼时，有苦涩味，让你回味人生经历的苦难，可过了一会儿，便有甜润的味道，让你憧憬未来的美好幸福。”我正要感谢主人这番用心深刻的好意时，陪同我的一位政府官员说：“用你们中国人的说法，就是‘先苦后甜’。我们印第安人信奉的哲理同你们中国人是一样的啊！”听了这一番动人的解释，我毫无顾忌地大口咀嚼起来，引起了大家的欢笑。正在此时，市区广场那边来自中国的鞭炮和礼花腾空而起，响彻和照亮了街头巷尾，使全城沉浸在一片热烈的气氛之中，为节日画上了圆满的句号。

品味哥伦比亚的“四宝”

哥伦比亚是一个物华天宝、流光溢彩的国家。记得哥伦比亚的一位朋友曾对我说：“中国的长城、故宫、陶瓷、丝绸和珠宝玉器，都是探视中国悠久文化的一扇窗口。中国朋友去哥伦比亚，一定要好好了解我们国家具有代表性的‘四宝’，那也是探视哥伦比亚的一扇窗口。这就是灿烂发光的黄金、晶莹剔透的绿宝石、浓郁芳香的咖啡和魅力迷人的鲜花。”这段话可谓是对哥伦比亚最好的风向标。

1.“黄金之国”的辉煌

哥伦比亚盛产黄金，历史上被誉为“黄金之国”。17世纪中叶时，依然占全球产量的20%。据不完全统计，西班牙殖民者从1530年至1810年的280年间，从哥伦比亚掠走的黄金达1000多吨。

印第安人最初拿黄金作为以物易物的手段，后来才根据佩戴者的地位和职位，制作与宗教崇拜有关的非人非兽造型的装饰物。另外一个用途是做陪葬品和祭神的器具。因为印第安人崇拜黄金，认为它可以吸纳阳光，驱魔辟邪。金器的制作最早发源于西南部的卡利马和中西部的托利马，后来发展到金巴亚和波哥大地区，其

黄金人坐雕

金器冶炼铸造和金铜合金制品的工艺水平相当高，是当时手工艺品中的佼佼者。首都黄金博物馆内珍藏的29000多件展品都是印第安人从公元前2000年到公元17世纪的作品，不仅展品之多可谓世界之最，其展品质量之精亦令世人赞叹不已。

黄金今天依然是哥伦比亚的一个重要产业部门。我们在各个城市的工艺品商店，可以看到反映古代和现代艺术的各种精美制品。但是回眸往事，我们看到，哥伦比亚的黄金的确曾经光辉夺目，而在它的背后，又有多少辛酸和苦难啊！

2. 晶莹剔透的绿宝石

人们喜爱绿宝石，因为它色泽鲜嫩，高贵而庄重，是纯情、幸运的象征。特别是绿宝石中的佼佼者——祖母绿，与钻石、红宝石和蓝宝石并列为世界四大珍宝。由于稀罕难得，堪称宝石极品，为世界各国人民所喜爱。

祖母绿色泽碧绿、纯净、晶莹，既是尊贵的象征，又代表着幸运、美好和纯洁的爱情。因此成为历代帝王、后妃和达官贵人宠爱的饰物。哥伦比亚人十分珍爱祖母绿，因为祖母绿的发现有一段神奇的传说，所以人们都相信祖母绿会带来好运。目前，哥伦比亚每年生产的祖母绿价值10亿多美元。世界上最大的10粒祖母绿均产自哥伦比亚，其中最重的一粒达1796克拉。祖母绿的神秘传说，令人荡气回肠，祖母绿的纯净光泽，令人过目不忘，祖母绿的美好象征，令人回味无穷！

3. 浓郁醇香的“咖啡王国”

哥伦比亚在历史上一直是以生产咖啡为主的农业国，全国种植面积89万公顷，约占全国耕地的1/4，主要在安第斯山区。咖啡的产量和出口量仅次于巴西，居世界第二位，出口创汇将近15亿美元，约占全国出口总值的一半。刚到哥伦比亚时，我一下飞机，便在候机大厅闻到一股清香扑鼻的咖啡味。原来哥伦比亚咖啡种植者联合会在大厅设立了免费供应站，请过往客人随意品尝。这也是热情好客的哥伦比亚人的待人之道，让你对咖啡“一见钟情”。

在哥伦比亚，喝咖啡不仅是人们饮食的重要组成部分，而且还是亲朋好友聚会、社交往来必不可少的程序。有人说，这就同德国人喝啤酒和中国人喝茶一样。

哥伦比亚的咖啡除了自然条件适宜外，咖啡农的精心管理和艰辛劳动功不可没。哥伦比亚咖啡属“软咖啡”，分两类，味道平和的叫“阿拉比卡咖啡”，味道浓苦的叫“卡杜拉咖啡”。至于喝咖啡有许多学问和多种不同的品尝方式。现在通常在饭后或聚会时饮用的一小杯咖啡名叫“丁多”，味浓而苦，令你回味无穷。当然，由于现在工作、生活节奏加快，一般人愿意选择饮用速溶咖啡，只需要开水一冲，加上点糖就可以喝了。因为它不仅提神，也会让你在品味醇香之际，在脑际翻动那在哥伦比亚度过的美好时光而不失为一大享受。

4.万种风情的鲜花

哥伦比亚又有“鲜花之国”的美称，一年四季各种鲜花竞相开放。从20世纪60年代开始，哥伦比亚人便精心提高栽培技术，培育色泽鲜艳的新品种。同时，根据市场需要，又引进国外新品种，

花卉节的游行队伍整装待发

把养花事业发展得红红火火。据估计，哥伦比亚有5万多种花卉，其中高等花卉有50多个大品种。仅兰花就有2000多个品种，其中有国花之称的“卡特娅”兰花更是美艳绝伦。目前鲜花种植业已是该国仅次于咖啡的第二重要行业，鲜花出口到世界30多个国家，出口量居世界第二位。

如果说你到哥伦比亚各乡镇城市周游时，常常会漫步在花的世界，看着朵朵烂漫的鲜花，闻着阵阵的清香，陶醉在大自然恩赐的怀抱之中。每年8月在麦德林市举行“花卉节”，那真是一次醉人心肺之旅。

“花卉节”群众性活动高潮是花农大游行，那可谓是集花卉精华之大成。花农背着各色花板，上面满载着百合花、康乃馨、郁金香、兰花、玫瑰花、千日红、百子莲和香蒲等五彩缤纷的各色鲜花。身穿鲜艳民族服装的姑娘和小伙子们，伴随热烈奔放的乐曲，边舞边行。每当代表不同花卉种植区的彩车驶来时，人群中便会发出一片欢呼声。原来每辆彩车上都站着一位亭亭玉立的“花后”候选人。她们在当天晚上要接受评选“花后”的考试。美女们要回答各种提问，最后选出一位“花后”并举行加冕典礼。人们热烈祝贺，拥抱干杯，狂歌狂舞，通宵达旦。

览胜三大城市风光

哥伦比亚是个风光绚烂、地形多姿、气候宜人、热情好客的国家，也是旅游业比较发达的拉美国家之一。今天我就挑选三个各具特色的城市作个介绍。

1.“南美洲的雅典”波哥大

第一次踏上拉丁美洲，一定会发现拉美各国首都和省市中心，都是一种格局的建筑形式：中央是宽阔优美的广场，四周有天主教堂、总统府、议会大厦和高等法院。这种规划源于当年的西班牙王室颁布的一道谕旨，即按显示城市的文明中心来建设。

自西班牙殖民统治时期开始，波哥大就以文化事业发达而开始扬名。最早从1563年建立了第一所大学后，多种文化教育设施纷纷设立。到了19世纪60—80年代，波哥大的文化教育和科学艺术事业更是发展到了鼎盛时期，并涌现了一大批出类拔萃的人才，在同西班牙及欧洲和拉美其他国家的交流中产生了一批优秀成果。特别值得一提的是波哥大还有一所在西班牙语世界独具影响力的语言学研究中心，它为西班牙语和西班牙文化移植和融合到哥伦比亚乃至拉丁美洲，以及印第安土语和西班牙语的沟通和丰富，都做出了贡献。尤其令哥伦比亚人骄傲不已的是它开创了西班牙语本土化，把西班牙语的“C”（赛）和“Z”（赛达）的语音改读为“S”（埃赛），使西班牙语发音和整个语调更加柔和悦耳，圆润动听，形成了拉美西班牙语的独特魅力。波哥大因其杰出的文化事业成就被誉为“南美洲的雅典”。而这些古老而丰富的文化、艺术遗产的传承，则使波哥大从此享有“伊比利亚文化之都”的又一美名。

波哥大是全国政治、经济、文化和交通中心，海拔2645米，是拉美4个海拔超过2000米以上的高原首都之一。年均气温14摄氏度，树木葱郁，芳草烂漫，气候凉爽，四季如春，是美洲大陆上的旅游胜地。

波哥大是一座古老而又充满现代化生机的城市。城北区是老城，是城市最早的发源地。17—19世纪西班牙和欧洲古朴典雅的建筑保存完好。城中区是繁华热闹的现代都市商业区。位于市中心的玻利瓦尔广场中央矗立着“南美解放者”西蒙·玻利瓦尔高大的雕像。南侧原为玻利瓦尔的故居，现已更名为纳里尼奥宫，是总统官邸。每天下午5时，身穿漂亮制服，仪容威武雄壮的侍卫队在这里举行交接仪式。

市中心另一去处是世界最大的黄金博物馆，珍藏了从公元前5世纪到公元16世纪达2000多年的金色记忆，约3万件价值无法估量的古代印第安人使用过的金器，包括宗教仪式的各种制品；头、胸和腹部的各种装饰品，以及各类日用品。用料精细，工艺高超。我在哥伦比亚工作时，曾有幸为推动博物馆藏品来中国展出出力，促成了1982年该馆藏品到北京和上海举行了第一次展览，引起巨大轰动。后来经过中哥双方共同努力，黄金博物馆精心挑选了253件金器和宝石精品，于2010年9月在上海博物馆隆重展出。来自全国各地的参观者人潮如涌，给予了高度的评价。

波哥大北面49公里处的西巴基拉镇附近，有一座被称为“世界奇迹”的盐城大教堂。盐城大教堂的形成有一段漫长而神奇的历史。最初它是古代海水干枯凝固成的一座巨大的岩盐矿山。后来经开采，形成了哥伦比亚最大的一个产盐地，并为当年浴血奋战的民族解放部队提供了源源不断的食盐后勤保障。最初，辛勤开发岩盐的矿工们，从原始的宗教信仰出发，在盐矿坑道内搭建祭台，供奉护佑女神瓜莎，祈祷她保佑平安。后人根据这一习俗，于1834年将旧矿井中若干祭台合并，形成了初始的教堂模样。经过大规模开采，到了1952年，盐山的岩盐已基本采尽，盐矿成了一个巨大的岩洞。经过民众和矿工们的热烈议论，将大岩洞建造一座大教堂的设想很快受到普遍欢迎和支持。因为他们都信奉天主教，而附近又没有大教堂。在政府支持下，经过一年多的施工，一座独特壮观的岩雕大教堂，于1954年8月落成完工。教堂在岩层间雕琢了14座祈祷室，介绍了耶稣苦难而光荣的历程。走进这段隧道便进入大教堂，面前一片雪白，给人一种曙光升起的感觉，一股圣洁之情油然而生。教堂总面积8500平方米，可容纳8000人。整个教堂分为4个殿堂，壁上雕有许多圣神和圣女、天使等塑像，栩栩如生。在教堂正中有一个祭台，由一块18吨重的岩盐制成，上面有金制十字架。神龛边有一尊浮雕耶稣像，肃穆庄重，令人肃然起敬。祭台下面有供祈祷者用的一排排椅子。每逢周日或宗教节日，一批批善男信女会蜂拥而至。

2.“鲜花地毯”麦德林

麦德林是哥伦比亚第二大城市，安蒂奥基亚省的省会，是一个四季如春，风光秀丽，友好和温馨的城市，因而赢得“永恒春城”的美称。同时，她又是全国最重要的咖啡和花卉城市，历史上的纺织工业中心和现代国际时装行业的重要平台，是一座充满朝气的现代化工业和金融、商贸、文化及旅游业新兴城市。

麦德林有四大特点：一是节庆之城。全年各种节庆活动缤纷撩人，从年初的纺织节、圣烛节、国际兰花节，到国际探戈节、模特大赛、花卉狂欢节再到圣诞节等各种节庆接踵而来，全城笼罩在一片宗教庄严肃穆和人文风情飞扬的气氛中。第二个特点是雕塑之城。教堂里的宗教雕刻图案精美，雕塑名家博特洛的人物作品别具风格，豪放精湛地把城市点缀得千姿百态，美不胜收。第三个特点是文化之城。它是哥伦比亚最重要的文化中心之一，几所名牌大学和博物馆是最突出的文化标志。第四个特点是成就之城。因为麦德林人事业心强，高瞻远瞩，善于经商。他们以开拓精神、节俭办事和热情好客而闻名世界，具有为人生创造丰富多彩未来的坚定信念。有人称他们为哥伦比亚的犹太人，他们凭借不凡的毅力和精力，将麦德林打造成一个不断发展的美好家园。

3. “英雄之城”卡塔赫纳

始建于1533年的卡塔赫纳，为当年西半球的古城之一。这是一处风姿绰约、柔情万种的自然景观和历史文化荟萃的胜地，享有“加勒比海的明珠”的美称。1985年被联合国教科文组织宣布为“世界文化与自然遗产”。

卡塔赫纳是哥伦比亚从北部通向世界的主要门户，是一座经受过战火洗礼的英雄城市，在反对西班牙殖民统治和抗击英法海盗的斗争中，经历了血与火的考验，在争取独立的岁月里做出了卓越的贡献。1815年，西班牙人对卡塔赫纳进行第二次征战，城市中约占1/3的青壮年死于战火。最后挺身而出的是印第安妇女，她们接过武器，继续战斗到生命的最后一刻。虽然这次历时106天的英勇抵抗以失败告终，但是，拉美解放者玻利瓦尔对卡塔赫纳在拉美独立事业中的贡献怀有深深的敬意，把它称为“英雄城市”。卡塔赫纳妇女保卫家乡的感人事迹被世代流传。后人

勤劳的印第安妇女日出而作

在市中心建起了一尊头戴羽毛的美丽的印第安姑娘的雕像，作为城市的标志，以缅怀巾帼英雄们的光辉业绩。卡塔赫纳也因此被称为“印第安巾帼之城”。

卡塔赫纳曾是哥伦比亚的要塞，巨大的城墙和防御工事是见证城市风雨岁月的一大风景。哥伦比亚朋友告诉我，那是他们的“长城”。它绵延13公里长，上面建有7座城堡和21座碉堡。其中最吸引人的是美洲最宏伟的圣费利佩城堡。它建在海拔40多米的一个山岗上，整座城堡是用大石块砌成的，凝固石块的是用公牛血搅拌的胶泥，十分牢固。顶层的四角各有一座方形的瞭望塔高高矗立，凛然不可侵犯。堡垒内有一条长2.7公里的地道，其间有可供上万士兵食宿的设施。城堡从1639年开始建造，历时17年才全部完工。登上城堡眺望，城市和海湾的美景尽收眼底，一片繁华的都市生活，绮丽迷人的海滩风光，空气中弥漫着潮湿的海鲜气味，真是令人陶醉！

卡塔赫纳既是一座古老的城市，也是一座年轻的工业和国际商贸，以及文化和国际活动中心，充满神奇和浪漫色彩的旅游胜地。

卡塔赫纳分为老城和新城两个部分。老城在北部，是个半岛，可以看到保存完好的西班牙风格建筑。老城入口处不远的马车广场，是16—19世纪初美洲最大的“黑奴交易市场”。中心广场北面，是臭名昭著的“宗教裁判所”。在300多年殖民统治期间，有数以万计的平民百姓在这里含冤丧生。1818年卡塔赫纳解放时，愤怒的群众一举砸烂了“宗教裁判所”这座人间地狱。近几十年来，老城旧貌换新颜，为城市增添了现代化色彩。在中心市场旁边，建起了一座有影响力的建筑物——卡塔赫纳国际会议中心，成为许多历史事件的场所和国际会议的舞台。1969年5月，安第斯条约组织在此诞生，为推动安第斯地区一体化做出了贡献。近10年来，每年都有几十次国际和地区会议在这里召开，这座历史名城已成了一个国际化的大都市。

新城位于大嘴湾半岛上，让你领略到现代化气息和卡塔赫纳的精致美好生活。城里的大街两旁，店堂林立，商业和服务业非常兴旺，有著名的绿宝石、精美的工艺品，以及各种名牌服装供你选择，还有适合洽谈生意或亲朋好友聚会的豪华酒店和热恋情人约会的咖啡吧、酒吧等等。

飞架大洋的友谊虹桥

1. 回眸璀璨星空，映射繁茂丝路

我国和包括哥伦比亚在内的拉丁美洲虽然远隔重洋，但是，根据不同时期的文物考证、史料记载和文化遗迹，中国和拉美、加勒比地区的文化接触、贸易往来和人文交流源远流长。太平洋的万顷波涛早就为两岸人民的友谊架起了银色的桥梁，友谊的纽带把两岸人民紧紧地联系在一起。海上丝绸之路是古代中国与外国交通贸易和文化交往的海上通道，其萌芽传说可以追溯到公元前11世纪的殷商时代。到了公元5世纪中叶，即我国南北朝初期，当时中美洲尤卡坦半岛盛开着玛雅文化之花；明朝时期，墨西哥地区阿兹特克文化和南美洲安第斯地区的印加文化放射出光明的曙光；还有哥伦比亚地区异彩奔放的奇布查文化都先后留下了与古老中国交流的印记。哥伦比亚等地的印第安部族村落的土著居民信奉“阴阳”和“风水”的华夏文化习俗等，都是中拉交往留下的文化历史遗迹。

2. 小球滚动和风筝高飞联结友谊

1973年9月，在北京举行的亚非拉乒乓球邀请赛推动了我国与亚非拉地区的未建交国家的友好交往。我应国家体委邀请，参加接待工作。因为当年哥伦比亚乒乓球队的水平还不高，所以我介绍他们与国家体委国际司的负责人举行了会谈，达成了由我国为哥伦比亚派遣乒乓球教练员的协议。这一协议既为提高哥伦比亚国家乒乓球队的水平创造了条件，使他们在此后拉美国家乒乓球比赛中赢得了很好的成绩，也为两国开展人文交流提供了新的机遇。

1975年4月，我参加了哥伦比亚文化友好代表团访华的接待工作。代表团成员在北京天坛公园看到许多人放飞风筝，很感兴趣。我们和举办国际风筝节的山东省潍坊市联系后，潍坊市立即派人带了多种风筝，作为礼品赠送给外宾，并希望今后开展交流。想不到那年8月7日，在哥伦比亚庆祝博亚卡独立战争胜利日举行游行时，哥伦比亚朋友把从中国带回去的风筝进行放飞，引起了在场所有人的热烈反响。从那时起，每年8月，莱伊瓦市举行国际风筝节，都会放飞两国的风筝。这一风筝友谊至今已经40多年了！

3.促成建交的功业

1979年5月，我陪同中国人民对外友好协会代表团访问哥伦比亚。图尔巴伊总统以高规格接见我们。图尔巴伊总统说，哥中双方具有共同的目标，处于相同的发展阶段。他希望看到哥中关系有实质性的进展，从而造福两国人民。他说，哥伦比亚盛产咖啡，因此，两国如果就哥伦比亚向中国出口咖啡贸易达成共识，这对两国政治关系会起决定性作用。我们的侯桐团长说，中哥远隔千山万水，但是，两国人民的

1979年5月中国人民对外友好协会代表团访问哥伦比亚。后排左六为作者，右五为侯桐团长，前排右四为哥中友协执行主任戈麦斯

心是紧紧连在一起的。我们也希望看到两国关系有突破性进展。总统的建议非常好。毛泽东主席对此也有过相似的想法。接着，团长要我把毛主席的相关讲话介绍一下。

我说，1964年，毛主席接见拉美国家青年代表团时，我有幸担任翻译。一位哥伦比亚朋友热情地说，中国的发展和巨大的市场给他留下了深刻的印象。如果每一个中国人每天少喝一杯茶，改为喝一杯咖啡，那么哥伦比亚咖啡就有了大市场，为推动双方的关系创造了条件。毛主席听了后笑着说，如果哥伦比亚人每天少喝一杯咖啡，改为喝一杯茶，那中国的茶叶也有了大市场。这不就是最好的“互通有无”了吗?!

图尔巴伊总统听了后说，那太好了！就请我们两国的外交代表尽快商谈落实吧！果然，1980年年初，哥伦比亚和我国常驻联合国代表团就建交问题启动了会谈。谈判进展得很顺利。1980年2月7日，两国代表在纽约签署了建交公报。同时，双方还就中国进口哥伦比亚咖啡和出口茶叶等商品贸易达成了协议。咖啡与茶“互通有无”打开了国门。

中国古老文化的魅力

1. 中国古训的启迪

1985年，我陪中国人民对外友好协会会长王炳南率领的代表团访问哥伦比亚时，在卡塔赫纳市参观一家名叫维京戈斯的鱼类加工厂。刚走进大门，猛然看见墙上一行大字：“赐之以鱼，果腹一日；授之以渔，享用终生。”下面一行字是“中国古训”。这立即引起了我们的兴趣和关心。厂长说，他对西方发达国家把哥伦比亚作为原料输出国和廉价劳动力市场的不平等交换非常气愤。他想西方国家只是肆意掠夺哥伦比亚的资源，从来不把先进技术转让给他们，更不想

1981年10月中国人民对外友好协会访问哥伦比亚，前排左三为王炳南会长

让他们自强自立。于是他联想到了中国圣贤的箴言并受到启迪，认为中国的古训说得好，“你给我们鱼吃，只能填饱一天的肚子；你若教我们如何捕鱼，那我们可以自己一辈子独立谋生”！因此，他决定拿它来训导全体员工。

进到厂里参观，在最后一间成品包装大厅里，我们又看到了一行中国老子的古训：“九层之台，起于垒土；千里之行，始于足下。”厂长说，这也是中国古老的智慧，说得何等好啊！我们以此来教育全厂的员工，意思是凡事要从一步一步做起，即使1000里的路程，必须从走好第一步开始才能实现，并实现远大目标。他感谢中国的古训，让他领悟了人生，领悟了社会。最后，他和我们热烈拥抱，希望下次有机会再见面叙谈，并且带去更多中国的古训，让他和哥伦比亚人受到更多的教益。王炳南会长也很激动，他说，我们此次访问哥伦比亚也是不虚此行。因为我们也学到了不少东西。哥伦比亚人民执着追求进步，奋勇克服困难和真诚友好的精神，令我们十分敬佩！人类社会和世界各国就是在相互学习、相互借鉴中不断前进的，希望有机会在中国接待厂长的访问，进行更多的交流。

2. 中国的“阴阳”和“风水”的“奇遇”

说茫茫的大千世界无奇不有，并不为过。但是，在远隔万里的异国他乡，在高山密林的印第安人部族村落，竟然奇迹般地幸会到当地的一种文化现象，而且竟然和华夏大地的“阴阳”和“风水”之说如此相通，不能不说是一大“奇遇”。

事情要从30多年前说起。那次我去纳里尼奥省巴斯托市访问时，曾经到一个印第安人村做客。在和几位印第安部落首领交谈时，他们主动提到，他们的生活起居、养生保健的重要内容是否和中国的“阴阳”和“风水”之说密切相关。他们还一一举例说，譬如住宅房地的建造，一定要坐北向南，因为他们信仰的“土地娘娘”有她的磁性极场。阳性在北面，阴性在南面，这样的朝向可以让阴性的地气被阳性的天气所吸纳，形成舒畅的“风水”环境。同样，睡觉的床位要注意把枕头放在朝北方向的位置，那样你就顺应地球磁场“风水”安然入睡，消除疲劳。至于房间的布置，一定要把电子器材和塑料用品放在外面，否则，会受电磁和塑料污染，并被它们吸去阳气和精气，影响环境和健康。我们一边谈，他们还请我到一家住户实地观察，同时又讲了其他许多细节，令我惊诧不已。

2009年8月，我收到哥伦比亚一位研究东方文化的学者的来信，他说:“告诉你一个好消息，不久将要在纳里尼奥省的巴斯托市举行‘第一届国际安第斯文化论坛’，和周边7个国家，以及来自美国、墨西哥和危地马拉的研究印第安文化专家及印第安部族代表一起，进一步探讨和总结具有古老传统的印第安文化，其中包括当年让你大吃一惊的和中国的‘阴阳’和‘风水’似出一辙的文化。它原始古老而又朴素深奥，是观察宇宙、社会和人生时总结出来的一整套驱邪避凶，选择吉祥的理论和技法。我们要下功夫研究，同时希望今后同中国专家探讨。”

印第安文化中涵盖的这一部分究竟源出何处，确实还是个未解之谜。但是，我想这一点我们相互是共同的：那就是人们要顺乎大自然的选择和安排，保护好生态环境，关爱生命，为建设一个普天之下友爱相处的和谐世界共同努力！也就是今天习近平主席倡导的构建人类命运共同体啊！

1980年10月1日中国驻哥伦比亚大使馆开馆后第一次举行庆祝国庆招待会。前排居中为赵政一大使

中国和哥伦比亚的友好关系——“海内存知己，天涯若比邻”

中国和哥伦比亚虽然远隔重洋，但是，两国人民的友好情谊源远流长。真可谓：“海内存知己，天涯若比邻。”新中国成立后，两国在政治、经济、文化、新闻等各个领域的民间交往迅速发展起来。1980年2月7日，中国和哥伦比亚建立外交关系。建交40多年来中哥两国跨越空间的距离，跨越文化的差异，跨越语言的障碍，始终守望相助，双边关系持续稳定发展，收获累累硕果。

1.在政治领域，中国始终将哥伦比亚视为中国在拉美的好朋友、好伙伴，在相互尊重、平等互利的基础上，各个领域的交流与合作不断扩大。政治互信不断增强，两国高层领导互访频繁，近30年来历届哥伦比亚总统都访问过中国，多位中国领导人也先后访哥。

2019年7月，哥伦比亚总统杜克来华进行国事访问时，习近平主席同他就共建“一带一路”，以及共同构建“中拉命运共同体”等议题进行了深入探讨，并签署了11项合作文件，达成了一系列重要共识，指引两国关系在新时代全面深入发展。

2.在经贸领域，双方努力挖掘贸易潜力，发挥互补优势。两国务实合作稳步快速发展，利益融合日益紧密。中哥贸易额从建交之初的2200万美元，增长至2019年逾150亿美元。中国已多年保持哥第二大贸易伙伴地位，合作领域从能矿向基础设施、农业、制造业、清洁能源等拓展。30多家中国企业在哥投资。近期，中国企业联合体接连中标波哥大地铁和西部有轨电车项目，为哥创造数万个直接或间接就业岗位，成为中哥务实合作的标志性项目。

3.两国民间友好往来密切，增进了两国人民的相互了解和友谊。中哥文化、体育、教育、司法、旅游等领域交流合作生机勃勃。每年近万人次中国人来到哥伦比亚，双方互换留学生逾百人。“汉语热”在哥蔚然成风，哥伦比亚咖啡、足球在中国拥有越来越多的粉丝。中哥友好省市关系已达12对，地方务实合作、文化交流不断加强。

4.两国在国际事务中长期协同配合，保持良好的合作，发挥着日益重要的作用。中哥双方秉持多边主义，共同推动国际关系民主化，推动构建更加公正合理的国际秩序。围绕联合国改革、世界贸易组织改革等重大全球性议题，中哥紧密协调，有力维护广大发展中国家的团结与共同利益。

5.两国始终坚持真诚友好、相互尊重、平等相待。传承深厚的传统友好以及互信互助的兄弟般情谊。在一方遭受自然灾害等困难时刻，另一方总是感同身受，第一时间伸出无私援手。当前，中国正举全国之力，抗击新型冠状病毒感染的疫情，杜克总统向习近平主席和中国人民表达真诚的慰问和支持，哥伦比亚政府和社会各界也发出声援中国、祝福中国的友好声音，令人深为感动。

当前，在中哥建交42周年新的起点上，我们坚信，两国将进一步加强交往，增进合作，在推动构建人类命运共同体的征程上扬帆远航，奔向更加美好的明天！

汤铭新，上海人。中国前外交官联谊会名誉副会长，北京市人民对外友好协会特邀理事，中国国际问题研究基金会特邀研究员。

毕业于外交学院。曾任外交部拉美司副司长，中国驻厄瓜多尔大使馆政务参赞，驻玻利维亚、乌拉圭大使，北京奥申委国际宣传部网站西班牙文版主编，上海世博会文化顾问，中国前外交官联谊会常务副会长兼秘书长和中国拉丁美洲友好协会理事。

主编《国之风采》《国酒茅台誉满全球》《见证奥林匹克》《纪念中国和哥伦比亚建交45周年文集》等著作，著有《飞架太平洋上空的虹桥》《哥伦比亚——黄金和鲜花的国度》，翻译老子《道德经》中文、西班牙文对照文本。

神秘的跨洋之旅

刘彦顺

“姥爷，你小的时候也看见过大海吗？”

我们的外孙女海兰，活泼可爱，聪明伶俐，爱问好学。她刚从美国回来，飞越过波涛万顷的太平洋，脑海中留下不少的印象。她向我讲述回国的旅程，描述她从万米高空看到的大海，天真地认为我小的时候也一定看见过大海。

“不，我是山沟里的孩子，小时候没见过大海。可是后来我却有过一段海上航行的经历。”我告诉海兰。

“那你能给我讲讲你和海的故事吗？”

海兰的要求打开了我记忆的大门，我向她讲述了一段难忘的往事。

一、对大海的向往

我小的时候，只是在母亲讲述的故事中，知道了世界上有一片片大海，海中有一个神奇的世界，还有许许多多的神话故事。我感到大海十分神秘，它太大了，太深了，无边无际，深浅难测，在小小的心灵里埋下了爱慕和向往的愿望。我想亲近它，却没有机缘。

上中学的时候，我爱好文学和诗歌，语文老师喜欢我，特地把他自己的一部心爱的《普希金文集》送给我。我第一次读到普希金的《致大海》时，高兴极了。我一遍又一遍地吟诵，产生了一种共鸣，一种幻觉。我眼前仿佛出现了一片“滚动着蔚蓝色波涛”的大海。我注视着书中的插图，只见普希金一个人站在临海的岩岸上，他似乎在高声地宣告，大海，“我曾经是你的歌者”，又似乎他怀着“等待和期盼”的心情，默默地自言自语，大海，“你是我心灵愿望之所在啊”。

诗人和海对话，这情景是多么浪漫！多么令人向往！潜伏在我心底的儿时的愿望，像一粒种子喜获甘露一样，膨胀着，生长着。我常常自问，一个来自山沟里的孩子，能有机会看到大海吗？

机会终于来临了。我第一次看到大海是在牡丹江中学毕业后前往北京上大学的时候。1953年秋天，我乘坐火车从东北进关，终于在山海关附近有了一次透过快速行驶的旅客列车的车窗一睹大海芳容的机缘。我情不自禁地跳了起来，未免有些失态，致使周围的旅客向我投来惊诧的目光。可惜，那只是大海的一角，静静的，弯弯的，白白的，霎时间就消逝在起伏的山峦中。我伏在车窗上张望许久，未再见到她的身影。我感到她像一把截断陆地的锋利的刀，脑海中突然闪出一句话：这是谁家的宝刀横卧在群山脚下？

我看到了大海，但我还未感到大海之大。大海对于我仍然是神秘而充满无限的魅力，我期待着同大海的亲近，我梦想着直挂云帆长风破浪的浪漫情景。

也是上苍作美，1966年秋，我作为非通用语言翻译，临时借调给外单位，参与接待来华访问的贵宾。翌年1月，我有了一次从我国南海出发横跨印度洋前往亚得里亚海的机会。我完成了一次特殊的使命，也饱览了大海的风光，尝尽了大海的喜怒哀乐。

二、登上“长江号”

1967年伊始，我执行一次特殊的任务，陪伴一位贵宾经海路从中国去欧洲。只要这位国际友人平安到达目的地，就是圆满完成任务。我们一行6人，包下“长江”号货轮的客房，从湛江港出海。

朋友们在湛江宾馆为我们饯行，共同祝愿我们“一路顺风”。听着朋友们的话，我感到高兴和荣幸。任务重大，自不待言，我这个来自山沟中的孩子可真要经受大风大浪了，隐藏在心底的孩提时的梦想可真要变成现实了，免不了心中更有一种无言的喜悦。

可1967年是什么年代？在“文化大革命”的浪潮中，人人感到帝国主义、修正主义和反动派就睡在身边。我们要完成这项特殊的使命，自然要做好特殊的安排，谁敢放松敌我斗争的这根弦？送行的朋友为我们设想了许多应对困难的方案，可是偏偏疏漏了怎样才能顺利地登上“长江”号这万里之行的第一步。聪明人也会做蠢事。

为了躲避“帝修反”的眼睛，保持行动的隐蔽性，我们决定不在码头而在锚地上船。夜色降临了，饯行宴会也结束了，朋友们陪同我们6人在夜幕的掩护下登上一艘小汽轮，离开湛江港的码头，向停泊在锚地的“长江”号驶去。

海风甚烈，海浪汹涌，我们的小汽轮摇摇晃晃，好像喝醉了酒，好不容易才驶到“长江”号附近。只见高大的“长江”号早已放好软梯，等待小汽轮的靠泊。可是天知道，在风浪中小船靠向大船，说起来很容易，做起来可真难。那小汽轮刚刚驶近“长江”号的侧舷，还来不及接到抛过来的绳索，一阵波浪涌了过来，就像一只无形的巨手，把小汽轮推得远远的。靠泊的第一次努力失败了。我们的小汽轮摇晃着、挣扎着，从浪尖跌进波谷，又从波谷冲向浪尖，就像跌了一跤的爬山者，倒下去又站起来，向上攀援着。第二次、第三次努力又失败了。时间过去了近两个小时，我们仰望着“长江”号上的灯火，心中充满了可望而不可即的烦躁。一位送行的朋友说：“早知这么难，真不如就在码头上登船了。”可是后悔药是吃不得的，开弓没有回头箭，尤其是在那个十分看重豪言壮语的年代。不记得又做了几次努力，几位高明的水手终于接住绳索，使小汽轮贴靠在“长江”号身旁。

“长江”号的大副走下软梯，欢迎我们上船。只见他动作敏捷，上下软梯，如履平地。可我们又遇到难题。那软梯不仅上下颤动，而且左右摇晃，比荡秋千还难以掌握平衡。再加上脚下汹涌的海水，颜色铁青，深不可测，几点灯火的反光在水中跳跃不停，又额外地增添了几分凶险。几位水手在我们身前身后保护和协助我们攀登。我们人人小心翼翼，个个提心吊胆，送行的朋友也为我们捏了一把汗。又折腾了一段时间，我们在惊险中获得了登船成功的喜悦。

我们站在“长江”号的甲板上向送行的朋友们招手，他们为我们鼓掌祝贺。片刻过后，送行的小汽轮在夜幕中消失了。我环顾四周，一片漆黑，只有远处的湛江港还有点点的灯火闪亮。午夜时分，船长下达了起锚的指令，孤零零停泊在锚地的“长江”号，载着我们6位特殊的乘客，开始了跨洋之旅。

三、初识贝汉亭船长

“长江”号船长是新中国著名的航海家贝汉亭。

就是冲着贝汉亭的名字，我们选中了“长江”号。贝汉亭船长航海经验丰富，为人忠实可靠，爱岗敬业，精通英语和海事海规，深受船员的拥护和爱戴。他事先对我们的使命也有所知，把护送视为自己的任务和责任。为确保航行的安全，他在“长江”号启航之前就做了相应的动员和部署。

“长江”号启航了。贝汉亭船长对我们几位特殊的旅客表示了特殊的关怀，他请我们到船长室向我们简要地介绍了航行方案。他强调这一次航行的特点是沿途不停靠任何港口，将在海上连续航行20多个昼夜。航程为7431海里（约13604公里）。设计的航线是：

湛　江—新加坡　1420海里

新加坡—锡　兰　1472海里

锡　兰—亚　丁　2148海里

亚　丁 — 苏伊士　1326海里

苏伊士 — 塞得港　87.5海里

塞得港 — 目的港　978海里

船长说："这么长的航行时间，对于船员来说是司空见惯，但对于同志们来说，可能感到不习惯，单调和烦闷。我将利用船上的条件为同志们安排一些活动，调剂旅行生活，不知同志们有何意见?"船长有礼貌地问我们。我们向船长表示感谢，表示尊重船长的安排。

中国古话说"同舟共济"。从我们双脚踏上"长江"号甲板的那一刹那开始，我们就和"长江"号的船员们同呼吸共命运了。我们是特殊的旅客，但我们不以特殊而自居，我们遵守有关旅客的规章制度，尽量不给船上添麻烦。船员们认为有国际友人搭乘，这是"长江"号的光荣，个个摩拳擦掌，人人恪尽职守，确保万无一失。他们中虽然也有人以好奇的眼光打量过我们，但纪律严明，谁也不问一句："你们从哪里来，到哪里去？这位'大人物'是谁?"

"不给船上添麻烦"，我们是这样说，但实际并非如此。因为我们的搭乘，这本身就给"长江"号带来了从来不曾遇到过的问题和意想不到的麻烦。当时，美国侵略越南，南海海面极不安全。"长江"号要穿行南海，船上的人把敌我斗争这根弦绷得紧紧的，比以往任何时候都紧。海上有风险，岂可等闲视之！

四、天上出现了敌情

夜深了，我们离开船长室，互道晚安，各自回房间歇息。

我安然地卧在床上，进入梦乡。靠泊的一幕过去了，攀登软梯的一幕也过去了，还会有什么惊险呢？在这“长江”号上似乎可以高枕无忧了。

谁知道，就在我们熟睡的时候，“长江”号从船长到水手都动员起来，直面美国侦察飞机的挑衅。12月30日早晨7时许，二副叫醒我，说有敌情。我急忙起床去见船长。船长告诉说，凌晨，在海南岛东100海里左右的海域上，有一架美军的侦察机飞临“长江”号上空，盘旋侦察，有时高度不足100米，几乎与桅杆相撞。说话间，头顶上传来了飞机的嗡嗡声。我透过舷窗清楚地看到了美国飞机的驾驶员。船长告诉说：“这是第六次。”

“过去遇到过类似的情况吗？”我问船长。

“遇到过，但一般是转一两个圈子就走了。这次有点儿纠缠，转了6次了。”

“要我们做些什么事吗？”我从来未处理过这样的事情，我要听听船长的意见。

“现在不要，但要做好思想准备。”

船长说明了他的考虑和要求。现在“长江”号正常地在南海行驶，外人不能干预。美国侦察机低空侦察是一种挑衅，只要它不动用武器，我们可置之不理。但我们必须防备在侦察之后会有美国军舰出现的可能性。一旦出现敌舰，很可能会发生严重的斗争。我们的原则是绝不接受美舰的检查。如果发生意外，旅客不要离开自己的房间，船长有责任和义务保证旅客的安全。

船长的话还没说完，头顶上又传来了飞机的嗡嗡声。“这是第7次。”船长一边说，一边向舷窗外瞥了一眼。

我从船长的眼神中看到了愤怒，也看到了坚定。我感到此时船长肩上的担子恐怕比泰山还重。我告诉船长，我们这些特殊的旅客具备应有的政治斗争的经验，如果发生意外，我们一定会好好地同船长配合。我们虽然赤手空拳，但我们敢于藐视武装到牙齿的美帝，因为正义和真理属于我们，世界各国人民同我们在一起。我表示支持船长的看法和对策：

“任它侦察干扰，我自开足马力向前进。”

“也许不会发生什么最坏的情况。”

船长的话音刚落，报话机传来了大副从驾驶台发来的报告，说美国侦察机已经逸出我们的视野。敌机飞走了，这意味着什么？敌人会采取什么行动，还要看一看才好下结论。于是船长下达指示，要驾驶台继续观察，特别要注意水面上的动静，注意是否有敌舰在活动。

“长江”号开足马力前进。敌机未再来，但我们不敢放松警惕，因为这片水域临近战火纷飞的越南，是敌舰出没的危险区。我们做好了应付敌舰的准备，所幸敌舰并未出现。

这一幕敌情也是以有惊开始，以无险告终了。

但世界上有许多事都是无巧不成书，偏偏在两周之后，当1967年1月16日“长江”号驶入苏伊士锚地时，却遇到了一艘美军运输舰VICTORY号。而且冤家路窄，“长江”号在C6号锚地抛锚，同这艘美舰比邻而泊，相距仅150米左右，做了22个小时的邻居。虽然彼此都是在等候通过苏伊士运河，是井水不犯河水，但敌舰就在身旁，却不可不防。防什么？最令人担心的是怕蛙人在水下使坏。怎么办？贝汉亭船长免不了又伤一番脑筋，做了相应的部署。直到第二天下午1时许锚地的船只开始过运河的时候，方始解除“警报”。根据运河的一般规定，船队过运河的顺序是：一军舰，二客轮，三油轮，四货轮。此次编组的北上船队共31艘，我们的“邻居”是军舰，先行起锚，先过运河，“长江”号为货轮，排序第17，彼此之间拉开了距离，各走各的路，未再相逢。

五、过马六甲海峡

摆脱了敌机的干扰之后，贝汉亭船长马上为我们安排了一个小型的新年联欢会，使我们在聆听北京的钟声中，度过了1966年的除夕。我们高举香槟酒杯，相互表达了良好的祝愿。贝汉亭船长告诉我们，待“长江”号驶过马六甲海峡后，将安排我们参观驾驶台和机房，将组织一次海上救生演习。

“长江”号乘风破浪径直地向新加坡前进。当进入马六甲海峡水域时，贝汉亭船长亲自到驾驶台掌舵。马六甲海峡沟通太平洋和印度洋，水流和水面情况十分复杂，最狭窄的航道仅为2海里左右。在这里，顺水和逆水狭路相逢，暗中较劲。“长江”号经过新加坡时恰好是顺水和逆水交替，水流湍急，水速在每小时5—6海里以上。船行至此，更要格外谨慎。只见贝汉亭船长小心翼翼，紧握舵轮，努力保持轮船行驶在正常的航线上。只要不偏离航线，就会避开暗礁和过往船只。

在甲板上我环顾四周，可以见到一些海岛，突起如山。船在行进，好像那些海岛也在移动。在前进方向的右方有几颗信号弹升空，据大副猜测，这可能是新加坡海面上海军演习的信号。这时，有几艘油轮和货轮迎面驶来，同“长江”号擦肩而过，同“长江”号相互鸣笛致意。这情景使我想起李白的诗句：“马上相逢揖马鞭，客中相见客中怜。”在这茫茫的大海上，船与船相逢难道不也是一种缘分吗？海上相逢鸣汽笛，难道不恰恰是彼此互致敬意、问候和祝福的表示吗？

突然，我脑海中闪出一个问题：在夜里，四周漆黑一团，又怎样来判断前方船舶的航向，是相向还是同向航行呢？如果判断有误，就可能发生事故，相向航行的船舶可能迎面相撞，同向航行的船舶可能追尾相撞。贝汉亭船长知道我有此疑问，就指着迎面驶来的一艘货轮解释说，夜间航行时每艘船都亮起5盏高低和方位各异的标识灯：前桅杆是低灯，中桅杆是高灯，这两盏灯直照前方；后桅杆上有一盏灯，是尾灯，直照后方；驾驶台右侧是右舷灯，为红色，左侧为左舷灯，为绿色。如果看到4个亮点（高灯和低灯，红灯和绿灯），就知道有船舶迎面驶来；如果看到3个亮点（尾灯和红、绿灯），就知道有船舶在前方行进。

这是海上航行课本中的ABC，似乎一听就懂。但在实践中是否容易运用呢？我带着一种好奇心，等到夜幕降临后登上甲板，搜索海平线上的灯光。功夫不负有心人，果然有船迎面驶来，我看到了不断晃动着的4点灯光。这灯光有高有低，有红有绿，其排阵和颜色约定俗成，传递了船舶航行方向的信息。看起来这是一个简单的海上交通的规则，其中却包含着多少前人的血的经验、教训和智慧。贝汉亭船长颇有见解地讲了一段道理：人类在不断地拓展自己的活动空间，也在不断地规范自己的活动。当人类的活动从陆地扩展到海洋的时候，就制定了海上交通法规。而从海洋扩展到天空的时候，就制定了空中交通法规。现在人类的活动已扩展到太空，太空交通法规也呼之欲出了。

船过马六甲海峡，我们饱览了两岸风光。

马六甲海峡长约800公里，位于马来半岛和苏门答腊岛之间，连接南海和安达曼海。“长江”号从南海驶向安达曼海，其右侧是马来半岛，左侧是苏门答腊岛。夜幕之下的新加坡灯火辉煌，只见中国银行的高楼鹤立岸边。有几位不当班的船员同我们一起在甲板上指指点点，讲述他们对新加坡的印象。他们你一言我一语地讲了许多，归纳起来可为两句话，一是城市清洁美丽，是座大花园；二是行政管理有方，像精确转动的钟表。新加坡的灯火渐渐向后移动。午夜时分，船已离开新加坡水域。第二天早晨，天阴有雨，视野狭窄，船速减半。两岸风光虽然近在咫尺，却模糊在雨雾之中。直到下午，天开始放晴，左侧的苏门答腊岛的倩影再次进入眼帘。房舍、田地、森林历历在目，宁静、色彩和阳光糅合在一起，犹如一幅幽美的田园油画，我情不自禁地自言自语：难道这景色不正是想象中的海上仙山、世外桃源吗?！我贪婪地眺望着，不忍离去。

1月4日下午6时许，“长江”号驶出马六甲海峡，启动了自动导航驾驶程序，全速向西驶去。

举目只见水，世事两隔绝。茫茫的大海，天连水，水连天，两天过后，第一次航海的新鲜和浪漫的感觉消失了，一种难以言状的压抑和孤独悄悄地爬上心头。这时候，如果迎面有船舶驶来便成为新鲜事。我们彼此奔走相告，仿佛要看一看久违的朋友。这时候，如果有一个海岛出现在地平线上便是一大景观。我们指点着、议论着、眺望着，唯恐它远去和消失。

六、不怕波浪只怕涌

谁知天有不测风云，孟加拉湾发生了强风暴。风暴中心虽然距“长江”号航线约500公里之遥，但其影响不可小觑。看起来海面上风浪不大，但海面下暗流涌动，船行不稳，摇摇晃晃，像酗酒的醉汉。船体忽上忽下，左右摇摆和扭动，好像拧麻花。左右倾斜的偏角一般约10度左右，厉害时可达20度，好像整个船舶马上就要倾倒在海面上。

“不怕波浪只怕涌。”贝汉亭船长向我们讲述了涌的厉害。

涌是水手的大敌。哪怕是久经锻炼的水手，涌来时也会站立不稳，恶心、呕吐，拒绝饮食。这涌使当班的水手们苦不堪言，更使我们第一次航海的人叫苦不迭。我的同伴有的呕吐不停，吐光了食物吐黄水，似乎五脏六腑都要从喉咙眼中爬出来。有的躺倒在床上坐不起来，更站不起来，勉强地手扶床架挣扎着要站一站，也站不稳，又一头跌倒在床上。我们室内的两把未固定的椅子在地面上来回滑动，一会儿到左，一会儿到右，好像它是绿茵场上的足球正被踢来踢去。床下面存放衣物的大抽屉，一会儿拉出来，一会儿推进去，好像室内进来了一个隐身人在寻寻觅觅。真是可怕的活见鬼！

这涌一连持续两天两夜，船颠簸着，人挣扎着。亏得贝汉亭船长教给我们抗涌的绝招，总算是扛过来了。根据贝汉亭船长的经验，“越是呕吐越要吃”。可是吃什么呢？他说：“要吃馒头加榨菜，一口馒头一口榨菜，保证祛病除邪，改善不良的自我感觉。”我们半信半疑地遵照船长的绝招去吃，这馒头和榨菜果真与往日有异，表现出不同凡响的品格，居然成为抗涌的灵丹妙药。真是，妙哉，船长之经验也！

船过锡兰，转向西北，直奔亚丁。

刚刚摆脱了涌的困扰，人人都长舒一口气。我们又自由自在地走上甲板闲聊天和观风景。傍晚时分，印度洋上空乌云滚滚，天色骤然黑暗，清澈的海水随之变色。压顶的乌云和铁青的波浪拥抱在一起，欢笑着，把“长江”号紧紧地裹挟在怀中，任其自由地摆布。暴风雨即将来临，一种恐惧感下意识地在我们的心底时隐时现。只见贝汉亭船长走上驾驶台，同当班的二副说了几句话就转身离去，好像他并未把这乌云放在眼里。看到这样的情景，我们也顿然醒悟：司空见惯平常事，乌云压顶又何妨。我们踉踉跄跄抓着走廊的扶手回到房间，我们钦佩船长的沉着和镇定，我不由得背诵了一句毛主席的诗：“不管风吹浪打，胜似闲庭信步。”同伴回应说：“让暴风雨来得更猛烈些吧！”

1月8日早餐后，船过Minicoy岛。据说印度政府将麻风病患者迁居该岛，实行隔离医疗。因此海员们常称此岛为“麻风岛”。这是印度洋中一座美丽的环状海岛，它东西长约8公里，南北宽约5公里，环岛中心是浅海，水深3—4米。许多印度渔民常来此捕鱼。岛的西端设有灯塔，为海轮导航。贝汉亭船长告诉我们，过了Minicoy岛，我们的行程也已过半了。

七、星星和“萤火虫”

在印度洋上看日出日落，其壮观景象实难用笔墨形容。同是一个太阳却有了灵性，不再是从山背后升起又在山背后落下，而是在大海中沐浴、翻腾和出没。晨起，万顷闪光的海浪托举着，她以青春的步伐跳出水面；傍晚，半天鲜艳的彩霞簇拥着，她带着一天劳苦的愉悦隐身水中。其壮观和豁达的景象，实难用笔墨去形容。更可惜我不会作画，不能使其跃然纸上。但我由衷地敬仰和深情地歌颂这光芒四射的太阳，她是真正的劳动者，伟大而平凡。她日复一日地真诚地无私地燃烧自己，一视同仁地把自己的光和热洒向大地的每一个角落，有百分之百的奉献而无一丝一毫的索取。我赞美，我爱恋，我不忘，这印度洋上的日出和日落。

追逐着夕阳西下的步伐，一颗颗明亮的星星在夜空中闪烁。看起来它们密密麻麻，你拥我挤，实际上它们各有门户，排列有序。仰望群星，它们一个个闪烁着，像调皮的孩子在挤眉弄眼，仿佛要对我说什么悄悄话，要告诉我一些不为他人所知的隐私和秘事。我感到它们不像太阳那样耀眼，但它们却十分执着，群策群力，用无数细小和微弱的光亮，编织出宇宙的神秘和美丽。我苦无方法与星星沟通，只能求教于船长和大副。于是我拿起他们的望远镜和六分仪，开始观测星星，并了解这星星如何以其高度和角度，帮助海上的船舶确定其位置和航向。

贝汉亭船长开始扮演教授的角色，向我们讲述观测星星的方法。这无垠的太空中蕴藏着多少奥妙！整个宇宙中恒星数何止百亿千亿，但肉眼可见者只有6000多颗而已。人们把周天的星星划分为88个星座，观察星星只能从最易看懂的星座开始。

“先易后难吧！”我们接受了船长的好意。

第一天晚上，他讲了大熊座和小熊座。这是我们儿时就知晓的北斗七星和北极星。第二天晚上他又讲了猎户座。那猎人腰挎佩刀，手牵天犬，威风凛凛。这天犬即大犬座中的天狼星，是我们在地球上能见到的最亮的一颗恒星。我把望远镜对准了天狼星，只见它不断闪烁着红蓝紫黄各色奇异的光亮，好像在传递某种信息，引人入胜，令人神往。我一边看一边啧啧称奇。我想我的同伴也应分享如此神奇之美妙，立即把望远镜递到他的手中。我担心那奇异的光亮会转瞬即逝，催促着说：“快，快看！”但我过虑了，船长笑着说了一句富于哲理的话：“天狼星同地球的距离要以光年为单位去计算。那看到的闪光早已是若干时间之前的光亮了，那是已经消逝、正在消逝、永不消逝的光亮。”第三天晚上，船长又讲了天鹅座、天鹰座、天琴座。人们熟知的牛郎星是天鹰座的主星，织女星是天琴座的主星。牛郎、织女同天鹅座的主星天津四，如果用直线连接在一起，就会构成一个巨大的等边三角形。此后数日，贝汉亭船长还讲了许多，我尽可能去理解，去记忆，还在笔记本上画出示意图。

星星的奥妙引起我的遐想。我夜不成眠。有一次凌晨4时我急匆匆地走上甲板，去查寻星星的轨迹。我环视寂静的天空，透过晨昏雾气，只见猎户座已沉落西北，天蝎座自东南走出了地平线，天琴、天鹰和天鹅座则自东天徐徐升起。这些我们称之为恒星的天体始终在运动着，并非恒定和静止。它们不停顿地在运行，在旋转。看着它们，我问自己，地球围绕着太阳在旋转，天上的那么多星星又是围绕着谁在旋转呢？谁又是宇宙的中心呢？宇宙有中心吗？这天旋地转的问题令我眩晕。我感到周天在旋转，——自然这是没睡好觉的缘故。我环视四周，似乎找到了人们找不到的答案，这众星的圆心不就是“长江”号吗！可理智告诉我，这人啊，最喜欢以自我为中心，最容易为假象所迷惑。这是人的莫大的弱点——形而上学和唯心主义。

突然我发现海面上有一隐一现的光点，好像天上的星星坠进大海，在跳跃，在嬉戏。

“这是什么？”我惊叫着，询问当班的水手。

一位有经验的水手幽默地说：“是大海中的‘萤火虫’，有一分能量就闪出一分光亮。”

“怎么，大海中还有萤火虫？”

我提出了问题，那位水手作了权威的解释。原来，海水中有一些磷质物体，或为鱼骨，或为贝壳，当船舶夜航划破水面激起浪花时，这些发光物体从水中泛起，在浪花中闪烁，犹如点点的荧光，点缀夜色朦胧的世界。

船舶在颠簸，星空在旋转，大海在掀起波涛。这是多么奥妙、神秘和美丽，给我留下了多少遐思冥想！

回到北京后，时过境迁，观察夜空的机会几乎等于零，脑海中的星星一天比一天减少，而那水中的荧光也只是偶尔在记忆中明灭。然而，那阳光之无私，星光之执着，荧光之闪烁，却仍然启发我去思考——这宇宙和人生，无限和有限。

八、似乎静止的运动

1月12日深夜，船过亚丁，向曼德海峡驶去。我站在甲板上瞭望亚丁的灯塔，一种敬佩和感激之情油然而生。前人种树，后人乘凉。我不知道，是谁人建造了这座灯塔，但我知道，是众人获得了它的服务。是它为我们横跨印度洋之旅画了个句号，也是它为我们指引着走向红海的方向。

第二天早晨6时许，绕过Pevin岛，驶入红海。曼德海峡是红海的入口，海峡两岸可见的是一片片的荒山。我们告别了印度洋的风浪，迎来了红海的平静。是时的红海，无风无浪，海水清澈，船行空前地平稳。早餐后，贝汉亭船长盛情地安排我们在甲板上打了两场羽毛球。

红海水域狭长，沿岸有许多岛屿和暗礁。为了确保航行安全，在一些岛屿和暗礁上建有灯塔，成为红海中的一道风景线。这些灯塔虽然无人看管，却坚定地耸立着，不畏雷雨，不怕风浪，恪尽职守，为过往船舶指引方向，默默无闻地担当起船舶安全的守护神的重任。

1月16日下午，“长江”号驶入苏伊士湾，开始过运河的准备。贝汉亭船长一边在驾驶台上瞭望，一边同我们谈论苏伊士运河的故事。

早在公元前7世纪，埃及人就曾建造了连接尼罗河和红海的运河（大体上相当于今日伊斯梅利亚运河），这样，他们就可以通过尼罗河连通地中海和红海。中世纪时，威尼斯人萌生建造地中海红海运河的畅想和计划，19世纪初这一计划更引起欧洲殖民主义者的极大兴趣。但由于工程师测量和计算的错误（说地中海和红海水位有10米落差），而无人敢于承担开凿运河的责任。此后，在19世纪中叶，一位法国年轻的外交官莱塞普斯（1805—1894）于1854年提出开凿运河的方案。他力排众议，奔走呼号，感动了他的好友埃及总督赛义德。赛义德批准了莱塞普斯的方案。1859年4月25日，开凿运河的巨大工程开始动工。莱塞普斯被誉为“苏伊士运河之父”。

苏伊士运河的开凿历时10年，1869年3月地中海的海水流入大苦湖，是年11月17日举行通航典礼。苏伊士运河的设计和施工巧妙地利用了原有的湖泊和洼地，把曼扎拉湖、提姆沙赫湖、大苦湖和小苦湖连接在一起。沿苏伊士运河有3座著名的港口城市，这就是雄踞运河南端的苏伊士，位于运河中段的提姆沙赫湖畔的伊斯梅利亚，和运河的北大门塞得港。

下午3时，“长江”号进入苏伊士锚地，办理过运河手续，等候排队过运河。据说，苏伊士锚地共有43个锚位，当时停泊31艘船舶。这锚地给人的感觉颇似船舶博览会的巨大会场，在宽阔的水面上陈列着不同国家不同类型的船舶，很好看也很好玩。这些船舶，为了过运河，走到一起来了；过了运河，自然是各奔东西。这些船舶都纹丝不动地停泊着，没有轮机的震动，也没有海浪的拍击，一片平静。多日来在颠簸中度日的我们反而有了一种不习惯的感觉，平静中的等待是何等单调和漫长！

在苏伊士锚地足足等了22个小时，17日下午1时“长江”号才起锚过运河。运河河道狭窄，只能单向行驶。船舶彼此尾随，保持着一定的距离，航速缓慢，限制时速约为10公里左右。航行在运河中的船舶极其平稳，水上漂浮，如履平地。只见运河的入口处，有一座方形的纪念碑。这是为纪念1956年运河收归国有而建造的。这座碑虽然不甚高大，但意义非同凡响。它标志着长达86年由英、法殖民主义者控制运河的历史的终结。我们是北上的船队，苏伊士城位于左岸。苏伊士城的景物、街道、房舍、花园，还有埃及军队的哨所，悄悄地进入眼帘，又缓缓地淡出视野，不知道是它还是我，那样地恋恋不舍。只有这时，我才意识到船行是如此之平稳，如果没有岸景的位移，根本没有感到船的运动。与左岸的城市风光不同，右岸则是一片荒漠。

17日下午3时30分左右，北上的船队在大苦湖抛锚，等待南下的船队。大苦湖成为南北船队相会的中转站。在大苦湖等了近3个小时，晚饭过后，船队重新起锚，继续北上。苏伊士运河全长163公里，直到18日午夜1时许“长江”号方驶离塞得港，进入地中海海域。

塞得港的夜景十分壮观，有上百艘船舶停泊在那里，一片灯火辉煌。我站在甲板上观看夜景，一阵凉风吹来，使人略感寒意。印度洋的炎热不见了，代之以地中海的冷风。气温在下降，海水温度为10摄氏度左右，舱外温度低于15摄氏度。

地中海风浪挟带着丝丝凉意。“长江”号顶风顶浪，船速减缓。19日早晨，克里特岛进入视野。“长江”号开始沿希腊海岸直向亚得里亚海前进。

我们的跨洋之旅已接近尾声。20日中午，贝汉亭船长设宴表示送别。宾主纷纷祝贺此次航行的安全和顺利。我还特别感谢贝汉亭船长，使我多多少少知道了航海的ABC。

1月21日早晨，“长江”号进入目的港，抛下了锚。至此，我们的跨洋之旅画上了一个圆满的句号。

九、尾声

我拿起杯子喝了一口茶，示意海兰，我已经讲完了我和大海的故事。

“你怎么不说说你们陪同的那位‘大人物’是谁？你是不是忘记了他的名字？”聪明的海兰抓住我叙述中的遗漏，又在考验我的记忆力。

我自然记得他的姓名。但我故意自言自语地问了一句：“他的名字叫什么呢？”

我停顿片刻，搔搔头，好像忘记了什么，又好像在冥思苦想。我从海兰的眼神中看到了她的好奇心和求知欲。我想给她留下一个悬念。我说：

“他的名字，叫‘浪花’，也叫‘流星’。可以说他是浩瀚大海中的一朵浪花，他是无垠宇宙中的一颗流星。”

“‘浪花’‘流星’。多么好听的名字啊。”海兰似信非信地低声重复着。

我讲完了这段往事，我眼前仿佛出现了一朵朵飞舞的浪花和一颗颗飞逝的流星，我心中充满了无限的眷恋、思念和感慨。

一个来自山沟里的孩子看到了大海，亲近了大海。一个亲近了大海的孩子又怎能忘记了大山。这世界，是山连着海，海连着山。在我眼中，那起伏的山峦，难道不就是静止了的惊涛骇浪！那翻腾的海水，难道不就是运动中的万壑千峰！

我领略了大海之大，也知道了自己的知之甚少。我对大海的了解，恐怕距一知半解还要相差十万八千里！我知道了自己的渺小。幸好海兰未再追问什么。如果她再问下去，我还会说些什么呢？

我突然想到冰心在《往事》中同弟弟们谈海的故事，还是她的三弟楫说得好：

“海太大了，我太小了，我不会说。”

刘彦顺，1933年生，黑龙江穆陵人。曾就读北京大学哲学系，留学波兰外交学院。

先后在我国驻格但斯克总领事馆、驻波兰大使馆、外交部苏欧司工作，历任秘书、参赞、驻波兰大使。

《中国外交大辞典》和《世界外交辞典》常务编委、欧亚部分主编。著有《山河湖海话波兰》《波兰十月风暴》《波兰历史的弄潮儿——雅鲁泽尔斯基》。

图书在版编目（CIP）数据

外交官笔下的“一带一路”/周晓沛，范中汇主编．--北京：作家出版社，2024.12--ISBN 978-7-5212-3244-8

Ⅰ.I267

中国版本图书馆 CIP 数据核字第 20250JG204 号

外交官笔下的“一带一路”

主　　编： 周晓沛　范中汇
策　　划： “一带一路”文学联盟
责任编辑： 徐　乐
装帧设计： 意匠文化·丁奔亮
出版发行： 作家出版社有限公司
社　　址： 北京农展馆南里 10 号　**邮　　编：** 100125
电话传真： 86-10-65067186（发行中心）
86-10-65004079（总编室）
E-mail:zuojia@zuojia.net.cn
http://www.zuojiachubanshe.com
印　　刷： 河北尚唐印刷包装有限公司
成品尺寸： 152×230
字　　数： 365 千字
印　　张： 34
版　　次： 2025 年 2 月第 1 版
印　　次： 2025 年 2 月第 1 次印刷
ISBN 978-7-5212-3244-8
定　　价： 88.00 元

外交官笔下的一带一路

下册

主编 周晓沛 范中汇

作家出版社

目 录

海上丝绸之路的驿站——马六甲

赖祖金

我国是一个拥有5000多年悠久历史的文明古国，地大物博，疆域辽阔，既有地球上最年轻的青藏高原和世界上海拔最高的珠穆朗玛峰，又有浩瀚辽阔的海域，大陆和岛屿的海岸线达3万多公里，在蔚蓝的西太平洋洋面上星罗棋布地屹立着近万个大小不同的岛屿，著名的有台湾岛、海南岛、崇明岛、钓鱼岛以及南海诸岛等等。

作为一个海洋大国，我国与各国的航海交流源远流长。据记载，早在秦朝，就有徐福率千余童男童女东渡日本。到了唐朝，鉴真和尚更是不畏艰险，不屈不挠六渡东瀛，终获成功，将我国优秀的传统文化带到日本，成为两国文化交流的佳话。到了宋、元，我国与南海周边国家的海上交流就更加频繁和密切。

至于我国沿海各地的劳动人民，由于战争和自然灾害的影响或生活所迫而冒着风险，背井离乡，乘船远航，劈波斩浪，到东南亚、南亚、中东、西亚、东非乃至拉丁美洲等太平洋、印度洋沿岸国家和岛国谋生、经商、务农、种植、做工、修路的就更是不计其数。他们以自己的辛勤劳动、聪明才智、发明创造，为当地的经济发展、社会进步做出了自己的努力和贡献，还把我国传统的农耕、手工技术和传统文化带去，在海外生根、发芽、开花。海上丝绸之路无疑是中国社会发展的又一部历史教科书。

海上丝绸之路

在漫长的历史长河中，我国历代统治者为了发展与各国的友好关系，繁荣经济和文化，在开辟从洛阳出发，穿河西走廊，过沙漠，翻天山，到中亚、西亚直达北非、欧洲的丝绸之路的同时，还打通了一条从宁波、泉州、广州、沿海岸线，过南中国海，穿马六甲海峡，渡印度洋到西亚、东非的“海上丝绸之路”（maritime Silk Road），也称“海上陶瓷之路”“海上香料之路”。这是一条古代中国与亚、非各国进行交通贸易和文化往来的海上通道。最初由法国的东方学家沙畹于1913年提及，一直沿用至今。

据考证，海上丝绸之路始于先秦，先后经历了从秦汉到晋隋的形成时期，唐宋的发展时期，元明的繁盛时期，直到清代由盛及衰。漫长的历史岁月，在这条海上丝绸之路上，演绎了无数的乘风破浪、百舸争流、友好交往、商贸文化交流的人物和故事。而堪称惊心动魄、空前规模、载入史册的当推明成祖（朱棣）永乐年间郑和七下西洋的壮举。

郑和（1371—1433），原籍云南昆阳。本姓马，后被明成祖赐姓郑，人称“三宝太监”，是中国历史上著名的航海家、外交家。早年，郑和是尚未登基的燕王朱棣的随从。1403年朱棣发动“靖难之变”登上皇位，改年号为永乐。史称明成祖。郑和也跟随进宫为官。此时的明朝，经过明太祖朱元璋在位31年的励精图治、休养生息，君主专制中央集权更加巩固。政治相对比较清明，农业、手工业经济迅速发展，矿冶、纺织、陶瓷、造纸、印刷等各类行业也日渐兴旺、繁荣。宋元以来的海外贸易得到进一步加强和发展，移民海外的人数不断增加，一片祥和的景象。政权的巩固、社会的安定和经济的发展，加上海外商业活动的活跃，为郑和率庞大船队远航海外创造了物质条件和经济基础。此外，造船业的发达，罗盘的使用，大批航海水手的培养，航海知识的传播，明太祖朱元璋1389年就编纂过《大明混一图》，这些也为郑和下西洋做了技术和人员的准备。

据史书记载，古代海上丝绸之路可分为：南海航线，即沿南中国海过马六甲海峡，进印度洋，经南亚、西亚、非洲东海岸肯尼亚、坦桑尼亚一带直达欧洲；东北亚航线，直达朝鲜半岛、日本列岛；东海航线，经菲律宾，到澳大利亚，穿圣贝纳迪诺海峡，过太平洋，到墨西哥西海岸。还有的史学家认为，中国古代的航船曾绕过非洲南端的好望角，到过大西洋。郑和下西洋走的是南海航线。

永乐三年（1405年），受明成祖的派遣，郑和组成了庞大的船队，开启了下西洋的航程，至明宣宗宣德八年（1433年），共7次下西洋。前后历时28年。每次航船均达几十艘，最多时为63艘。人数上万人，包括水手、船工、官吏、后勤、服务、卫士、医务等各类专业人员。第七次下西洋，人数最多，达27550人。船队启航，浩浩荡荡，穿云破雾，劈波斩浪。“云帆高张，昼夜星驰，涉彼狂澜，若履通衢。”

郑和的船队由舟师、两栖部队、仪仗队三个序列组成。舟师相当于舰艇部队，基本单位就是战船，设前营、后营、中营、左营、右营。两栖部队用于登陆行动。仪仗队担任保卫和对外交往时的礼仪，庄严威武。整体编制十分完善和严密，充分体现了我国古代航海人员分工、机构设置的科学合理和丰富经验，以确保航行的安全。船的种类则有：

1.宝船。最大的宝船，长度为44丈4尺、宽18丈，载重量为800吨。可容上千人，是船队的指挥中枢。其铁舵巨大，与现代万吨巨轮大致相仿，“体势巍然，巨无与敌，篷帆锚舵，非二三百人莫能举动”。

2.马船。长37丈、宽15丈。为运输船，放置货品、物件等。

3.粮船。长28丈、宽12丈。顾名思义，用于运输和存放粮草。

4.座船，又称水船。长24丈、宽9丈4尺。为水手、船工、军官的宿舍。

5.战船。长8丈、宽6丈8尺。体积较小，轻便灵活，用于战事。可以看出不同种类、不同用途，分工细致，各得其所。

在航海技术方面，使用了当时最先进的导航技术。白天用指南针导航，夜间则观看星斗和用水罗盘定向，保证航向，遇到面对“洪涛接天，巨浪如山”的气候条件，能安全行驶。在通信联络上，白天约定悬挂和挥舞各色旗带，夜晚以灯笼显示航行状况，遇下雨雾天，配有铜鼓、喇叭和螺号联络。

在天文航海技术方面，郑和船队把航海天文定位与导航罗盘应用结合起来，提高了测定航位和航向的精确度，称为“牵星术”，系当时世界上先进的航海技术。地文航海技术方面，则运用航海罗盘计程仪、测探仪等设备确保航行路线。罗盘的误差不超过2.5度，在正常指数之内。

郑和下西洋的船队28年间7次远航太平洋和印度洋，途经37个国家和地区，包括西域、爪哇、真腊、兹港、暹罗、古星、满刺加、勃泥、苏门答腊、阿鲁、柯枝、大葛兰、小葛兰、西洋琐里、苏禄、加异勒、阿丹、南巫星、甘巴里、兰山、彭亨、急兰丹、忽鲁谟斯、木骨都束、天方、祖儿等等，也就是今天太平洋西海岸和印度洋沿岸各国及岛国，还远至东非、红海一带。

秉承明成祖的旨意，郑和下西洋的目的是扬国威，睦四邻，“威德遐彼，四方宾服”，以巩固明朝的政权，实现“内安华夏、外抚四夷，一视同仁、共享太平”，在7次航行的历程中，向所访的各国传播科学技术、典章制度、文教礼仪、宗教艺术等中华文明；展示和介绍中国在建筑、绘画、雕刻、医药、服饰等方面的技艺和成果，向各国传授凿井、筑路、种植、养殖等的方法；推介和宣传中国的货币、金融、历法、天文仪器、度量衡等。

在商贸交易方面，本着“厚往薄来”的原则，郑和船队带去了丝绸、陶瓷、茶叶、药材、铁器、铜器、金银饰品、服饰以及手工艺品等。运回的各国产品达上百类，包括香料类、珍宝类、药品类、布类、日用品类、颜料类、食品类、木材类等，诸如印度棉布、条纹布、宝石、珍奇动物、胡椒、碾花玻璃、刀具等等。

郑和下西洋还促进宗教的交流，郑和船队每到一地，便向当地宗教界宣传和介绍中国的佛教、道教文化，同时也带回许多有关伊斯兰教的经书，有利于伊斯兰教在中国的传播和发展。这里还值得提及的是，在完成郑和七下西洋史诗般的壮举之后，还留下了许多真实记录这次伟大航程和介绍各国风土人情的珍贵资料，如马欢的《瀛涯胜览》、费信的《星槎胜览》、巩珍的《西洋番国志》以及《郑和航海图》等，不仅具有珍贵的历史价值，而且对今天的航行也有参考作用。

郑和七下西洋是中国古代规模最大、船只最多、船员最多、航行时间最长的海上航行，是这条海上丝绸之路空前的壮举。远比欧洲人探险旅行早得多。比哥伦布发现美洲新大陆早87年、比达·伽马绕好望角到印度早92年、比麦哲伦环球航行早114年，堪称是15世纪甚至世界历史上规模最大的一次海上探险旅行。其影响和意义十分深远。

绵延数千年的海上丝绸之路，随着人类社会的发展和进步，早已成为东西方航运的重要通道。2013年，习近平总书记站在历史和时代的高度，提出了构建“21世纪海上丝绸之路”经济带的构想，并经过实践已经取得显著的成绩，受到沿线国家政府的欢迎、拥护并积极参与。我们深信，在合作共赢的感召下，古老的海上丝绸之路一定会焕发出无限的活力，结出丰硕的果实。

郑和下西洋的驿站

马六甲（Matacca）。地处马来西亚西南部，扼马六甲海峡印度洋出口，地势险要。是马来西亚第三大城市，面积303平方公里，人口40余万人。华人约占40%。马六甲河穿城而过，濒临印度洋，是港口城市。现在是马来西亚马六甲州的首府。

马六甲始建于1403年，是马来西亚历史最悠久的城市，曾是马来半岛第一个王朝马六甲王国的都城。从16世纪起，马六甲就一直被西方列强侵略，1511年被葡萄牙殖民者占领，1641年沦为荷兰的殖民地，1826年被英国殖民者统治。马来西亚人民为争取民族独立进行了长期不屈不挠的斗争，直到1957年8月31日，终获独立，成立马来西亚联合邦。第一任首相东姑阿都拉曼宣誓就职，结束了西方列强近450年的殖民统治，开启了马来西亚历史的新篇章。

马六甲与我国交往的历史十分悠久。据记载，唐代时，马六甲就向朝廷进贡珍稀动物如鹦鹉等。到了明代，中国与满剌加（马六甲）王朝开展了密切的商贸交流活动。永乐元年（1403年），明成祖派尹庆出使马六甲。当时马六甲王国苏丹拜里米苏拉为抗拒暹罗，多次派使节到南京，进贡礼物。1411年拜里米苏拉国王更是亲率王妃、王子、大臣到南京朝拜明成祖。明王朝也给予隆重接待，设盛宴款待。赠黄金100两、白银500两、钱40万贯。据民间传说，明皇帝还许婚汉丽宝公主远嫁马六甲苏丹，成为中马两国交流的佳话。直到郑和7次下西洋，更是把马六甲作为驿站，停泊休整，安营扎寨，凿井开渠，施医送药，开展商品贸易和文化交流活动，传播中华文化，传授农耕技术。郑和下西洋，至少5次在马六甲停留，他们为发展两国传统友谊所做出的贡献和流传至今的宝贵文化遗存将载入史册。笔者在驻新加坡使馆履职期间，曾3次访问过这座古老而又美丽的历史名城，留下了难忘的印象。

踏进马六甲，最先的印象是街道两旁的建筑风格异样，斑斓多彩，蕴含着历史沧桑，又闪现着时代气息。墙、窗、屋顶、台阶都冲洗得明亮、干净，令人赏心悦目。通往名胜古迹的街道，大多曲折狭窄，似乎隐藏着许多漂洋过海、搏击浪涛、风雨飘摇和举旗呐喊的古老故事，但又毫不掩饰那独特的蕉风椰雨风情。有的地段则用红砖铺就，别具一格，清新洁净，还不时有圆顶、尖阁的建筑映入眼帘，那显然是西式教堂和欧式房舍。

马六甲人口中40%是华人，因此在马六甲处处都可看到中式住宅。建筑风格大多以闽南特色为主调：红砖红瓦，条石砌墙，斗拱飞檐，内敛含蓄，图案鲜明，简洁生动。寄托着广大华人浓浓的乡情和祈求平安顺遂的愿望。

自马来西亚独立以来，由于政府和有关主管部门重视对历史古迹和风景名胜的保护和修复以及加强市政建设重整市容，使得马六甲的许多名胜古迹得到精心维护，加上优越的自然条件和旅游环境，马六甲迅速成为远近闻名的旅游城市。每年前来参观游览的人数，均保持在千万计的规模。旅游业一跃成为当地两大支柱产业之一。2008年7月7日，联合国教科文组织召开世界文化遗产大会，宣布马六甲列入“世界文化遗产名录”，更加助力马六甲旅游事业的发展。以下笔者介绍几处颇具特色的庙宇、教堂。

青云寺。始建于公元1646年。地处马六甲市区庙堂街，是马来西亚最古老的中式庙寺。最初系由当地第一位侨领郑启基和第二位侨领李为经发起兴建，至今已有300多年历史。其间经过6次重建和3次扩建，才形成现在的规模，约45000平方米。整体建筑古色古香、多姿多彩、凝重庄严，具有浓郁的中国特色，又融入热带的风情韵味。雕工、图案十分精美。据传，当时建造所用的楠木和材料都从中国运去。闽南风格是其突出的特色。大殿内正中供奉着观音菩萨，左右为关帝爷和天后圣母的塑像，一个威严英武、大义凛然；一个慈祥和睦、普度众生。还设儒、道、释三座祭坛，体现文化的多元性和人们信仰的自由。塑像装饰细腻，技艺高超，巧夺天工，栩栩如生。做工上雕、塑、彩、砌、写、画七种手法和工艺，交叉运用，更显逼真华丽、丰富多彩。特别引人注目的是寺内的石碑上，记载着郑和下西洋的业绩。寺内还有许多楹联和碑文以及案桌上众多华人先辈的牌位，也已成为今天研究马来西亚华社发展和华人创业、贡献的重要历史资料。数百年来，青云寺不但发挥作为祭坛，缅怀先人、联络乡谊、寄托乡情的作用，而且还肩负仲裁、判罚、解决纠纷、公平处罚的法治使命。

由于青云寺历史悠久、建筑华丽、遐迩闻名，现在已成各地游客慕名前去参观的著名景点。每天前往参观、一睹胜景的人流络绎不绝，已被联合国教科文组织列入“世界文化遗产名录”，荣获亚太地区文化古迹保护奖。

红屋。建于1611—1660年间，由荷兰人出资。系荷兰殖民统治时期遗留下来的一座两层红色楼房。地处马六甲河口，占地49200平方米。曾作为荷兰总督官邸和行政中心，后为英国人所用。号称是东南亚最古老的荷兰式建筑。在漫长的历史岁月中，红屋虽几经翻修，数易房主，但仍保存着浓郁的荷兰建筑风格，坚实厚重的墙体、大窗户、高大沉重的木质大门、宽阔长方形的石条台阶，给人一种大气、敞亮的视觉。1980年当地政府收回，改为马六甲博物馆向公众开放，收藏和展出大量历史、艺术、文化展品和珍贵文物，包括马六甲各个历史时期的文化遗物、宫廷用品、古代兵器、婚嫁礼品、金银饰品、珠宝玉器、手工艺品、航海物件以及邮票、钱币等。

红屋前便是著名的红屋广场，地用彩石和红砖铺就，广场中心是一个喷泉水池，每当阳光斜射，水花便显彩色斑斓，衬以红屋的背景和蓝天白云，犹如一幅艳丽的水墨画。徜徉到此，犹如置身欧洲的街心花园。

基督教堂。建于1753年，位于红屋广场的一侧，毗邻红屋，是荷兰为纪念殖民统治马六甲100周年而建。圆顶矩形，长宽各为25米和13米。整体红色，与红屋紧邻而建，同是红色的钟楼，形成三角鼎立的红色建筑群，被许多媒体称之为马六甲的地标之一。基督教堂除以红颜色引人注目外，教堂内的靠背长椅不仅手工制作、精良美观，而且有200多年的历史，而天花板横梁是由整根树干雕琢而成，还有用优质黄铜制成的《圣经》架、写有葡萄牙和亚美尼亚语碑铭的地板以及圣坛上用瓷砖拼成的《最后的晚餐》壁画等，都值得游客驻足参观、欣赏，慢慢品味。只是游客必须听导游介绍或阅读有关文字介绍材料，才能了解这些物件的沧桑和历史价值。

圣保罗教堂。建于1521年，地处马六甲海口的升旗山，为葡萄牙人所建。荷兰人占领马六甲后，于1670年将教堂改作城堡。1753年，荷兰人另建教堂，这里便变成荷兰贵族的基地。现尚存断墙残壁。立有一座圣·法朗西斯的大理石雕像，以纪念他400年前在此居住。圣·法朗西斯是中世纪意大利的修道士。他同情普通贫穷人，教诲大家要善待他们，在西方宗教界享有很高威望。

升旗山视野开阔，站在教堂的高处，可俯瞰马六甲色彩斑斓的市容。吸引着许多游客前来登高望远，释放情绪，让心情愉悦。

圣地亚哥古堡。位于马六甲圣保罗山，由葡萄牙人于1511年兴建。号称是东南亚最浩大和最坚固的城堡。据称，兴建城堡的石块采用爪哇海底的陨石，在原本栅栏围成的城寨上砌石筑墙，四围高墙，10米厚度。城墙上再筑城楼，周边架有炮台，还开挖护城河，层层防护，固若金汤。1641年，荷兰人击败葡萄牙，占领马六甲时，对圣地亚哥城堡进行了修复和扩建，面貌焕然一新。1807年，英国殖民者来抢夺马六甲时，将城堡彻底炸毁，只剩下一扇高30多米的城门。被称为“一面没有城的门”。今天的参观者只能从残垣断壁和地面零星的石碑中看出古城昔日的繁华和殖民者的贪婪与凶残。

鸡场街文化坊。原称鸡场街，位于红屋广场附近，已有300多年的历史，是马六甲华人生活、聚居、经商、娱乐的街区。约400米长的古街两旁，是齐高的两层店面，鳞次栉比，古色古香，韵味十足。经营着千姿百态、花样翻新的商品，有文物古董、手工艺品、咖啡茶叶、各地土特产、各式纪念品、日用百货、餐馆小吃等，应有尽有，琳琅满目。近些年来，还开办了每周3晚的夜市，每逢周五、六、日，夜幕降临，鸡场街内便人声鼎沸、车水马龙，给马六甲增添了一道风景线。与海外许多国家的唐人街一样，这里常年充溢着中华传统文化气息。在欢度传统佳节的日子里都要举办庙会、灯会、舞狮游龙、唱歌、跳舞以及地方戏曲等文艺活动，共祝国泰民安、风调雨顺，身体健康、家庭和睦。

鸡场街，这条有着悠久历史，又充满时代气息，传统和时尚共存，勤劳与富庶互动，融古迹、文化、休闲为一体的古老街区已成为马六甲著名旅游景点，每年前来观光旅游、购物餐饮的游客以千万计，最多时达2000多万。2000年，正式更名为鸡场街文化坊，并在街口挂牌。2008年被列入“世界文化遗产名录”，提升了国际知名度，也给今后的发展和繁荣注入新的活力。

我们还高兴地看到鸡场街文化坊与中国开展了文化交流活动，先后与中国江苏周庄古镇、四川成都青羊区宽窄巷子结为友好街区，为增进彼此的了解和友谊做出新的贡献。

三宝山·三宝庙·三宝井

郑和7次下西洋，据史料记载，至少有5次在马六甲停泊，扎营休整，拜访马六甲王国的朝廷官员，开展文化交流和商业贸易活动，播撒友谊的种子，留下许多美好动人的故事和传说。当地官府和族群，特别是广大华人，为感念郑和的丰功伟绩和友好善举，出力出资兴建纪念庙宇，雕刻碑文，记述他的事迹，还以他的名字命名街巷、山川，让人们永记，代代相传。但由于历史久远、战乱频繁和自然界的变迁，当年郑和活动的遗址和众多的纪念建筑，早已湮没在岁月的流逝和春风秋雨的更替中，而能保存至今，长期受到保护，不断维修，成为后人、香客、游人常去拜祭、瞻仰、观光的名胜古迹也只有三宝山、三宝庙和三宝井。诚然，肯定还有不少遗址和流传在民间的传说和故事有待于历史学者、有志之士去深入挖掘、收集整理、撰述成册。而所言的三“三”则有必要花点笔墨略作介绍，算是笔者为此次征文所应尽的微薄之力。

三宝山。又名中国山（Bukit China），位于马六甲东南部，占地160公顷，山高1009英尺。据传，当年，郑和的船队就停靠在山脚下的码头，船工、水手、工役、官员一众随从沿山坡扎营、休整，还在山上设立官仓，放置航行设备，郑和也常在山间散步、思考问题、规划航程，思考如何顺利完成任务。因此，这山头便被命名为“三宝山”。

另一传说，据《马来纪年》记载，明成祖时，马六甲为表示对明王朝的忠诚，几次派使节赴南京朝拜。朝廷为巩固与马六甲王国的友好关系，将汉丽宝公主嫁给马六甲王国苏丹曼速沙。为了迎娶汉丽宝公主，马六甲苏丹便在这座山上大兴土木，盖宫殿及完备的生活设施。苏丹和公主就在山上的宫殿完婚，并育有二男。后来在一次宫廷内乱中，汉丽宝公主为保护苏丹而被仇家杀害。随公主到马六甲的500名宫女，后来也终老在当地。郑和在山上扎寨修边也好，汉丽宝远嫁马六甲也罢，说明三宝山与中国有着渊远的缘分。随着时代和社会的变迁，三宝山逐渐成为安葬华人先贤的墓地，据说设有1250个华人的坟墓，是海外规模最大的华人墓园，被称为华人义山。他们在这里寄托乡情、缅怀亲人。

马六甲华人为维护三宝山的生存和安宁进行了持久的抗争而使得青山依然屹立。在英国殖民统治时期，三宝山曾几次遭难险遭削平。1840年和1866年，英国统治者以修路盖房为名要征用三宝山；1920年，英国人又以挖土填海造地为借口强令削平三宝山，但都遭到当地华社和华人强烈反对和抗议而未能得逞。为保护这座有历史意义的山岭，在当地华社的推动下，政府已正式立法予以保护，以还三宝山一个长久的青翠和安宁。

岁月荏苒，山川依旧。笔者前去参观、瞻仰时，山脚下的海水也后退数公里之遥。展现在面前的是一片滩涂地，海浪在远处汹涌着。从中国港口启航的万吨巨轮不断在马六甲港口停靠和开拔，远远望去，依稀可以看见“COSCO”五个英文字母，此系中国远洋运输集团公司的名称缩写。是的，“COSCO”正沿着郑和当年航线在乘风破浪、直挂云帆，驶向世界各港口，载着物资，更载着友谊。

三宝庙（Sam Po Kong Tempte）。马六甲三宝庙是当地华人祭拜和寄托乡愁的圣地，也是各地游客热衷参观的名胜古迹之一，地处三宝山西南山麓，建于1673年。其间经过多次修复和扩建，成为今天前后五进式庭院。一进院内就先看见大门上方黑色牌匾上书三个楷书大字“宝山亭”。整体结构是典型的中国风格，大屋顶飞檐翘角，红漆圆柱，粉墙黛瓦。门两边一副对联：上联“五百年前留胜迹”，下联“四方界内显英灵”。颂扬郑和的丰功伟业，世代流芳。大红绸布挂在门框上，意寓吉祥平安。庙内氤氲缭绕，香火旺盛，墙壁梁柱、天花板面，雕梁画栋，彩画装饰，人物花卉，栩栩如生。彩龙戏珠，象征着郑和驾飞舟，破海浪，扬帆远航。据说，当年兴建三宝庙时，所用的楠木、砖、瓦以及能工巧匠都来自国内，庙内挺立着石碑，镌刻着热心人士捐款的额度和名字。

院内一侧立着郑和的塑像，戎装腰刀，目光如炬，神采奕奕，似在指挥百艘航船，乘风破浪，直航前方，令人肃然起敬。

三宝庙，每逢开放日，参观的人流接连不断，除马来西亚本国的华人及其他族群观众外，还有来自周边国家的华人、侨胞和西方国家的游客。在观众休息室内，我们还看到各个时期中国国家领导人前来参观三宝庙的大幅彩色照片。导游深情地对我们说，郑和下西洋的伟大航程，影响是久远和深入人心的。

类似的故事还发生在印度尼西亚的三宝垅。传说1405年，郑和船队停靠三宝垅，与当地进行友好交流，用所带来的瓷器、丝绸、金银铜器进行商贸交换。当知悉海上有一支十分猖獗的海盗经常进行抢劫，杀人越货，当地请求帮助时，郑和毅然决定出手相助，组织兵力进行剿灭，烧毁10只海盗船，缴获7只，活捉首领，还一方平安，受到当地群众的拥戴和欢迎。为表示感谢，当地华人于1434年在郑和船队登陆上岸的望安山麓，修建了一座富丽堂皇的宙宇，也称三宝庙。该庙背山临海，地势险要，古色古香，庄严厚重。高大的庙门，镶嵌着"三宝圣祠"四个大字，两旁石狮把门。一副对联高挂，上联为："滇人明史风来世"，下联是："井水洞山留去思"。庙内有岩洞，深丈余，面积约10平方米，供奉着郑和的全身塑像，身着官服，气宇轩昂。左殿陈列着郑和船队用过的巨锚和关刀，右殿立着郑和的副手王景弘及随从的牌位。

为纪念郑和，颂扬他的丰功伟业，当地华人还将郑和船队登陆的日子农历六月十三日定为"圣日"，举办庙会，沿袭至今。每逢圣日，华人争相簇拥，人山人海，铜鼓齐鸣，鞭炮喧天，香客游人纷至沓来，祈求平安，风调雨顺。

实际上，在郑和七下西洋途经的许多国度里，船队留下的历史遗迹和人们纪念他的庙宇及举办的运动依然很多，尚有待历史学家去挖掘和研究。

三宝井。马六甲的三宝井位于三宝庙的附近。现在人们往往把它和三宝庙并提，实际上应该早于三宝庙出现。一种说法是说郑和船队在马六甲登陆时，为解决饮水问题而开挖的。持这种观点的人，显然认为三宝井早于三宝庙。另一种说法是马六甲王朝苏丹为迎娶和安顿明朝汉丽宝公主而挖掘的，在时间上也应该早于三宝庙。但不论哪种看法，都应视为海上丝调之路中外交流的一段佳话。

在笔者前去参观三宝井时，发现游客一拨拨地在流动，同时专心地听导游作有关历史故事的介绍。导游说，井水清澈甘甜，喝了这口井的水都会想着回来。过去当地人为谋生远去他乡，但喝过三宝井的水都会思乡，不辞辛苦地回来与亲人团聚，还特别有趣地说，郑和七下西洋不是也前后5次来马六甲吗？为保护和安全起见，圆形的井已用铁丝网牢牢地罩住。忽然记起一位驻印度尼西亚使馆的朋友说过在印尼三宝珑也有一口称谓相同的井，有关情况与导游介绍的完全一样。与其说喝了三宝井的水会思乡，倒不如说“海内存知己，天涯若比邻”更有深意。

海上丝绸之路从先秦开辟至今已2000多年，为增进中外的了解和友谊，促进商贸和文化交流、社会的发展和进步发挥着积极的作用和影响，留下了许多美好动人和刻骨铭心的佳话和传说。重温历史是为创造未来。习近平总书记2013年在印度尼西亚倡导共建“21世纪海上丝绸之路”，体现了他站在时代和历史的高度，着眼增进与各国友谊和友好关系，合作共赢，构建人类命运共同体的博大胸怀和高瞻远瞩。2022年是我们党的又一百年的启始之年，开好局，迈大步，前程似锦，一片光明，但同时也面临百年未有之大变局。机遇与挑战并存。伟大的中国人民在以习近平同志为核心的党中央领导下，认真学习和贯彻习近平新时代中国特色社会主义思想，沿着建设社会主义现代化的航线，乘风破浪，夺取胜利，为完成实现中华民族伟大复兴的历史使命而努力奋斗。

赖祖金，1939年生于福建永安市。文化和旅游部老干部诗社常务副社长。
毕业于厦门大学中文系。曾在中国驻巴基斯坦、卡拉奇总领事馆、新加坡使馆工作，任文化领事、文化参赞等职。
曾在各类报刊发表过约200篇诗文。系《新中国对外文化交流史略》一书执行主编、《外国文化艺术机构概况》一书主编之一。

参访丝路古城佩特拉

范中汇

说起约旦古城佩特拉，在刚改革开放那会儿，对国人来说还不是很熟悉。对我本人而言，当时也只是虽闻其名，却未睹其面。知道约旦国家通讯社“佩特拉”的名称就来自于此，并不知其详。但近些年，随着出国旅游热的升温，“佩特拉”这个名字几乎尽人皆知了。

记得1992年10月，我有幸参加中国政府文化代表团访问约旦，商谈中约两国文化交流事宜，并签订双年度文化交流执行计划，同时参访约旦文化设施和文物古迹。其中，蒙主人热情安排，我们代表团一行参访了佩特拉，被古城内的神奇景象深深震撼，留下经久难忘的印象。回国后我曾撰写一篇游记，发表于《中外文化交流》杂志。虽然文章不长，所言亦简，却引起颇多关注。后《中国文化报》《群众文化》《文化月刊》等报刊相继转载，一时传为新闻。由于印象特别深刻，时至今日，仍时时萦绕于怀。

那是一个秋高气爽的晴日，万里无云，和风吹拂。我们一行乘车从约旦首都安曼一路向南，穿越人迹罕至的沙漠地带。透过车窗向外望去，除黑亮的柏油公路伸向远方，两边是广袤的黄沙，一片荒凉，实在没有什么景致可观。于是，陪同我们访问的约旦政府文化官员，便讲起佩特拉的故事。

佩特拉的历史，古老、神秘、传奇。据他介绍，早在公元前6世纪，游牧民族纳巴特阿拉伯人来到这里附近一片水草之地定居下来，休养生息，逐渐强大，建立厄多姆王国。公元前3世纪初，厄多姆王朝达到鼎盛期，王国领土由大马士革一直延伸到红海沿岸。当时的国王看中了这处深藏于群山峡谷中的风水宝地，称之为“佩特拉”，意为“点石出水”的地方。的确，这里四面环山，绝岩峭壁，易守难攻。谷地平坦宽阔，活动空间大，适于居住。于是，便定都在此。国王率领臣民们依山就势，凿壁为室，以作安居。并利用其得天独厚的地理位置，开展通商贸易。此后数百年间，这里发展成为由亚洲东方通过阿拉伯去往欧洲的主要商道，佩特拉则成为货物的转运枢纽和贸易中心。来自世界各地的商人押运着满载货物的骆驼队经佩特拉集散。中国的丝绸，印度的香料，埃及的黄金，欧洲的料器，源源不断地运往各地市场。佩特拉城的经贸越来越繁荣，人丁也越来越兴旺，常住人口最多时达到2.5万多人，流动商贾上万人，成为古丝绸之路上的一颗明珠。到公元106年，古罗马人攻破佩特拉防线，接管了该城，并控制了整个厄多姆王国，使之成为罗马帝国的一个行省。在罗马人的统治下，佩特拉依然保持了繁荣昌盛的地位。罗马的工程师们，继续在此铺筑商道，改进供水系统，扩建广场街区，还修了露天大剧场等设施。但不幸的是，好景未能持久，佩特拉的经济支柱逐渐发生了变化。随着海路的开辟，越来越多的货物开始依靠海上运输，地中海上的一座叫亚历山大的城市抢走了它的大部分生意。而陆地运输也开始发生变化，罗马人在它北方兴建了一条大路，连通了叙利亚的大马士革和美索不达米亚更多的运输贸易。到了公元3世纪初，佩特拉在兴盛了600多年后，其货运枢纽和商贸中心的地位不复存在，经济实力和财富状况大大减弱，人口逐渐散去，城市就被遗弃了。在此后的长达1500多年中，除了阿拉伯沙漠中的游牧民族贝都因人外，少有外人到达此地。佩特拉陷于长久的沉寂。

“那是怎么又被人发现了的呢?”我不禁好奇地问。于是，他又讲述了一个颇为传奇的故事。

1812年，一位名叫约翰·贝克哈特的年轻瑞士探险家，奉命前往非洲考察研究尼日尔河的源头。在从大马士革去往开罗的途中，他听说有一个被瓦迪穆萨群山保护的城市竟遭到令人难以置信的破坏。他便决定前去一探究竟。但人们告诉他，那是一个神秘而危险的藏宝之地，无数珍宝，就藏在那里。一批又一批的冒险者到那里去寻宝，却无人能回。居住在那里的贝都因人，对外人，特别是欧洲人，有着特别的猜疑和敌意，不让他们前去那里。于是，约翰·贝克哈特心生一计，为了不使贝都因人对他产生警觉和怀疑，便打扮成阿拉伯人伊斯兰教徒，蓄了长长的胡须，改名为坎布拉罕·依布·阿布道拉，靠着他能说一口流利的阿拉伯语和有着丰富的伊斯兰知识，雇用了一名当地的向导，躲过了当地贝都因人的怀疑。就这样，他闯过了一系列风险波折，终于到达了传说中的佩特拉古城。那里的景象，使他完全惊呆了。惊人的发现，使他激动万分，但他未敢久留，只浏览了一圈，就赶紧离开了。他在日记里写道："瓦迪穆萨的毁灭，可能就是指古城佩特拉。"这一天是1812年8月22日。此事被曝光传扬开来后，引起了人们的极大兴趣，纷纷前去猎奇游览。自此，佩特拉又重见天日，轰动了世界。

不知不觉间，我们已经行驶了250多公里，来到胡尔山下靠近佩特拉的一处设备良好的法鲁姆旅馆，在此稍歇。在旅馆大厅里，一边喝咖啡，一边聊天。在聊天中，我们又听到了陪同文化官员讲述的一个发生在当今的关于佩特拉之恋的动人故事。他说，16年前，一位来自新西兰的美丽姑娘到佩特拉旅游，一下子就被古城内的千古奇观和神秘景象迷住了。在这处人间仙境，她流连忘返。后来，她留在了这里，因为她不仅爱上了这一方宝地，并且爱上了一个英俊的贝都因小伙子。婚后，小两口在城内开设了一家小手工艺品商店，日子过得挺美满。

喝完咖啡，聊完天，陪同官员示意我们可以前去佩特拉了。我们起身来到室外，只见广场上有不少牵着马匹和骆驼以及赶马车的人。我们被告知，去古城要先走一段崎岖的土山路，然后穿过一条约1.5公里长的叫作"塞格"的狭窄蜿蜒的山缝小道。游客只能选择骑马、骆驼或乘坐马车，或干脆步行。我们经过商量，选择了骑马。

“塞格”即“一线天”，是进入佩特拉的唯一通道。它是从原有的山岩裂缝开凿而成的，最宽处四五米，最窄处只有两米多，仅能乘马车或骑马、骑骆驼通行。两侧耸立着陡峭的巨岩绝壁，高达70—100米，有“一夫当关，万夫莫开”之势。当年佩特拉人，为保卫自己的城市和对外通商的权利，曾在此进行过无数次的浴血战斗。据说，当年罗马帝国的侵略军攻打佩特拉时，历经半年不克，最后采取断绝水源的策略，才迫使佩特拉人屈服。

我和同伴们骑马漫步经过有着方尖碑的古墓旁，进入佩特拉的门户——“赛格”。在这条既深又窄的通道里，抬头仰望，两壁陡峭的山岩锁住蓝天，四周充满阴森神秘的气氛。而马蹄踏在碎沙石上的沙沙声，赶马人的轻轻吆喝以及游客的低低细语，令人感到仿佛是从两壁无数岩洞中传出的回声。顺着一线天通道向两壁望去，有两条破旧的输水道残迹依稀可见。一条是在岩壁上凿成的输水槽，另一条是铺设在岩壁上的陶制输水管。显然，输水槽比输水管建成的时间要早一些。这两条输水管道都是工程杰作。据陪同官员讲，相传为解决城内用水问题，国王便颁布求贤诏书，声明如有能引水进城者，不论其出身、地位，定将公主许配给他为妻。果然，有一大智大勇的贤者揭下诏书，冒着生命危险四处探寻，终于在瓦迪穆萨谷地以外的山腰上发现了清泉。接着，他又负责设计和指挥修凿大水槽。这项宏伟的工程建成后，清冽的泉水流进了干旱的佩特拉，万众欢呼。国王大悦，召见这位贤者，把公主许配给他。为了纪念这一利民工程，国王下令在巨岩上凿修了一座宫殿，名为本特宫，意为女儿宫，赐给这位功勋显赫的驸马。据考证，女儿宫建成于公元前3世纪初，具有拜占庭式的建筑艺术风格。它的南北两道门各有12根大石柱衬托着高达40米的石头宫殿，气势十分雄伟。

当我们转过“赛格”通道的最后一道弯时，眼前豁然开朗，明媚的阳光下，是一片宽阔而平坦的狭长谷地，不禁惊疑身入异域“桃花源”。迎面一座巍峨的宫殿式石雕建筑，令我们一行都异口同声地发出“哇”的惊叹。约方陪同文化官员主动当起向导和解说。他说，这就是著名的卡兹涅神庙，是纳巴特人于公元前2世纪初依山崖开凿而成的。我们仰面看上去，它庄严的正面装饰着神像、动物以及各种神秘莫测的人物形象，凿工十分精细考究。整个神庙依坚硬的山岩凿成，大门高43米、宽30米，门前6根圆形云头立柱托着二层的3个巨大的神龛。整个建筑外观气势宏伟而富丽堂皇，庙内殿堂高大宽敞。陪同解释说，那是纳巴特王公贵族停放棺木的地方。传说当年在它的顶部收藏有许多珍贵财宝，所以它又被称作“宝库”。后代曾有人炮轰它图谋财宝，却一无所获，只是给这座神圣建筑留下累累伤痕。他还说，你们看这座神庙建筑上下一样宽吧？其实它是上宽下窄的。我们仔细打量，从垂直线上看，果然如此！真的惊讶于工程师独到的视觉设计。

转过卡兹涅神庙，便进入佩特拉开阔的城区。只见在东西两边高陡的岩壁上凿成的各式洞穴鳞次栉比，如同一排排高楼建筑，反映着不同历史时期的不同风格。在阳光照射下，散发出玫瑰红的艳丽色彩，所以佩特拉又被称为“玫瑰石头城”。陪同指着解说，那些洞穴，有些是作为墓室用的，你看墓前祭坛犹在，当然墓中尸骸早已荡然无存。大部分洞穴是供人居住的。我们看上去，那些居室大都有两三层楼房高，门前雕凿十分讲究。我们再往前走，是开阔的城区大街，两边竖立着成排的圆石立柱，十分壮观。陪同解释，这里就是当年最为繁华的商业区。啊！我想，这里当年肯定是商铺林立货物琳琅，人来人往摩肩接踵，叫卖之声，讨价还价，好不喧嚣热闹。可惜后来被冷落，竟沉寂了1000多年。我不禁感慨：天生一个神仙地，一旦沦落无人知！再看眼前，这里却又热闹起来，游客熙熙攘攘，沿街到处都有售卖各种各样工艺品的店铺、地摊。商贩的叫卖声，游客的赞叹声，不绝于耳，令人有华丽转身、重获新生之感。这可真是：乾坤不负人心在，金子总有发光时。陪同说，据统计，现在每天来自世界各地到这里参观访问的游客都达数千人。而在这里做生意的大都是贝都因人。我看那些商铺的主人，都十分热情好客，纯朴善良。不少制作手工艺品的人，都会一种绝活，即在大大小小的普通瓶子里，装填七色彩沙，用一根细竹签，沿瓶壁戳成各种图案，甚至游客提供的手书姓名或本人照片，他们也可惟妙惟肖地装点出来。我买了一只现成的装点着椰林风光的彩沙画瓶。真是好玩极了，我爱不释手。特别令我们喜悦的是，就在这里，我们拜访了前文提到的那位新西兰姑娘和她的贝都因小伙丈夫，以及他们经营的那家工艺品商店。为留作纪念，我买了多张有关佩特拉风景的图片。

再往前走，在大街的西侧，我们看到了雄伟壮观的罗马剧场。那规模和气势，令人叫绝，赞叹不已。陪同解说，公元2世纪初，罗马帝国征服佩特拉后，便在市中心西山崖上凿修了这座巨大的露天剧场。我们看到，剧场全部在石山上凿挖而成，共有34排梯形座位，据说可容纳七八千名观众。由此可以想见，佩特拉当时人口之众多和文化之发达。拾级走进剧场，看到舞台建在一块大岩石上，周围有4根粗大的石头圆柱，很可能是当年置放照明灯之用。整个剧场因形就势，成弧形斜坡状。尤其令人称赞不已的是，即使坐在最后排的座位上，也能清晰地听到舞台上的谈话声。我和同伴们登台就座，亲身轮流体验了一番，果真如此。

在罗马剧场斜对面的山崖上，我们又看到一排排雕凿精美的石头楼宇。陪同指着说，这就是当时皇家的陵墓群。我们举目望去，看到其中一座希腊风格的建筑，规模宏大，整座建筑在山坡上凿挖而成：拱形的门庭，巨大的圆柱，中间大厅高约20米、宽约18米，两边各配有数间精巧的侧室，从正面望去，颇像罗马宫殿。它雄踞高坡之上，气势宏伟庄严，象征着皇家至高无上的权力。陪同说，这座建筑在罗马时代，曾被用作教堂，拜占庭时期又被用作法庭。我们攀登了上去，进到里面，亲身领略了一番室内的肃穆气氛。

最后，我们沿着一条弯弯曲曲的小道，一直走到山谷的尽头，看到在岩石上凿出来的阶梯盘山道。由此拾级而上，面前出现了一座宏大的修道院。陪同说，这座修道院，当地人称之为“代伊尔”。这里是佩特拉的制高点。我们站立于修道院之顶，竟然可以向远方眺望红海和死海浩渺之景，而向脚下俯瞰则可尽览佩特拉美丽全貌，颇有“会当凌绝顶，一览众山小”之感。

自参访佩特拉至今，一晃30年过去了，现在依然记忆犹新，回想历历在目。由于当年参访感触至深，后来凡看到听到有关佩特拉的信息，都会上心关注。据报道，早在1985年，佩特拉就被联合国教科文组织世界文化遗产委员会批准作为文化遗产列入《世界遗产名录》。而2007年，在新评选的世界七大奇迹中，佩特拉排名第二，第一是中国的长城。

今天，佩特拉作为世界著名的历史文化遗产景观，成为全球最热门的文化旅游胜地之一，正焕发着丝绸之路经济带上一颗耀眼的古老文化明珠的光辉。同时，它也成为约旦文化旅游经济收入的一个主要来源。

现赋诗一首，以赞颂佩特拉古城之光。

佩特拉颂

开天辟地创乾坤，横空出世神仙境。
一旦成为人居地，万紫千红耀眼明。
时来运转放异彩，丝绸路上一名城。
兴盛富贵八百载，连通东西享尊崇。
可惜背后有危机，运命翻转现悲情。
天时地利随势易，商贸货运改道行。
繁华过后陷沉寂，超越千年悄无声。
金子光辉掩不住，华丽转身再显名。
世人争相来观瞻，叹为奇迹颂升平。
从此旅游名胜地，一带一路新光景。

范中汇，1938年生于山东青州市。中国散文学会会员。文化和旅游部老干部诗社社长。
毕业于外交学院。先后公务出访30余国，曾由原文化部委派，在中国驻印度、印度尼西亚、加拿大、英国使馆、驻美国联络处工作，任正局级文化参赞等职。

主持创办《中外文化交流》期刊（中文版和英文版）并担任主编。曾任原文化部外联局（港澳台办）老干部联谊会会长、原文化部进口音像制品审查委员会专家。

主编《中国对外文化交流概览》《英国文化管理》《外国文化管理纵览》《金桥新篇——新中国对外文化交流50年纪事》等著作；著有《英国文化》《将军·外交家·艺术家黄镇传》（上下册）和《范中汇文集（一）·国际文化散论》《范中汇文集（二）·东西南北漫笔》《范中汇文集（三）·四季如春放歌》等。

毛里求斯

——印度洋上一颗闪耀的明珠

陈伯祥

某个冬夜子时，笔者搭乘毛里求斯银鹰，从香港转机飞越印度洋。当飞机从万米高空徐徐降落时，银鹰下闪烁的星星渐渐隐退，海浪般的浮云迎来的是着实令人兴奋的黎明。经过11个小时的飞行，我终于来到了毛里求斯首都国际机场，机场悠扬悦耳的法语播音使我备感亲切，这一刻我有点激动，在这个陌生的国度里，我的履新使命就要开始。

1896年4月15日，美国作家马克·吐温携妻远渡重洋来到毛里求斯忘情地游览两周后，这位幽默大师在他的《赤道漫游记》中写道：“上帝首先创造了毛里求斯，然后再仿照毛里求斯建造了天堂。”毛里求斯从此有了“天堂原乡”的美誉。

如若有人问我旅居“天堂原乡”多年，她给我留下的最深的印象是什么？我会毫不犹豫地回答：“碧海、蓝天、白沙滩。”毛里求斯真是上帝的宠儿，年

碧海、蓝天、白沙滩

复一年，小岛永远是阳光灿烂，蓝天白云，远眺是湛蓝的大海。她的陆上面积包括属岛罗德里克岛也仅有2040平方公里，但是陆地上缺少的，海洋给予最慷慨的补偿，190万平方公里的海洋经济专属区蕴藏着丰富的资源和财富。

毛里求斯镶嵌在西印度洋的蓝海碧波中，相距非洲大陆2200公里。当你打开非洲地图的时候，你的目光顺着马达加斯加岛朝东北方向慢慢移动，你会发现一个很不起眼的小黑点，那就是毛里求斯——印度洋上一颗闪耀的明珠。如若只凭想象，你永远无法真正了解她的真容。这是非洲、欧洲、东方文化交融的大熔炉。她长着一副非洲人的面孔，热情奔放，骨子里却透着法国人的浪漫、英国绅士的优雅和印度人的妩媚，130万黑、白、棕、黄肤色的各族人民和睦相处，共享大自然的美丽风光，让到过毛里求斯的游客都会产生依依不舍之情，也让我这个在毛岛生活过多年的人常常沐浴在愉快而难以忘怀的回忆中……

比丘之国弹丸之地毛里求斯的历史，竟也如实地折射出数百年来西方列强称霸海洋的兴衰更迭。最早发现毛里求斯的阿拉伯商人把她称作“阿拉伯岛”，不过他们没有在那里驻足长留。1507年，葡萄牙人登陆这个荒无人烟的孤岛，称她为“天鹅岛”，起名很可能与岛上当年众多的酷似天鹅的嘟嘟鸟有关。1598年，荷兰海军上将范奈克一行抵达，以荷兰莫里斯王子的名字命名该岛为“莫里斯岛”，并统治该岛长达百年之久。荷兰人占领期间，大肆捕杀这种不会飞翔、走路蹒跚的肥胖的嘟嘟鸟，像是饿虎扑食，茹毛饮血，从此嘟嘟鸟在地球上消失殆尽。1715年，法国上校杜复莱斯奈带兵占领“莫里斯岛”，并更名为“法兰西岛”。1735—1740年间，法国人从非洲大陆捕捉两万名黑奴去种植甘蔗，蔗园和糖厂从此迅速遍布全岛。

天堂，谁不想霸占？贪婪成性的海上霸主大英帝国虎视眈眈，伺机攫取。1810年，英、法两国交战，法国战败，小岛归属英国，岛名改为“毛里求斯”。伴随着数百年间外国殖民者对毛岛的垦殖开发，大批奴隶和劳工从非洲大陆和印度半岛纷至沓来，一些客家先民也漂洋过海来到毛里求斯，从此岛上聚居着不同肤色的人，他们有着各自的宗教信仰和风俗习惯，赓续不同的文化传统，可是值得毛国人引以为荣的是，在这万花筒般的多元文化社会中，各族人民之间难能可贵地和平共处，友好往来，从未发生过种族流血冲突。笔者多次应邀出席当地人的婚礼，众多来宾中总会有克里奥尔人（欧非混血）、华人、印巴人，甚至还有白人。在喜气洋洋的婚宴上，肤色各异的嘉宾觥筹交错，饮飨共舞。

毛里求斯素有“甜岛”和“彩虹之乡”的美称。从毛里求斯的国徽上，我们可以看到一幅引人注目的图案：一只嘟嘟鸟和一头野鹿分别置于国徽两侧，它们嘴里各自叼着一根粗壮的甘蔗，此乃毛里求斯的真实写照。旅客一下飞机，汽车行驶在去首都路易港的高速公路上，两侧青翠的无边漫漫的甘蔗园映入眼帘，让人仿佛置身于浩瀚的绿色海洋。毛里求斯1—4月为雨季，但风雨定是来去匆匆的过客，风雨过后总会有彩虹。刹那间，一道赤橙黄绿青蓝紫的彩虹出现在深邃的苍穹，从世界的这一端跨越到世界的那一端，宛如一条七彩大桥高悬在天空，令人惊叹不已！毛里求斯，你难道真的是一弯连接人间与天堂的彩虹吗？

毛里求斯是个火山岛，地貌千姿百态，四周被珊瑚礁环绕，沿海是狭窄的平原，中部为高原山地，峻岩奇峰直插云霄，那儿有一个宽200米、深85米的火山洞口，这是800万年前曾经有过的火山喷发山崩地裂后留下的历史见证，峡谷飞流直下，水珠四溅，如云漫雾绕。北部庞普勒穆斯皇家植物园建于1796年，园内花木葱茏，古树参天，百鸟啁啾鸣啭。一排排挺立的、百年才开一次花的高大的王棕榈随风摇曳，花朵高达3米，无奈花开之日竟是树的死

无边漫漫的甘蔗园

亡之时。植物园还有一池池庞然大物古王莲，叶子直径可达2米，一个婴儿坐在上面，稳如泰山。

岛东地域宽广，细软的白沙滩漫无边际地延伸，游人可以尽情地信步沙滩。这里也是观看日出的最佳方位，每当晨风轻轻，当你朝着遥远的东方望去，只见长空由苍黛变成乳白。一刹那，霞光万道，水天相接处露出一抹鲜红，一轮红日冉冉升起，美好的一天开始了。

岛西也有长长的白沙滩，那是万顷金涛沉日之处。人们可以坐在沙滩上，海风拂面，欣赏壮丽宏伟的落日。一轮红日，那样圆，那么大，像鲜红鲜红的珊瑚球，一眨眼便沉到海里去了。夕阳无限好，何惧近黄昏！

岛北大海湾以滑水、帆板、冲浪、深海垂钓、观看海底世界和海上滑翔伞等水上运动闻名遐迩，琳琅满目的水上和陆上运动应有尽有。如果你喜欢运动，你一定可以大显身手，玩儿得非常尽兴。你可以乘船去离岛几公里的大海深处海钓，让放飞的心随着船儿在大海上一同漂荡，也可以乘坐汽艇出海去与海豚一起游泳，胆子如果更大些，你可以脚踩冲浪板，如海鸥般在白色的海浪间逶迤；如果你想跟大海来个更亲密的接触，你可以潜进五彩斑斓的海底世界，与鱼儿共舞。水玩儿够了，你可以到以辽阔大海为背景的顶级高尔夫球场，在绿荫与碧海的映衬下挥杆，那更是另一种难得的享受。傍晚，在落日的余晖中，时尚的酒吧、豪华的海滨酒店比比皆是，你可以悠闲地漫步在背街小巷，体验浓烈的异国情调的夜生活。那里一定会有克里奥尔人，他们围着篝火，伴随着激越的非洲手鼓声，狂放尽兴地跳着魅力四射的赛卡舞。

毛里求斯除了碧海、蓝天、白沙滩，还有不少令人向往的地方，如举世无双的七色土，宗教化的

毛里求斯国粹——赛卡舞

圣水湖，美如画卷的鹿岛和百年沧桑的唐人街等等。路易港唐人街成形于20世纪初，“唐人街”三个大字的牌楼挺拔、高大、气势壮观。行走在唐人街街头，扑面而来的是一股浓郁的中华文化和民族风情的气息，体会到中华文明那种无法淹没的鲜明特性。街道两侧华商开办的店铺、饭店和旅馆鳞次栉比，香味浓厚的中国美食，让人回味无穷；华人老板笑容可掬的面孔是那么熟悉，那么亲切。他们将商店从城市开到偏僻的乡村，经营范围涵盖了衣食住行各个方面，展示了中国人的勤劳与智慧，对毛里求斯的发展发挥了重要作用，赢得当地社会的肯定和信任。

第二代华裔朱梅麟先生（1911 — 1991）祖籍广东梅州，是当之无愧的侨领。1942年当选毛里求斯华商总会主席，先后任国会议员、地区事务部长、财政部长。海路万里，却隔不断华夏血脉。朱梅麟身居毛里求斯，但心系祖籍国。抗战时期，他号召华侨回国抗日救亡，呼吁华人捐款支援中国人民抵抗日寇侵略。70年代初期，他建议毛里求斯政府发展金融和纺织服装业，以免过度依赖旅游和蔗糖业，为繁荣毛里求斯经济做出了重大贡献。1998年，毛里求斯政府决定将他的肖像印刷在毛国货币上，以兹纪念，于是朱梅麟成为唯一被印在外国纸币上的华人。

曾繁兴（1938 — ）是毛里求斯享有很高威望的又一位华人精英，华裔翘楚，年轻时负笈伦敦、日内瓦，攻读法律、经济和国际关系，集学者、诗人、作家于一身，并作为华人杰出外交官驰骋国际外交舞台20年之久，57岁时出任毛里求斯共和国文化部长，2013年荣膺首届“中华之光 —— 传播中华文化年度人物”奖。他身居异乡，但改不了客家乡音。笔者供职于驻毛里求斯使馆期间，有机会与他促膝长谈。他娓娓道来的多彩人生以及他对祖籍国的深厚感情，至今仍然在我脑海中记忆犹新，历历在目。如今已步入耄耋之年的曾老，依然著书立说，醉心于助推中华传统文化走向世界。在2015年世界客商与21世纪“海上丝绸之路”研讨会上，曾老说：“我认为‘一带一路’是具有远见卓识的倡议，不仅有利于中国，而且裨益世界其他国家。纵观华侨的历史，中国是一个有悠久海洋远航史的国家。早在郑和下西洋之前，中国的海客，已经建立了海上交通路线。在古代‘海上丝绸之路’上，即使在清政府海禁时期，也处处活跃着中国人的身影，这些寓居太平洋或印度洋岛国的‘番客’，往返于移居国与故乡之间，既带来人员和财物的流转，也向散居地带去了中华文化。”

是的，中国与非洲，尽管远隔千山万水，但路途的遥远始终无法阻断双方交流的愿景。毛里求斯地处21世纪“海上丝绸之路”的自然延伸带，是通往非洲统一市场的门户，具有独特的区位优势。时隔千年，海陆并举的历史交往，演进为“一带一路”框架下的全面合作与共同发展。毛里求斯和其他非洲国家一样，高度认同“一带一路”共商、共享、共建原则，积极推动各项创新，努力弥补基础设施短板，不仅成为中非合作纽带，还与非洲50多个国家一起，朝着政治互信、经贸融合、文化包容的“命运共同体”目标迈进。

中毛合作硕果累累，毛里求斯综合体育中心就是由中方援建、中毛两国根据“一带一路”合作理念开展的具体项目。为主办2019年7月第10届印度洋岛国运动会，毛国需要一个综合性运动场，盛会在即，时不我待。毛里求斯政府相信，只有中国企业才有意愿和能力承接任务。该“中心”包括多功能体育馆、游泳馆、体育场和足球场，现代化设施齐全。“中心”从原材料生产到设计、制造全都来自中国，顶棚采用北京“鸟巢”全钢结构的建筑模式，草坪完全符合国际足联比赛转播标准。运动场照明系统完全依靠4根38米长的高杆智能灯自动操控。这种高杆灯是目前世界上最先进的产品，首次安装使用，用的是LED光源，每个大灯上有50盏小灯。攀登上高杆灯顶，四周景物尽收眼底：绵延的葱绿甘蔗田、城镇、村庄、屋宇、山峦，一览无遗；夜晚体育场如同白昼，车水马龙的公路上，灯光如火龙般流动；远眺星星点点，五彩缤纷的街灯、霓虹灯构成一幅美轮美奂的图画。这种灯也可用作灯光秀，编入程序，灯光变幻莫测，图案绚丽多姿。毛里求斯属热带海洋性气候，常遭风暴肆虐，风暴所到之处，一片狼藉，屋顶被掀翻，树木被连根拔起。据此，中国建筑人充分考虑到了风灾对建筑物的影响，38米高杆灯以及观礼台顶棚尽管遭遇过多次风暴袭击，它们却岿然不动，毫发未损。

该项目于2018年10月开工，中国建筑企业仅用8个月时间，就为毛里求斯建成了国际先进的综合性体育中心。业主方技术总监贝腾先生怀着激动的心情对中方负责人说：“非常感谢中国，非常感谢中国建筑团队。你们在这么短的时间内圆满完成了当地任何人都无力承担的任务，真是难以置信。”综合体育中心的建成，使毛里求斯了却了承办各种体育赛事的夙愿。7月15日，毛里求斯总理贾格纳特以及3000多名各界人士出席落成典礼，他在致辞中衷心感谢中国政府给予的帮助，说：“中国企业克服了诸多困难和挑战，在短时间内完成了项目，向毛里求斯人民展示了真正的‘中国速度’和‘中国质量’。现代化的综合体育中心提升了毛里求斯的国家形象，必将大大推动毛里求斯体育事业的发展，对毛里求斯的

由中国援建的毛里求斯综合体育中心

经济社会发展产生深远的影响。”

当然中国不是印度洋岛国运动会参赛国，可是运动会前后举办的多项活动不乏中国元素。2018年年底，由中方策划的大型武术剧《武传奇》在毛里求斯商演，来自天津霍元甲文武学校的30名冠军学子同毛里求斯80名武术高手联袂演出，为观众奉献了两场精彩的武术表演，3000多名观众一饱眼福。中方将商演全部收入无偿捐赠给毛里求斯青年和体育部，此举赢得毛里求斯政府和人民的高度评价。

中方还与毛青年和体育部密切合作，安排毛国举重队运动员于2019年5月26日至7月10日在天津进行为期一个多月的集训。毛里求斯运动员对中国高水准培训赞不绝口，培训效果立竿见影。

7月28日晚，第10届印度洋岛国运动会落下帷幕。这场印度洋岛国的体育盛事吸引了来自毛里求斯、马达加斯加、塞舌尔、马尔代夫、科摩罗以及法属海外省留尼汪和马约特的2000多名运动员参赛。毛里求斯独占鳌头，最终斩获92块金牌，荣登奖牌榜首。为庆贺毛里求斯运动员取得的优异成绩，毛政府特地宣布7月29日（周一）为公共假日，全国放假一天。

走笔至此，笔者要对长年生活在大城市而又素爱山水的旅友说，如果你真的想暂时远离尘嚣，给疲惫的身心放个假，找一个与大海拥抱的宁静小岛，斜卧在沙滩上，观海听涛，静静欣赏大海宽广的胸怀，那么我建议你去毛里求斯住上两周。回国后，你必将以更加饱满的热情和旺盛的精力投身到工作中去；如果你经历了奋斗的青春，事业小有成就的中年，现在退休了，不再案牍劳形，朝乾夕惕，你有的是空闲时间，那你何不邀约几个莫逆之交，或者携家人同游十天半月，一畅胸襟，体悟一次何为“天堂原乡”，尽情享受当今繁华盛世赋予我们的安逸美好的生活。

毛里求斯是世界上空气质量最好的国家之一，在世界最美十大海岛中排名第二，中国公民赴毛免签，此等便利，更待何时？

笔者谨拟就小文一篇，追忆我生命中终生难忘的美好时光，作为文化外交历程中又一次永久的纪念。

陈伯祥，原籍上海市崇明区。中国散文学会会员。全国翻译专业资格考试专家委员会法语专家。

就读于北京大学。曾先后在中国驻比利时等多个使馆工作，任文化参赞等职。参与翻译或终审几十部中国故事片和纪录片。翻译、编译有《童仆的一生》《苦儿流浪记》《雷诺阿传》《法共烈士遗书》《基度山伯爵》《罗兰之歌》《醉心于贵族的小市民》《法汉对照幽默笑话精选》《法语俚语》《法语习语》《新编法语教程》《法国艺术歌曲精选》《柏辽兹艺术歌曲23首》《梅耶贝尔艺术歌曲20首》《比才艺术歌曲21首》《古诺艺术歌曲22首》《法国艺术歌曲400首》《法国歌剧咏叹调选集》《陆永安画册》等。获中国翻译协会“资深翻译家”称号，中国翻译协会“翻译事业特别贡献奖”，中国外文局“全国翻译事业资格考试突出贡献奖”。

丝路遇险

袁维学

中国和巴基斯坦是“全天候”的朋友。两国在外交、经济、文化等方面的交流颇为频繁。

2000年4月，巴基斯坦民间遗产研究所所长阿克西·穆夫迪告诉我，他们拟于9月在巴基斯坦北部地区吉尔吉特和罕萨举办“国际丝绸之路节”，并希望中国新疆能派艺术团和民间艺人参加这一盛会。我与新疆维吾尔自治区文化厅联系，新疆维吾尔自治区文化厅很支持这一创意，决定派喀什市歌舞团赴巴访演。穆夫迪决定，他、我和吉尔吉特市的财政秘书阿克特尔·布哈利三人从陆路驱车前往喀什挑选节目和商谈有关事宜。

7月12日凌晨5点，我和穆夫迪乘吉普车由巴基斯坦首都伊斯兰堡出发前往吉尔吉特。这条路穆夫迪已走过多次，但我却是第一次。这条路上的文化古迹和自然风光对我来说都很新鲜。穆夫迪很理解我的心情。他说，路上的一些著名景点都停下来让你观赏一下。

我们将从中巴友谊公路到达中国。中巴友谊公路始建于20世纪70年代，是中国援助巴基斯坦的建设工程，全长1300公里，中国称它为“中巴友谊公路”，巴基斯坦称之为“喀拉昆仑公路”。我们将沿印度河而行，跨过喜马拉雅山、兴都库什山及喀拉昆仑山三大山脉，然后经由全世界最高的关卡——红其拉甫山口，进入新疆的喀什。喀什是中巴友谊公路中国段的起点，终止于红其拉甫山口中巴两国交界处，平均海拔3000米，最高处红其拉甫达坂达4773米。

中巴友谊公路与古丝绸之路走向基本一致，都穿行在崇山峻岭的一条迂回曲折的峡谷中间。古代丝绸之路东起长安（今西安），沿渭水西行，循着河西走廊至敦煌，由敦煌分南北两路：南路从敦煌西南出阳关，至楼兰（今若羌东北），沿昆仑山北麓西行，经于阗（今和田）、莎车等地到达葱岭（今帕米尔）；北路从敦煌西北出玉门关，至车师前王庭（今吐鲁番），沿天山南路西行经龟兹（今库车）、疏勒（今喀什）等地到达葱岭。从葱岭又分成两条路：一条南下印度，一条西进巴基斯坦。

吉普车在离开伊斯兰堡4个多小时以后在一处废墟前停了下来。穆夫迪对我介绍说：“这里在佛教兴盛时期是一个大寺院。法显的《佛国记》中对此处有记载。”

法显（约334—420），中国东晋高僧、丝绸之路的开拓者、第一个到巴基斯坦的中国人。他于公元402年访问了乌苌国(在今巴基斯坦北部斯瓦特河流域)、宿呵多国（今巴基斯坦斯瓦特）、犍陀卫国（在今巴基斯坦西北喀布尔河沿岸一带）、竺刹尸罗国(今

古代丝绸之路上的岩画

巴基斯坦拉瓦尔品第西北的特克希拉一带)、弗楼沙国（今巴基斯坦白沙瓦）等地，开拓了中巴交往的先河，与当地僧俗结下了深厚的情谊。他所撰写的《佛国记》是研究巴基斯坦历史、中巴交流史必不可少的宝贵资料。

这里虽然已成了废墟，但当年繁华的景象还依稀看得出。高大的窣堵波（圆形佛塔）较为完好地屹立着。它是由小石块垒起来的，有30来米高。虽然表面有些石块脱落，但却无损它的雄伟。它经历了无数的风雨和战乱，目睹了残酷的人间沧桑。

旁边山上有很大一片寺院遗址。几十间禅房的遗迹，静静地躺在那里。我站在一间有房基而无房子的禅房跟前，注目观

巴基斯坦斯瓦特佛教遗迹“窣堵波”

看。我似乎觉得它在对我说，当年，你们中国第一个来天竺取经的和尚法显就住在我这里。他待我很好，我也尽力地为他效劳。你这个后生没有忘记我这老朽，谢谢你。我情不自禁地从旁边摘了几朵野花，恭恭敬敬地放在过去和尚们放灯的地方，也算作供养吧。

到了印度河畔，我们又停了下来。穆夫迪指着印度河说："马其顿国王亚历山大大帝在打败波斯王大流士三世后，于公元前327年南下印度。他们就是在这里渡过印度河往塔克西拉方向去的……"

我还没等他说完，就问道："听说巴基斯坦北部的卡拉什族就是古希腊人的后裔，是吗？"

"是的。这个民族有它自己的宗教，政府从来不干预他们。"穆夫迪回答说。

吉普车行驶在印度河左边的喀拉昆仑公路上。路越来越难走，也越来越危险。左边峭壁，右边深渊，河流蜿蜒，道路崎岖。

吉普车经过一座桥梁。我看到桥墩上精美的汉白玉石狮，非常兴奋。一看便知，它们是出自中国工匠之手。我感到很亲切。可惜，有一尊石狮不翼而飞了，只剩下桥墩。我想，可能是哪一位巴基斯坦艺术爱好者，把它当作艺术珍品收藏起来了，或者把它当作是巴中友谊的象征而放在了自家的门口以向来访者炫耀。不过，我的心里总是有点儿惋惜。

当吉普车离开印度河来到一个山谷里的时候，穆夫迪领我去看一处古迹。有几块硕大的石头，上面刻着文字和图画。

我问穆夫迪："这是什么文字？"

"这是巴利文，古代佛教徒用的文字。"

“哦。”

“这是佛教徒经过此处留下的痕迹。”

我仔细地看了看，文字不规则，这儿一段，那儿一段，也非是一个人手迹。还有狗、鸡、羊等图形。我想，古人是不是也像现代有些人一样，在一些名胜古迹处写上“某某到此一游”？我仔细寻找，看是否有法显或其他中国和尚留下来的痕迹，但没有找到。可能是他们太谦虚，不愿意留下姓名吧！

我虽然没有在石头上写上“袁某到此一游”，但我也让穆夫迪给我拍了几张照片留作纪念。

夕阳西下，但我们离目的地还有很远的距离。天越来越黑。我们摸黑前进。四周一片黑暗。周围没有村庄，路上没有车辆。唯一的亮光就是我们的车灯。路很窄，万一不小心掉到下边的山谷里，那就要车毁人亡。我想，当年法显和玄奘经过这里时，前不着村，后不着店，如何度过漆黑的夜晚？坐着汽车尚且不易，徒步就更加困难了。

司机开了一天车，够辛苦的了，我真担心他太疲倦，或者打盹，但爱莫能助，我们不能停下来在荒山野岭里歇息，也替换不了他。吉普车在弯弯曲曲的山道上爬行，1小时至多行驶30公里。穆夫迪本来话挺多，但早已经说累了，坐在车上打盹。

夜里11点左右，我们终于到了目的地——吉尔吉特。在途中坐了将近18个小时的汽车，到了住地已经完全筋疲力尽了。

次日上午，我们又坐吉普车继续前进，在罕萨小息。罕萨原先是一个土邦，由罕萨王管辖。现在土邦已不复存在，但罕萨王的后裔在当地仍很受尊重。罕萨距我国新疆较近。它被喜马拉雅山所包

古代丝绸之路遗迹（山上像裂痕一般的便是古代丝绸之路）

围，是一个狭长的山谷，长161公里，宽5公里，居民4.5万人。这里风景如画，恬静如诗，人人过着“日出而作，日落而息”的农耕生活，自给自足，与世无争，宛如“世外桃源”。这里居住着塔吉克族人，他们与新疆的塔吉克族人操同一种语言。他们与新疆的塔吉克族人有何渊源关系，尚无人去深入研究。是否是古代新疆的塔吉克族游牧民游牧到此，见此处环境优美，乐而不归？不得而知。不过，他们现在是巴基斯坦居民。

喀拉昆仑公路从罕萨到红其拉甫山

口是最艰险的一段路。山崖陡峭，道路崎岖，经常滑坡，是事故多发地。

离开罕萨不久，穆夫迪就指着对面的山坡说：“你看，那就是古代的丝绸之路。”

对面褐色的山崖上有一条羊肠小道，蜿蜒、陡峭，顺山势往前延伸。可以想象，走在那样一条路上是多么的艰难和危险！古代商旅就是从这条路上冒着生命危险把中国丝绸运往其他国家，又把其他国家的货物运到中国。也就是这条险路沟通了中外文化交流。

喀拉昆仑公路不是沿着古代丝绸之路修筑的，而是在它的对面。坐汽车行驶在柏油路上都觉得腰疼腿酸、担惊受怕，可想走石头路的人有多困难！古人从没有路的山涧里开辟出一条路，很了不起；今人凿山铺路，也同样了不起。实际上，喀拉昆仑公路是用中巴两国人民的血汗构筑起来的。每修筑1公里公路就牺牲一位中国的好儿郎。我身临其境，深感筑路者的艰辛。

下午，我们到了靠近中巴边境的巴基斯坦的口岸——苏斯特。苏斯特是巴基斯坦的一个边陲小镇。镇上许多商店都卖中国的日用品。由中巴友谊公路过来的游客或商人都在此办理入境手续。它与中国的口岸塔什库尔干隔山相望。

我们到后，听说上午在离这里12公里的地方发生了塌方。车辆、行人无法通过。我们在心里默默祈祷，但愿明天情况好转，我们能顺利过去。

第二天早晨，我们打听路况，山上还在往下面掉石头。我们很着急，因为新疆维吾尔自治区文化厅和喀什市文化局的人在红其拉甫哨所等着我们。10点钟，我们实在等不下去了，就想硬冲过去。我们出发了。但到了现场一看，并非像我们想象的那么简单。左边是高山，右边是深渊，中间路上堆积着一二尺高的大石头、小石头。山上还像下陨石雨一样往下落石头。我们向当地人打听，方知，此处经常出现滑坡。据说山顶上有熔岩，向外迸发，推动石头下落，便出现了这种状况。何时能够停止落石，谁也说不清楚。车子根本不可能开过去。我们只好折回。中饭，食而无味；心情，像热锅上的蚂蚁。怎么办？

下午1点左右，前方来人说，大石头已经不落了，小石头还在往下落。我们与当地人商量决定：我们从这儿乘车到出事地点，然后从石头上走过去，到了那一边，再乘另外一辆吉普车前进。行李由当地人给我们送过去。

1点半左右，我们来到了滑坡地点。我举目观看，山上还在不断地往下落石子。我们决定冒着危险冲过去。阿克特尔·布哈利第一个冲向前去，一路小跑。我顾不及看他，紧跟其后，穆夫迪也跟了上来。我小跑前进，但脚下石头高低不平，根本跑不动。既要照顾脚下，又要看着山上落下来的石头。这一段路足有200多米长。心里紧张，脚底无力，跑有50米就已气喘吁吁了。我突然听到后面一片嚷嚷声，听不清人们在说什么，来不及回头去看，也顾不及去想，只顾拼命地往前奔。我忽然看见一块大石头在我头上方冲着我滚了下来。我拼命地跑，想躲开它。由于跑得过猛，摔倒了，爬起来又跑，又摔倒，再爬起来跑，上气不接下气，到了快过去的时候，又摔了一跤。到了平坦的路段，有两个人扶着我离开了危险区。我喘息了半天，才缓过来。穆夫迪也过来了。我看到他脸色苍白，气喘吁吁。他上气不接下气地说：“你…… 你…… 你……

命……命……大!”他的嗓子已经沙哑了。等他呼吸稍微平和一点儿的时候，说道:“我在后面见到一块大石头冲着你滚了下来，就使劲地喊叫你注意，可你一点儿都没听到。你真命大，那块大石头，在离你一二十米的地方被另一块更大的石头挡了一下，它就从你的头上方跳过去了。我担心死了!”

这时，我看了看自己，衣服上都是泥土。我的脸上被石子划破了3处，流着鲜血，泥土和鲜血已掺和到了一起。腿上和腹部也有多处伤痕。这一切都是小意思了，起码命保住了。一场多么惊险的拼搏!

我们坐上一辆准备好的吉普车，继续前进。两边山上光秃秃的，基本不见绿色。山涧里偶尔能见到几棵小树、些许小草，见不到飞鸟，听不到鸟鸣。感觉到车外风挺大。气候变化无常。刚才还有阳光，等到了红其拉甫山口时，突然变成了阴天，下起了小雪。我们到了山脊线，即国境线，吉普车停了下来。我们下了车。路旁立有两个界碑，面向巴基斯坦一面是英文铭文写着“巴基斯坦”字样。朝中国一面用中文写着“中国”字样和鲜红的国徽。我见到“中国”两个字和中国国徽感到无比亲切，心情非常激动。心里在说:“我到了祖国了!”我像孩子似的专门走到两块界碑中间三不管的地方，叉开两腿，对穆夫迪说:“我一条腿站在巴基斯坦的国土上，一条腿站在中国的国土上，快给我照张相吧!”我们所站的地方海拔4800米左右，风大，寒冷，不能久留。我们匆匆上车下山。

边防同志告诉我们:“喀什市文化局和塔什库尔干县文化局的同志们从上午就一直在这里等候，左等右等没有等到你们，下午两点钟，他们就回去了。”我看了看表，下午4点钟。他们跟我们说:

“塔什库尔干海关5点钟下班，你们快一点儿去，还来得及办入关手续。”

我们匆匆赶往塔什库尔干海关。

路上，穆夫迪对我说：“去年，就是在现在塌方的那个地方，一位德国妇女被山上滚下来的一块锋利的大石头拦腰截成两段，很凄惨！”

我想：如果我刚才被石头砸死，是否值得？

结论是：为了中巴友谊，为了对外文化交流事业，值得！

袁维学，1945年生于江苏宿迁。中国作家协会会员，中国书法家协会会员，中国翻译协会专家会员。

毕业于北京广播学院。曾任中国驻泰国、巴基斯坦、菲律宾使馆文化参赞。曾获巴基斯坦总统“杰出成就奖”。

著有《中华六十景诗书画印集》《诗书寄情清真国》《袁维学书法集》《佛国记校注》等，译有《悲哀世代》《勇士》《萨姬妲的爱与恨》《真纳传》《灵鹫山》等著作。获中国翻译协会“资深翻译家”称号。

中以人民的友好使者

——记以中友好协会会长特迪·考夫曼

车兆和

我们初次见面是在我抵达以色列后的第三天，即1995年8月1日中国驻以色列使馆举办的招待会上。林真大使把我介绍给他。彼此交换名片后，他问我老家在哪里，我告诉他在长春。“我们是老乡啊！”他用带有外国口音的中文说道。我蓦地一怔，沉吟道：“怎么，我在以色列还有个外国老乡?!”

他，就是以中友好协会会长——特迪·考夫曼。考夫曼先生曾经在中国哈尔滨度过25个春秋。按照东北人的习惯，我们通常把辽宁、吉林、黑龙江三省的人都称作“老乡”。考夫曼先生称我为“老乡”，显然是受这一传统习惯的影响。不过，从我们后来的谈话和日后的交往中，我们彼此的确有“老乡”的感觉。我发现，我们的谈话是投机的，因为我们有谈不完的话题——中国；我还发现，他对中国的感情是深沉而又强烈的。我仿佛感受到他那颗跳动

左二为考夫曼，右二为王昌义大使

的心。考夫曼先生在后来与我多次交谈中，处处显示出他对中国的感激之心和眷恋之情。这，也许就是我们谈话的基础，也是我们谈话投机的主要缘由吧。

特迪·考夫曼于1924年9月出生于哈尔滨市的一个俄国犹太移民家庭，父亲早年毕业于一所瑞士大学，有着深厚的犹太学基础。考夫曼从小跟父母学习并掌握了希伯来语，父亲后来长眠在中国。1948年5月14日以色列建国后不久，即于1949年11月，考夫曼途经天津和香港等地，辗转回到故土以色列。由于从小就能熟练地运用希伯来语，他回国后不久就找到了工作：在特拉维夫市政府任职。他曾经历任市政府秘书、市政工人工会主席、以色列全国总工会执行委员会委员等职。在那个年代，中以两国尚未建交，两国人民被一座无形的墙隔离着。然而，考夫曼无时无刻不在怀念着中国，想念那块他父亲长眠的土地。他是多么希望以中两国关系早日恢复正常啊！他盼望故地重游，亲眼看看那曾经给自己和数万犹太移民提供过避难所的国家，拜访那些曾经与自己同甘共苦的“乡亲们”。在后来的以中友好协会为王昌义大使举行的欢迎晚会上，考夫曼先生吐露了心迹：“在以中建交前，我们这些曾经旅居中国的犹太难民，都在心里暗暗地为以中两国关系正常化祈祷，希望将来能够回访曾经给我们提供庇护所的中国，向中国人民表达我们的谢意……”

1992年1月，中以两国终于建立起大使级外交关系。这是中以关系史上的一件大事。以色列政府称以中建交是其第三世界外交工作中向前迈进的“最重要一步”。考夫曼先生同其他原中国犹太移民一样，心情是多么高兴啊！他并不仅仅是高兴，而是想得更加深远。他要把先前的中国犹太移民组织起来，为以中友好做出贡献，要使以中两国人民世世代代地友好下去。他四处奔走、游说、筹集资金，为创建以中友好协会而努力工作。

在考夫曼先生等人的倡议和许多友好人士的共同努力下，以中友好协会终于在1992年3月29日成立了。他出任以中友好协会会长。时任中国人民对外友好协会会长的韩叙发来贺电，对以中友协的成立表示祝贺，称“以中友好协会的成立反映了以色列人民对中国人民的友好感情，标志着两国民间交流进入了一个新的阶段”。

自创建以来，以中友好协会一直非常活跃：举行介绍中国的报告会、组织各类访华团、创建友好基金会，并向原中国犹太移民的子女提供奖学金，也包括向在以色列进修的中国留学生提供奖学金等。该协会还定期出版《以中友谊之声》会刊，报道该协会的活动和以中交流情况。

在交谈中，我感到考夫曼先生最引以为骄傲与自豪的活动是以中友协于1993年接待了由中国人民对外友好协会会长韩叙率领的中国友好代表团。我曾不止一次地听过考夫曼先生讲述这段生动的故事。

1993年11月，应以中友好协会的邀请，韩叙会长率领中国对外友协代表团访问以色列。以中友协为此访做了周密的安排，制订了详尽的接待计划，并把该计划传真给中国对外友协。韩叙会长立即回电，对接待计划表示满意，但只提出一条修改意见："让我们这次访问从谒拜国际共产主义战士罗生特先生之墓开始吧。"

国际共产主义战士罗生特？他的墓在哪里？这突如其来的请求，可难为了考夫曼先生。他四处奔走、寻亲访友、查找档案，忙得不亦乐乎。但凭着他对中国的热爱、对中国人民的友好感情和对中国人民解放事业的理解与支持，他终于在特拉维夫市郊的基里亚特·绍尔公墓找到了中国人民的好朋友、中国共产党的特别党员、伟大的国际共产主义战士罗生特先生之墓。然而，所见到的景象实在令人心碎：墓碑已破烂不堪，周围杂草丛生，实在令人目不忍睹……谁能想到，这位曾经为着中国人民的解放事业出生入死、曾经解救过无数名中国新四军和八路军伤员、为中国医疗事业做出过卓越贡献、唯一获得中国正规军高级将领军衔的外国医生罗生特先生死后竟然如此寂寞！怎能让韩叙会长目睹这一现状？经考夫曼

在罗生特墓前

先生倡议，以中友好协会会员捐款，在短短几天之内重修了罗生特先生之墓。当韩叙会长到达墓地时，那已是一座布满鲜花、修葺一新的墓碑了。韩叙会长向墓碑敬献了花篮，静默良久……然后他轻轻地对考夫曼先生说道：“您可能想象不到，拜谒罗生特先生之墓对我具有多么重大的意义！”

每当听到这里，我都抑制不住自己的感情，不禁潸然泪下……这是对革命前辈景仰的泪花、崇拜的泪花，也是为罗生特先生谢世后曾经有过几十年孤寂而感到不安的泪花。当然，这泪花里也充满对考夫曼先生和以中友协的感激之情。

每当谈起这件事，考夫曼先生总是显得那么激动和自豪。是啊，他应该感到骄傲和自豪，因为他为中国人和犹太人之间的友谊做了一件很有意义的事，中国人民永远感激他和那些为中以友好做出过重要贡献的人士。特迪・考夫曼先生现已年逾古稀，但看上去是那么年轻、精力是那么旺盛。他的夫人拉莎・考夫曼告诉我，特迪已把自己的全身心都投入到以中友协工作上，贡献给以中友好事业了。考夫曼先生向我们讲述过以中友协今后拟开展的一个又一个活动计划。从他的文章里、从他的谈话中、从我们日后交往的岁月里，我感受到了他对中国深沉的爱，对中国人民的眷眷之情，仿佛看到了他那颗赤诚而炽热的心在跳动。在1996年1月以中友好协会举办的欢迎晚会上，王昌义大使高度评价了以中友协为促进中以两国人民友好所做出的努力和贡献，称赞特迪・考夫曼先生和以中友好协会为“中以人民的友好使者”。

在重新阅读并修改此文时，考夫曼先生已作古。但其未竟的中以人民友好事业正方兴未艾、世代相传。以色列人民正积极投入到习近平主席倡导的“一带一路”项目建设中来，正在和中国人民一道共建人类命运共同体。倘若有在天之灵，特迪・考夫曼先生一定会笑得更加灿烂……

车兆和，笔名沼荷。毕业于北京外国语学院（现为北京外国语大学）。
曾在中国驻菲律宾、美国、以色列、土耳其、南非、韩国使馆和洛杉矶总领馆工作，任文化参赞、文化中心主任等职。
曾任北京大学艺术学院暨国家对外文化交流研究基地特聘专家、国家艺术基金专家委员会评审委员等职。
在国家级报刊上发表学术论文和文化交流文章数十篇，著有《夕阳斜照·文化外交散记》《沼荷随笔》《荷风细语·一位文化使者的悦读与思考》等，译有《似花还似非花·犹太诗人拉亥尔诗选》和《红宝石·南非短篇小说精粹》等。

感同身受的中非友谊

段建国

中非交往 源远流长

中国与非洲虽远隔万里，但友好交往源远流长。两千多年前，西汉张骞开辟了丝绸之路，打通了中非之间的陆路交通。中国丝绸出口到非洲的埃及，从埃及又输入到欧洲。同时，非洲的香料、象牙、犀牛角等特产也来到中国。唐宋时期，中国的瓷器也经陆海“一带一路”输入欧亚和非洲。元明时期，随着航海的发达，中非贸易、文化交流更加频繁。近年，在东非、北非地区，出土了大量的中国古瓷器文物。明朝是古代中非交流的黄金时期。1405—1433年，郑和船队曾7次下西洋，4次抵达东非海岸。到访的非洲国家和地区有16个之多。郑和船队在肯尼亚、索马里等地访问期间，把船队带来的瓷器、漆器、金银、绸缎、钱币、茶叶等赠送给当地非洲人。对方也把当地的特产，包括斑马、长颈鹿等珍贵动物赠送船队，带回中国。这些都是古代中非人民友好交往的明证。

援非建设 深入人心

1980年，文化部派我到中国驻刚果（布）使馆文化处工作，后又先后在驻刚果（金）使馆和驻毛里求斯使馆文化处任职。从1980年做非洲工作至2003年底退休，我在非洲国家常驻四任，三任文化参赞，常驻非洲国家累计达14年之久。在20多年的对非文化交流工作中，亲身经历和耳闻目睹了中非友谊的许多事例。

20世纪80年代，是中国派出专家队伍支援非洲建设最多的时期。1980年，我来到布拉柴维尔，就看到上百人的中国专家组援建刚果（布）工程“国家人民宫”正在施工。成形的外部建筑高高耸立，当地人民路过这里都会竖起拇指称赞。人民宫完工后，我参观过大剧场、会议厅等内部设施，装修相当漂亮。人民宫成为象征中刚（布）友谊的地标建筑。

1988年，我在刚果（金）任职，又遇上中国住总公司援建刚果（金）的宏伟工程“万人国家体育场”正在施工。带领当地黑人施工的中国各类专家多达200余人。施工队伍有上千人。为解决中国这200多专家每天的吃菜问题，刚方专门在一处山坡辟出8亩空地，交中国专家组种菜。专家组从国内带来菜籽，安排两人住在山坡，专门管理菜地。他们抽自来水上山，给菜地浇灌施肥，种出20多种蔬菜。每天小卡车都会上山往工地运送一车菜，解决了专家的吃菜问题。工程浩大和施工困难可想而知。2000年，我又来到金沙萨工作，在万人体育场内参观，同中国技术维护小组聊天，得知万人体育场竣工后，中方还派出技术小组，帮助刚方培训水电维修和体育场管理人员。矗立在首都金沙萨的万人国家体育场，是中刚（金）两国友好合作的见证，也是两国人民友谊的象征。

1989年2月，我有幸到刚（金）北基伍省瓦利卡莱，参观中国路桥公司上百专家正在施工的37公里OW公路。这段公路穿过原始森林，逢山开道，遇水架桥，一路上我看到大小桥涵30多座。在修到24公里处，我看到推土机推过的烂泥塘和刚砍伐过的树根、树杈。中国路桥专家就是在这种极端恶劣的环境条件下野外作业的。西方国家公司不敢承担的工程，却让中方拿了下来。路桥专家每天凌晨5点30分起床，6点吃饭，6点30分赶到工地。为节省时间，中午送饭，专家们在工地就餐，晚上6点才返回驻地，每天工作十几个小时。中国专家受到当地人民的欢迎和敬佩。我在拜访瓦利卡莱区长时，他称赞说："在原始森林中修路，克服蚊虫叮咬，中国专家真是了不起!"

除援非的大型建设工程外，我国向中部非洲的刚（布）和刚（金）两个国家派出农业、医疗等专家队伍。在两个国家的首都和外地，都有常驻的农业组和医疗队。在刚（布）首都布拉柴维尔，河北医疗队和天津医疗队，分别住在首都两个区。在黑角港还驻有天津一个医疗队。中国医疗队为黑人看病，救死扶伤，忘我地辛勤工作，并培训指导当地医务人员，受到当地群众的爱戴和敬仰。

我参观过刚（金）首都和刚（布）首都中国农业组的驻地和试验田。驻刚（布）农业组，从国内带来菜籽，在热带种出西瓜、甜瓜和10多种蔬菜，向当地黑人朋友传授种植管理技术。驻金沙萨的农业组，利用当地水源，帮助黑人朋友成功种植了水稻，农业组还把加工的大米送我们品尝。援非专家组和医疗队深入当地，服务群众，帮助非洲朋友传授各种技术，与他们结下了深厚友谊。以上援非建设，使中非友谊深入人心。

石碑墓地 镌刻友谊

1984年10月，我受命到刚（布）南方港口城市黑角举办中国图片展览。从天津医疗队得知，黑角海边有一片中国劳工墓地。凑巧几天后，杜易大使陪中国文联副主席才旦卓玛率领的中国文联艺术家代表团（7人）来黑角访问。我把华人墓地告知杜易大使。一天下午，我们买好花圈和几瓶红酒，拜谒了中国华工墓地。拨开丛生杂草，看到十几块墓碑，碑上刻有死者名字和中华民国年月的中文字迹。从模糊的汉字中，辨认出石碑是20世纪二三十年代所立。据了解，这些华工是当时从香港乘船来到黑角，修筑“刚果大洋铁路”时病死在这里的。

通过医疗队介绍，我结识了一位在黑角石油公司工作的刚果华人后裔王尔流先生。他说其父是广东人，来刚果修大洋铁路，留在黑角与母亲结婚，生下他和两个妹妹。他父亲不懂法文，时间久了，生活中也懂一些当地部族语言，活到70岁故世。王先生父亲在世时，每逢年节，他们都一道来华人墓地扫墓。父亲去世后，王先生和村里人照常来扫墓。他们在华人墓地洒棕榈酒，敬献鲜花，表示对华工的哀悼。据知，在刚果（布）布旺扎水电站，也埋着以身殉职的两位中国专家。逢死人节（当地清明节），刚方都会派人去扫墓祭奠祀。

我在驻刚果（金）使馆两任文化参赞。每逢清明节，使馆党委委员和办公室同志都要去祭扫华人专家墓地。墓地在首都金沙萨，位临刚果河河湾的一处高地。这里埋葬着因病因工去世的8位中国同志，其中，还有一位72岁在此病故的朋友李敏大夫。

李敏大夫是个女强人，敬业而倔强。《河北日报》和其他报刊报道过她年轻时的模范事迹。她是离休干部，解放前参加革命，做过医护工作，解放后当了医生，认真钻研医术，关爱病人。李敏看病认真负责，多次被评为先进模范。20世纪七八十年代，她先后两次参加援非医疗队，来此艰苦地区工作，担任过医疗队副队长。

李敏大夫对我说过："非洲气候和卫生条件差，地方病多，多数黑人生活困难，病了无钱就医。我是医生，可以为他们做点事情。离休后与其待在国内，不如出来给黑人看病，行善做些好事。"李敏大夫热爱非洲，离休后几次来金沙萨。2000年她已70岁高龄，又来到金沙萨，在黑人居住区租了个大院子，用三间屋子安放病床，给黑人看病。如果病人带钱，她象征性少收一点；病人没钱，也就免费了。李大夫生活简朴，以当地木薯粉和木薯叶为饭菜。她在行医中交了不少朋友，融入黑人社会，与黑人结下深厚友谊。我万万没想到，2002年9月，她突发心脏病去世。下葬那天，我看到十几位黑人特意来墓地哀悼，向她告别。

华工和在非工作以身殉职的中国外交官和专家，与当地非洲朋友结下深厚友谊。异国埋忠骨，墓地石碑镌刻着中非友谊。

非洲朋友 有情有义

在非洲工作中，我看到非洲朋友正直、憨厚、重友情，热情好客，乐于助人。中非人民结成的友谊，让我感同身受。

非洲朋友乐于助人，在刚果（金），为在刚方电视台扩大对外宣传，我交了电视台台长、节目部主任、节目主持人等几个朋友。通过这些朋友，开辟了每年在刚方电视台举办“中国电影周”新的宣传渠道。从选片到播放安排，该台节目部主任都积极配合，每次把播放电影周的日程安排提前交到我手里。节目主持人请我到该台录制电影周开幕式讲话，收到很好的宣传效果。我们在刚（金）、刚（布）举办各种展览，驻在国均给予支持，展览场地都是免费提供的，对方还派人帮助布展。有一次外出，我的车子抛了锚，路边行人忙过来帮助推车、打火发动。还有一次因车速太快，车轮在沙地上打滑，一踩刹车，汽车急转180度，掉了个头，在相反方向停下来。这时，100米之外一辆卡车上的黑人看到险情，急忙跳下车要来抢救。我摆了摆手，示意没什么问题，不必过来，那几个黑人才又爬上卡车。这一幕感人的情景，至今历历在目。

非洲朋友热情好客。我多次应邀到他们家中做客。无论这些朋友家庭条件如何，每次做客，都受到主人的热情款待。上层人士家庭主妇做出一道道西餐饭菜，端上红酒、饮料；家庭条件一般的会做些像“古斯古斯”或“木薯叶炖鱼”之类非洲风味的菜肴，端上甜甜的棕榈酒。总之，主人都会拿出家中最好吃的食品让你品尝。每次做客，我都有宾至如归的感觉。

非洲朋友讲究“礼尚往来”。一次我在刚果（布）留华归国学生柏林家做客，给柏林和他的父母每人带去一件小礼品。在我告别离开时，柏林的父亲拉住我的手不放，让我稍等一下。原来，柏林的母亲从房中提出一包“沙福果”，并说“请您带回去让中国使馆的朋友尝一尝”。这包非洲土产凝结着两位非洲老人对中国人的一片真诚心意。在刚果（金）也常遇到类似情况。我送舞蹈家卡因贝两本挂历，他从自家树上摘下半筐芒果送我，足见非洲人那种真诚、憨厚的性格和友好的真情。非洲朋友很讲究送礼，多是在离别分手前送礼作为永久留念。我第一次在刚（金）任满即将回国时，历史学家德威教授特意赶到文化处同我告别并赠送我一件木雕纪念品。在告别作家诺罗先生时，这位老人激动得不忍分手，把他祖父留下的传家宝祖传木雕“抽烟斗的非洲老人”赠送给我，说让我作个永久的留念。我第二次在刚（金）任满回国当天，金沙萨博物馆馆长沙罗美女士特意赶来，送我一个椰壳木雕。1986年，我陪同访华的佛得角朋友瓦雷拉先生，在他结束访华马上要登机离京前，急忙把一幅竹帘画赠送给我。非洲朋友在离别前把心爱之物送你，说明他们送礼不是求你办事，而是把他们的友好真情刻在这件礼品上作永久留念。每当我看到这些小礼品时，自然就想起这些非洲朋友。他们“送礼不求人，唯讲情意真”的做法，令人钦敬，值得学习。

非洲朋友重友情还表现在离别之后，他们总是惦记着你。80年代初，我在刚（布）工作，结识了一位从事中国武术教练的黑人朋友班图大师。离别4年后，他还记得我，当我1988年到驻刚（金）使馆任文化参赞时，他与妻子特意来文化处看我。在刚（布）结识一位在大学任教的喀麦隆朋友阿麦牙先生，他任满后，携夫

作者同访华的加蓬大学教授阿里昂加先生（前坐）合影

人（法国人）及子女回法国定居，临行前特意到使馆同我告别，还留下他们在法国的地址和电话，让我回国路经巴黎时给他打电话，他好驾车来接我。阿回到法国后，给我寄过两封信，除问候和叙谈友情外，还两次把他家的地址和电话写在信上，怕我忘掉。我在国内陪过的加蓬大学副教授阿里昂加先生回国后，曾3次给我来信，两封信从加蓬首都利伯维尔寄来，另一封是他在参加国际会议时从日内瓦寄来的。信中，他深情怀念我们相处的日子和结下的深厚友谊，并问候我身体，祝愿保重。毛岛社会学家多列斯夫人和喜欢中国书法的瑞莲小姐，在我回国后都曾给我寄来两封信，问候身体，畅叙友谊。这些非洲朋友如此重友情，而我却太薄情，在国内从未写信与他们联系过。回想起来，深感惭愧和内疚。黑人朋友中，看来还是女士心细。多列斯夫人关心我的老伴，常向我问候她的身体状况。得知我老伴要到毛岛“中国文化中心”工作，多列斯夫人特意送我一个自己亲手扎制的花盆，让我摆在室内，作为迎接老伴的礼品。我回国后，多列斯夫人还来信问候，让我保重身体。2000年，我又到驻刚（金）使馆任职。毛岛的瑞莲小姐得知消息，从网上发来电子邮件，问候我老伴和孩子的情况（他们曾在瑞莲家做客），记得邮件中有这么一句话：“祝福你与夫人终于再次团圆，又一起到非洲国家工作了。”非洲朋友对我们如此关心，如此重友

2000年作者夫妇同刚（金）黑人专职司机德勒一家人合影（其妻及四个女儿）

情，令人感动。

毛岛印度人司机布杜阿、刚（金）黑人司机德勒、黑人嘎马和让都是文化处雇员。这些雇员家里孩子多，负担重，家庭比较困难。逢年过节，我们送他们一些食品和用品表示慰问。这些朋友为人诚实、厚道，工作勤奋努力，服务周到。我们之间关系融洽。他们的积极配合，给我顺利开展文化外事工作创造了有利条件。他们深深地留在我的记忆中。

记得1982年，刚（布）总理接见访刚的中国记协代表团（3人），我作为使馆文化三秘，陪同该团参加总理接见。当团长要介绍我时，刚（布）总理笑着说："不要介绍段先生了，他是刚果人！"大家一听都笑了。总理一句幽默的玩笑话，却承载着刚方对我们兄弟般的深情厚谊和信任。此事终身难忘。

20多年的非洲工作，使我深刻认识和体会到：非洲国家和人民是我们的真心朋友。1971年，非洲国家代表在联合国投票，坚决支持和拥护中国加入联合国。他们是把我国抬进联合国的恩人。今天，他们又是拥护中国共建、共享"一带一路"倡议，认同"人类命运共同体"，与我们共谋发展的同路人。

段建国，1941生于河南洛阳市。毕业于郑州大学。

先后在中国驻刚果（布）、驻刚果（金）和毛里求斯大使馆工作，任文化参赞等职。

著有《非洲探奇》《刚果（金）文化》《神秘的黑非洲》《退休辍耕录》等书。

民心相通，文化相融

——阿根廷人的中国春节故事

韩孟堂

有华人的地方就有中国春节。但能使中国春节成为国外家喻户晓的大型活动，并且列入当地政府每年举办的庆典系列，却不多见。

拉丁美洲是距离中国最遥远的地方，文化交流相对困难。我主管拉美文化事务时，就一直思索如何最大程度地借用当地资源，使中拉文化交流活动往本土化方向发展。在我任职驻阿根廷使馆文化参赞期间，这一想法在“欢乐春节”活动中得以实施。

2007年，为了扩大对2008年北京奥运的宣传，经我建议，并在时任大使和华侨社团的支持下，在阿根廷首都布宜诺斯艾利斯市（以下简称布市）成立了“中国城管委会”，并以管委会名义向布市政府申请，在布市中国城，于2008年年初举办了中国春节庆祝活动，同年8月8日举办了“北京奥运会开幕式庆典和电视直播活动”。借这个势头，此后每年都由华侨社团牵头举办中国春节活动，两万多观众到场，中国街一派热闹非凡喜庆祥和的气氛。

2012年，我们把布市“欢乐春节”庙会的主会场移到毗邻中国街占地1万平方米的街心广场。中国城作为分会场，以舞龙舞狮挨家挨户拜年为主打项目；主会场大舞台以舞龙舞狮热场，为期两天每天8个小时的演出，以中国歌舞、中国民族服饰、中华武术、书法、茶艺等表演为主，还邀请阿根廷探戈、民间歌舞、流行音乐加盟，也邀请其他国家的移民社团用他们的民族歌舞，与布市民众一起欢度中国春节。同时在广场两边，举办中国文化、纪念品和东方美食摊位销售展。当年春节庙会的观众就超过20万人次。以后每年到场观众以10万人次递增，2015年的观众就超过50万人次，99%以上是阿根廷人和到阿根廷的游客。真正做到与各国人民共度中国春节、共享中华文化、共建和谐世界。

每年布市春节活动，阿根廷各大媒体都进行了充分报道。《号角报》《民族报》《侧影报》等全国性主流报刊均刊登整版庙会消息，阿国家通讯社及国家电视台、美洲电视台、C5N、Metro、9台等主流电视台，还有大量的新媒体，均播发长篇报道。有关报道都能辐射阿根廷边远城镇，影响人群上千万，在阿根廷全国掀起了解中国春节和中国文化的热潮。每年到场采访记者和参与活动的民众都认为，庙会内容既丰富精彩，又接地气；既有充满中国特色的文艺节目，也有一些其他国家移民社团的节目；既能品尝到原汁原味的东方美食，也能买到琳琅满目的中国文化工艺品；让人备感亲切，是一场中国传统文化的盛宴。

阿根廷布市“欢乐春节”能达到如此的规模和影响力，归功于

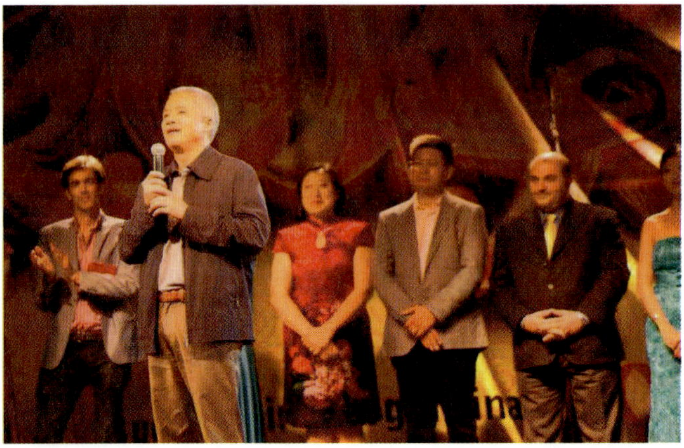

龙年布市“欢乐春节”。殷恒民大使致春节贺词。穿红色旗袍的是陈静。

在阿根廷工作生活的许多热爱中国文化、热心于中阿文化交流的华侨华人和阿根廷民众的大力支持、积极参与、倾情奉献。在此，我邀请几个因“欢乐春节”相识的朋友，让他们讲述与中国春节的生动故事。

华侨陈静女士，阿根廷金凤凰国际文化传媒公司董事长，阿根廷妇女儿童联合会会长

“20世纪90年代初，我来到阿根廷，从最初的一个小店铺开始，逐步摸索出一条结合中国文化和特色产品的经营之路，同时打造了一支充满激情和战斗力的文化团队。

“2012年，我们团队决定做一件大事，独立承办阿根廷布市‘欢乐春节’庙会，并把活动主会场移到毗邻中国街的街心广场。在中国驻阿根廷大使馆文

化处的指导下，我们在往年华侨社团组织的中国春节活动的基础上，汇集各方资源，整体策划、宣传、实施，并得到中国文化部全球‘欢乐春节’的冠名，由中国驻阿根廷使馆主办，布市政府协办，金凤凰团队承办，把布市‘欢乐春节’活动，带上了规范化、专业化、本土化的道路，成为中阿两国合作交流的文化盛会。

“为了把活动办得更有声色，我们把整个广场布置出浓郁的东方特色，广场一角的中国特色文化小商品展销区，特色小吃摊位，中国街舞龙舞狮拜年活动，都为庆祝活动增添亮点，临时搭建的大舞台上的文化艺术表演，让到场观众充分感受到中国春节的热闹氛围。

“我们在布市多方联系具有中国特色的文化演艺节目，中华武术、中国歌舞、中国服饰、传统中医、气功养生、中国书法等，非常受欢迎。现任罗马教皇弗朗西斯一世的御用中医刘明大师，每年都带着他的弟子们，参加迎春庙会的表演，刘明大师还现场挥毫，一展书法这一中国汉字特有的千年文化艺术。阿根廷著名华人武术名家陈敏师父的每次出场，都将中华传统武术之美展示得淋漓尽致，很好地诠释了传统武术强身健体、修身养性的理念。

“布市‘欢乐春节’庙会还有一个亮点是‘传统与多元融合’，不仅大力弘扬中国传统文化，同时也注重多元文化的融入。为期两天每天8个小时的迎春庆祝活动，邀请阿根廷、西班牙、意大利、俄罗斯、亚美尼亚、韩国、日本、秘鲁、玻利维亚等国侨民艺术家穿插献艺。多元文化在这一舞台交相辉映，为庆祝华人传统春节增添文化新味。

“在阿根廷，只有国家的重大活动才会有小型的烟花汇演助兴。

Buenos Aires

我们团队在经过多方协调和繁琐的手续后，让绚烂夺目的烟花为中国的传统节日添上时尚的色彩。

“10年来，通过连续举办这样的大型活动，我们和阿根廷当地社会建立了多方面的、牢固的、亲密的关系，使华人更加充分地融入当地社会。我们曾邀请到阿根廷副总统布里埃拉·米凯蒂、首都布宜诺斯艾利斯市政府市长奥拉希奥·拉雷塔等许多政要，和阿根廷各界人士莅临‘欢乐春节’主会场，发表春节贺词，为舞龙舞狮点睛，将阿根廷‘欢乐春节’庙会的档次和影响力提高到一个更高的水平。活动期间的参与人数都在40万人次以上，有些年头近百万。我们可以自豪地说，‘欢乐春节’庙会内容丰富精彩，是一场非常接地气的中国传统文化盛宴，使当地民众对中国文化有了更加全面的了解，对中国人民更加亲近。”

艾斯特拉·加利亚尔迪，记者

“我出生在阿根廷首都，多年来和刘明大师一起办一本中医杂志，这样我开始与华人族群建立联系，并喜欢上华人和中国文化。后来，我参与策划布市‘欢乐春节’大型庆典活动。

“我一年四季都随时记录一些新的想法和艺术构思，以便在每个春节庆祝活动中，让观众可以更多地了解和享受古老的中国文化，阿根廷人对中国文化怀

马年布市“欢乐春节”。阿根廷移民局局长上台致贺词送礼品给“欢乐春节”承办团队

羊年布市“欢乐春节”。韩孟堂参赞赠送中国纪念品给阿根廷移民协会主席

有极大的好奇和钦佩。

“每年活动结束时，当舞台上主持人感谢观众光临并挥手告别那一刻，我都感到非常兴奋和自豪，阿根廷人没有几个有幸参加筹办如此大规模的文化活动。活动中，艺术、舞蹈和音乐使到场的40多万观众，都成为中国人，随着鼓手、狮子和龙的节奏起舞。”

华裔台胞彭喜儿，时装设计师

“我是出生在阿根廷的华裔，作为时装设计师，创作出属于自己的风格和东方韵味的作品，是我的使命。10年前，当我被邀请参加中国新年庆祝活动的组织团队时，我感到非常荣幸。在‘欢乐春节’活动中，我们用丰富的服饰展示我们古老文化的辉煌。中国各民族的服饰，美妙图案的旗袍，典型的刺绣、丝绸、蕾丝、贴花，细节丰富，色彩鲜艳，尤其夺目的是代表吉祥、活力、力量的红色，得到阿根廷民众的喜爱。当主持人、演员们走上舞台，都能感受到场下观众的惊叹和赞誉。在社交网络上，我常收到许多热情的评论和由衷的赞美。每年越来越多的摄影师、记者报名参加春节庙会活动的采访，记录庙会里中国传统服饰之美，使我们的形象和服装经常出现在阿根廷重要的视听和图像媒体中。

“每年南半球的夏天到来之时，对我来说就是肾上腺素的代名词，充满了春节庙会准备工作的幸福感和活动中与阿根廷观众分享的快乐感。作为中国人，作为布市‘欢乐春节’庙会活动的服装设计师，我感到无比自豪。”

娜塔莉亚·贝隆，阿根廷人，留学北京获得“旅游管理”硕士学位，当地汉语和旅游管理教师

“多年前，应金凤凰国际传媒公司陈静的邀请，我有机会作为志愿者参加了布市春节大型庆祝活动的组织工作。作为志愿者，我更接近并更多地了解中国文化，而且还结识了许多至今保持着良好关系的伟大朋友。在这个有着千年传统的春节庆典中经历和感受人们的乐趣，让我更加强烈地感到，开展这样的大型活动中，介绍构成我们社会的各种文化，使我们成为这个古老传统的一部分，对促进跨文化交流和旅游的发展是多么重要。每年组织春节庆典活动，使我们继续这条文化交流、相互尊重和传播中华文化的道路，在充满色彩和声音中，让我们发现中国文化是多么古老。

“作为中国文化的崇拜者，我非常感谢被邀请参加这些活动。我感谢并祝贺金凤凰团队，特别是陈静，为他们每年举办的春节庆典活动喝彩。”

华裔台胞林文正，阿根廷广播机构认证的广播和电视专业播音员

“2003 年以来，我一直是华人社区各种活动的主持人。2008年8月8日，我第一次在布市中国城担任2008年北京奥运会开幕式庆典同步直播大型活动的主持，在舞台上和大屏幕前，感受到阿根廷人对北京奥运会开幕式的钦佩之情。此后每年年初，我又连续登上中国街的舞台，主持旅阿华侨社团举办的布市中国春节庙会，真

切感受到阿根廷民众对中国文化的热爱。尤其是龙年以后，‘欢乐春节’庆祝活动在阿根廷社会越来越广为人知。

“我用我的声音，向阿根廷观众介绍龙的传说、中国传统文化的寓意故事以及中国人在节日期间的风俗习惯，使阿根廷民众更深地了解和理解。随着媒体传播的增强，引起成千上万人对中国文化、语言和生活方式的兴趣。中国和阿根廷两国人民的相互了解更加广泛深入，社会联系更加密切。”

华人钟顺美，中医和中国文化经营者，2017年至今布市“欢乐春节”活动主持人

“我是居住在阿根廷35年的华人。因家里从事中医工作，总能遇到对中国文化好奇的阿根廷人。只要有机会，我都很乐意分享中国传统的美。2012年起，每年春节，我们全家都会来到春节庙会摆文化摊位，向观众介绍中国茶、中国书法、中医等等。虽然很忙很累，但我们全家都很开心。

“2017年我开始主持‘欢乐春节’庙会。切身感受到活动越办越成功，每年光临春节庙会的人越来越多。虽然因为疫情停办了一年，但阿根廷人对中国文化喜爱的热度完全没受影响，2022年年初，我们又再次见证了春节庙会大公园人山人海的壮观画面，令人无比感动！能够成为阿根廷春节庙会的主持人，对我而言是非常荣幸的一件事。我们用真诚的心分享中国文化的美，中华民族的好，通过实际文化交流，与外国朋友建立友好关系。作为布市欢乐春节庙会实施团队的一分子，我感到非常幸运。希望阿根廷和中国的关

系越来越好，大家都幸福快乐。”

玛勒娜·德·帕斯瓜尔，影像制作人

“我能够加入布市‘欢乐春节’的组织活动，真是我生活的唯一体验。‘欢乐春节’把东西方文化融合一起，通过许多艺术形式，让人们可以更多地了解在阿根廷的华侨华人，更多地了解中国。在这个无与伦比的活动中，可以享受中国和阿根廷艺术表演。从始至终，观众都以极大的热情参与其中，看舞台表演，品尝中华美食小吃，逛文化展示摊位，购买中国文化小礼品。观众逐年增加，来到现场整天陶醉在中国文化氛围中，享受与众不同的演出。所以，参与组织这样的活动，让我充满激情和骄傲。”

马丁·阿里亚斯·杜瓦尔，阿根廷共和国前国家移民局局长

“在布宜诺斯艾利斯举办的中国新年庆祝活动非常精彩。年复一年，我见证了阿根廷民众以及活动期间到我们国家的外国游客越来越感兴趣参加这个庆祝活动，毫无疑问这让我们更接近中国文化，让我们对中国文化和中国人民有了更多的了解，更加深化了阿中两国人民的友好情谊。那是充满欢乐、艺术、音乐和斑斓色彩的日子，这也是居住在阿根廷的华人侨团慷慨的一个样本。组织者、出席盛典的政要和与会者之间的友好互动和亲密关系令人赞叹，艺术展示的质量和长年期盼的中国传统舞龙也是如此。”

胡安·萨拉菲安，阿根廷移民协会主席

“我是连续4届的阿根廷移民协会主席和阿根廷亚美尼亚侨团成员。

“当我的朋友、前中国驻阿根廷文化参赞韩孟堂先生让我写点我在‘欢乐春节’布市庙会的经历时，那些充满欢乐、兄弟情谊、文化艺术和风俗习惯的交流，互相尊重和谐场面的所有片段，都一一浮现在脑海中。

“年复一年，布市的中国春节大型庙会，毫无疑问地为阿根廷观众提供了学习了解中国古老文化的机会，这对于许多没去过中国、不了解中国文化的人来说是很难得的。成千上万的人参加了庆祝活动，而且活动秩序有条不紊，真是太棒了。这一切都让它铭刻在我的脑海，陪伴我的余生。

“感谢我的朋友韩孟堂参赞和金凤凰董事长陈静女士，让我能够参与到‘欢乐春节’这样一个重要而激动人心的活动中来。”

克劳迪奥·阿夫鲁杰，布宜诺斯艾利斯市人权与文化多元化部前副部长

“站在巴兰卡斯德贝尔格拉诺广场搭建的大舞台上，面对成千上万紧挨着坐在草地上的人，脸上都挂着无尽的微笑，这是我记忆中最美的画面之一。

“2012 年 1 月，作为时任布市人权和文化多元化部副部长，在

‘布宜诺斯艾利斯庆典’的框架内，我们首次一同参与组织了中国新年庆祝活动。

“那一天，阿根廷重要的华人社团终于走出中国街，接受大家的拥抱，充分展示自己，让所有的首都居民和访问我们的人一起享受和学习。毫无疑问，这是对华人社区及其文化、美食、哲学、教育、旅游和商贸的兴趣和认可。

“这是龙年，这是第一次大型庆祝。东方之龙的气势，代表活力，代表阿中两国之间充满活力和永恒的纽带，强有力地印证了我们阿根廷的社会特性。尊重文化多样性，在这里被赋予特权，得到促进和维护。让在阿根廷发展的每个族群所拥有的财富，都能为所有人服务，从而体现他们在社会结构中的价值和地位。

“第一次超大型春节活动，是一个吸引了最多公众的活动，标志了一个里程碑，并成为‘布宜诺斯艾利斯庆典’每年举办的文化活动的重要组成部分，让所有人都愉悦身心。

“那天下午，在大舞台上为中国龙点睛之后，面对数万在场观众和许多媒体，我说：感谢让我们有机会在一起，相互陪伴，努力工作和尽情享受。我爱阿根廷文化身份的马赛克，并且很高兴其中一个组成部分就是华人族群。

“已经过去10年了，第一次大型春节庙会铺就了一条可行之路，为永久性建设充满龙的活力的盛会迈出第一步，正如我们所有在那个难忘的日子里一起工作的人所希望的那样。

“阿根廷现任驻华大使牛望道阁下应邀发来短文，我觉得也能代表我对布市‘欢乐春节’的愿景，谨以此作为我这篇文章的结束语：

羊年布市“欢乐春节”。韩孟堂参赞和文化处同志在观众席挥手致意

“布市的中国新年活动已经有15年的历史，已经成为阿根廷人最直接地接近中国文化，与中国侨民亲近的重要平台。成千上万民众来到中国城，享受中国特色的美食、艺术、音乐、舞蹈，甚至欣赏到中国和阿根廷的文化相融。每次想起布市中国春节庆典，我都很感动。

“在阿中建交50周年的框架下，2022年2月，恰逢虎年，阿根廷总统阿尔贝托·费尔南德斯访华期间，阿根廷已经加入‘一带一路’倡议，这是一个历史的里程碑，开启了阿中双边关系下一个50年的新序章。因此我坚信，布市中国春节将为阿中两国人民加深文化理解继续发挥重要作用。”

韩孟堂，1955年生于福建福清市。北京大学“国家对外文化交流研究基地”智库特聘专家、中国文化译研网译审、南京市侨界翻译服务队高级顾问。
毕业于北京外国语大学。曾在中国驻智利、哥伦比亚、巴西、阿根廷等使馆工作，任文化参赞等职。
创作了千余首作品发表于网络平台及《中国老年文化》《中国乡村》等杂志。

狮城华夏情

——记新加坡友人

魏 姣

胡姬花开 中新留芳

新加坡的唐人街名为牛车水，是早年下南洋的华人居住地，如今是多元文化交融的旅游胜地。庙宇殿堂、百年老店和新潮餐馆交错而立，各色传统手工艺品令人目不暇接。在这闹市之中，有一座古朴小楼，是新加坡唯一的京剧艺术团体——平社的所在地。

2016年的一个下午，应老社长陈木辉之约，我随文化参赞踏入平社。那时“新加坡戏曲胡姬花奖”刚揭晓，平社成为最大赢家，陈社长获得“卓越贡献奖”。而我们知道，这份殊荣背后曾有过多少艰辛。他勇挑重担30年，终日为平社奔忙，四处筹资、聘师授课、培育新人、排演大戏，推动京剧艺术在本地开花结果。

平社一楼是排练厅，墙角摆着胡琴、锣鼓和道具。陈社长掀开装满花花绿绿行头的大箱子，说这些宝贝已经传了几代。顺着窄窄的楼梯上到办公区，走廊和四壁挂满字画：“愿京剧这朵花，在新加坡的土壤上开放得更为美丽”“让我们友谊的艺术花朵开得更灿烂更可爱”…… 仔细一看，竟然是梅兰芳、周信芳、尚小云等大师的罕见真迹。原来，20世纪50年代，中国戏曲进入繁荣发展期，国家京剧院首任院长梅兰芳先生等著名艺术家纷纷为平社题词作画，鼓励京剧艺术在海外传播。陈社长郑重地告诉我们，经过深思熟虑，他决定将平社珍藏的这些墨宝无偿捐给中国，发挥更深远的影响力，这令我们大为震撼和感动。

那天陈社长兴致勃勃地回忆往事，讲他在华侨中学读书时接触到京剧，一下子就入迷了，攒钱买了许多唱片，非常渴望到中国看看。1952年他如愿考入哈尔滨理工大学，每逢寒暑假就跑到北京看戏，从早到晚沉浸在戏院，目睹了当年所有名角儿的风采，也坚定了在新加坡推广京剧的念头。

茶水凉了，仍然满着。陈社长感慨自己的身体大不如从前了，最牵挂的就是平社的发展。平社是在中华民族危难之时、新加坡华人声势浩大的抗日浪潮中成立的，首刊发刊词由郁达夫代写。老社长至今仍能全文背诵：“敌国兴戈，千古著盖世拔山之勇。同人等集成平社 …… 倘能以铜琶铁板之新声，作懦立顽廉之呼吁，则同人等之努力为不虚，而国族间之浩气亦长存。”他说，风风雨雨这么多年，平社始终以传承和发扬中华文化瑰宝为使命，使民众通过戏曲学习了解中华历史文化，理解儒家思想，提高华语能力，树立东方传统文化价值观。

次年，正值平社成立77周年，85岁的陈社长似乎在与时间赛跑，倾力组织了多场演出活动。他带病饰演折子戏《刀劈三关》中为大唐驻守边关抵抗辽兵的大将雷万春。那是他的告别演出，大家既翘首期盼，又担忧他的身体。当帷幕拉开，他一身金光闪闪的披挂，站姿如松，目光如炬，汇聚浑身能量高唱:“数十年我也曾东杀西挡，舍性命保国家平靖定疆……”在座无不为之动容。想到陈社长说过:“大唐之于雷万春，就像平社之于我一样，都是值得用一生去付出与守候的精神寄托。”我不禁潸然泪下。那场演出有几张年轻的面孔，唱腔优美，表演细腻，是平社吸收的新会员。陈社长跟他们合影时露出了期许的笑容。

2017年7月，陈木辉老社长不顾年事已高，与新任社长杨惠成专程来到北京。7月2日在梅兰芳大剧院隆重举行了“新加坡平社捐赠京剧名家书画作品展”暨墨宝捐赠仪式，珍藏半个多世纪之久的梅兰芳、周信芳、马连良、谭富英大师和吴祖光等名家的19幅珍贵书法绘画作品被无偿赠予中国国家京剧院永久收藏。这些墨宝是国内难得一见的孤品真迹，对见证京剧艺术海外传播有着特殊意义，具有很高的艺术价值和文献价值。时任中国文化部部长雒树刚出席仪式，并为陈木辉社长颁发《捐赠证书》，成为京剧艺术史上的一段佳话，亦是中新文化交流史上的盛事。

回想第一次听到陈社长要将平社的这些宝贝捐赠给中国时，我在震撼之余，曾小心翼翼地探问过他内心的缘由。在新加坡这个国际大都市，谁人不知巨匠真迹的文化历史价值，无人不晓墨宝珍品的市场价格。陈老先生用轻颤的手抚摸着这些陪伴他大半生的墨宝，眼含无尽的眷恋。沉默良久，他的眼神似乎在很远的地方，说这样做也许是最好的选择，能使这些作品更加久远地传承下去，让更多真正懂她的人去欣赏和研究。当看到展厅里那些大师的膜拜者欣喜的目光，流连忘返的粉丝，不停拍照留影的观众，似乎能感觉到老先生的欣慰和释然。

我最后一次见到陈社长，是在使馆举办的招待会上。他已行动不便，与大家聊了片刻，就坐在沙发上歇息，湿润的眼里闪烁着温暖慈厚的光芒。

2019年春，噩耗传来，心中凄然。

陈木辉先生虽已仙去，但他对中国传统艺术的至诚挚爱，为中华文化海外传播的毕生努力以及为中新文化交流的倾情奉献，将会随着人们的记忆而千古流芳。

椽毫挥洒　心有大爱

赴任新加坡之前，我已听过陈声桂先生的大名，他被誉为“新加坡书法之父”。

2014年，陈声桂先生荣获当时中国文化部、国务院新闻办和中央电视台等单位主办的“中华之光——传播中华文化年度人物”大奖。半个世纪以来，他不遗余力地在海外弘扬中华书法艺术，通过书法让新加坡多元种族之间加深理解，并搭建起一座中新两国人民友好交流的桥梁，恰似颁奖词所言：“人如书，史迁情怀；书如人，横逸疏放。心墨晕染于纸，桂音弥漫狮城，兰亭之后，南洋有此薪传。”

新加坡书法大师陈声桂挥毫

初次见到陈声桂先生，他红光满面，笑容可掬，谈吐风趣，完全看不出年近七十。他出生于广东潮安，1955年移居新加坡。他于1968年创立的新加坡书法家协会，坐落于著名文化区滑铁卢街。楼前的牌坊上是书法大师启功先生的题字“新加坡书法中心”，吸引许多游客留影。走进这座漂亮的洋楼，前堂悬挂着新加坡书法家潘受题写的书协会训——“爱我中华”，令人热血沸腾。难以想象，新加坡书法家协会发展到今天经历了多少坎坷。书法家协会起步艰难，没有场所和经费，在华校关停、华文式微的社会环境下，书法艺术的传承陷入困境。陈声桂和寥寥几位同仁起早贪黑，四处奔波，通过展览、讲座、交流等活动逐步打开了学习和研究书法的局面，促成了书法艺术在本地从沙漠走向绿洲，薪火相传，日益兴旺。

陈声桂先生书法造诣极高，启功先生称赞他“其笔如绛云舒卷，怡心豁目”，并为1987年陈声桂个人书法展赠诗“椽毫挥洒陈惊坐，铁线纵横朱克柔”。他的书法作品灵动俊逸，柔中带刚，自成一家，常被当作国礼赠予外国政要，也被多国名家收藏。他的学生遍布社会各阶层，不分国籍、种族和年龄，包括新加坡前总统纳丹等政要，可谓桃李满天下。

2015年成立的新加坡中国文化中心与新加坡书协仅隔一条街，是好邻居好伙伴，经常合作办展。新加坡书协与中国书法界往来密切，来访的书法家无不赞赏陈声桂先生的才华和胸襟。对国内来新加坡进行书法交流的团体和个人，无论名气大小，他都尽力招待和支持，因而朋友遍布海内外。据说他有次到北京访问，曾在王府井金鱼胡同住过几天，访客多到每小时约见一人，来者不肯离去，最后变成了大聚会。大家常谈及陈声桂先生非常了不起的一件事，他于1988年发起成立国际书法发展联络会，至今世界各国共筹办了号称“书坛奥林匹克”的国际书法交流大展13届，使中华书法这门古老的艺术闪耀在世界艺坛。更难能可贵的是，后来陈声桂先生亲自推动，将

陈声桂先生在新加坡书法家协会接受《环球》杂志专访

陈声桂书法作品展在新加坡隆重举办

国际书法发展联络会秘书处移交给了中国书法家协会主持。这个拥有国际会员最多的书法组织于2007年最终落地中国，回归书法的家乡。

陈声桂先生名望虽高，却极为平易近人，亦师亦友。他给晚辈写便笺或发简讯，亦自称“弟桂”，谦和得可爱。他和我们无所不聊，新加坡为什么叫狮城，议员怎样接待选民，民众联络所的发展，组屋的变迁，观音庙的故事……无论谈到哪个话题，他都会耐心讲解，并乐意做向导。他还是个美食家，最正宗的叻沙和胡椒蟹是哪家，最好的猫山王榴莲在哪买，他都门儿清。他教我们点咖啡可以选择“半烧”温度，Siew Dai是少糖，Peng就是加冰块。他交际甚广，却滴酒不沾，从不熬夜，几十年如一日早晨5点起来写字。他自称布衣，日出而作，日落而息，一生只做书法一件事。他说华文是他的根基，尽管离开故土，但在有限的人生里，要通过书法延续中华文化的血脉，为老祖宗做一点贡献。

常驻5年间，我曾多次参加新加坡书法家协会举办的各类赛会和展览。特别是挥春大会，政府要员和成百上千的书友们挥毫泼墨迎新年，人头攒动，热闹非凡。炎炎烈日下，陈声桂先生总是忙前忙后，开心得像个孩子，衬衫后背浸湿了大片。我参加的最后一场展览是2020年年初的“陈声桂书法展”，展厅里百余幅书法作品刚柔并济，大气磅礴，浑然天成。新加坡国务资政尚达曼在致辞中称赞陈声桂推动书法艺术走向世界舞台，教授书法满腔热情，充满真知灼见。轮到陈声桂先生讲话，对自己的成就只字未提，对他学生的故事却津津乐道：有一位马来西亚的老人坚持十几年每周跨境来书法中心上课，不仅爱上汉字，也对中国历史和文化产生浓厚兴趣。

当我再度伫立于前堂那块苍劲有力的大牌匾下，作为中国的外交官，不禁感慨万千，恍若时空穿越。陈声桂先生真正把中华书法做到了无私、无畏、无种族、无国界，直达纯洁、纯净、纯粹的境界。

大方无隅，大象无形，大音希声，方为大家风范。

兰心蕙质　丝路情长

2015年我赴任新加坡，恰逢新加坡建国50周年、中新建交25周年，各类庆祝活动精彩纷呈。在新加坡华乐学院主办的《梁祝》慈善音乐会上，我结识了徐宜平院长，她有一双充满灵气的大眼睛，美丽优雅，气质非凡。

徐宜平自幼学习扬琴，就读西安音乐学院附中时开始学阮。阮是汉族传统弹拨乐器，音色醇厚圆润，在民乐里比较小众。徐宜平是当年全国为数不多的阮专业学生，成功考入以高门槛著称的上海音乐学院，同时钻研了多种门类乐器。毕业时她以优异的成绩进入上海电影乐团。曾经，庞大的乐团为她的中阮独奏音乐会伴奏，如此年轻，已在圈内名声鹊起，高光凝聚。一次偶然的机缘，她来到了新加坡。在新加坡教育部的邀请下，徐宜平跟政府学校合作教授华乐，后来创办了自己的音乐学校。2010年，她通过新加坡教育监管部门层层审核，成立了可以颁发大专学历的新加坡华乐学院，最终推动中国民族管弦乐学会的考级在新加坡落地，完成了恩师、著名指挥家朴东生先生的心愿。2014年新加坡华乐总会隆重成立，

2017年徐宜平应邀在上海录制阮协奏曲

她担任阮学会会长，与多位资深音乐家共同传承和发扬华乐。

“‘一带一路’国际华人艺术展演”是徐宜平一手创办的大型人文交流项目，旨在通过华人艺术交流和学术往来活动，搭建国际华人艺术展演平台，推动和促进中新两国间的民心相通。经过多年的酝酿筹备和精心策划，并争取到多方支持，华乐学院主办的首届“‘一带一路’国际华人艺术展演”于2017年在中国文化中心拉开帷幕。徐宜平请来著名作曲家刘锡津主讲“大师讲坛”，深入浅出地带领观众遨游于音乐艺术殿堂，分享了他的《我爱你塞北的雪》《鱼尾狮传奇》等代表作品背后的故事，博得满堂喝彩。

2019年，为庆祝中华人民共和国成立70周年、新加坡开埠200周年，徐宜平为第二届“‘一带一路’国际华人艺术展演”设计了重头戏“《梁祝》60周年音乐会”。敲定流程、协调场地、挑选演员、乐团排练、撰写文案、嘉宾联络……徐宜平在所有环节力求完美，事无巨细，废寝忘食。那段时间，我眼见她憔悴了很多。她默默承受巨大的压力，看似柔弱的身躯蕴涵着坚忍的信念和蓬勃的能量。正如新加坡国立大学副教务长梁慧思教授对她的评价，她做人尽心尽力，做事尽善尽美。

在恢宏典雅的新加坡维多利亚剧院，徐宜平再度邀请她的老师——86岁的艺术家何占豪先生亲自指挥原创协奏曲《梁祝》，来自新加坡、中国等11个国家的近200位乐手共同演绎这首绝世名作，倾倒全场。徐宜平为这场音乐会创作了鼓乐《龙腾鼓跃》并担任指挥，她一袭燕尾服，马尾高束，气场十足。新、中两国鼓手振奋人心的律动、新颖变幻的呈现形式，掀起欢腾振奋的热潮。在经久不息的掌声中，她微微仰起被汗水浸湿的脸颊。音乐无国界，直击心灵最深处，人们的情感在艺术中得到共鸣。中新两国人民和谐友好、共谱华章、合作共赢的理念深入人心。

在我的心目中，徐宜平是一个真正的教育家。我参观过她的音乐学校，远远传来悠扬的琵琶、古筝和笛声，大大小小的学生吹拉弹唱，好不热闹。几个学龄前的孩子在一间教室打着拍子摇头晃脑地背《三字经》，隔壁的男孩飞速地拉动二胡的琴弓，畅快淋漓地

2019年“一带一路”国际华人艺术展演。徐宜平指挥音乐会

演绎徐宜平改编的华乐版《野蜂飞舞》。还有个10岁左右的小姑娘在弹中阮，一边抑扬顿挫地朗诵：“荷叶罗裙一色裁，芙蓉向脸两边开。”原来那首曲子叫《睡莲》，诗和曲水乳交融，指尖撩拨如同露珠在荷叶上滚动，令人陶醉。有位妈妈忧心忡忡地来找她，说孩子报考天才钢琴班因天赋不足被拒绝，能否学习音乐。徐宜平说：“所有人在所有年龄段都能学音乐，这是表达内心情感的方式，为了通过这扇窗子领略生活的美好。我反对过度强调天赋，兴趣和勤奋比什么都重要。”

徐宜平在教学中投入了巨大的精力和热忱，从早到晚排满课程，登门的学子络绎不绝。她不仅是音乐老师，严谨治学的态度亦让她成为学生的人生向导。“任何学科欲速则不达，基础一定要扎实，仓促考到十级，把证书挂在家里，也不如把一首简单的曲目弹得优美。”“弹琴不是手指机械运动，而是心性的修炼，要养成眼手心合一的专注力。”“标准不容商量，先做到百分之百的准确，才能长出自由发挥的翅膀。”“音乐是同灵魂深度对话的桥梁，在音乐的伊甸园，你不会感到孤单，并能抵御苦难。”每次听她娓娓道来教学心得和人生思考，我都如沐春风，不由得去除功利之心和浮躁之气。

徐宜平认为，要学好艺术，必须先学习做人。因此在音乐启蒙阶段，她并不急于教幼童演奏乐器，而是从诵读国学经典和唐诗宋词开始陶冶情操、培养美感，正所谓“兴于诗，立于礼，成于乐”。她希望通过音乐教育将中华传统文化的精髓种在学生心里，成为一生的财富。我从未见过将民乐教学和古典文化融合得如此自然完美之人，不仅因为徐宜平腹有诗书气自华，更有一片对故土的赤诚之心。

相对于国内名师的天价课时费，新加坡华乐的培训价格非常亲民，曾有同行开玩笑地说徐宜平亏大了，而她只是淡淡一笑。当奔流的泉水浇灌干涸的土地，谁能听到它雀跃的欢唱呢？20多年来，徐宜平见证了华乐在新加坡的蓬勃发展，除了新加坡华乐团和鼎艺团这两个职业乐团，当地各级学府和社区已有两百多个华乐团，华乐已成为新加坡民众生活中必不可少的艺术活动。新加坡华乐学院是业内翘楚，至今已培养了超过2万名华乐爱好者，学员年龄从3岁跨越到70多岁。徐宜平的学生在国内外大赛中屡屡获奖，很多走上音乐之路，将华乐传播到世界各地。

她永远微笑，终不负韶华使命。

魏姣，中国驻波兰大使馆文化参赞，中国作家协会会员。
毕业于中国人民大学。曾在中国驻新加坡大使馆工作。在《作品》《芳草》《大家》《青年文学》《小说选刊》《小说月报》等杂志发表文学作品百万字。著有《空港手记》《爱情看上去很偶然》《24小时约会》《山猫之谜》等长篇小说。

希腊往事

陈　晓

在希腊的德尔菲神庙门楣上刻着一句话——“认识你自己!”在希腊的3年多时间里，我一直试图拨开笼罩其上的文明之纱，越过千百年来人们赋予它的各种神话，以平常心走进它、感悟它、认识它。离开希腊多年之后，经过时间的沉淀和思维意识的滤化，希腊依然能让我嗅到春天林子里松针的味道，感受到天人合一般的美好。这是一个被缪斯亲吻过的国家，有着被几千年的文明之液熏酿过的丰美。

希腊和中国的渊源，似乎不仅仅是两座无可替代的东西方文明高峰，还有一种更亲近的价值观、哲学思想和文化传统在联结着这两个国家，一种在地球两端经过漫长历史和深度文明陶冶后不约而同生发出的慧眼和慧心。这种慧眼慧心似乎有一种天然的感应，能穿越千山万水，到达它想要去的地方，探知曾经如此遥远的彼此。20世纪希腊著名作家尼科斯卡赞扎基斯曾说："如果你打开一个中国人，会发现里面是一个希腊人；而如果你打开一个希腊人，会发现里面是一个中国人。"他还说，"苏格拉底和孔子是人类的两张面具，面具之下是同一张人类理性的面孔"。

在希腊的岁月已渐渐远去，如今忆起，如大海拾贝，略记一二。

一、那个园子里住着老聃

记得那是一个春日的清晨，我和同事驱车去雅典北部见一位女作家。车子开到离市中心不远的一个地方，但见草木茂盛，野花星星点点，几处院落稀疏地点缀其中，矮矮的院墙门或是铁艺的，或是竹、木制的，其野逸的情状颇有些唐诗中的意趣。按图索骥，找到了这位作家的院落，两扇矮矮的木门虚掩着，推门进去，映入眼帘的是各种颜色的花，像满天的星星落入凡间。风过处，清香隐隐约约。正看着，女主人迎了出来，她眉目疏朗，神情自若，浑身散发出的自然惬意与这园子浑然一体。

进了屋子，但见客厅正中墙上挂着两幅中国画。其中的一幅青绿山水峰峦叠嶂，远处是白皑皑的雪崖，近处是重彩辉煌的山峦，峭壁千仞，栈道崎岖。画上有题字，是仿仇英的《剑阁图》。主人说，此画是她从雅典市场上淘来的。另一幅是水墨抽象画，大片的留白中一龙飞凤舞的汉字突兀而起，墨色油亮，精气神十足。女主人说这是她自己画的，其中的汉字是"无"。说到"无"字，她抿嘴一笑，似有若无，让我想起了拈花微笑、不发一语的佛师情状。

思绪缥缈间，主人招呼我们坐下喝茶。但见黑色大理石的茶几上搁着一个巨大的红黑相间的中式漆盘，旁边优优雅雅地立着青花瓷壶和杯子。她说青花瓷是她多年前托朋友从景德镇带来的，寥寥几笔蓝色花草自然地落在细腻通透如蝉翼的胎白上，尽显高贵优雅。女主人用茶壶倒出早已泡好的绿茶，臂上戴的绿色翡翠镯子触碰到茶壶，发出轻轻的、悦耳的声音，像风中的铃铛。她并不是中国通，对中国的了解和认识并不多，但就在有限的接触中她喜欢上了中国的器皿和文字。她觉得中国的器物无论在审美格调还是内涵上都别有品位，令她着迷。“中国的东西就像这茶一样，需要细细品。”她的嗓音清清亮亮，似山涧流水。她读了《论语》和《老子》，更喜欢《老子》。说话间，她顺手拿出放在桌上的一本英文版的《老子》。她说，老子有一种很自然的思想，有一种简单又深刻的人生智慧，老子的道理就像是谷底的磐石，稳稳当当，清清澈澈。正因为喜爱老子，她为自己做了这么个园子，与自然亲近，可以听得见心跳，感受得到思绪，看得见草长莺飞、四季美景。老子所谓的阴柔之美，她觉得就是傍晚时分的晚霞，就是清晨露珠中的花朵，就是与自然融为一体的淡泊宁静。随后，她读了《老子》第二十五章中的一段：“有物混成，先天地生，寂兮寥兮，独立而不改，周行而不殆，可以为天地母。吾不知其名，字之曰道，强为之名曰大。大曰逝，逝曰远，远曰反。故道大，天大，地大，人亦大。域中有四大，而人居其一焉。人法地，地法天，天法道，道法自然。”她说，她很喜欢这段，常反复诵读，并半开玩笑地说，天地万物间的道也存在于她这个园子里，她每日便依着这个道作息。看她说得认真，我们便问她是什么道，她先是抿嘴不语，然后不无调皮地说

“道可道，非常道”。此时，一阵风吹过，园子里发出叮叮当当的响声，在芬芳的宁静中这响声居然显得格外遥远，似乎来自时空之外的老子居处。屋子里静静的，只有挂在墙上时钟的嘀嗒声。我恍然大悟，这大概就是适才女主人所说的“道”吧。

午饭后，女主人念了她自己写的一首诗。之后，她自嘲地说，在希腊几乎人人都是诗人。这让我想起某次在一希腊人家的聚会，与会者多为律师、作家、教师等职业女性，聚会的主题也与文学无关。但在大家尽情畅聊之后，主人和多数客人居然都拿出了自己写的诗，相互朗读了起来。记得那日，女士们围坐在5月院中的石榴花树下，正午的阳光透过绿色的树叶洒在她们身上，有斑斑驳驳的影子。她们因读诗而略略泛红的脸，清澈的眸子，婉转的嗓音，格外动人。微风拂过，似乎能闻到当年柏拉图学园的气息。这种情状，大概除了这个被缪斯亲吻过的国家，再无他国可以比拟了。

历史上，老子、孔子几乎与苏格拉底、柏拉图处于同一时期。我在希腊工作时，曾就这4位中希哲人组织过中瑞学者研讨会。随着研讨的深入，对东西方两个文明源头的探索和比较也渐入佳境。最后，几乎每个人都提到了尼科斯卡赞扎基斯的那句关于希腊人和中国人的名言。18世纪英国的玛丽·沃特利·蒙塔古夫人曾在她的书信中说，中国人画在玻璃上的画让她想起了希腊人的优雅和对称。

时间永远在流逝，但人类文明以及由此而引发的智慧和心灵感悟却大多不会因为时间的流逝而随风飘逝、烟消云散。因为，这世间一定会存在着一群了解历史从而探索自我和未来的人，一群追求智慧和真理的人，存在着依从大道而运行的文明古国，就如希腊和中国一样。

二、永不凋谢的戏剧之花

作为世界最古老的三大戏剧之一，希腊戏剧源于民间祭祀和歌舞。自公元前6世纪古希腊产生戏剧以来，戏剧在希腊人的生活中扮演着重要角色。古希腊的剧场是露天的，呈半圆形，像一把扇子一样展开，观众席位于半圆形的扇面上，对面就是舞台。斗转星移近3000年，现在的希腊人依然喜欢到户外剧场观看演出。每年的6—9月，雅典都会举办一次国际艺术节。那个时候，多数雅典人会提前在网上或电话预订想要观看的演出。著名的埃皮达鲁斯剧场，建于公元前4世纪，位于伯罗奔尼撒半岛，离雅典大概140公里，可容纳14000人，在古剧场中保存得相对完好。剧场像一把巨大的半圆形的折扇，依山势而建，掩映在苍松翠柏间。剧场设计得如此精妙，哪怕是舞台上轻微的叹息，都能被最后一排的观众听得清清楚楚。夏天的古剧场，清风朗月，繁星点点，空气中飘着淡淡的松香，剧场在湛蓝的星穹下绽放，上演着人间的悲喜剧。

至于希腊人为什么喜欢建户外剧场，我猜其中一个原因也许是没有屋顶的剧场离神明最近，与上苍赐予的星星、月亮、微风、花香没有阻隔，演员念出的每一句台词、每一个痛苦或快乐的表情都能被神明听见、看见，从而达到一种天上人间的无碍交流，有利于解决彼时人间的悲催。这大概也就是为什么户外剧场大都建在神庙附近的原因吧。

在古希腊，学龄男孩的课程包括写作、音乐、美术和体育，那时，每个希腊男孩都要学弹七弦琴。柏拉图认为，音乐既能体现灵魂和谐，又能体现宇宙和谐。希腊人很早就发现了艺术对塑造人心性的重要性。希腊人对艺术的重视，开启并奠定了欧洲人尊崇艺术的观念。

在雅典街头，藏着许多大大小小的剧场。我有幸带国内的艺术团体验过一个剧场。那是位于雅典市中心的一幢两层小楼，楼下是酒吧，楼上是可爱的迷你剧场。观众进去后，可以先在楼下的酒吧点些红酒、饮料和甜点，饮到微醺，穿着戏服的姑娘们就娉娉婷婷地走过来，宣布剧场开演了。于是，戏中的某个角色就将你引进蜿蜒而上的楼梯，通过楼梯，进入二楼的小剧场。剧场里只有5排椅子，前面是一个舞台，近在咫尺。那晚我看的是《俄狄浦斯王》，道具简单，演员人数少却演得卖力投入，一举手一投足，因近在咫尺而显得格外揪心。剧情的起伏高潮通过灯光和音乐的辅助，充满张力，在小小的剧场中尤其显得惊心动魄。这样的观剧体验，是我和艺术团中绝大多数演员从来没有过的。看完之后，就像是喝了一碗醇醇的酒，脸颊泛红，九曲回肠，回味无穷。更精细点说，古希腊的戏剧起源于人们对酒神狄奥尼索斯的祭祀歌舞。饮着葡萄美酒，人们感谢酒神赐予丰收，于是载歌载舞，戏剧因此而生。所以，戏剧的元素里应该有酒的欢娱，有人的酣畅淋漓，它是天人感应的载体，是人类释放所有情感情绪的细胞，是人们因此而了解自我、了解同类、了解天地万物的管道。因为戏剧，人们进行情感交流，引发共鸣，因为戏剧，人们变得更健康更美好，天地万物也变得更可爱。

在雅典，如果于晚上进入室内剧场观看演出，人们就会穿上体面的晚礼服，男人们会穿上西装系上领带，讲究些的还会穿上燕尾服，女士们则身着鲜艳漂亮的服装，洒上香水，打扮得美美的。观看演出，对希腊人来说似乎是一场盛宴，一场需要精心打扮才能前往的盛宴。观演过程中的安静投入，恰到好处的鼓掌欢呼，使得演员和观众交融得天衣无缝。就像是一坛好酒，遇到了最能赏识的人，知道用什么样的方式品尝，经由什么样的仪式才能达到最佳的效果，以不辜负酿酒人的辛勤付出。希腊人对待艺术的态度和熟稔程度，令人刮目相看。

三、依帕蒂的奥尔嘎

希腊人的善良、纯朴、好客由来已久。在古希腊神话中，众神之主宙斯是异帮人的保护神。希腊自神话产生时起的公元前12世纪一直到现在3000多年间，其原初的许多文化传统如其文字一样，都被保存了下来，久而久之，便构成了希腊独有的民族性。希腊是个充满人情味的国家，希腊人民对中国和中国人民有着不一般的感情。

2013年年初，我馆决定请北京大学生艺术团到希腊巡演，我负责此项目的策划、联络、对接、日程安排等一应事务，忙得焦头烂额。因不断沟通说话，嗓子也有些嘶哑了。经与依帕蒂文化协会主席玛丽亚的几次商谈，被她的热情打动，我打算将她的家乡依帕蒂纳入巡演。为做好相关工作，需先期去依帕蒂踩点、了解情况并做演出安排。记得那是4月的一个周末，天气晴朗，空气中飘着初春淡淡的馨香，玛丽亚开车接我自雅典到她的家乡依帕蒂。

车行约3个小时，渐渐从大路转入一个山清水秀的小镇，迎面而来是满眼的绿，山坡上、田塍间，树的绿、草的绿、庄稼的绿，令我疲惫的身子为之一振。依帕蒂坐落在山坡上，错落的房舍，曲折的山路，远望如玉带缠绕在绿色的山体。通往依帕蒂的路两边开满了粉色的桃花，娇艳灼灼，脑中竟然闪过《诗经》中的诗句：“桃之夭夭，灼灼其华。”看来，不管过了多少年，不管是在世界的什么地方，有些东西、有些感觉是永恒的。车一路往上开，绕了几个弯后，便听到哗哗的流水声。抬头看，是一清亮的瀑布，从约50米高处依着一株需10人合抱的大树往下泻，水珠四溅。再往上，房舍依次展开，白墙红瓦，舒展静谧。依帕蒂是位于半山腰的一个典型的希腊小镇，在绿树掩映中透着肃穆和静谧，有一种超凡脱俗的清俊。正陶醉间，猛听得玛丽亚急踩刹车，伴随着车轱辘在地上擦出的刺耳响声，车戛然而止。“妈妈！怎么站在这里了，多危险哪！”玛丽亚的声音满是嗔怨。我探头从车窗望出去，只见一位头裹黑巾、身穿希腊传统黑衣黑裙的老太太正站在车前，面带微笑，看着我们。

老太太抿着嘴笑眯眯地领着我们往上走，进入一个围着竹篱笆的小院子，院中的一棵大树像把张开的巨伞，枝杈舒展，树叶浓密，树下摆着一张桌子，几把椅子。旁边的一棵歪脖子树上吊着木制的秋千，花儿开在院中的草坪上，炊烟从屋顶的烟囱中飘出，使这看似中世纪般肃穆的镇子透着人间的烟火味。玛利亚说到家了，招呼我进了院中的屋子。屋子里干干净净，客厅不大，餐桌上的花瓶中插着娇艳的桃花，像是摘来了春日的暖阳。几把老式的帆布椅子，绿色的宽条状纹样在白色的瓷砖地上显得格外亮丽。老太太招呼我坐下，一转身从厨房拿来一瓶樱桃酒，费力地拔掉木塞，飘着丝丝樱桃味的酒的醇香扑鼻而来，甜香馥郁。玛丽亚介绍说，妈妈已84岁高龄，但身体一向健好，事事亲力亲为。听说我要来，忙了好几天，打扫卫生，做蛋糕，酿樱桃酒。说话间，老太太从厨房到客厅进进出出，忙忙碌碌。不一会儿，又摆上了自制的蛋糕。这是典型的希腊米糕，融入蜂蜜，中间撒细碎的核桃仁，甜甜黏黏的，拿刀子切下后还连着丝，放进嘴里，软软糯糯。老太太目不转睛地看着我吃。尚未吃完，她老人家又忙着再切。我连夸她好手艺。玛丽亚认真地将我的话翻译给她听，她听着，不停点头，脸上的笑意一层层漾开，如菊花般灿烂。接着她帮我沏茶，然后坐下，看着我们聊天，眼中的温柔像是母亲看着两个闺女在聊天。她自始至终，轻手轻脚，一言不发，似乎生怕打扰了我们。我跟玛丽亚商谈着演出的每一个细节，偶尔停下，便能嗅到酒、蛋糕、茶点的香味，感受到她老人家关切的眼神和默默的微笑，一种久违了的家的感觉暖暖地流向全身，因常年奔波在外操劳忙碌而趋于坚硬的心便也像久旱逢了甘霖般，变得敏感温软起来。

等我与玛丽亚商谈完艺术团的访演计划时，窗外已是一轮明月，在如黛的山间格外明亮，让我想起了家乡的月明。此时，老太太又从厨房端出了准备好的晚餐，装在精致可爱的盘子里，土豆煮牛肉、香烤墨鱼、面包、橄榄油……吃完饭，她又递给我一杯水，比着手势，示意我喝下。玛丽亚解释说，妈妈见我嗓子嘶哑，便特地在厨房泡了这杯水，对嗓子有好处。我忍不住拥着老太太连连致谢。老太太用双手捧着我的脸，轻轻地在我额间一吻，眼里泛着慈爱的柔光，比天上的星星还美，令我终身难忘。

与玛丽亚踏着月色出来，手里拿着她母亲给的樱桃酒和蛋糕，终于想起问她老人家的名字。“奥尔嘎。”玛丽亚说，“妈妈非常喜欢中国，电视里偶尔播出的中国电影都被她看遍了。她喜欢你们老老少少聚在一起的家庭，喜欢你们浓浓的亲情。听说中国人要到这里来演出，她高兴得睡不着觉。你的到来，圆了妈妈希望见到中国人的梦。谢谢。”玛丽亚看似随意的介绍中，透着一种说不清的释然和欣慰。再回头，奥尔嘎依然站在屋前望着我们，如水的月色洒在她身上，如一尊雕像，母亲的雕像。

我或许永远也无法真正体会到一个在地球另一端远隔千山万水的希腊老人对中国人的情结，无法走进她的内心去一探究竟。但我知道，希腊人和中国人一样看重亲情，温暖感性地守护着他们的价值观。这些价值观经岁月洗礼，牢牢地维系着他们的社会，同时，也因为这些价值观的人文本质和文化传承，使得这两个国家无论隔了岁月还是隔了山河，都隔不住彼此之间的相知相惜。

陈晓，中国驻瑞典使馆文化参赞兼斯德哥尔摩中国文化中心主任。
浙江大学文学博士，副编审。曾在中国驻新加坡、希腊使馆和墨尔本总领馆工作。
曾获全国性散文大赛三等奖。曾在《南洋商报》连载博士学位论文《先秦妇女研究》，在国内和香港、台湾地区发表多篇学术论文。译著有《1968撞击世界的年代》。

海上明月共潮生

——中央芭蕾舞团访演印尼纪实

金洪跃

爪哇海上空的一弯新月，迎来了漂洋过海的中国大红灯笼，月明灯红，海潮共生。2016年11月1日，中国中央芭蕾舞团100余名演职员飞越大洋，跨过赤道，来到享有“千岛之国”美誉的印度尼西亚，将原创经典民族芭蕾舞剧《大红灯笼高高挂》首次献给印尼观众，为21世纪海上丝绸之路谱写流光溢彩的时代华章！

2000多年前，一条以中国东南沿海为起点的海上丝绸之路成就了世界性的贸易网络，也推动了中国与海上丝绸之路沿岸各国的商贸交流；明代郑和7次下西洋，加强并拓展了中国与亚非国家的商贸往来和人文交流，促进了世界和平发展。历史来到2013年10月，我国家领导人访问印度尼西亚，在国会发表了题为《携手建设中国－东盟命运共同体》的演讲，提出了共同建设“21世纪海上丝绸之路”的倡议。从此，中印尼全面战略伙伴关系正式建立，两国友好合作的航船向着新的目标扬帆启航，破浪前行。

海丝之路　中芭先行

“国之交在于民相亲，民相亲在于心相通”，实现心灵相通的最好方式是文化艺术的交流，艺术可以抵达心灵。2015年3月，中国与印尼建立副总理级人文交流机制协议正式签署。这是共建“21世纪海上丝绸之路”倡议提出后，中国与发展中国家建立的首个高级别人文交流机制。人文交流的时代意义在于以和平方式推动各国文明交流互鉴，共同繁荣，为深化各领域合作奠定坚实的民意基础。人文交流与战略互信、经贸合作构成了中国特色大国外交体系的三大支柱。

记得2015年3月22日下午，使馆领导把我叫到主持中印尼高级别人文交流机制的中方领导旁边，让我向领导汇报中印尼人文交流机制建立后实施的第一个重点项目：我馆欲联合印尼方共同邀请中央芭蕾舞团来印尼演出，展示中国文化艺术的魅力，沟通两国人民的感情，用独特的艺术形式开启“21世纪海上丝绸之路”人文交流之旅。我馆的设想得到了领导的充分肯定和支持。领导表示，回国后即向有关部门打招呼，尽早实现中芭访演印尼。不久我馆就得到国内反馈：中央芭蕾舞团将于2016年11月初访演印尼，携带的剧目是中芭原创经典芭蕾舞剧《大红灯笼高高挂》。同时，为了增进中印尼人民的友好感情，加深友谊，中芭在访演期间，还将开展“中国芭蕾舞大师走进印尼校园示范讲座”“邀请印尼学生和芭蕾舞爱好者观摩中芭演员练功课”“邀请弱势群体和残疾少年儿童观看中芭彩排”等一系列公益活动。

接到国内信息后，我们全馆同志都很振奋，深受鼓舞，觉得这是一次难得的传播中国文化、增进人民友谊、助推中印尼友好关系发展的重要机会，大家决心一定把这次演出接待任务完成好。在馆领导的统筹安排下，使馆组成由大使任总指挥，使馆文化处牵头，政治处、武官处、领事部、办公室等部门参加的筹备组，沟通协调国内与印尼方，全力做好中芭访演各项准备工作。

一是联合“印尼-中国经济、社会与文化协会”共同主办中芭访演活动。该协会主席、长期致力于中印尼友好的苏坎达尼先生明确表示，一定把中国中央芭蕾舞团来印尼演出作为两国开展文化交流，推动友好关系发展的大事认真办好。协会决定，由一位副总主席作为筹备委员会印尼方主席，与中国大使馆保持密切沟通合作；协会建立专门团队协助使馆做好中芭的接待、演出以及舞美道具服装等3个集装箱物品的海上运输、从雅加达港口到剧场的转运工作；充分利用协会主办的《商报》，开辟专门版面，超前宣传、连续介绍中央芭蕾团的阵容，《大红灯笼高高挂》的剧情、艺术特色，该剧主创、主演等，让印尼观众对演出活动早知多知、应知尽知，以期达到最好的访演效果；此外，协会还将为访演提供一切必要的支持与协助。

二是中芭演出的剧场选在新落成的、充满现代气息的雅加达西普拉表演艺术中心（Ciputra Artpreneur）大剧院。当我与中芭先遣组负责人蒋山主任拜访艺术中心总经理、来自加拿大的伊布女士时，她激动地说，世界著名的中国中央芭蕾舞团能在我们中心演出，我们深感自豪和荣幸，中心将提供所有可能，开辟所有可用空间，接待好演职员和各界来宾，为演出活动成功举行提供优质的硬件保障和完美的服务；伊布女士还表示，虽然剧场刚刚投入使用，还没有什么收入，但中芭的场租费他们只收半价；该中心还临时招聘了部分劳务人员，配合中芭搬运设备、布置舞台、彩排和演出。

三是沟通印尼国家旅游部、教育与文化部作为演出活动的协办单位。一经协商，即刻得到印尼方的积极响应。当时印尼教育与文化部主管文化工作的总司长Hilmar Farid跟我们说，如果中国芭蕾舞团的演出需要印尼文艺团体协助配合，他们将随时调动印尼文艺团体参与，不讲价钱，全部义务。同时，在我们联系印尼芭蕾舞学校、印尼高校以及印尼孤儿院、残疾人协会等单位时，他们异口同声地回答：能亲眼观看中国芭蕾舞团的演出，当面接受中芭芭蕾大师的艺术指导，还能让我们的大学生、孤儿、残疾人有机会到现场观看中芭演员练功、彩排，太难得了！感谢中国大使馆、感谢中央芭蕾舞团关心、关爱我们。真诚合作，热切期盼，积极参与，大力支持，形成了中印尼双方共同筹备好中芭访演的主旋律，也让我们着实感受到了印尼各界对中芭的真心喜爱，体会到了印尼人民对中国人民的真挚感情。

广受关注　盛况空前

2016年11月2日，中芭在印尼的首场演出拉开帷幕。那天晚上，雅加达西普拉表演艺术中心大剧院，灯光璀璨，乐声悠扬。可容纳1200座席的剧场高朋满座，宾客云集，有些观众是从几百里之外的万隆、泗水、梭罗、巴厘岛等地赶来观看的。印尼各界期待已久的中国中央芭蕾舞团经典民族舞剧《大红灯笼高高挂》正式亮相雅加达。印尼政要及各界名流悉数莅临，盛装出席。他们有的身着印尼传统民族服装巴迪衫，有的西装革履，有的华侨还穿上了典雅、漂亮的旗袍，还有的印尼艺术家穿着色彩鲜艳的演出服……人们像过节一样兴高采烈，喜气洋洋。

中芭的演出也引起了印尼媒体的极大关注。有近20家当地主流媒体的文字与摄影、摄像记者来到现场，包括最具影响力的《雅加达邮报》《罗盘报》，安塔拉国家通讯社以及华文大报《国际日报》《商报》，印尼电视一台、二台，美都电视台等。记者们对出席嘉宾和各界观众进行了密集的采访。不少观众都回忆起1997年中芭曾携古典芭蕾舞剧《天鹅湖》和中国芭蕾舞剧《祝福》到印尼演出的情景。此次中芭再访印尼是时隔20年后重登雅加达舞台，是传续两国文化交流的又一大盛事。

印尼总统佐科的代表暨政府内阁文化和人类发展统筹部部长布安（副总理级），印尼前总统梅加瓦蒂，印尼地方代表理事会副主席法洛克，工业部部长埃尔朗加夫妇，海洋渔业部部长苏茜，前国会议长马尔祖基夫妇，印尼－中国经济、社会、文化合作协会总主席苏甘达尼，印尼伊斯兰教士联合会总主席赛义德等

印尼第五任总统梅加瓦蒂·苏加诺女士观看演出

政要，各国驻印尼使节以及为中芭的印尼之行鼎力相助的印尼-中国经济、社会与文化合作协会多位副总主席、执行主席和秘书长等出席。可谓盛况空前，热望空前。

在开幕式的致辞中，布安部长代表佐科总统表示，印尼政府对此次中国国家芭蕾舞团时隔20年后重返印尼演出表示热烈祝贺，相信通过这次中国国家芭蕾舞团的精彩演出，将有利于进一步促进两国文化间的交流，增进相互了解和友好感情，同时将两国文化交流推向新高度。

中国驻印尼大使谢锋深情地讲道：“历经两年酝酿、一年筹备，这部舞剧终于来到印尼——一个文化底蕴深厚、倡导多元统一、开放包容的国度，相信更能找到知音、引起共鸣。中国、印尼两国人文领域交流合作的蓬勃发展归功于两国领导人的远见卓识。我相信，中芭的访演不仅会加强两国文化交流，而且将为两国民心相通架起新的桥梁，为新时期海上丝绸之路谱写出华彩乐章！”

中芭访演团团长王才军说，文化艺术是我们传递人类美好情感的桥梁。文化交流也是中印尼两国共同建设的“21世纪海上丝绸之路”的重要组成部分。希望通过这次访问演出，能促进中国和印尼各界艺术家们开展更多更深入的交流合作，增进两国人民的了解和友谊，共同走向更美好的未来。

组委会印尼方主席、印尼-中国经济、社会与文化合作协会副总主席马克·派曼（Mak Paiman）先生讲道：“印尼和中国的文化交流和友好往来由来已久。中国的艺术对印尼艺术发展也有一定的影响，比如，爪哇民间的皮影戏、布袋戏就深受中国文化影响。近年来，印尼作为‘21世纪海上丝绸之路’的首倡之地，成为‘一带一路’共同发展道路上的重要枢纽。文化交流一直是印中两国加强友好关系的重要途径，这次中国国家芭蕾舞团的演出，一定会把两国的文化交流推向新高度。”

是的，20年前访演印尼的中芭年轻演员如今已成为表演艺术家；当年的印尼观众也已成为今天活动的组织者。特别是，20年来中印尼关系取得了长足发展，已呈现出政治安全、经贸合作、人文交流三驾马车并驾齐驱的良好局面。今晚，中芭艺术家们带着他们精湛的艺术而来，带着当代中国的时代气息而来，带着中国人民对印尼人民的深情厚谊而来。

精美艺术　赢得赞誉

“求知识，哪怕远到中国。”默罕默德的这句圣训，在以伊斯兰教为主的印尼各界广为传诵。此次中芭来访，是中国的艺术家们将中国最优秀的艺术作品送给友好的印尼人民。《大红灯笼高高挂》是中芭同众多知名艺术家联袂打造的一部具有中国精神、中国风格、中国气派的芭蕾精品，它融合了东西方艺术形式，场景恢宏大气、舞台色彩浓郁饱满、舞蹈编排细腻唯美、音乐风格具有鲜明的中国戏曲特色，是当代中国最优秀艺术的完美结合。

当舞台上的大幕徐徐拉开时，伴随着京剧青衣那清越高亢、悠然回荡的声腔，手持红灯的女演员们迈着曼妙轻盈又不失中国传统韵味的舞步款款而来，舞台上盏盏灯笼亮起，影影绰绰；一顶花轿，一身嫁衣，一袭水袖，一世情缘。饰演三太太的中芭首席主演张剑，以对剧中人物命运的深刻理解，凭借娴熟无比的舞蹈艺术和表演功力，将一个以柔弱之躯追求美好爱情、勇敢抗争命运不公的女子形象，真实生动地呈现在舞台上；群舞演员整齐优美的舞姿，仪态万方的神情，一颦一笑，一起一坐，一转一挪，使民族文化的万种风情注入现代的舞步，让西方芭蕾的浪漫典雅与中国国粹艺术完美融合。中芭的艺术家们以深厚的舞台功底和精湛的艺术表演，使这部充满东方文化元素，享有无数赞誉的中芭原创芭蕾舞剧在雅加达的舞台上绽放出耀眼光芒！也把一个既古老又现代、历久弥新、充满活力的中国呈现给了世界。印尼观众看得如醉如痴，动情

《大红灯笼高高挂》演出场面

演出结束后印尼政要及各界代表与演员合影

之处，热泪盈眶。当舞台上漫天飞舞的雪花纷纷飘落时，手持红灯笼的女演员们在凄婉哀怨的音乐中缓缓穿过舞台，大幕徐徐拉上时，全场爆发出雷鸣般的掌声，“Bravo！ Bravo！”(喝彩、叫好)的欢呼声不绝于耳。

演出结束后，观众们难掩喜悦和激动，纷纷围拢台前向演员们挥手致意，鼓掌祝贺；有的还登上舞台与演员亲切交谈、合影留念——而中芭的艺术家们也满满收获着来自印尼各界的盛情与鼓励。

雅加达文化艺术基金会秘书长苏巴克提（Subakti）说道：“这部作品非常有特色，很好地融合了中国传统元素与现代艺术，对于年轻一代理解中国文化有非常重要的作用。故事本身也非常易懂，这是所有观众期待看到的好作品。”来自印尼GS舞蹈团的编导这样评价：“这部作品的编舞、音乐、舞美、服装完美融合，故事脉络清晰，扣人心弦，从各个角度都是值得我们学习借鉴的典范。第二场演出我会和朋友一起再来观看，我们是中芭的粉丝……”

印尼多家媒体也以《中国中央芭蕾舞团雅京首场演出隆重热烈 圆满成功》《展艺术风采，架友谊桥梁》等为题，重点报道了中芭演出盛况。称赞中国中央芭蕾舞团是中印尼文化交流的友好使者，中芭不仅将独具中国文化内涵的艺术作品传递给了印尼观众，而且透过艺术的感染与触动，使印尼人民和中国人民相知、相交的情感纽带更为紧密与牢固。

贴近民众 播撒友谊

11月2日，中芭在印尼首演当天下午，演员们在舞台上一丝不苟地练功、彩排着。在观众席中，出现了一批特殊观众，他们有来自印尼各个舞蹈团体的舞者、有雅加达当地学习艺术的大学生和中学生，更有

印尼学生、孤儿院的孩子们、残疾儿童、芭蕾舞爱好者观看中芭练功和彩排

几十名来自雅加达孤儿院、残疾人抚养院的孩子们。他们是应主办单位的邀请来观摩中芭演员的练功课和彩排的。在印尼教育与文化部的大力协助下，原计划邀请200名学生观摩，结果竟来了400多人，可见印尼民众对中芭的喜爱。3个半小时的练功与彩排，观众们神情专注，无一人走动。虽然是观看彩排，但这些特殊观众的情绪随着剧情的推进和演员们的表演而起伏跌宕，一声声惊叹，一阵阵感慨，他们与剧中人物的命运产生了强烈的共鸣。

练功和彩排结束后，孤儿院的孩子们迟迟不肯离去，他们回味着舞台上

徐刚老师与部分印尼芭蕾舞学员合影

那一幕幕感人的情景。孤儿院负责人说：“这次观摩对于孩子们太宝贵了！自从知道要来观看中芭的彩排，孩子们就特别高兴。因为这是他们第一次走进剧院，第一次亲眼观看中国艺术家的表演，令他们终身难忘。”从孩子们的交谈中得知，他们明天要把今天观摩的感受分享给孤儿院的其他小朋友们。

10月30日下午两点，正是雅加达一天中最为湿热的时候。在没有空调的舞蹈教室内，面对十几位10—20岁的印尼芭蕾舞爱好者，中芭艺术总监助理、芭蕾大师徐刚老师在认真细致地辅导着学员们。他与学员们一起跟着音乐的节奏，做着各种示范动作，还不时地停下来纠正学员们的动作，几乎每个学员都得到了徐刚亲自指导。两个半小时下来，徐老师已是汗流浃背；同样，学员们也顾不得擦一擦如雨的汗水，不断地向徐老师请教，力争将每一个动作都做到最好。她们非常珍惜这一难得的机会，目光中充满了对艺术的执着、对中国老师的崇敬，向往着自己能成为一名专业芭蕾舞演员。我们也相信，她们身上蕴含的芭蕾种子经过一天天辛勤汗水的灌溉，终会开出美丽的艺术之花。

近年来，芭蕾舞在印尼越来越受到关注，仅在首都雅加达就有50所舞蹈培训学校。但专业的芭蕾舞学校却寥寥无几。此次中芭借赴印尼演出的机会，专门安排芭蕾大师为印尼芭蕾舞爱好者上辅导课，一方面是让他们感受专业芭蕾舞的气氛，交流探索这门艺术的奥秘与真谛；另一方面是通过芭蕾大师走进印尼芭蕾学校，直接与芭蕾爱好者交流，以此增进两国艺术工作者间的感情，播撒友谊的种子，为“民心相通”做好事，办实事。

印尼舞蹈协会主席陈如婷观看授课后说：“通过中国芭蕾舞艺术家与印尼舞蹈爱好者直接交流，提升了印尼芭蕾舞的水平，唤起了孩子们对芭蕾舞艺术的热爱，也让孩子们亲身感受到了中国艺术家的高超水平和亲和力，这种近距离交流更能沟通中、印尼民众的情感。”

“交流孕育融合，融合产生进步。”不同文明间交流互鉴、共同繁荣，是人类文明进步的规律。中国中央芭蕾舞团成功访演印尼，在印尼掀起了传播中国文化的高潮，更唤起印尼人民对中国人民的友好感情，促进了两国人民的友谊。这次访演与“一带一路”的实施交相辉映，与两国人文交流机制的建立相得益彰。

“潮平两岸阔，风正一帆悬”，21世纪海上丝绸之路已扬帆启航，行稳致远。她不仅是一条贸易之路，也是一条文化交流之路！

金洪跃，1958年生。曾任中国驻尼日利亚使馆文化参赞兼尼日利亚中国文化中心主任，中国驻印度尼西亚使馆文化参赞，罗马尼亚布加勒斯特中国文化中心主任。

难忘为中日文化交流做出贡献的日本朋友

张爱平

中日文化交流是两国交往的重要领域，文化交流为中日关系的发展和两国人民的相互理解与友谊，发挥了不可替代的重要作用。20世纪七八十年代起在日本先后出现“熊猫热”“丝绸之路热”“长江热”“黄河热”“汉语热”等，让人记忆犹新。在我从事对日文化交流的近50年里，特别是从1985年到2011年在驻日本使馆的4个任期中，不少日本文化界朋友出现在我的脑海中，他们致力于中日文化交流以及做出的贡献，至今仍令人难以忘怀。

著名画家平山郁夫是我的老朋友，曾担任东京艺术大学校长、日中友好协会会长，一生致力于丝绸之路文化遗产的研究与保护。丝绸之路是其绘画作品的主题，自1975年首次访华以来，曾上百次访问中国，多次前往新疆、敦煌、西安等地进行创作，他还曾亲自赴楼兰遗址等地写生，其不少绘画题材出自中国的丝绸之路，可谓踏遍了丝绸之路。平山还先后被聘为中央美术学院和中央工艺美术学院名誉教授。平山郁夫曾分别于1979年、1991年、1998年和2008年在中国举办画展，受到中国美术界和观众的欢迎与赞誉。平山郁夫关心中国的博物馆和美术馆事业，先后于1988年和1990年慷慨资助敦煌研究院以及中国美术馆展览场地的改造，此外，平山还捐助2亿日元成立中国敦煌石窟保护研究基金会。尤其令人难忘的是，1998年8月，应文化部邀请，平山先生来华参加“中国国际美术年”活动，并在中国美术馆举办“平山郁夫绘画展”，他还分别到文化部、外交部、国家文物局、中国美术馆等部门拜访，文化部孙家正部长、外交部唐家璇部长、前驻日本大使符浩等分别设宴款待。利用此次访华的机会，平山先生还专门向山西省捐赠一所希望学校。作为文化部陪同人员，我见证和参加了上述所有活动。此外，平山郁夫关注中国的希望小学建设，先后多次在河北、云南、西藏、青海、山西等地捐资建立希望小学。平山郁夫先生为人谦和、彬彬有礼、风度翩翩，给我留下深刻印象。离京前，平山先生亲自将他签名的《平山画业五十年》画册赠送我留作纪念。

鉴于平山郁夫为中日文化交流做出的突出贡献，2002年9月，文化部在东京向他颁发了“文化交流贡献奖”。这是中国政府对在文化交流事业中做出特别贡献的外国友人的最高赞誉。我作为使馆文化参赞，在现场见证了这一令人高兴的时刻。

2008年4月，为纪念中日和平友好条约缔结30周年，“平山郁夫艺术展”在中国美术馆举办。此前的3月18日，在中国驻日本使馆举行了平山郁夫向钓鱼台国宾馆赠送他本人的绘画作品《朝阳法

2002年9月，“文化交流贡献奖”颁奖仪式在东京赤坂王子饭店举办。平山郁夫夫妇（中间）与作者夫妇

隆寺——奈良》的捐赠仪式，崔天凯大使和平山郁夫出席并讲话，其题材的选择更是别有一番深意。据了解，1300多年前，中国的画师曾把唐代的“飞天”画在了法隆寺金堂之上，20世纪80年代，著名敦煌艺术研究家常书鸿、李承仙夫妇又专门为法隆寺创作了“飞天”组画，平山将《朝阳法隆寺——奈良》赠送给我国钓鱼台国宾馆，成为中日友好交流史上的一段佳话。

2008年8月为纪念中日和平友好条约缔结30周年，日方发行了平山郁夫绘制的世界遗产的纪念邮票共4枚，分别是《天坛》《灵峰黄山》《敦煌石窟九重塔》和日本的《法隆寺》等，同时一起出版发行纪念邮票的还有旅日华人画家王传峰的《鱼水情·四季》（梅、睡莲、红叶、水仙）以及邮票设计家森田基治的《鸳鸯·牡丹与樱花》，崔天凯大使于8月12日在使馆举办了中日和平友好条约缔结30周年纪念邮票发行祝贺招待会。

在驻日本使馆工作期间，我先后陪同几位大使专程前往平山先生位于镰仓的家中拜访，参观画室，还就中日文化交流等深入交换意见。在驻日本使馆文化处工作期间，得到平山郁夫先生的许多帮助和支持，其情其景，至今历历在目。

日本著名音乐家、指挥家、日中文化交流协会原会长团伊玖磨先生是我的老朋友，长期以来，积极致力于两国文化交流。文化部于1997年第一次向5位外国友人颁发“文化交流贡献奖”，团伊玖磨先生就位列其中，足以看出他对两国文化交流做出的突出贡献。

我家的书柜里至今摆放着团伊玖磨先生撰写的日文版《烟斗随笔》（第22卷），是团伊玖磨先生1994年6月访华时亲笔签名赠送给我的。该书全部27卷，自1964年6月至2020年10月在日本《朝日画报》上连载，每周一篇，其间从未间断，累计400余万字。

我与团伊玖磨先生最早接触并熟悉是在1991年2月初，由日本朝日电视台和朝日新闻社主办的“丝绸之路”管弦乐国际作曲比赛在东京举办，团伊玖磨先生担任此次国际作曲比赛评委会主席，评委会由5人组成，除日本著名作曲家和音乐家外，中国中央音乐学院作曲系主任杜鸣心应邀担任评委。此次活动历时一年多，共有日本、中国、意大利、美国、英国、法国等30多个国家与地区的近300部作品参赛，奖金高达1000万日元，其规模和奖金在世界作曲比赛中都是罕见的。1990年12月经过初评，10部作品进入决赛。1991年2月初，杜鸣心教授应邀赴日参加最终的决赛评选，我当时作为翻译一同前往。在日期间，我们得到团伊玖磨先生以及组委会的热情接待，评选活动很顺利，经过评委们辛苦工作和认真评选，最终评出5部获奖作品，来自中国的年轻作曲家吴少雄创作的交响随想诗《刺桐城》获得第三名。2月17日，在东京举办了颁奖仪式。5月12日，在北京音乐厅举办了“丝绸之路”管弦乐作曲比赛获奖作品音乐会，由中国对外文化交流协会与日本朝日电视台主办，在此次音乐会上，除演奏了获奖作品外，团伊玖磨还指挥中央乐团（后为中国交响乐团）演奏了他创作的管弦乐组曲《丝绸之路》等。

1991年3月，应日本外务省和日中文化交流协会邀请，贺敬之代部长率中国政府文化代表团赴日访问。自20世纪80年代开始，我文化部部长率中国政府文化代表团访问日本，大多都是应外务省和日中文化交流协会联合邀请往访的。这次我作为该团团员兼翻译随行，在很多场合见到团伊玖磨先生。访日期间，有两个活动使我印象深刻，一是贺敬之代部长一行专门观看了由四季剧团艺术总监浅利庆太执导的音乐剧《李香兰》（1992年，四季剧团来华在北京、沈阳、长春和大连演出了音乐剧《李香兰》），再一个重要活动是贺敬之代部长应邀专程前往神奈川县逗子市的团伊玖磨家拜访。在日本，家访往往是主人给予客人较高的礼遇，当天下午我们一行到达团伊玖磨家，就受到主人的热情接待，我们品尝了夫人团和子亲手烹制的可口美味又丰盛的中国菜，团先生拿出了保存很久的茅台酒招待贺敬之代部长一行，日中文化交流协会专务理事白土吾夫先生、事务局长佐藤纯子女士、事务局次长横川健先生陪同参加，令人难忘的是，白土先生现场还展露了拿手的日本式单口相声《撤离延安》，横川健翻译得恰到好处，感动得贺敬之代部长连声叫好。那一天，聊得最多的就是中日友好和文化交流，双方都感到意犹未尽，一直聊到很晚。在成田机场送走中国政府文化代表团后，我直接去中国驻日本使馆报到，开始了我的第二个任期。

1999年9月28日至10月3日，以团伊玖磨会长为团长的日中文化交流协会代表团应文化部邀请访华，来京参加中华人民共和国成立50周年庆典活动，团员有夫人团和子、代表理事黑井千次（现为协会会长）、顾问坂野上明、常任理事熊井启（影片《望乡》导演）、常务理事佐藤纯子、事务局长横川健等。国家领导人会见了代表团，文化部部长孙家正和外交部部长唐家璇分别会见和宴请了代表团，代表团先后出席了在天安门广场举办的国庆观礼以及人民大会堂的国庆招待会等有关活动。当年5月，应外务省和日中文化交流协会的邀请，孙家正部长率中国政府文化代表团访问了日本，那次我作为代表团成员之一，受到日中文化交流协会以及团伊玖磨会长等老朋友热情友好的接待。

团伊玖磨先生于2001年5月17日率团访华期间，在苏州因突发心脏病不幸逝世。同年6月21日，团伊玖磨先生的葬礼在东京都文京区护国寺举行，日中各界人士1500多人出席，陈健大使代读了外交部部长唐家璇的悼词，悼词说，团伊玖磨先生是日本著名的艺术和音乐大师，也是中国人民熟悉的老朋友，长期以来，为促进中日文化交流，增进两国人民的相互理解和友谊做出了重要贡献。我作为文化参赞和团伊玖磨的老朋友，也参加了葬礼。

令人难忘的是，为缅怀团伊玖磨先生，文化部和中国人民对外友好协会于2001年5月31日在北京中山音乐堂举办“团伊玖磨作品音乐会”，由中国交响乐团演奏了团伊玖磨作曲的《万里长城》《丝绸之路》《飞天》《夕鹤》等曲目，外交部、文化部和对外友协等主要领导与千余名观众出席，以代表理事辻井乔为团长、团纪彦（团伊玖磨的儿子）为副团长的日中文化交流协会代表团专程出席了此次音乐会。这场音乐会既是缅怀团伊玖磨先生，也是日中文化交流协会和中国交响乐团成立45周年的一场纪念活动。

孙家正部长在2002年4月上旬赴东京出席中日邦交正常化30周年纪念活动之际，专程去团伊玖磨墓前祭扫，我当时在驻日本使馆文化处，一同陪同前往。作为共和国的文化部长，去一位已故的民间文化人士的墓前祭扫，其意义不言自明。团伊玖磨的家人非常感动，日中文化交流协会的朋友们也是感慨万千。不忘老朋友，绝不是一句空话。孙部长为祭扫团伊玖磨墓还专门创作了悼亡诗《墓前絮语》，结章为：“啊，先生！樱花谢了，明年仍会灿烂依然，你匆匆而别，我向谁倾诉这无尽的思念？”孙家正部长2005年5月17日在京会见日中文化交流协会代表理事栗原小卷和团纪彦时说，“团伊玖磨先生和我年龄差距比较大，我们是忘年交。我经常回想起（中日）邦交30周年庆典活动期间去给他扫墓的情景”。团纪彦说，“当时孙部长还专门为扫墓写了一首诗，在墓前宣读了一遍，我们现在把它当作一件宝物保存了起来”。

出生在中国沈阳的著名音乐家、指挥家小泽征尔，于20世纪70年代来京，当他欣赏到姜建华的二胡独奏时，称赞这是“天籁”，留下一段佳话。此后，他多次来华举办音乐会，受到热烈欢

作者与小泽征尔在中国驻日本使馆合影（左二为小泽征尔、右二为驻日本大使程永华、右一为作者、左一为驻日本使馆文化处一秘何静）

迎。2002年维也纳新年音乐会上，小泽征尔先生用中文“你们好”向全世界观众祝贺新年。2005年1月7日，孙家正部长在文化部会见到访的小泽征尔先生，我陪同参加。双方就中日文化交流，特别是音乐交流等，进行了亲切友好的交谈。小泽先生谈及将于同年10月在北京和上海举办小泽音乐塾与中国年轻音乐家联合演出时说，音乐是建立友谊和友好的最好的桥梁，它可以把不同语言、不同国家的人联系在一起。对此，孙家正部长说，这是一件很有意义的工作，中日两国青年应该通过文化艺术加强交流与合作。2010年8月下旬，我们作为文化外交官员应邀前往长野县松本市，出席小泽征尔先生创办的斋藤纪念音乐会，在演出之后举办的招待会上，小泽先生向我们表达了想到中国再次举办音乐会的愿望。2011年3月11日上午（当天下午日本时间14：46发生了东日本大地震，震级达到9.0级），小泽征尔先生前往中国驻日使馆拜访程永华大使，他希望能够再次访华举办音乐会，我亦陪同会见。令人遗憾的是，小泽征尔先生由于身体原因未能成行。

2016年9月下旬，年逾92岁高龄的日本舞蹈家、花柳千代舞蹈研究所理事长花柳千代时隔10年率团来华访问，再次见到她和其他团员时，谈论的话题总是舞蹈的交流与合作。她曾创作中国题材的舞剧《河西走廊》和《大敦煌》等，先后在中日两国演出，受到两国文化界、舞蹈界、戏剧界等的重视和好评。1997年8月，花柳千代女士携舞剧《大敦煌》来北京参加文化部和广电总局主办的1997年“中国国际歌剧舞剧年”，该舞剧由日方与中国戏曲学院等合作，在北京世纪剧院演出，受到我国广大观众的欢迎，作为现场观众，我至今仍记忆犹新。花柳千代女士于1985年第一次访华，迄今，已先后20多次访华。她经常说，访华的目的就是“追寻日本舞蹈的源流、学习和观摩流传至今的中国古典舞蹈”。花柳千代女士曾多次组织日本传统艺术访华团来华开展交流，其成员都是日本传统文化界的重镇，如1989年访华团成员有，能乐代表观世清和、狂言代表野村万作、长歌三弦代表杉浦弘和等。另外，花柳女士还邀请中国年轻舞蹈家在花柳千代舞蹈研究所研修日本舞蹈，取得很好的成绩，这些都与花柳女士的努力是分不开的。

鉴于花柳女士在日本舞蹈界的卓越表现，1990年荣获日本政府颁发的“紫绶褒章”，1995年获得“勋四等宝冠章”。1998年为表彰花柳女士成功演出《大敦煌》以及为中日友好交流所做的贡献，荣获传统文化POLA奖。为表彰花柳千代为中日文化交流做出的积极贡献,1992年，中国艺术研究院授予她“名誉研究员”称号。1997年，中国戏曲学院授予她“名誉教授”。2004年，文化部向她颁发了“文化交流贡献奖”。可以说，花柳千代女士是中日传统文化交流方面的第一人也当之无愧。

“亭亭白桦，悠悠碧空，微微南来风……”这脍炙人口的日本歌曲《北国之春》早已为中国广大听众所熟悉，并在中国也已成为流行歌曲，这首歌曲的曲作者是日本著名作曲家远藤实。

在我于1987年12月即将结束第一任常驻日本使馆之前，我和同事袁正一同前往位于东京赤坂的远藤实音乐事务所，当面向远藤实先生表示希望在中国翻译出版他的自传体小说《我的路——为遥远的过去干杯》，并请他为中文版题写前言，他对此欣然应允。同时还向我们谈起1982年4月访问中国的有关情况，他说，那次中国之行给他留下难以忘怀的美好回忆,《北国之春》不仅在日本，就是在十多亿人口的中国，没想到也能引起这么大的共鸣。当时的情景历历在目，远藤实先生的助手、《北国之春》的词作者井出博正（现为日本音乐著作权协会会长）也在场，在离开事务所与远藤实和井出博正告别之前，还专门与我们合影留念。

远藤实的自传体小说《我的路——为遥远的过去干杯》，1989年由高等教育出版社出版。本书还承蒙远藤实的老朋友——中国前驻日本大使、时任全国政协委员宋之光题写了“序”。幸运的是，远藤实先生本人还专门为中文版题写了《写在本书在中国出版之际（前言）》，他在前言中说：“我作曲的《北国之春》和《旅伴》等歌曲，受到广大中国人民的喜爱。由此，也使我感到中国是最亲近的国家。可以说，这本书的出版，将会更进一步加深我的这种情感。”《北国之春》于1977年问世后，引起轰动，一时成为最畅销的唱片和最受欢迎的歌曲，日本人都以会唱这首歌引为荣耀和自豪。远藤实因“对振兴大众歌谣做出的贡献”，荣获1979年度日本唱片大奖。1983年，因《北国之春》在国外得到普及，远藤实又荣获国际亲善音乐奖，同时再次获得日本唱片大奖的特别奖。因同一首歌曲两次荣获日本唱片大奖，在日本也是罕见的。

日本放送协会电视台（NHK）于20世纪80年代推出电视连续剧《阿信》，日本随之出现“阿信热”。这部电视剧主题歌的曲作者，也是远藤实。由于远藤实与阿信有着同样的遭遇——同样出身于农民家庭，做过雇工，从事过繁重的体力劳动，而且年龄上也相差不多。远藤实说，他对电视剧中的每一个镜头都感同身受，内心深深为剧情所打动。“阿信热”，后来又延伸到中国、泰国和印尼等国家。为什么这部电视剧会如此轰动呢？也许正如远藤实所分析的那样，“不论日本经济上多么发达，剧中坚韧不拔的奋斗精神，仍是不可忘却的”。

远藤实先生对中国有着友好的感情，他说，中国是最亲近的国家。远藤实在书中说：“1972年，在我的同乡前辈、田中角荣首相的努力下，日中邦交得以恢复，很多日本人访问了中国。”1982年4月，远藤实与井出博正等人踏上了访问中国之旅。这次的中国旅行，是《北国之春》从中“牵线搭桥”的。在北京、杭州和成都等地，“百闻不如一见，我要用自己的眼睛和耳朵来加以证实”。“在杭州，一望无际的田野里，开满了清一色的油菜花，置身其中，使我沉浸在儿时的怀念中。初春的北京街道两旁的柳树刚刚吐绿，处于乍暖还寒的季节，但我们所接触到的人，都从心里热情地欢迎我们。”这次访华给远藤实留下难忘的印象。令人难忘的是，远藤实先生怀着对中国人民的美好情谊，于1988年创作了《再见，杭州》，“千里迢迢游中国，慰藉着深深的思恋，再见！亲爱的朋友，再见！意味着再次相见”。远藤实先生创作的《北国之春》以及其他歌曲，都将继续为中日友好和文化交流发挥重要作用。同时，我们也要铭记远藤实先生的话：“歌乃是人生之友。”愿音乐和歌声永远成为我们的朋友，希望音乐和歌声始终伴随着我们。

日中艺协社长林得一也是老朋友，他喜爱中国历史和文化，长期致力于中日文物交流和戏剧演出，从20世纪80年代开始，多次在日本举办“北京故宫博物院展览”等大型文物展览，以及京剧和熊猫演出，受到观众的欢迎。此外，日本朝日新闻社、每日新闻社、日本经济新闻社、读卖新闻社等报社，日本放送协会电视台（NHK）、东京放送电视台（TBS）等电视台，以及东京国立博物馆、江户东京博物馆等文化机构，以及日中文化交流协会等许多文化团体和友好团体积极参与在日举办我文物展览，动员观众之多，反响之大，均成为日本民众的话题，也成为新闻媒体的“焦点”。

日方为日中和平友好条约缔结30周年发行的纪念邮票。上图4枚为平山郁夫作，下图4枚为王传峰作，中间2枚为森田基治作

作者（左四）与故宫博物院副院长李季（左三）在日本佐贺市参加北京故宫博物院的一个展览开幕式

我在日举办的各种文物展览，具有良好的传统，日本观众踊跃，日本亦是我赴国外举办文物展览最多的国家之一。1973年6月，为纪念中日邦交正常化一周年，“中华人民共和国出土文物展”（共有文物236件）在东京和大阪展出，这是建交后我首次在日本举办文物展览，国家文物局局长王冶秋率代表团赴日出席了开幕式等活动，展览历时4个月，动员观众43万余人，首相田中角荣出席文物展开幕式并讲话。1977年汉唐文物展先后在名古屋、北九州和东京等地展出，历时140天之久，动员观众32万人。20世纪八九十年代，我“丝绸之路文物展”“黄河文明展”“秦始皇兵马俑展”“北京故宫博物院文物展”“青铜器展”“敦煌文物展”“甘肃麦积山文物展”“湖北曾侯乙墓出土文物展”“马王堆出土文物展”“新疆文物展”等相继在日本展出。

进入21世纪以来，我在日举办了“中国文明展”“中国国宝展”“走向盛唐”文物展，“遣唐使文物展”“大三国志展”“中国国家博物馆名品展”“翰墨春秋——故宫藏历代书法大展”“西藏艺术与考古展”“国宝观澜——故宫博物院文物精华展”等大型文物展览。每个文物展览动员观众二三十万人，甚至高达四五十万人，每次都产生轰动效应。2008年4月至2009年5月，在日本举办了“大三国志展”文物展，先后在东京、札幌、神户、福冈、高松、名古屋、前桥等地展出，我出席了在东京富士美术馆举办的开幕式，累计动员观众101万人次，突破中国文物展在日本动员观众的纪录，此展涉及北京、安徽、四川、上海、江苏、重庆、湖北、湖南、陕西等省市的34家博物馆，与当年“东京国际电影节”开幕影片《赤壁》一起，在日本掀起新的“三国热”。“大三国志展”由朝日新闻社、NHK事业公司、东京富士美术馆主办，中国国家文物局和中国文物交流中心作为特别协力，黄山美术社参与企划协力。2012年年初在东京国立博物馆展出的“国宝观澜——北京故宫文物精华展”，其中的《清明上河图》成为最重头的展品，日本观众迎着寒风排队四五个小时才能“一饱眼福”。

文明因交流而多彩，文明因互鉴而丰富。日本友人积极致力于中日两国的文化交流与合作，从中不难看出中日文化交流的广度和深度，上述所谈及的只是我接触的极少部分，恐挂一漏万。今年是中日邦交正常化50周年，也是我学习日语50年。衷心期待两国有更多的有识之士，牢记中日友好的使命和初心，积极致力于文化交流与合作，使中日友好真正达到世代友好，造福于两国和两国人民。

张爱平，毕业于山东大学。曾任原文化部对外文化联络局局党委书记兼副局长，外联局（港澳台办）局长（主任），中国驻日本使馆文化参赞、公使衔文化参赞，中国对外文化交流协会秘书长、副会长。
在各类报刊上发表文章近百篇。合著有《日本文化产业》《世界各国文化概览丛书·日本文化》等，译有《我的路——为遥远的过去干杯》，合译有《绘制一九九〇年的蓝图——战略经营的时代》《我的狂言之路》等著作。

面朝大海，春暖花开

——古巴纪事

龚佳佳

“这是人类眼睛所能见到的最美丽的土地。”1492年，哥伦布的探险船队登陆古巴岛时，他在航海日志上写下了这样的话。古巴不仅有秀丽的自然风光和迷人的热带风情，在这里，风起云涌的革命历史、让全世界屏住呼吸13天的美苏导弹危机，以及作为西半球唯一一个社会主义国家在美国全面封锁下，锲而不舍进行的长达半个多世纪的革命和建设探索让这个11万平方公里的加勒比海岛国具有别样的吸引力。

落地为兄弟，何必骨肉亲

古巴和中国有着深厚的历史渊源。哥伦布发现古巴岛之后，1515年，古巴正式沦为西班牙的殖民地。他们在古巴岛上大力发展甘蔗、咖啡、烟草种植业，需要大量的劳动力。在西班牙殖民者统治期间，古巴岛上的原住民由于战争、疾病等原因几乎消失殆尽，殖民者们面临劳动力短缺的困境。他们一面从非洲贩卖黑奴到古巴，另一方面，当时的西班牙政府和清政府签署合同，招募华人作为契约劳工输出到古巴。1847年，206名中国劳工抵达古巴，到1874年，华工的数量已达10万之众，哈瓦那也一度成为西半球最大的华人聚集区，他们为古巴的独立自由和经济发展做出了重要的贡献。今天的古巴人口中西班牙殖民者后裔、华人后裔和非洲劳工后裔以及他们之间的混血是构成古巴人血统的最主要的组成部分。哈瓦那街头有一座华人纪念碑，纪念碑的全称叫“旅古华侨协助古巴独立纪功碑”，碑身背面用西班牙文铭刻“没有一个古巴华人是逃兵，没有一个古巴华人是叛徒”。旅古华人们深以为自豪。如今古巴的侨团多达十几个，在古巴经济的各行各业贡献各自的聪明才智。古巴武术学校校长和古巴武术联合协会主席李荣富就是其中的一个代表。他有着四分之一的华人血统，曾被派到北京体育大学学习武术和汉语。1995年李荣富在哈瓦那华人街开设了古巴武术学校，在全古巴有1.5万名学员，哈瓦那市有2500多名学员。李荣富说，中国人早在1874年就来到古巴，这里有我们共同的历史，武术学校就是为搭建中古两国友谊的桥梁添砖加瓦。每天学校都热闹非凡，学员们在这里学习舞龙舞狮、武术套路、健身气功还有汉语、书法、茶道等中国传统文化，每到春节或者举办文化活动的时候，李荣富和他的学生们是哈瓦那街头最亮丽的一道风景。

古巴的世界领袖

古巴是一个加勒比岛国，面积约11万平方公里，和浙江省面积相当，但是就这样一个岛国，却涌现出一大批世界级的知名领袖。对于中国人来说，最耳熟能详的古巴领袖当属卡斯特罗，但事实上，古巴百姓心中还有一个享有崇高威望的领袖——何塞·马蒂。何塞·马蒂是19世纪著名的古巴诗人、民族英雄、思想家。他从15岁起就参加反抗西班牙殖民统治的革命活动，42岁牺牲在古巴独立战争的战场上，把一生都献给了争取祖国独立和自由的伟大事业。古巴的学生们几乎每人都熟知何塞·马蒂的诗歌："当我长眠在异地，没有祖国，但也不是奴隶，只愿我的坟墓上，放着一束花，一面旗"，"纵然匕首刺进我的心脏，又能将我怎样？我有自己的诗句，比你的匕首更强！纵然大海干涸，苍天无光，这痛苦又能将我怎样？诗歌是我甜蜜的安慰，痛苦会使它生出翅膀！"何塞·马蒂的这些诗歌让人心潮澎拜，激励着一代又一代的优秀古巴儿女为国家民族的独立而奋斗。今天，他在古巴依然享有极为崇高的地位，他的思想被写入古巴共产党党章和古巴宪法。1994年联合国教科文组织还设立了何塞·马蒂国际奖章。

说到古巴历史上的风云人物，切·格瓦拉占有极其重要的地位。他原本是阿根廷的一个牙医，因同情古巴的革命运动，成为卡斯特罗的挚友，将毕生的心血献给了古巴的独立运动。1959年卡斯特罗推翻巴蒂斯塔的独裁统治后，切·格瓦拉先后被任命为古巴国家银行行长、工业部部长。1965年格瓦拉离开古巴到第三世界进行反对帝国主义的游击战争，1967年在玻利维亚的丛林之中，因叛徒出卖遭到由美国中情局训练的玻利维亚政府军的逮捕，英勇牺牲。时隔30年后切·格瓦拉的遗骨被运回古巴，古巴政府为他举行了盛大的国葬，全古巴人民来到哈瓦那革命广场和他告别，告别的人群绵延长达数公里。他的遗骸被安葬在古巴东部最重要的城市——圣地亚哥。切·格瓦拉头戴贝雷帽，有着坚定眼神的战士形象深入人心，他的头像被印在明信片、T恤衫、马克杯等各种旅游纪念品上风靡世界。他是理想、信念、英勇、正义的化身和象征，“不要问篝火该不该燃烧，先问寒冷黑暗在不在；不要问子弹该不该上膛，先问压迫剥削在不在；不要问正义该不该祭奠，先问人间不平还在不在”。切·格瓦拉这些诗句今天读起来依然有着震撼人心的力量。

卡斯特罗兄弟是古巴历史上的传奇，哥哥菲德尔·卡斯特罗和弟弟劳尔·卡斯特罗，他们是古巴共和国的缔造者。美国《时代》周刊曾这样评价他们：“菲德尔是古巴革命的心脏和灵魂，劳尔是革命的拳头。”2006年菲德尔因健康原因将国家最高权力交给了劳尔，2011年劳尔正式接任古巴共产党第一书记。菲德尔退居二线之后，将绝大部分精力放在农业研究领域。古巴因热带海洋性气候，一年分为旱季和雨季，雨季多暴雨，泥土冲刷严重，土地肥力不足，同时古巴由于遭受美国长达半个多世纪的全面封锁，肥料等农业生产资料严重短缺，因此如何解决古巴的粮食问题成为菲德尔的头等大事。笔者在古巴常驻的几年，正逢古巴政府大力推广辣木，据说就是菲德尔潜心研究的结果。当时每天使馆的食堂都会收到一捆菲德尔办公室提供的新鲜辣木。古巴媒体宣传辣木浑身都是宝，嫩叶可以炒菜，老叶可以泡茶。我记得当时使馆的食堂每天中午总有雷打不动的辣木蛋花汤，味道好像也没有什么特别。2011年当时中国农业部部长韩长斌作为胡锦涛主席特使到访古巴的时候，早已退居二线的菲德尔主动要求见韩部长，这着实是巨大的殊荣。一般来讲，那时菲德尔已经很少见到访的外国政要，很多外国高级政要请求见菲德尔都被古巴方面以身体理由拒绝。由此可见菲德尔对于古巴农业生产的关注和投入。

古巴的生活见闻

笔者在古巴工作的那几年，古巴的人均月收入折合只有20—30美元。国家实施货币汇率双轨制（注：已于2021年1月实施并轨），在一些超市、大商场里面购物需要用外汇券消费，称为红比索（注：已于2021年1月废除）；在古巴自由市场、街边摊贩等地方可以用当地比索消费，称为土比索。红比索和土比索之间的比价大约为1：24。为了应对经济困难的局面，政府长期采用供应卡制度，通过政府补贴，按人头向每个家庭供应生活必需品。每个社区都有类似中国之前的供销社，凭供应卡可以以极低的价格购买面粉、大米、食用油、鸡蛋、食盐、食糖、咖啡，甚至雪茄、肥皂等等，几乎无所不包，涵盖日常生活的方方面面。古共六大开始经济改革，政府提出要有序逐步放开私营经济，减少供应卡制度，但是到今天这个供应卡制度也没能全面取消。深层次的原因当然是非常复杂的，但是美国从1962年开始对古巴实施全方位的经济、金融、贸易封锁是造成古巴经济困难最主要和最直接的原因。特别是20世纪90年代初苏联解体后，古巴失去了最主要的援助来源国和贸易市场，古巴的物资供应到今天依然是一个难题。但是英勇的古巴人民没有屈服在美国的霸权之下。在这样艰难的环境下，古巴政府坚持免费教育医疗全民覆盖，人均寿命达到78岁，识字率99%，接受高等教育人员比例高达11%。古巴向整个拉美地区输出教师和医生。在委内瑞拉、哥伦比亚、玻利维亚等南美国家活跃着一支支古巴医疗队、教师队伍，向那里的人们提供教育和医疗服务。古巴人在生物制药等领域也作出了骄人的成绩，如被誉为古巴国药的降血脂的PPG（中文音译贝贝黑），古巴医学界开发的治疗肺癌、皮肤癌、神经胶质瘤等恶性肿瘤的疫苗在世界范围内享有盛誉，不能不让人对这个国家的政府和人民产生由衷的敬意。

在古巴出行也是件颇有意思的事情。许多古巴的旅游宣传片中都会将古巴大街上五颜六色的老爷车作为一个特色。周杰伦在他的新歌《Mojito》中就写道：“奔驰的老爷车跟着棕榈摇曳，载着这海风私奔漫无目的。”1959年古巴革命胜利之前，古巴多从美国购车，1962年美国对古巴实施全面经济贸易封锁，古巴无法从美国进口新车，这种生产于20世纪30—50年代的福特、雪佛兰等老车被古巴人精心养护到现在，而且，由于市面上无法购买美国车的原装配件，为了让车能继续跑路，逼迫古巴的汽车维修工们就地取材，美国车的外壳下，内里的许多零件都已改头换面。据统计，目前古巴有大约7万辆老爷车，哈瓦那也被称为“美国老爷车露天博物馆”。这些车大多用于旅游景点载客观光，是哈瓦那最具特色的街道风景之一。鲜亮的色彩，庞大的车身，街边棕榈摇曳，车上节奏分明的加勒比音乐一路流淌，让人仿佛穿越回20世纪的四五十年代。这些老爷车的服务一般来讲只有游客能够享受得起，对于普通古巴民众而言，交通，特别是远途出行还是一件有困难的事情。线路少、等待时间长成为困扰市民出行的“老大难”问题。为了缓解因运力不足而造成的民众出行困难，古巴政府鼓励大家路边搭载，还特别规定，古巴政府的公务车，如果车上没有坐满四个人，民众路边要求搭载被拒可以投诉。古巴在交通领域与中国合作颇为密切，宇通客车、吉利汽车在古巴都有很大的市场占有率。据报道，从2016年开始，哈瓦那街头的公交车将全部更换为宇通客车，2019年，中国生产的铁路客车也登陆哈瓦那港口，这些车辆将极大改善古巴客运条件，方便古巴民众的公共出行，助力古巴政府改善交通民生。

古巴雪茄文化

古巴有着悠久的烟草种植历史，雪茄文化也深深根植于古巴民众心间。根据古巴政府近年来公布的统计数据，全古巴有40%的人使用烟草。这里独特的土壤和气候条件，数百年来传承的种植烟草和生产雪茄的经验和文化，让古巴雪茄始终保持着卓越水准，没有什么比雪茄更能体现古巴特色了。菲德尔·卡斯特罗几乎在他所有的公开照片中，都拿着标志性的COHIBA牌雪茄，丘吉尔钟情“罗密欧和朱丽叶”品牌，而美国总统肯尼迪在1962年签署针对古巴的贸易禁令之前，囤积了1200支古巴雪茄。雪茄为古巴政府每年创下大量的外汇，成为古巴的经济支柱之一。中国大陆雪茄市场虽然起步晚，但是却一直呈强劲的增长势头，据2021年官方统计，中国超过西班牙成为官宣古巴雪茄消费的世界第一市场。每年2月至3月初，古巴都会举办声势浩大的国际雪茄节，这是一年一度雪茄烟民们的盛事。雪茄节上，来自世界各地的雪茄制作商、经销商以及雪茄爱好者云集一堂，主办方会推出各种限量版的雪茄及雪茄盒现场拍卖，组织参加者参观雪茄工厂，雪茄节内还会举办各种有趣的比赛，比如最长雪茄烟灰的比赛，看谁可以在抽雪茄时保存最长的烟灰。古巴雪茄的制作全过程都是手工完成，一支雪茄从烟叶采集、风干、贮藏、卷制到最后装盒有30多道工序和步骤。据说第一次抽古巴雪茄的人会“醉烟”，就像醉酒一样，但是习惯雪茄的人都很难再接受机制香烟的味道。在古巴人的心里，一支古巴雪茄里有阳光、雨露、泥土、海风这些自然的芬芳，那清新的烟草味道里有他们最为眷恋和热爱的家乡。

海明威与古巴

从1939年开始，海明威在古巴生活了22年。他在哈瓦那郊区的别墅“瞭望山庄”是每个到访游客的打卡地。海明威在古巴期间完成了他最重要的文学作品《丧钟为谁而鸣》《老人与海》的创作，后者更是让他获得了1954年的诺贝尔文学奖。海明威深爱古巴，在哈瓦那老城流传着很多关于这位作家的传说。哈瓦那老城有一家“两个世界旅馆”，其中的511房间是当年海明威的住处，他在这里写作、思考，看风景、出海捕鱼，与朋友相聚。海明威十分喜爱朗姆酒。朗姆酒的原产地就在古巴。岛内气候十分适宜甘蔗种植。甘蔗除制糖外，其压榨出来的糖汁经过蒸馏就得到朗姆酒。朗姆酒是调酒师们的最爱，是很多款鸡尾酒的基础酒。据说海明威在古巴期间，最钟爱的两款鸡尾酒，一款叫莫吉托（Mojito），用朗姆酒做基酒，加上青柠、薄荷叶、糖和苏打水，另有一款叫达基利，也是朗姆酒做基酒，加上糖和柠檬汁。海明威当年最爱去哈瓦那老城的“五分钱酒馆”，酒馆的墙上有他亲笔写下的字句：“我最爱的莫吉托在五分钱酒馆，我最爱的达基利在小佛罗里达酒馆”。如今“五分钱酒馆”已经成为哈瓦那老城最受游客青睐的酒馆，大家都要到此来品尝一下当年大文豪钟爱的鸡尾酒。小酒馆的墙壁上密密麻麻写满了世界各地游客的留言，该酒馆也被评为世界十大最受游客喜爱的酒馆之一。

古巴芭蕾舞与阿利西亚·阿隆索

古巴国家芭蕾舞团被列入世界十大知名芭蕾舞团之一，也是拉美国家中唯一入选的芭蕾舞团。古巴国家芭蕾舞团取得的成就和一个人的名字息息相关，她就是古巴芭蕾舞界乃至世界芭蕾舞界的传奇——阿利西亚·阿隆索。阿隆索生于1921年，19岁加入美国纽约城市芭蕾舞团，但是在一次意外中，她的视网膜脱落，面临失明的危险，经过治疗以后，她的视力依旧非常糟糕，视角只有45度，两米之外看不到任何东西。但令人惊异的是，这样几乎半盲的阿隆索居然成功地重返舞台。在哈瓦那大剧院，舞台外圈有一道栏索，据说就是为阿隆索特别安装的，因为下面就是两米多深的乐池，为了以防万一，工作人员特别安装了栏索，当然阿隆索从未用到过这道栏索，她依靠舞伴的精确站位和灯光的指引，在舞台上继续活跃了大半个世纪，被誉为世界芭蕾舞界的传奇，这个背后是阿隆索对芭蕾的无限热爱、无比艰辛的付出和强大的意志力。在哈瓦那大剧院的中央包厢是给阿隆索的专用包厢，她每次出席都会赢得在场所有观众的起立致意和长时间的热烈掌声。她同时也是古巴国家芭蕾舞团的“教母”，在古巴革命成功之前，阿隆索一直在美国跳舞，卡斯特罗领导的古巴革命成功之后，于1959年邀请阿隆索回国，并在国家极端困难的情况下，拨款20万美元，组建古巴国家芭蕾舞团。在她的带领下，古巴国家芭蕾舞团跻身世界一流芭蕾舞团的行列，成为古巴的国家文化名片。全世界著名的舞蹈团中几乎都有来自古巴国家芭蕾舞团的演员。阿隆索一生与中国有着深厚的渊源，她曾经4次访问中国。并多次受到国家领导人的接见。2014年，我国领导人访问古巴期间，与古巴领导人共同观看了古巴国家芭蕾舞团的演出，节目单中由阿隆索根据中国传统民乐编舞的芭蕾舞片段《舞者》，赢得全场的热烈掌声。阿隆索在当天晚会的节目单上写下：“在我作为艺术家的漫长生涯中，对于中华民族和她悠久文明的认识，可以说是我众多珍贵人文和文化体验中最为刻骨铭心的。”阿隆索是使馆的常客，经常受大使邀请来使馆做客。那时候她已经是80多岁高龄，眼睛已经全部失明。每次由她丈夫陪同一起前来，收拾得整洁干净。宴请的时候，由她丈夫帮助把食物切成小块，放进她的餐盘。老人家依然思维敏捷，口齿清晰。2019年10月17日，98岁高龄的阿隆索因病去世，古巴共和国主席迪亚兹·卡内尔在社交媒体上写道：“阿隆索走了，给我们留下了极大的虚空。她是一个无法超越的传奇。她带领古巴走进世界舞蹈最好的舞台。谢谢你阿利西亚，感谢你创作出的不朽作品。”

我任期结束后离开古巴近10年了，那里的椰风海影，碧浪银沙，哈瓦那街头戴着红领巾的小学生，长长的防波堤，街边怒放的三角梅，色彩明亮的老爷车……常常会出现在我的记忆中。这样一个美丽的国度，有坚强睿智的领导，有英勇而富有天赋的人民，理应有着更好的生活与未来。2021年中国和古巴政府签署了共建“一带一路”合作规划，明确了多项重点合作项目。期待中古两国携手合作，在经济建设的道路上互利互惠。“面朝大海，春暖花开”，祝愿古巴这颗加勒比海的明珠在未来焕发出它的无限光华。

龚佳佳，浙江上虞人。毕业于北京大学俄语系。现任中国驻俄罗斯大使馆公使衔文化参赞。
曾在中国驻俄罗斯大使馆工作，曾任中国驻古巴大使馆文化参赞。在《世界知识画报》《环球时报》发表文章多篇。

法老大地上的一抹“中国红”

——我在埃及参与的5场点亮“中国红”的故事

石岳文

2017年7月22日，我奉调从大西洋岸边的卡萨布兰卡飞到尼罗河畔的埃及首都开罗，担任中国驻埃及使馆文化参赞。从那时起直到2021年9月底我离任回国，在埃及的4年多，我走遍了上下埃及，在这个世界文明古国的许多地方留下了足迹，也和同事们一起搞了300多场文化活动，许多活动是“第一次”，留下了难忘的故事，但给我留下印象最深的就是点亮“中国红”。这里，我就跟大家分享一下在中国春节和武汉抗疫时埃及几处地标建筑点亮“中国红”活动背后的故事。

时间回到2021年7月1日晚，我在远离祖国万里之遥的非洲埃及通过电视直播观看了庆祝中国共产党百年华诞大型情景演出《伟大征程》，在这场波澜壮阔的演出“命运与共”篇章中，现场背景忽然映出了埃及三大世界文化遗址点亮“中国红”（以下简称“点红”）的背景视频。我顿时眼前一亮，没想到去年3月1日晚上埃及“点红”之举竟然产生了这么大这么持久的效应，一年多以后国内央视晚会上还有当年我们搞活动后的镜头。我立即将此事报告了中国驻埃及大使廖力强，他高兴地对我说：“能在这么庄重盛大的晚会上展现埃及的美景，这真是难得的镜头，值得纪念。”

其实，在埃及“点红”是我们这些参与其中（包括驻埃及使馆文化处乃至全使馆、开罗中国文化中心）的同志都为之感到骄傲和自豪的事情。2017年我到埃及工作后不久，就开始思考、策划这件事。此前，巴黎的埃菲尔铁塔、纽约的帝国大厦等世界许多地标建筑早在好多年前就为中国节日点亮过“中国红”，但在埃及这么古老的文明古国，这么友好的兄弟国家却还没有尝试过，我很是想不通，也很着急，这与两国关系极为不称。正是在这种大背景下，我带领驻埃使馆文化处的同事与开罗中国文化中心合作，经过不懈努力，在埃及政府和各界朋友的支持和配合下，多方沟通、精准对接、精心设计，奋力打造，从2018年春节开始，4年连着搞了5次“点红”，而且一次比一次精彩，在法老的大地上升起了一抹“中国红”。现在回味起来，5次“点红”，各有千秋，次次精彩，而其背后的故事，听起来也很是惊心动魄。

第一次“点红”活动是在2018年春节，那时我到埃及工作才半年，位于开罗市中心的地标建筑开罗塔在中国除夕之夜为中国“点红”了半宿。时任驻埃及大使宋爱国和时任埃及旅游部部长拉尼亚出席“点红”启动仪式并致辞，埃及尼罗河卫视、7日电视台、CCTV非洲台和央视新闻客户端都对活动进行了直播。

开罗塔属于埃及的重要管制设施，让它为中国的除夕亮灯在当时看来是一种难以完成的创举，因为在埃及，该建筑的分量不言而喻，但我就不信这个邪，不但主动拜会了开罗塔的负责人，掌握了打通各种关节的钥匙，最后还真的就搞成了。

第二次“点红”是在2019年1月28日的中国小年夜，开罗的古城堡映起“中国红”，埃及旅游部长拉尼亚再次作为主宾出席并启动“点红”按钮。这是千年古堡第一次为中国而“点红”，也是我到埃及后参与策划的最成功的一次古堡音乐会。萨拉丁城堡声名显赫，它已有800多年的历史，为阿拉伯抗击十字军入侵的大将萨拉丁所建，是开罗中世纪的标志性建筑。当晚6点，整个古堡映红的瞬间，6名埃及长号手站在古堡城墙上，齐声奏响了歌剧《阿依达》中的主旋律《凯旋进行曲》。随后，专程到访的浙江交响乐团的音乐家们在古堡上一片红色舞台背景前演奏了《春节序曲》和《四季》等世界名曲。拉尼亚部长以现场红色的古堡为背景自拍了好几张靓照，当晚就发在推特上，并附言祝贺中国人民节日快乐。记得我送她离开古城堡时，车走到大门口，她又下来，又拍了几张照片才离开，可见这次活动对她的印象有多深刻。

一周后的腊月二十九晚上，开罗中国文化中心和埃及金字塔声光公司合作，举办了金字塔景区中文版声光秀首秀，声光秀开始前，先“点红”了位于吉萨省的三座金字塔和狮身人面像，现场由刘永凤公使带领华人华侨向祖国人民拜年，这也是有史以来胡夫、哈弗拉和门卡拉三座大金字塔第一次为中国春节映红。随后，声光秀现场，近3000名中国侨民和游客凭护照入场，免费欣赏了“中国红”灯光秀华人华侨专场，聆听了刚刚首发上线的中文版解说，这也是最难实现的一次“点红”活动，是我在埃及参与策划的第三

次“点红”活动。为什么说这次点红最难呢？因为专门把金字塔映红来庆祝中国春节这种事没有先例，我是在最后时刻，通过跟金字塔声光公司进行交流合作的方式“点红”了金字塔。因为效果实在太好了，这次点红的镜头就出现在了收视率最高的三十晚上的《新闻联播》中。

2020年春节前夕腊月二十九的第四次“点红”活动，我们再次锁定金字塔，这也是几次“点红”活动中最悬也是最炫的一次。仪式上，我的好朋友埃及文化部文化艺术发展基金会主席法塔希博士应邀出席活动并致辞，代表埃及人民向中国人民祝贺春节。我带领使馆文化处在被灯光映红的金字塔前向祖国人民拜年。这次金字塔“点红”活动又上了三十晚上的央视《新闻联播》，央视新闻客户端进行了现场直播报道，埃及媒体也大量报道，他们认为这是世界七大奇迹之一的金字塔通过镜头走入中国观众眼中的最好方式，可以极大地促进人文交流，特别是促进更多的中国游客造访埃及。

第五次“点红”是在2021年3月1日晚上，这也是影响最大的一次“点红”活动。彼时中国武汉正处在抗击疫情的关键阶段，埃及的这场“点红”活动体现了埃及领导人、埃及政府和埃及人民对中国人民的坚定支持。但这次“点红”也可谓一波三折，故事惊心动魄。

最初是2020年2月初的一天，我的同事肖军正公使给我打来电话，提出希望我尝试促成以“点红”金字塔等埃及世界文化遗产

地标的方式表达埃方对我国抗疫的声援和支持。其实，此前当我看到东京、迪拜和德黑兰的地标都为支持中国抗疫“点红”时，我就有过这样的想法。但我深知要在埃及做成此事很难。但我是一个犟脾气，就愿碰硬，也坚信，世上无难事，只要肯登攀。

放下肖公使的电话，我当即开始尝试多方联系，却都毫无音信。正当我一筹莫展、有些灰心的时候，2月27日晚，当地周末，埃及旅游和文物部官员突然给我来电话，说根据部长指示，埃及准备在开罗萨拉丁城堡、卢克索卡尔纳克神庙和阿斯旺菲莱神庙三大古迹同时以灯光秀的形式打出“中国红”、点亮中国国旗，支持中国人民抗击疫情，并告诉我说，具体技术操作由金字塔声光公司负责，请开罗中国文化中心参与合作，立即为其提供技术支持。在得知埃方通报后，我又惊又喜；喜是自然的，因为埃及要“点红”的三个地方虽然没有金字塔，但古城堡、卡纳克神庙和阿斯旺的菲莱

神庙都是举世闻名的世界文化遗产，要在这里“点亮中国红”影响简直太大了，意义非凡；但惊的是一下要同时“点红”三地，难度之大让我当时简直不敢相信自己的耳朵。我怕听错，就立即又把电话打回去问该官员此事当真，他说当真。可是，2月28日、29日是周五和周六，是埃及本地双休日；3月1日周日上班，当天晚上就“点红”，哪还有时间准备啊？但这时也来不及思前想后了，我一边向使馆领导汇报，一边立即和同事开始策划运作方案，经仔细筛选和审核，并于当晚就准备好了符合标准的中国国旗图片和视频资料。

2月28日晚，我与另一个老朋友、具体负责“点红”事宜的埃及金字塔声光公司董事长阿卜杜勒·阿齐兹联系此事，确认了埃方的信息，并于29日上午再次通过电话就具体细节与他的手下达成一致，确定于3月1日晚7时于上述三地同时点亮“中国红”，并让我的助手及时向埃方技术人员提供了技术资料。29日下午，埃文化和旅游部官员又突然致电我说，为彰显埃方的重视，此次“点红”活动将与埃及总统特使、卫生与人口部部长哈莱启程访华同时进行，根据哈莱部长航班起飞时间（7点30分），将活动时间调整至3月1日晚7点30分至8点30分，同时希望我方给予支持，协调媒体报道。放下电话，我立即安排工作人员投入工作、调整方案。因为已经来不及派人去南方运作另外两地“点红”活动了，我就紧急联系中埃卢克索孟图神庙联合考古项目中方执行领队贾笑冰以及开罗大学孔子学院阿斯旺大学教学点汉语教师志愿者师佳佳，委托他们代表中方分别在上述地点参与此次活动的技术协调与现场拍摄工作。为保证中埃媒体和技术人员及时进场拍摄相关照片、视频，我

的同事紧急联系埃及旅游和文物部友人，请她协调上述三地专门开放了媒体通道，并专门安排同事李咏梅负责拍摄视频，组织嘉宾观摩“点红”仪式……

3月1日上午，我和王文骁、贾杰等工作人员来到萨拉丁城堡现场，与金字塔声光公司工作人员沟通、对接活动具体技术细节，测试灯光秀的技术设备，同时将相关要求转达给声光公司驻卢克索、阿斯旺两地的技术人员，并向景区管理方告知当晚活动参与人员数量及构成。返回办公室后，我们又紧急制作了活动宣传预告视频，迅速发给埃中主流媒体进行预告，并在最短时间里完成了联系安保、嘉宾入场等事宜。

3月1日晚6点，我带领驻埃及使馆文化处同开罗中国文化中心全体人员提前赶到古城堡，与埃方密切配合，沟通协调活动流程，对接投影技术和设备调试、人员入场等细节，确保“点红”仪式准时举办。7点，古城堡灯光调试完成，准备就绪，卢克索也报告准备完毕，但阿斯旺却出现问题，原因是当地技术人员理解有误、一开始他们仅用了一个投影仪放在菲莱神庙的外墙边，把中国国旗投在了这块小小投影仪上，看到前方发来的测试画面我大吃一惊，马上联系前方，并直接让古城堡的埃方人员告知他们该如何处理，还把我们在古城堡的现场测试视频发给他们，看到这些，阿斯旺那边的埃及工程师才恍然大悟，随后及时做出调整，并终于在最后一刻解决了“点红”的技术问题。

7点30分整，在机场为哈莱部长送行的驻埃及使馆公参韩兵电话告诉我，哈莱部长已经登机时，我一声令下，埃及沿尼罗河上下相隔近1000公里的三大世界文化遗产——开罗的古城堡、卢克索的卡纳克神庙以及阿斯旺的菲莱神庙瞬间点亮“中国红”，鲜艳的五星红旗映衬在具有数千年历史的文化遗址上。当五星红旗映衬在古堡主体建筑阿里清真寺正面的那一刻，早早就来到古城堡的部分埃及中文导游和文化中心的同事们格外激动，他们在红色背景下站成一排，齐声喊出了“中国好！大家都好！中国加油！武汉加油！”。

至此，“点红”活动历时1小时，圆满成功。文化中心同事回到办公室连夜整理相关视频和图片资料，第一时间在文化中心微信公众号上发出新闻稿，使馆网站及微信公众号也于当晚发布相关消息。次日，我密切关注埃中媒体对活动的报道，并进行收集和记录。由开罗中国文化中心着手制作的4部活动总结视频于3月3日通过文化中心微信公众号、脸书、抖音等多平台发布，并分享给埃中主流媒体。

此次活动反响热烈。据统计，近300家埃中媒体和信息平台发布和转载了活动有关报道，相关图片、视频观看量超300万次，今日头条、腾讯新闻、新浪网、新华网和人民网等众多媒体都把“点红”视频短片置顶首页，人民网将“点红”的图片放在首页滚动播放一个月之久。一时间，埃及三大世界文化遗址点亮“中国红”的消息成为最热门的报道之一，该活动也成为开罗中国文化中心与埃及开展抗疫合作以来干得最“漂亮”的一件事。不久后，习近平总书记在给塞西总统致口信时，特地提到了这次“点红”活动，我看到新闻稿后非常激动。应该说，在我们前三年“点红”活动基础上，“红色”被埃及人逐渐了解到是中国人喜欢的标志颜色。这次埃及三大世界文化遗址“点红”活动的成功举办，也让我们看到中埃两国人民心是相通的，两国政府和人民始终守望相助，在困难面前互相给予支持。事后我还专门为纪念这次“点红”活动创作了歌曲《携手并肩》和《中埃手挽手》的歌词，分别在两国主流媒体发布，歌曲发行后受到两国歌迷的喜爱。

毫不夸张地讲，我们在埃及举办的这5场“点红”活动留下的印记，已经逐渐深入人心，起到了润物细无声的效果。如今，埃及朋友们每到春节前就问我，今年的“点红”啥时候搞，在哪儿搞。埃方对“点红”的大力支持和配合也使我深刻体会到：讲好中国故事，不能泛泛地去讲，做好国际传播工作，也不能一味地单向传播；所谓国际传播，是一项有互动的、双向或多向的复杂工作，中国的“底色”映衬在埃及的名胜古迹上，反映的是中国传统文化的一次国际传播，与此同时，埃及的文化遗产也随着媒体的报道进入了世界人民的眼帘，这就是融合，是共享、共赢，是文明的交流与互鉴。另一方面，在文明古国埃及点亮的“中国红”也使我们身处外交前线的文化传播者深深感到自豪，为肩负的“红色”使命而无比骄傲。

石岳文，1964年生于辽宁法库。中国作家协会会员，《环球时报》《中国文化报》特约记者。
毕业于北京语言大学。曾在中国驻埃及、叙利亚、约旦、伊拉克、摩洛哥、科威特和阿尔及利亚等国大使馆工作，曾任中国驻埃及大使馆公使衔文化参赞。著有《战云笼罩巴格达》《科威特》《100个世界景背后的故事》《往里看往外看》《记忆的丝带》等书，歌词作品有《携手并肩》《中埃手挽手》《午后》《梦回辽北》《乌兰巴托，我北方的朋友》《想要回到你身旁》等。

赠票的困扰

高 华

20世纪90年代末，国内媒体以尊重艺术，拒绝赠票为题，披露了文化艺术团体面临的赠票困扰，呼吁社会尊重艺术家创造性的劳动，遵循文化市场规律，主动购票，拒绝赠票，营造良好的文化艺术发展氛围。这场媒体讨论使我深受教育，给我留下深刻印象。事实上艺术团到国外访问，同样也会遇到赠票的困扰。

一、20年前的故事

记得那是2001年上半年的一天，我们接到来自祖国的杂技艺术团即将访问特立尼达和多巴哥（简称特多）的通知，心里特别高兴。因为这是我到驻特多使馆文化处工作以来接待的第一个艺术表演团体。

按照惯例

特多位于南美和北美之间，与我国相距遥远，是人口仅有120万，面积5128平方公里的岛国。那时候，我们国家还不是很富裕，派出的艺术团也不多。国内业务主管处室说，在我任期内政府间的艺术交流可能就只有这一个团组了。我暗下决心，一定要把这个团组接待好，宣传、票务、演出工作都要做好。当天我就草拟了照会，请特多文化部发出邀请。我记得非常清楚，仅隔了两天，特方就请我去该部协商访问细节。

开始气氛很热烈，负责国际事务的司长非常热情，也非常熟悉业务。他说特多民众十分喜欢杂技，感谢中方的盛情，特方将全力做好接待，演出一定会圆满成功。然后迅速进入具体细节。先是特多文化部负责的内容，然后是我们使馆负责的内容。部长出席首演、通知海关，警察局确保安全顺利、食宿交通、剧场等，一项一项往后捋。最后是票务问题，司长说特多文化部希望有200张赠票。我的心里咯噔一下，可能是我的表情出卖了我，屋子里突然变得鸦雀无声。我思考了一会儿说，因为剧场、食宿等具体问题还没有落实，建议下次再讨论票务。司长也停顿了一会儿，表示同意我的意见。

正事谈完了，我准备起身告辞。司长说，来来来，我们喝杯咖啡，聊聊天。坐在旁边记录的秘书出门了，就我们两人。果然是聊天，司长问我是否喜欢特多等等，没有半句关于工作的内容。过了一会儿，秘书回来了，请司长过目打印好的协商记录。司长看了看，表示认可，然后递给我。记录很简洁，都是干货。前面几条是按惯例的分工。最后一条清晰地写着票务方案待定。我对这个结果还算满意，效率高，票务问题也还有商量的余地。双方各持一份会议记录，散会了。

走出司长办公室，我有了闲心观察他们的办公环境。外面的大屋子有很多办公桌，工作人员比较年轻，刚才的记录秘书就在其中。四周是司长们的办公室。房子有些陈旧，办公设施也简陋，但干干净净，很整洁。我感觉政府的这种办公方式可以提高办事效率。尤其是拿着会议记录离会这一点，我尤为赞赏。

可一想到200张赠票的问题，我又愁上心头。理论上讲，这是一次友好访问演出，接待方也要提供相应的支持，司长提出赠票也在情理之中。可杂技是在国际文化市场中最具竞争力的艺术品种。如果连杂技都不敢去探索市场，而是人云亦云，听之任之，我会很内疚，甚至觉得这就是一种失职。我打定主意，加紧做些调研，一定要减少赠票或者拒绝赠票，同时要注意方式方法。

访问演出的准备无外乎交通、食宿、剧场、宣传、票务等工作。我的前任已经营造了很好的工作环境，如果按照惯例操作，几乎没有风险。特多文化部友好热情，虽然他们经费有限，但对到访的艺术团组他们会尽力承担当地交通和剧场的费用。一般情况下，提供一辆普通巴士和一辆行李道具车。安排一个档次一般的演出剧场。时间长了，这种操作方式就成了惯例。司长说，特多钢鼓很想去中国访问，按照惯例派出方应承担国际旅费，因此访问还没有成行。

我们文化处的任务之一是落实艺术团在特多期间的住宿和餐饮等费用。如果按惯例操作也没有太大的难度。当地华商总会对祖籍国无比热爱，下属还有好几个同乡会。每逢国庆、春节他们都组织庆祝活动，有歌舞表演，更有中国美食。艺术团来访他们总是按照惯例把艺术团的住宿、餐饮乃至票务都承包了。但短板也很明显。他们中很多人从事餐饮和贸易，从早忙到晚。他们移民的时间有长有短，有的尽管已经二三十年了，但语言能力仍然很弱，还没有融入当地社会。艺术团吃得好，住得好，但演出的宣传和社会影响都有局限。

意外收获

特多还有一个华人协会，新华侨称他们为土生华人协会。顾名思义，这个协会的华人都出生在特多，至少是第二代，有的是第三代、第四代华人或更远。 他们与祖先的故乡没有了联系，父辈讲述的故事已经淡忘，他们生在特多，长在特多，不会中文。一般情况下，他们不会为中国国庆举办庆祝活动，也不会为中国艺术团访问掏腰包。他们是地道的特多人，是当地的生活习惯和思维方式 。

特多有个排名靠前的饭店，环境、设施、服务都很好，老板是位成功的老华侨，是华商会的成员。以前中国艺术团来了，他总是慷慨大方，免费提供住宿。而他女儿出生在特多，是土生华人协会的成员。前两年接班后，完全按当地理念行事，从此饭店不再给中国艺术团住宿任何感情优惠。为此，父女俩之间还发生过激烈的争吵。这次艺术团来，我们得另找住宿资源了。

尽管如此，土生华人协会见了我们还是很亲近，关系很融洽，毕竟有血缘关系。他们尤其欢迎我们去协会锻炼娱乐。老一代华人给他们留下一笔协会资产，那里有室内灯光篮球场，有台球、网球，还有我们喜欢的乒乓球。他们中有娱乐圈高手，台球水平多年稳居特多前列，有几位乒乓选手进入A级行列。他们中也有加勒比小调的爱好者，声情并茂，如泣如诉，荡气回肠。他们也曾邀我学唱一段。像外国人唱中国歌一样，我的拙劣表现，令他们捧腹大笑，也令我信心尽失。我经常向他们请教，只要我提问，他们都愿意像朋友一样帮忙，尽管没有新华侨那种家乡来人了的炽热。艺术团访问后，我们间的了解多了，关系更近了，他们经常问是否有新的中国文化活动。 有了人力资源，我们决定参加一年一度的特多风筝节，他们20多位年轻人把中国使馆从潍坊买来的100个风筝带到特多狂欢节举办地 —— 萨瓦纳广场放飞。中国风筝千姿百态，栩栩如生，成为特多风筝节的亮点，赢得了观众们的喜爱，也把年轻的协会会员们累得腰酸背痛。

听说我在寻找当地的演出商时，他们劝我不要白费力气了，说特多根本没有成熟的演出市场。我觉得他们的说法不准确。特多狂欢节纯商业操作，在加勒比国家中最为火爆，广告铺天盖地。加入一个游行方阵的费用昂贵，还需要提前半年预订。一条比基尼，用料不多，但要价1000多特元，接近2000元人民币。狂欢节期间，饭店价格翻倍，饮料，特别是啤酒的销量，占全年销量的三分之一。年轻人不愿掏腰包看戏，但节衣缩食也要参加狂欢节。

协会的一位朋友与狂欢节组委会很熟悉，主动提出帮我联系并陪同我去商谈。狂欢节组委会是个常设机构，今年的账还没有结完，明年的项目又启动了。约了几次，都没有约上。他们急了，直接请会长出面，第二天上午我们就如约到了组委会。

组委会秘书长问了几个问题，艺术团多少人，停留几天，演出几场以及以前的售票情况。一会儿，他身边的项目官员就把大体费用算出来了。秘书长说了三层意思：一是时间短，来不及征集广告；二是票房收入不够住宿、餐饮、场租等费用；三是组委会人员不足，正忙于下届狂欢节筹备。回来的路上，协会的朋友直白地告诉我说，他们嫌艺术团演出不挣钱，不能指望他们了，要另想办法。

连续几天，我都在焦虑中度过，请文化圈的朋友推荐演出机构，查电话本，一无所获。突然接到土生华人协会的电话，说有要事商量。原来这些朋友们一直在替我想办法。他们拟了个大胆的方案，由土生华人协会来承办，会长已经原则同意了这个方案。他们有资源，有人脉，有经验。他们的方案非常专业，工作目标、时间进度、每个人的分工都很详细。给我的三项任务：一是报告大使，尽快明确承办单位，尽早批复工作方案。二是做好华商会的工作，支持配合土生华人协会承办。这两个任务我虽不能立即拍板，还要请示报告沟通，但我胸有成竹，自信满满。三是拒绝大量赠票。这是还没有解决的困扰，我要加紧调研协商，拿出具体办法来。柳暗花明又一村，总算有了新的进展。

皆大欢喜

我赶紧向大使和馆务会报告了情况，大家对协会承办和筹备工作方案非常满意。最早一批华人抵达特多已近200年了。过去、现在华人为特多的经济发展做出了重要贡献。特多华人经济实力雄厚，在文化、政治各领域同样优秀。多少年来，尽管华人数量不多，但历届特多政府内阁中都有华人的身影。同时，土生华人协会还活跃着一批喜爱文化艺术、热衷社会活动、热爱生活休闲的年轻人。他们是承办工作的主力。

令我感动的是筹备工作非常正规，竟然每周有例会，与我们接待高访团的模式一样。会长主持，每位工作人员报告各自工作的进展、存在的难点和本周计划。最后会长点评。会长要求，要把艺术团访问演出办成一次高水平的文化活动。演出场馆确定在特多刚刚装修一新的皇后剧院。灯光、音响、舞台美术等都要高标准。高水平演出也是提升皇后剧院声誉的机遇，要发动协会成员公关，推动皇后剧院调整原有演出安排，确保艺术团演出档期。平均票价由以前艺术团来访时的30特元一张，提高到120特元，要与演出质量相称。参加例会人员备受鼓舞，劲头十足。

协会的朋友告诉我，协会会长任期一般2—3年。以前的会长多是财大气粗的企业家，任内总会捐资修缮协会的设施。现任会长是位经济学专家，每月都在主流报纸写专栏文章，是特多社会名人。他非常重视文化活动，善于与媒体交往，艺术团来访的消息已在多家媒体发布。有位会员是一家主流报纸的财务总监，这家报纸已经开始跟踪报道。会长还约我一同上了电视台的早间访谈节目。分给我两个题目，艺术团节目介绍和访问演出的意义。主持人提到的演出筹备情况，他都一一回答。

会长派出了一位得力助手与我一同去文化部向司长介绍筹备情况。前半部分很顺利，司长对筹备工作的效率、质量非常满意，称赞特多民众将欣赏到高水平的艺术表演。在谈到高票价时，司长表情凝重起来。他说从特多的经济情况看，艺术团的演出票价确实比较高。很多低收入群体，尤其是非洲裔群体就有可能买不起票了。

特多主要由非洲裔和印度裔组成，两个族裔加起来占总人口的90%以上。而非洲裔群体的收入明显低于其他群体，因此政府部门非常重视非洲裔的权益。会长派来的助手口才极好，从皇后剧场的一般票价、到此次演出的高标准和高投入以及艺术团给特多观众带来的高质量艺术产品，讲得入情入理，令人信服。

接着我介绍了取消赠票的替代方案：增加两场白天义演。一场面向中小学生，地点在特多最大的露天舞台即狂欢节开幕式的举办地。另一场在多巴哥岛，由特多文化部安排演出场地，组织观众，协调演出。特多由特立尼达和多巴哥两个岛屿组成，多巴哥岛是旅游胜地，风光秀丽，总人口只有5000多人，其中多数从业人员收入不高。现场重回热烈气氛，司长面露喜色。经请示部长，司长说特多文化部对这个方案十分赞同，他们将全力组织好两场义演。

艺术团十分满意演出安排，他们说皇后剧院是他们在加勒比国家巡演中遇到的最好剧场，灯光、舞美、音响大大提升了演出效果。白天增加两场演出，他们完全能胜任。在多巴哥岛演员们还欣赏了海岛迷人的景色，格外高兴。协会还从票房收入中每天给演员零花钱。协会的经济账算得很细，他们不会赔钱。但协会是非盈利组织，接待艺术团目的也不是为了挣钱。除了食宿之外，他们还把票房收入投入到舞台美术、广告宣传、演员补贴以及开幕式招待会等方面。

艺术团吃和住充满了戏剧性。艺术团还是住老华侨的酒店，设施好，服务周到。酒店是土生华人协会联系的，据说给了很大的优惠，可能与老华侨的女儿是协会会员有关。

以前艺术团来访除了住宿之外，餐饮由另外一位老华侨黄先生资助。这位黄先生帮助过很多人，在特多侨界无人不晓。这次餐饮由协会承包后，黄先生很不放心。他说当地人餐饮很简单，虽然摆盘讲究，但量很小，演员们一定吃不饱。黄先生专程在用餐时去看望艺术团。不幸言中，黄先生当场找到餐馆老板，要求每桌每顿增加海鲜肉类两个大菜，由黄先生结账。演员们吃得饱，舞台上更有力量，也满足了老华侨的心愿。

演出如期在装饰一新的皇后剧场举行。剧场内高朋满座，观众们像过年一样，迎接期待已久的中国杂技艺术团。演员们个个精神焕发，技艺精湛。舞台上精彩纷呈，美轮美奂。主流报纸大篇幅报道了演出盛况，周末版整版编发了剧场、露天和多巴哥演出的精彩图片。我听到了很多赞美之词。大使的一句话，给我留下尤为深刻的印象。大使说："我们中国照现在这个速度发展下去，不出10年，国家综合实力和国际影响力将大大增强。对外文化交流将会出现蓬勃发展的新局面。"

二、10年之后

10年之后，2011年我已在驻缅甸使馆文化处工作。我国的改革开放迅猛发展，政治、经济、文化的综合实力迅速提升，对外文化交流空前繁荣，与10年前不可同日而语。在繁忙的双边文化交流过程中，我们迎来了中国残疾人艺术团访问缅甸。

胞波之情

中缅有长达2186公里的边境线，两国友好交往从唐朝开始，不断传送着胞波情深的佳话。我在缅甸工作3年多，适逢两国文化交流迅速发展的大好时期，中缅两国正从传统意义上的友好文化交流向相互借鉴合作的方向发展。中缅建交60周年大型舞台演出刚刚完成，中缅合作首部电视译制片《金太郎的幸福生活》又正式启动。缅方派出专家到中国学习配音技术，还挑选了当红影视明星为译制电视片配音。以前缅甸引进的外国影视片一直采用字幕方式，当地媒体形象地说，外国演员将会说缅甸话了。合拍电影《舞姬传奇》的创作班子已经二次入缅商谈，兵马未动，粮草先行，前期调研逐步深入。缅甸蒲甘文物修复研讨已经深入到佛教文物修旧如新还是修旧如旧的课题。声势浩大，隆重庄严，影响深远的第四次佛牙舍利巡礼缅甸的准备工作已经全面铺开。

在任务重、头绪多、节奏快的情形下，我们能否抓住中国残疾人艺术团来访的契机，探索缅甸文化市场，公开售票，避免赠票，这是我们面临的新考验。

我们文化处有一位非常敬业的缅甸语干部，言语不多，擅长实干。他已是第二次来到缅甸常驻，熟悉当地情况，工作经验丰富。我们推心置腹，坦率地交流看法和想法，客观分析有利条件和存在的困难。

中国残疾人艺术团的节目经过千锤百炼，已经非常成熟，尤其是《千手观音》等节目，在欧美巡演过程中广受欢迎，享誉国际，已经成为舞台艺术的经典。我们坚信这样优秀的艺术团访演缅甸一

赛茂康副总统与艺术团合影

定能够打开市场，赢得观众。

诚然，不确定性也很突出。缅甸受西方制裁多年，经济十分困难。尽管两国文艺团体互访频繁，但商业性演出极少。我们的缅语同事已在缅工作4年了，还没有遇到商业演出的例子。缅甸文化市场规模小且很不规范，几乎找不到有实力、能够承办大型演出的经纪机构。此时此刻，缅甸正在探索民主选举，局势变化不定。反华势力已经露头，他们歪曲事实，无中生有，极力挑拨、抹黑、破坏中缅关系。我们的文化活动必须谨慎仔细，确保成功。

我们的优势也非常突出。中缅友好，基础扎实。由于两国文化交流频繁，缅甸的文化宣传部门我们已经非常熟悉，从基层到上层都有我们的朋友。接待艺术团、组织安排演出等工作，完全可以依靠缅甸文化部门。

缅甸宣传部长是缅方知道中国艺术团来访消息的第一人。那天部长约我们去谈正在进行的电视、电影合作。谈完影视，我们把中国残疾人艺术团将要访问缅甸的消息告诉了部长。部长非常高兴，说他本人曾看到中国残疾人艺术团国际巡演的报道和评价，艺术水准高，名声在外。部长让秘书赶紧把文化部艺术司司长请来谈细节。

缅甸首都迁都时间不长。尽管地广人稀，道路通畅，但政府部门之间相距较远。开车仍需要一段时间。宣传部长刚兼任文化部长，多数时间在宣传部办公。文化部的官员请示、报告工作，往往需要提前通知。利用这个时间，部长向我们了解具体操作的建议，我们一一回答，部长完全赞同并接受了我们的建议。

艺术司司长眉清目秀，曾是军队文艺人才，表演、编导样样行。庆祝中缅建交60周年联欢活动的压轴节目就是司长亲自创作导演的，热情奔放、情深意长。我们与司长多次合作，非常熟悉，不愧是军人出身，司长非常痛快地接受了任务。艺术团抵达之时，文化部艺术司派出专人陪同并提供演出场地和当地交通。部长说，宣传也要跟上，宣传部主管的官方报纸、电台、电视台要发消息，及时报道演出情况。很快中国残疾人艺术团来访的消息就尽人皆知了。

不久我们就感到了赠票的压力。缅甸是我们周边国家，交往多，朋友多，其政府机构、社会团体体量庞大，我们遇到的赠票压力远远大于特多。仅外交使团间就有100多张赠票需求。外交使团间有个不成文的做法，即尽量出席各使馆举办的活动，相互捧场，以示支持。

爱心传递

中国残疾人艺术团访问缅甸是友

迎送缅甸残疾人观众

好交流演出，派出方已给艺术团相应资助，此次缅甸巡演重在爱心传递。根据这一情况，我们建议此次演出为慈善义演，公开对外售票，拒绝赠票，以中国残疾人艺术团的名义将演出收入全部捐给缅甸残疾人协会，用于缅甸残疾人事业。大使全力支持这个方案。中国残疾人艺术团非常高兴，他们在国际巡演中已经多次举行义演。缅甸文化部作为合作主办单位，“军功章”也有他们的一半。缅甸残疾人协会最积极，他们说慈善义演能够促进社会关注残疾人事业，鼓励残疾人增强自信，热爱生活。

慈善演出的消息一经传出，效果非常明显。我们再也没有接到索取赠票的电话，而改成了称赞义演善举和询问购票地点及如何购票的电话。电话中有的团体还要求购买10张以上。我们赶紧向大使汇报情况，大使当即决定把剧场前区左右两侧座位先买下来，邀请一批残疾人现场观看，并让我代表大使把演出票亲手送到部分缅甸残疾人手中。

售票方法非常原始。售票处设在仰光国家大剧院大门左侧，购票人须持缅币到窗口购票，没有网络支付，也不接受支票，一律使用缅币现金。受西方制裁，通货膨胀，缅甸纸币流通量大，折叠、破损、污渍、油腻的现象时有发生。尽管每天收到的票款数额有限，但占的体积不小。售票处要把当天收到的缅币叠平整、压实，清点总数，装入一个大纸盒。售票处设施简陋，不能存放现金过夜。下班时售票处工作人员只好把装满钱币的纸盒带回家。剧院工作人员说，这是目前能想到的最佳方案。因为演出结束后这笔款要捐赠出去，不能计入剧院收入，因而不能存入剧院账户。如果专门在银行设立账户，申请手续复杂，银行还会收取高额费用。

过了两天，演出票开始热销，售票款逐渐多起来，售票处工作人员感到这种做法非常不安全，万一有闪失，难以承担责任。

义演承办单位中还有一家慈善协会。协会为义演拉来一笔赞助，设计制作了精美的广告，矗立在售票处房顶上。当时仰光的一些主要街道两侧设有大型广告牌。协会租下了十多块广告牌。巨幅艺术团演出剧照赏心悦目，成为仰光市一道亮丽风景。仰光国家剧院年久失修，设施设备不全。这笔赞助还租赁了较好的音响灯光设备。协会会长是老华侨，八十有二，身体硬朗、热心公益。会长原有的几家企业已交由儿女打理，儿女们安排一辆专车，指定一个司机，支持会长从事公益活动。

会长得知售票款的情况后，与剧院协商，由售票工作人员把当天售票款打包好，贴好封条，双方签收。每天下班时，会长和司机开车来取，存放于慈善协会专门为此添置的保险柜内。慈善协会位于商业区，有的商铺晚上还有保安，安全环境比较好。

义演捐赠仪式在仰光残疾人学校举行。中国驻缅大使、缅甸宣传部长、民政部及仰光市政官员、残疾人协会代表、媒体记者以及残疾人学校师生约600多人参加。缅方说，隆重的仪式是为了扩大影响，推动社会关注残疾人事业。嘉宾们先参观缝纫、电器修理，计算机室、盲文教学、康复理疗等教学实践区。此时，残疾学校的数百名学生已经在捐赠仪式现场坐好。我驻缅甸使馆专门采购的向缅甸残疾人捐赠的轮椅、理疗器械、盲人读物及部分生活用品等也在现场摆放好。大使、部长、仰光市行政长官、残疾人代表等先后致辞。缅方官员在致辞中还要求缅甸残疾人协会用好义演捐赠款。仪式最后是缅甸残疾人协会代表宣读中国驻缅使馆捐赠物品清单和义演收入。

令我印象最深的是主席台中央摆放的一个约80厘米见方的硬纸箱。上面用彩纸标注着一长串数字，有零有整，那是以缅币计算的义演收入总数。按当时的外汇比价约合2万美元。我曾在不同场合观摩过多种捐赠仪式。现场以大纸箱装满现金的捐赠方式，这还是我第一次见到。

感动佛国

缅甸是佛教国家，85%以上的民众信奉佛教。尽管经历政治动乱，经济制裁，缅甸仍保持着虔诚、淳朴、慈悲、善良的民风。

我们遇到不少官员也是虔诚的佛教徒。去宗教部商谈佛牙舍利巡礼缅甸的事宜时，接待我们的副司长曾是出家几十年的僧人，前几年刚还俗到宗教部任职。他饱读佛典，满腹经纶，慈眉善目。我们的好朋友艺术司司长心地善良、待人诚恳，也是虔诚的佛教徒。有一段时间我们去艺术司谈工作，没有见到司长，心生疑问，也不便打听，因为副司长出面也完全合理呀。突然一天司长出现了，飘逸的长发不见了，短短的寸头令我们十分惊讶。原来遇到了特别大型活动，婆婆多，要求高，创作、编导、排练、协调任务十分繁重，司长工作极其认真，承受的压力接近极限。事后，司长选择短暂出家，削发修行，恢复身心健康。艺术司司长一家5口都是文艺爱好者，他们带头购票。那么多缅甸朋友都希望观看残疾人艺术团的演出，但没有一个人找我们索要赠票。

中国残疾人艺术团出行统一着装，统一背包和行李箱，聋哑演员领着盲人演员，推着肢残演员的轮椅行走。盲人和肢残演员替聋哑演员说话交流。“我是你的眼睛，你是我的耳朵，我是你的嘴巴，你是我的双手”。每到一地，这种一对一帮扶的做法，都会感动无数缅甸人。缅甸首都内比都的饭店多是平房，到餐厅用餐要走一段不短的路程。每到这时候，饭店的经理和工作人员都要放下手中的工作，走到门外，远远地注视残疾演员们一帮一，引领着，搀扶着，前行，前行，无不动容，潸然泪下。

大幕拉开，享誉全球的《千手观音》立刻征服了全体观众，大美无言，大爱无疆，时而潮水般的掌声像海浪拍打岩石，时而寂静无声仿佛听到了观众们的心跳，泪水、赞美、欣喜交织在一起，无与伦比，难以置信。中国残疾人艺术团带来的是艺术的盛宴，更是心灵的震撼。看不到多彩世界的残疾人，用歌声打动世界；肢残志坚的残疾人用舞蹈展现自信和风采。演员们自强不息，不因残疾而放弃人生精神境界追求的精神，自始至终感动着每一位观众。

演出剧终，演员们一再谢幕，观众们噙着眼泪，久久不愿离去。缅甸残疾人协会的负责人激动地对我说，中国有8500万残疾人，比缅甸的总人口还要多2500万。中国在残疾人的康复、教育、就业、民生保障、无障碍建设等方面的成就，令人无比敬佩。中国残疾人艺术团是我们学习的榜样，给了我们信心和力量。

坐在前区左右两侧的缅甸残疾人观众，更是难以控制情绪，泪如泉涌，这是他们人生第一次看到如此优秀的演出，演员们与他们同样身患残疾。中国残疾人给他们带来了追求美好生活的自信，带来了未来的希望。他们艰难地移动着身体，慢慢走到剧院出口处，一定要目送演员们离开。他们身体瘦弱、衣衫朴素，拐杖、轮椅陈旧，在国家经济困难的条件下，残疾人的生活更加艰难。

梅花香自苦寒来。中国残疾人艺术团已经巡演几十个国家，他们的成功包含着多少辛勤的汗水，他们的付出比常人要多十倍，甚至百倍。扪心自问，我们的工作做得还远远不够。我们要学习中国残疾人艺术团的拼搏精神，勇于探索，前赴后继，不断开拓国际文化市场。我们的心随着残疾人艺术团的访演一起感动。艺术团给我们带来的是鼓舞，是催人奋进的号角，更是一次触及灵魂的洗礼。

高华，曾在中国驻特立尼达和多巴哥、缅甸、捷克等使馆文化处工作，曾任中国驻缅甸使馆、驻捷克使馆文化参赞。曾在《中国文化报》《文化月刊》《中外文化交流》《北京日报》《北京青年报》等报刊发表文章多篇。

图书在版编目（CIP）数据

外交官笔下的“一带一路” / 周晓沛，范中汇主编 . -- 北京：作家出版社，2024.12--ISBN 978-7-5212-3244-8

Ⅰ .I267

中国版本图书馆 CIP 数据核字第 20250JG204 号

外交官笔下的“一带一路”

主　　编： 周晓沛　范中汇
策　　划： “一带一路”文学联盟
责任编辑： 徐　乐
装帧设计： 意匠文化 · 丁奔亮
出版发行： 作家出版社有限公司
社　　址： 北京农展馆南里 10 号　**邮　　编：** 100125
电话传真： 86-10-65067186（发行中心）
86-10-65004079（总编室）
E-mail:zuojia@zuojia.net.cn
http://www.zuojiachubanshe.com
印　　刷： 河北尚唐印刷包装有限公司
成品尺寸： 152×230
字　　数： 365 千字
印　　张： 34
版　　次： 2025 年 2 月第 1 版
印　　次： 2025 年 2 月第 1 次印刷
ISBN 978-7-5212-3244-8
定　　价： 88.00 元